Tim Krohn

Ans Meer

Roman

Diogenes

Die Erstausgabe
erschien 2009 im Verlag Galiani Berlin

Veröffentlicht als Diogenes Taschenbuch, 2011

Diogenes Verlag AG Zürich
www.diogenes.ch
120/11/36/1
ISBN 978 3 257 24076 4

Diogenes Taschenbuch 24076

de
te
be

Anna

Während Anna darauf wartete, dass die Gynäkologin ins Behandlungszimmer zurückkam, schloss sie für einen Augenblick die Augen. Erst jetzt nahm sie wahr, wie Kalle vor der Tür mit dem kleinen Jungen spielte, der schon mit seinem Spielzeugboot den blauen Spannteppich befahren hatte, als sie das Wartezimmer betraten. Kalle kommentierte lauthals, als wäre er ein Sportmoderator: »Und eben erreicht das Boot die erste Boje und wendet, immer noch liegt es vorn – doch hoppla, was ist das? Die Crew steuert die Meerenge an, das Boot verlässt die Lagune und segelt aufs offene Meer hinaus, erreicht das Kap der Guten Hoffnung …« Der kleine Junge kreischte vor Vergnügen, zweifellos war das Kap der Guten Hoffnung seine schwangere Mutter.

Anna lachte, obwohl ihr überhaupt nicht danach war, dann hörte sie die Kreppsohlen der Gynäkologin auf dem Linoleum im Flur quietschen und öffnete wieder die Augen. Ihr Blick fiel auf das Maiblatt eines medizinischen Monatskalenders, das gegenüber dem Patientenstuhl an der Wand hing und den schematischen Aufriss einer schwangeren Frau zeigte, dann war Frau Dr. Meyer bei ihr und reichte ihr zwei Packungen eines Schwangerschaftstests.

»Der hier sollte etwas zuverlässiger sein«, sagte sie. »Allerdings sind diese Tests absichtlich so konzipiert, dass sie eher mal eine Schwangerschaft zu viel anzeigen als eine zu wenig.«

»Das ist ja auch vernünftig«, wollte Anna sagen, doch die Enttäuschung saß zu tief. Seit Kalle und sie das Studium beendet hatten, versuchte sie, schwanger zu werden. Nun endlich, erstmals seit zwei Jahren, war ihre Periode ausgeblieben, und auch den Selbsttest aus der Apotheke hatte man positiv interpretieren können. Das hatte gereicht, um bei ihr ungezügelte Euphorie auszulösen. Kalle hatte vergeblich versucht, sie zu beschwichtigen, doch natürlich hatte er recht gehabt: Die Testergebnisse hier, bei der Gynäkologin, waren klar negativ.

»Wenn Sie möchten, testen wir noch Ihre Fruchtbarkeit«, bot Frau Meyer an, während sie die Abgabe der Testsets in der Akte vermerkte.

Anna schüttelte den Kopf. »Schon geschehen«, sagte sie müde. »Kalle hat sich auch schon testen lassen.«

»Vielleicht bilden Sie auch Antikörper gegen seine Spermien«, erklärte Frau Meyer, »es gibt tausend Gründe für eine ausbleibende Schwangerschaft. Manche davon lassen sich beheben, andere nicht.« Sie schloss die Akte. »Ich schlage vor«, sagte sie und stand auf, »Sie versuchen es noch ein paar Monate, und wenn Sie feststellen, dass das Ganze Sie zu sehr stresst, melden Sie sich wieder, und wir gehen die Sache von Grund auf an.«

Und ob sie gestresst war – selbst während der unfruchtbaren Tage konnte sie nicht mehr mit Kalle schlafen, ohne sich unauffällig in eine der Positionen zu hieven, die den Ratgebern zufolge die größte Chance versprachen, schwanger zu werden. Doch sie nickte stumm, steckte die Schwangerschaftstests ein und verließ das Zimmer.

»Und wieder stranden wir am Kap der Guten Hoffnung«, kommentierte Kalle gerade, »der Weg scheint versperrt, doch da tut sich etwas auf...« Gemeinsam mit dem kleinen Jungen kniete er vor dessen Mutter, die stoisch wie ein Buddha im Wartesessel saß und Kaugummiblasen blies, das Segelboot war zwischen ihrem Knöchel und dem Stuhlbein eingekeilt, seufzend hob sie den Fuß und gab den Weg frei. Anna stellte fest, dass die drei das Bild einer perfekten Familie abgaben, und nicht zum ersten Mal schoss ihr der Gedanke durch den Kopf, dass Kalle mit einer anderen Frau vielleicht glücklicher wäre, dass sie nicht das Recht hatte, ihn an sich zu binden, wenn sie mit ihren Familienplänen scheiterten. Doch gleich erhob er sich und strahlte sie an, als sei sie ein völlig unerwartetes Geschenk.

»Fehlanzeige«, sagte sie eilig, damit er sich keine falschen Hoffnungen machte. »Und ich hatte schon gehofft, ich könnte mich um die Doktorarbeit drücken«, fügte sie mit einem knappen Lächeln hinzu. Kalle umarmte sie, doch sie ließ nicht zu, dass er sie tröstete, stattdessen strich sie ihm übers Haar und flüsterte: »Sei nicht zu enttäuscht, ja?« Während sie sich umarmten, sah sie mit leichtem Ekel und doch fasziniert über seine Schulter hinweg zu, wie die Mutter des Jungen eine große Kaugummiblase platzen ließ.

»Ich bin nicht enttäuscht«, stellte Kalle klar, während sie sich voneinander lösten und ihre Jacken anzogen.

»Wie spät ist es?«, fragte Anna.

»Zwölf«, antwortete er, »und du brauchst endlich eine Uhr.«

»Nicht, solange ich dich habe«, sagte sie und zog seinen verwurstelten Kragen aus dem Ausschnitt. »Wir müssen übrigens noch einkaufen gehen, ich habe Golombiewski versprochen, etwas Leckeres zur Sitzung mitzubringen.«

»Ich fasse es nicht«, sagte Kalle. »Erst kümmern wir uns mal um dich.«

Anna sah ihn befremdet an. »Ich bin okay«, versicherte sie ihm. »Mit mir muss niemand Mitleid haben.«

Also besorgten sie zuerst in der Konditorei Fiedler Kuchen für den Lehrstuhl, dann bekam Kalle seinen Willen und entführte sie zur Mittagsvorstellung ins kommunale Kino. Gezeigt wurde ein leicht bizarres Frühwerk von Massimiliano Torra in Schwarzweiß, *Perdono, Giulietta!* war sein Titel. Während der Vorspann lief, hatte Kalle Popcorn und Cola besorgt, und Anna war in sich gegangen und hatte beschlossen, seine Fürsorge zu genießen, so gut es ging. Sie lehnte sich an seine Schulter und fühlte seine Wärme – jetzt erst bemerkte sie, wie verloren sie sich fühlte. Sie vergoss sogar ein paar Tränen und brauchte eine Weile, bis sie dem Film Beachtung schenken konnte. Er spielte in einer sonderbaren Unzeit, halb heute, halb *Novecento*. Ein hoffnungsfroher Student versuchte, die mandeläugige Giulietta zu erobern, die sich kokett in einem Olivenhain versteckte, an dessen Ende sich die Treppe zu einem wunderbaren toskanischen Palazzo emporschwang. »Warte auf mich, Giulietta«, rief der Student, während er ihr nacheilte, und schwenkte seine Mütze, »so warte doch und renn nicht weg!« Doch kaum hatte er Giulietta hinter einem Baumstamm erspäht und war ihr nachgeeilt, verschwand sie wieder, nur ihre Armbanduhr schimmerte noch kurz in der hitzeflirrenden

Luft. Das Pathos der Szene, das so gar nichts mit dem wirklichen Leben gemein hatte, brachte Anna zum Lachen, sie küsste Kalle auf die Backe und flüsterte: »Es war doch gut, hierherzukommen.«

»Hör zu«, sagte Kalle, anstatt zu antworten, »jetzt kommt's.«

Denn mittlerweile hatte der Student im Geäst eines Olivenbaumes eine Ukulele gefunden. Er angelte sie sich, stützte den Fuß in eine Windung des knorrigen Stammes, legte das Instrument an und brachte Giulietta ein Ständchen.

»Ach, wäre ich deine Longines«, sang er mit heller Stimme, »du trügest mich am Arm, ich sagte nicht mehr als: ›Giulietta, es ist Zeit!‹, und du gäbest mir warm …«

Und tatsächlich lockte das eigenartige Lied das mandeläugige Mädchen, das mittlerweile hinter die Säulen des Palastportals geflohen war, aus dem Versteck. Kalle bot ihr Popcorn an, gleichzeitig fühlte Anna eine sonderbare Rührung. »Wären die Gefühle im wirklichen Leben doch auch so klar und einfach«, dachte sie. Verträumt lauschte sie dem Gesang des Studenten, gleichzeitig ärgerte sie sich etwas über Kalle, der so hartnäckig darauf bestand, dass sie vom Popcorn nahm.

»Jeder Galan würde dir sagen: ›Giulietta, Sie haben da aber eine sehr nette Uhr!‹ Und gingst du auch ins Bett mit ihm, umfasst hielt ich dich nur …«, sang der Student, als Anna endlich in den Eimer griff, um Kalle zufriedenzustellen, und im Popcorn etwas ertastete, das dort nicht hingehörte, etwas Kälteres, Hartes. Eine Sekunde verging, bevor sie begriff, dass sie eine Uhr in den Fingern hielt, und eine zweite, bis ihr dämmerte, dass Kalle gerade eine ausgeklügelte Liebeserklärung inszenierte. Sie lachte schallend, die Wirklichkeit stand dem Film in Sachen Kitsch mit einem Mal um nichts mehr nach. Im Halbdunkel musterte sie die Armbanduhr, es war eine Herrenuhr. Sie entzifferte die Marke, natürlich handelte es sich um eine Longines.

»Geschenkt?«, fragte sie – noch schwankte sie zwischen peinlicher Berührtheit (das hier war wirklich *zu* pathetisch) und ehrlicher Rührung darüber, dass Kalle sie auch nach vier Jahren noch immer mit Liebesbeweisen überraschte, als müsste er sie täglich neu gewinnen. »Du Spinner!«, raunte sie, »die ist …«

›Wunderschön‹ wäre das passende Wort gewesen, doch das Licht im Saal reichte nicht aus, um ihr Aussehen einzuschätzen, und da Anna Heuchelei so wenig ertrug wie Mitleid, sagte sie nur: »… gewiss sehr schön.«

Kalle lachte. »Die Uhr ist, sagen wir mal, halbschön«, antwortete er, »doch wenn man dem Internet glauben darf, hat Einstein dieselbe getragen, es ist also eine Uhr für die Allerbesten. Eigentlich solltest du sie bekommen, wenn du den Doktor gemacht hast. Und keine Sorge, ich habe sie nicht gekauft, sie ist ein Erbstück von Tante Lissi, beziehungsweise von ihrem Papa.«

Anna stutzte, Tante Lissi war seit zwei Jahren tot. Sie wusste, wie schwer es ihm fiel, Geheimnisse für sich zu behalten. »Wo hattest du sie die ganze Zeit versteckt, du Bastard?«, fragte sie und kitzelte ihn aus.

Kalle wehrte sich verzweifelt, während er sich bemühte, die Cola nicht zu verschütten. Anna ließ erst von ihm ab, als die wenigen anderen Kinobesucher sich nach ihnen umdrehten. Mit einem Auge sah sie wieder auf die Leinwand, während sie sich die Uhr umband. Giulietta wagte sich soeben aus dem Schatten des Palasts, um sich Stufe um Stufe dem Studenten zu nähern, dessen Musik sie sichtlich umgarnte.

»Und trüge man schließlich uns zu Grabe«, sang der Student versunken, »in Schottland oder in Sachsen, so schlüge ich weiter als dein Herz und ließe aus dir die Gräser wachsen.«

Die Schlusskadenz erklang, zweifellos würde ihm Giulietta gleich um den Hals fallen, doch zuvor schoss Anna hoch.

»Geht die richtig?«, fragte sie. »Dann nichts wie los.« Sie raffte ihre Sachen zusammen, nahm Kalles Hand und zog ihn hinter sich her aus dem Kino.

Sie arbeiteten am Lehrstuhl für angewandte Psychologie der Christian-Albrechts-Universität. Als sie das Institut in der OS 75 (das Kürzel OS stand für Olshausenstraße) erreichten, warteten die anderen Assistenten schon, das heißt, Kerstin half Horst Golombiewski, ihrem Professor, die Literaturstapel zu ordnen, während Henner, der nicht nur Assistent, sondern seit gut einem Jahr auch Kerstins Mann war, im Nebenzimmer noch ihrer beider Neugeborenes in den Schlaf schaukelte, ein, wie selbst die Eltern fanden, hässliches, faltiges Bündel mit Namen Eloïse. Das psychologische Institut war ein kleiner Club, alle waren irgendwie miteinander verbandelt, und so waren auch Kerstin und Kalle einmal ein Paar gewesen, ehe Anna sie auseinandergebracht hatte. Bis heute hatte sie deshalb ein schlechtes Gewissen und hielt zu Kerstin etwas Distanz.

Kaum war sie in Golombiewskis Büro eingetreten, schob er ihr einen Stapel Bücher zu. »Neuerscheinungen zur Sozialpsychologie kritischer Lebensereignisse«, sagte er. »Kannst du mir dazu Beurteilungen schreiben? Ich brauche sie für den Vortrag in Sankt Petersburg.«

Krisenpsychologie war Annas Spezialgebiet, sie nickte und trug den Stapel nach nebenan in ihr Zimmer. Als sie wiederkam, hatte Golombiewski bereits den Kuchen ausgepackt.

»Wie war der Umzug?«, fragte sie. Er war am Wochenende mit seiner kleingewachsenen asiatischen Frau von einer Wohnung im Zentrum Kiels in ein Häuschen in Strande gezogen.

»Ein Spaziergang«, sagte er kauend, »die Möbelpacker haben alles erledigt, wir brauchten nur Bier zu verteilen und herumzustehen.«

Kerstin unterbrach ihr Gespräch. »Du hast eine Uhr?«, fragte sie. »Es geschehen noch Zeichen und Wunder.« Kerstin hatte einen untrüglichen Blick selbst für die kleinsten Veränderungen der Menschen, die sie umgaben, und eine ausgesprochen unzimperliche Art, sie anzusprechen.

Normalerweise hätte Anna sie mit einem Scherz ins Leere laufen lassen, doch heute war sie seltsam ungewappnet. »Von Kalle«, sagte sie, »ein Trostpflästerchen.«

»Ein Trostpflästerchen wofür?«, bohrte Kerstin.

Anna zögerte, doch sie sah keinen Grund, nicht darüber zu sprechen. »Ich hatte irrtümlich geglaubt, ich sei schwanger«, sagte sie.

»Schwanger von Kalle?«, fragte Kerstin weiter.

Allmählich wurde Anna die Unterhaltung zu absurd,

sie lachte befremdet auf. »Von wem sonst?«, fragte sie zurück.

In jenem Augenblick kam Henner mit dem Babyfon, Eloïse schlief, die Besprechung konnte beginnen, und es wäre Kerstin ein Leichtes gewesen, das Gespräch hier abzubrechen. »Augenblick noch«, sagte sie stattdessen. Sie hatte sich von Anna abgewandt und musterte Kalle so eindringlich, als sehe sie ihn zum ersten Mal, und fragte ihn: »Sag bloß, du hast es ihr nie gesagt?«

Anna glaubte noch an einen Scherz, doch als sie Kalle ansah, stellte sie fest, dass ihm das Blut ins Gesicht geschossen war, er stützte sich mit beiden Armen auf eine Stuhllehne und rang nach Worten.

»Verratet ihr mir, worum es geht?«, bat sie.

Kalle fasste sie beim Arm und wollte sie mit sich ziehen. »Entschuldigt ihr uns einen Augenblick?«, sagte er, doch Anna hatte sich gleich wieder befreit und stellte sich so, dass sich der Tisch zwischen ihnen befand.

»Was hättest du mir sagen sollen?«, fragte sie. Sie hatte keinerlei Vorstellung davon, was er ihr verschwieg, doch sie fühlte, dass es nichts Geringfügiges sein konnte. Sie wartete vergeblich, Kalle war zu keinem Wort imstande.

»Er ist nicht zeugungsfähig«, sagte Kerstin. »Deshalb haben wir uns damals getrennt. Mir war immer klar, dass ich Kinder will.«

Anna starrte Kerstin an, sie war sich sicher, dass sie log, und fand nur sonderbar, dass Kalle sich nicht wehrte. Dann fiel ihr Blick auf das Päckchen der Konditorei. »Golombiewski hat schon den halben Kuchen aufgegessen«, dachte sie, und für einen Augenblick galt diesem Sachverhalt ihre ganze Bestürzung. Dann erst begriff sie wirklich, was Kerstin soeben enthüllt hatte, und stürzte aus dem Büro.

Im Korridor lehnte sie sich kurz gegen die Wand, dann ließen die Knie sie im Stich, sie sackte zusammen und verbarg das Gesicht in den Händen.

»Das war keine Meisterleistung«, hörte sie Henner durch die offene Glastür sagen, und offensichtlich sagte er es nicht zu Kalle, sondern zu Kerstin, denn die entgegnete ihm trocken: »Männer!« Dann bat Golombiewski darum, endlich mit der Besprechung beginnen zu dürfen. Sie hörte Schritte, jemand schloss die Tür, sie brauchte nicht aufzusehen, um zu wissen, dass Kalle bei ihr stand.

»Du hast mich angelogen«, sagte sie.

»Habe ich nicht«, antwortete er, seine Stimme klang so jungenhaft unschuldig wie immer.

Sie brauste auf. »Du hast gesagt, alles sei in Ordnung«, rief sie und sah erstmals auf.

Er schüttelte den Kopf. »Ich habe nur gesagt, ich habe mich testen lassen.«

Er stand ihr gegenüber an die Treppenbrüstung gelehnt, sein Gesicht war nass von Tränen oder von Schweiß, denn er schluchzte nicht, sondern zitterte nur am ganzen Körper.

Sie versuchte vergeblich zu begreifen. »Du hast den ganzen Wahnsinn mit Eisprungtabellen und postkoitaler Gymnastik und Vitamindrinks mit angesehen und nie ein Wort gesagt? Warum nicht, um Himmels willen?«

Er sah sie so hilflos an, dass sie den Blick abwenden musste, um nicht zu vergessen, dass sie die Betrogene war. »Ich wollte dich nicht verlieren«, sagte er fast flüsternd.

Vergeblich versuchte sie zu begreifen, was er meinte, sie

verstand ihn nicht, sie verstand die ganze Situation nicht. Sie begriff nur, dass ihr ganzes Leben auf einer Lüge aufgebaut war, alles war falsch, Betrug, sie musste fort, so rasch wie möglich. Ohne zu überlegen, sprang sie auf und rannte die Treppen hinab dem Ausgang zu.

»Anna, ich liebe dich«, hörte sie ihn noch sagen, der Satz traf sie wie eine Ohrfeige. Wie konnte er sie so belügen und dennoch behaupten, dass er sie liebe? »Anna«, rief er durchs Gebäude, als sie schon die Tür nach draußen öffnete, »du steigerst dich in was rein, jetzt warte doch, und lass uns reden.«

Sie fuhr nach Hause und packte, so gründlich es in der Eile ging. Kalle musste ihr zu Fuß nachgehen, das ließ ihr eine Viertelstunde Zeit. Vergeblich suchte sie einen Parkplatz, auf dem Blücherplatz war Wochenmarkt und alles verstellt, doch schließlich parkte sie mitten auf dem Gehsteig. Innerhalb von zehn Minuten hatte sie die Wohnung geräumt, die Kalle und sie anderthalb Jahre lang geteilt hatten (zum Glück hatte sie ihr Herz nie an viele Dinge gehängt), mit einem Koffer und zwei Taschen rannte sie zum Auto zurück und fuhr aus der Stadt hinaus.

Schon am Straßenkreuz hinter Rastorf verließ sie allerdings die Straße wieder, auf dem Parkplatz des *Rasthuus an't Krüz* parkte sie den alten Audi, den ihr Vater ihr zum Studienabschluss überlassen hatte, zwischen zwei Lastwagen und starrte für einige Stunden wie gelähmt in den blühenden Ginster, der die Parkfelder säumte. Allmählich machten ihre anfängliche Verwirrung und das Entsetzen einer Leere Platz, die kaum leichter zu ertragen war, doch immerhin traute sie sich jetzt wieder zu, anderen Menschen zu begegnen, ohne unkontrolliert in Tränen auszubrechen. Als sie mit dem Gepäck das Haus ihrer Eltern an der Plöner Straße in Lütjenburg betrat, war es fünf Uhr nachmittags. Rüdiger und Pauline saßen bei einem Glas Wein im Wohnzimmer und sahen sich eine Kochshow an.

Rüdiger trug noch den Laborkittel. »Was für eine Überraschung«, sagte er, als sie eintrat, und küsste sie, auch Pauline erhob sich und wollte sie umarmen, doch Anna hatte sich bereits neben ihren Vater auf die Lehne gesetzt, sie ertrug den Kuss, den Pauline ihr auf den Scheitel drückte, mit einer Grimasse und trank das Glas ihres Vaters leer. »Ich habe gerade Kalle verlassen«, sagte sie umstandslos. »Kann ich mein Zimmer wiederhaben?«

»Kind«, sagte Pauline und stellte den Fernseher ab, »das tut mir aber leid. Hatte er eine Affäre?«

Anna schüttelte den Kopf. »Das Arschloch ist unfruchtbar und sagt kein Wort«, antwortete sie und erwartete Bekundungen des Entsetzens.

Doch ihre Eltern schwiegen nur, dann fragte Rüdiger zögernd: »Wusste er es denn?«

»Seine Ex wusste es«, stellte Anna klar. Sie füllte das Glas ein zweites Mal. »Wenigstens darf ich jetzt wieder trinken«, stellte sie trotzig fest.

»Aber er liebt dich doch«, wandte Pauline ein.

Anna starrte sie entgeistert an. »Was willst du damit sagen? Dass ich ihn nicht verlassen soll? Bin *ich* jetzt die Böse? Er hat mich belogen, wo bitte bleibt da die Liebe?« Sie hatte keinen Augenblick daran gezweifelt, dass es das einzig Richtige war, Kalle zu verlassen. Umso mehr verwirrte es sie, dass selbst ihr Vater in dieselbe Kerbe hieb.

»Womöglich hatte er nur Angst, dich zu verlieren«, wandte er zaghaft ein.

Anna lachte vor Empörung auf. »Wo verdammt noch mal ist eure Solidarität?«, rief sie und rannte die Treppe hinauf zu ihrem früheren Zimmer. Ein Bügelbrett versperrte den Weg, auf ihrem Bett stand eine volle Wäschewanne, sie stieß sie wütend zu Boden, ließ sich auf die nackte Matratze fallen und schlug mit dem Fuß die Tür zu. Danach lag sie lange Zeit nur da. Sie war zu keinem geordneten Gedanken imstande, sie wusste nicht mehr, war sie die Betrogene oder die Betrügerin, es war ein Zwiespalt, der sie vollkommen lähmte. Sie überhörte Paulines und Rüdigers Rufe zum Abendessen ebenso wie später ihre Gute-Nacht-Wünsche. Erst als im Garten Kalles Stimme erklang, horchte sie auf.

»Anna«, rief er, »rede mit mir. Du kannst so nicht gehen.«

Sie rührte sich nicht und hoffte, er würde verschwinden, doch er rief immer wieder nach ihr. Ihr kam die Szene zwischen Giulietta und dem Studenten in den Sinn, und sie hoffte inständig, dass er nicht auch noch anfing zu singen.

»Du kannst hier nicht so herumbrüllen«, erklärte sie, als sie endlich das Fenster öffnete. »Wie spät ist es?« Im selben Augenblick fiel ihr ein, dass sie noch immer die Longines trug, doch sie beschloss, es zu ignorieren.

»Elf Uhr«, sagte Kalle unerwartet ruhig.

»Hau ab«, sagte sie.

»Anna«, bat er.

»Hau ab!« Sie meinte es sehr ernst, doch er blieb hartnäckig.

»Lass es mich wiedergutmachen«, flehte er.

»Wiedergutmachen?«, wiederholte sie fassungslos. Was du getan hast, kann man nicht wiedergutmachen, Kalle.«

Er zögerte. »Zugegeben«, sagte er, »in den ersten Monaten unserer Beziehung habe ich einfach geschwindelt, da hatte ich noch nicht begriffen, wie wichtig dir eine Familie ist.«

»Man darf so etwas keinem Menschen antun«, sagte sie mehr zu sich als zu ihm, noch ehe er ausgeredet hatte, »niemals.«

»Hör zu«, bat er. »Dann, nachdem ich begriffen hatte... ich konnte doch nicht anders.« Er suchte eine Weile nach passenden Worten. »Erinnerst du dich, wie du im Institut unseren Hausmeister schikaniert hast?«, fragte er dann.

Anna geriet ins Stottern. Was sollte das jetzt? »Ich... er hatte Geld gestohlen«, stellte sie klar, »und er hat es abgestritten.«

»*Erst* hat er es abgestritten«, erinnerte sie Kalle, »dann hat er es zurückgegeben. Du hast trotzdem nicht aufgehört, ihn zu schikanieren.«

Anna fühlte sich in die Enge getrieben. »Ich war eben wütend«, rechtfertigte sie sich.

»Du warst drei Monate lang wütend«, sagte Kalle. Es klang nicht vorwurfsvoll, sondern so, als spreche er von etwas Unabänderlichem, einer Springflut oder einer Dürrekatastrophe. »Du hast deine Wut an ihm ausgelassen, bis er kündigte«, stellte er fest. »Du kannst nicht verzeihen, Anna, und deshalb konnte ich dir auch nicht sagen, dass ich keine Kinder zeugen kann.« Er ließ ihr Gelegenheit zu antworten, doch sie war viel zu verwirrt, um es auch nur zu bemerken. »Ich weiß, ich habe Mist gebaut«, fuhr er daher fort, »und es tut mir leid, glaub mir, schrecklich leid. Aber nicht alle Menschen sind so perfekt wie du. Du bist immer aufrichtig, du verschenkst, was du hast, du bist für andere da.« Er sagte es ohne jeden Zynismus, und sie wusste, so sahen sie all ihre Mitmenschen – zumindest jene, denen sie nichts zu verzeihen hatte. Allein ihre riesengroßen dunklen Augen, das breite, herzförmige Gesicht und die Grübchen in den Winkeln eines Mundes, der geschwungen war wie die Silhouette einer gleitenden Möwe, öffneten die Herzen. Dazu kam, dass sie in handwerklichen Dingen oft etwas linkisch war, kaum ein Fettnäpfchen ausließ und gleichzeitig all die Pannen, die ihr zustießen, mit einer Fröhlichkeit trug, die sie nur noch reizender, noch perfekter erscheinen ließ. »Du bist ein derart guter Mensch, Anna, ich bewundere dich so sehr«, erklärte ihr Kalle, »und gleichzeitig macht es mich rasend.« Er versuchte zu lachen, doch es war unübersehbar, wie verzweifelt er war.

»Es ist auch für mich nicht leicht«, sagte sie so zaghaft, dass Kalle sie nicht verstand und nachfragen musste.

»Ich sagte, es ist auch für mich nicht leicht«, schrie sie, dann knallte sie das Fenster zu und riss den Vorhang davor. Gleich darauf brach sie in Tränen aus. Sie weinte bitterlich, ohne zu begreifen, weshalb Kalles Worte sie so sehr in die Enge getrieben hatten. Sie setzte sich mit angezogenen Beinen auf das Bett, in die Ecke gelehnt, starrte mit tränennassen Augen vor sich hin, und allmählich dämmerte ihr die Erinnerung, dass sie genau so in jener furchtbaren Nacht gesessen hatte, nachdem alles zusammengebrochen war, nachdem sie ihre Freundschaft zu Josefa verraten hatte und schuld daran gewesen war, dass deren Mutter in der Hohwachter Bucht starb. Vergeblich versuchte sie, die Bilder wieder zu verdrängen.

Am anderen Morgen, als sie die Küche betrat, war Pauline eben dabei, den Frühstückstisch zu decken. »Isst Kalle mit?«, fragte sie, als sei nichts geschehen – seit Anna denken konnte, hatte ihre Mutter die Angewohnheit, unangenehme Entwicklungen einfach zu übersehen, Anna hasste das, und auch diesmal brauste sie auf.

»Es ist vorbei, Mama«, sagte sie giftig, »kannst du das nicht akzeptieren?«

Pauline sah sie irritiert an. »Entschuldige, wir hörten euch letzte Nacht sprechen und hofften, ihr hättet euch ausgesprochen.«

Schweigend setzte sich Anna zu ihrem Vater, der damit beschäftigt war, die Post durchzusehen. Wie meist hielt er sich aus ihren Streitereien heraus.

»Übrigens«, sagte Pauline schließlich, um das Schweigen zu brechen, »wurde der Grabstein von Lars Bergström doch letzten November im Sturm von einer umgestürzten Trauerlinde zerschlagen, ja? Weil niemand für die Reparatur aufkommen wollte, wurde er jetzt durch eines dieser Standardkreuze ersetzt.«

Nun sah Rüdiger doch auf. »Du hattest mir nicht erzählt, dass der Grabstein kaputt war.«

»Entschuldige«, sagte Pauline wieder, ehe sie lächelnd nach dem Krug griff. »Wer möchte Kaffee?«

Rüdiger überhörte sie. »Was ist mit Margots Grab?«, fragte er besorgt.

Pauline schenkte ihm erst ein, dann sagte sie: »Der Baum hat nur Lars' Stein getroffen, mit Margots Grab ist alles in

Ordnung. Ich habe ihr übrigens ein Weidenröschen gepflanzt.«

Rüdiger nickte, doch er blieb nachdenklich und fragte endlich: »Wer hatte denn damals seinen Grabstein bezahlt?«

»Ich glaube, die Gemeinde«, sagte Pauline. »Damals war noch Geld da.«

»Meinst du, wir hätten die Reparatur übernehmen sollen?«

»Wir sind nicht für sein Grab verantwortlich«, gab Pauline erstaunlich entschieden zurück.

Anna gab es einen Stich. Sie schwieg, doch fragte sie sich, ob Josefa inzwischen die Gräber ihrer Eltern oder das Haus am Meer besucht haben mochte. All die Jahre hatte sie jeden Gedanken an Josefa – an Joe, ihre Joe! – vermieden, nun war sie ihr mit einem Mal wieder so nah wie damals, so nah, als seien sie Schwestern, und die Frage, ob Joe ihr verzeihen konnte, wenn sie erfuhr, was damals geschehen war, quälte sie plötzlich so sehr, dass Kalles Verrat daneben bedeutungslos wurde. Den Morgen verbrachte sie damit, ihr Zimmer nach Fotos von damals zu durchforsten, Tagebücher und Schulhefte sah sie sich an, selbst ihre alten Kleider durchsuchte sie nach Spuren von Joe und erschrak immer wieder, wie viele kleine Erinnerungen sie überfielen und wie wenig Zeit doch seit jenem Unglück vergangen war.

Die Verwirrung wurde nicht kleiner, als sie im Labor ihres Vaters, das sich ebenfalls im Erdgeschoss des Hauses befand, in einigen Internetverzeichnissen Joes Namen eingab und so auf eine Josefa Bergström in Zürich stieß, die sich mit einem Jens Bergström eine Wohnung an der Dufourstraße teilte. Sie konnte sich an keinen Verwandten der

Bergströms mit Namen Jens erinnern (sie glaubte nicht, dass Joe nach dem Tod ihrer Eltern überhaupt noch Verwandte gehabt hatte) und redete sich ein, es müsse sich um andere Bergströms handeln, dennoch brach ihr der Schweiß aus, als sie zum Hörer griff. Sie überwand sich, die Nummer zu wählen, und ein Junge kam an den Apparat, der vielleicht zehn Jahre alt sein mochte und perfektes Hochdeutsch sprach. Sie unterhielten sich nur kurz, doch es bestand kein Zweifel, dass sie die richtige Nummer gewählt hatte, denn das Erste, was der Junge fragte, war: »Bist du die Anna aus Lütjenburg mit den Zöpfen?« Tatsächlich hatten Joe und sie mehrere Phasen durchlebt, in denen sie mit Leidenschaft Zöpfe trugen, die letzte mit etwa vierzehn, und als sie sich an diesem Morgen die alten Fotos angesehen hatte, hatte sie sich beim Gedanken ertappt, das Haar wieder lang genug wachsen zu lassen, damit sie sich welche flechten konnte. Der Junge sagte ihr, dass Josefa bei einem Autoverleih arbeitete und nicht vor halb sieben nach Hause käme, darauf bat Anna ihn, ihr auszurichten, dass sie wieder anrufen würde.

Als sie zur Universität fuhr, fühlte sie sich beschwingt wie lange nicht mehr – dass Joe so einfach in ihr Leben zurückgekehrt war, machte sie dermaßen froh, dass sie nicht mehr begriff, warum sie diesem Moment so lange Jahre ausgewichen war.

In ihrer blendenden Laune sorgte sie sich nicht einmal darum, was geschehen mochte, falls sie im Institut Kalle über den Weg lief. Dann fiel ihr auch ein, dass er auf der anderen Seite der Stadt in Ellerbek in der Karatestunde war, und so holte sie nicht nur die Bücher, die sie für Golombiewski rezensieren sollte, sondern erledigte, obwohl ihre Gedanken weit von allen akademischen Belangen waren, gleich noch mit fliegender Leichtigkeit allen anstehenden Papierkram. Erst als sie sich gegen sechs ins Auto setzte, um zurück nach Lütjenburg zu fahren, zu einem Spielplatz, an dem sie und Joe sich als Teenager abends oft getroffen hatten, um heimlich zu rauchen und über die Jungs herzuziehen, wuchs ihre Angst wieder. Was, wenn sie mit ihrem Geständnis endgültig alles ruinierte? Dann lachte sie wieder über ihre Befürchtungen und sagte sich, dass keine Wirklichkeit, wie immer sie aussehen mochte, so schlimm sein konnte wie die Selbstvorwürfe, die sie seit Joes Abreise vor zwölf Jahren quälten.

Der Spielplatz des Soldatenheims unterhalb ihrer ehemaligen Schule war nicht frei zugänglich, früher hatten sie sich immer über den Zaun geschwungen, das versuchte sie auch diesmal, dabei zerriss sie ihr Kleid (sie trug eines der alten Sommerkleider, die sie am Morgen ausgegraben hatte). Außerdem fröstelte sie, seit die Sonne untergegangen war. Dennoch setzte sie sich wie früher auf die Schaukel, ließ die Beine baumeln, fasste sich ein Herz und wählte Josefas Nummer. Noch ehe Joe sich meldete, hörte sie im Hintergrund Jens' Stimme.

»Wo ist meine Zahnbürste?«, rief er.

»Nimm eine neue«, sagte Josefa – es war eindeutig Josefa! –, »sie sind noch in meiner Handtasche.«

Anna fühlte einen Kloß im Hals, erst jetzt begriff sie, wie sehr sie diese Stimme vermisst hatte.

»Ja?«, sagte Joe – das galt wohl ihr.

»Hallo, Joe«, antwortete sie heiser.

»Wo ist die Tasche?«, rief Jens dazwischen, kurz raschelte und knackste es, Joe ging wohl mit dem Hörer durch die Wohnung. »Moment«, sagte sie leicht gereizt, doch es war Anna unmöglich herauszuhören, ob die Gereiztheit ihr galt oder Jens.

»Ist es Anna?«, erkundigte sich Jens mit vollem Mund, plötzlich war er ganz nah am Hörer.

»Wo hast du die jetzt her?«, fragte Josefa. »Hier.«

»Ich nehme nur grüne, das weißt du doch«, erklärte Jens und bürstete lautstark die Zähne.

»Hast du die etwa wieder aus dem Müll geholt?«, fragte Josefa mit Ekel in der Stimme.

Jens kicherte und rannte weg, vermutlich zurück ins Bad.

Anna lauschte ihnen etwas verschüchtert, doch auch verzückt, während einige Möwen über ihrem Kopf stritten. Das also war Joes Leben? So leise es ging, balancierte sie auf der Schaukel, die bei jeder Bewegung quietschte, sie wollte nichts verpassen.

»Jens hatte mich vorgewarnt«, sagte Josefa – obwohl sie den Hörer nun wieder an den Mund hielt, klang sie ferner als noch eben. »Warum rufst du an?«

Anna fühlte, wie ihr das Blut in den Kopf schoss. »Ich weiß, ich hätte dich damals nicht alleinlassen dürfen«, sagte sie eilig, »aber Joe, ich konnte mit all dem nicht umgehen. Es ging uns allen schlecht, du hättest Papa sehen sollen… Ich war siebzehn, Joe«, sagte sie scheu.

»Bist du fertig?«, fragte Josefa.

Anna erschrak, sie hatte noch gar nicht wirklich angefangen, dann begriff sie, dass Joe wieder mit Jens sprach.

»Geh schon ins Bett«, befahl sie ihm, »ich komme gleich und sage dir gute Nacht.«

»Darf ich nicht zuhören?«, fragte Jens.

Joe blieb eisern. »Ins Bett, habe ich gesagt, du kannst noch lesen.«

Jens maulte, doch er ging, und Anna bedauerte es so sehr wie er. Sie liebte seine Stimme und seinen Witz und zweifelte nicht daran, dass sie sich blendend verstehen würden.

»Bist du noch da?«, fragte Josefa sie. »Wenn du schon anrufst, könntest du mir einen Gefallen tun.«

Anna erglühte wieder, diesmal vor Erleichterung. »Natürlich, jeden«, rief sie.

Josefa ging auf ihren Überschwang nicht ein. »Hör zu«, sagte sie – sie sprach jetzt leiser, ganz als wolle sie vermeiden, dass Jens sie hörte –, »ich brauche in Kiel ein Bett zum Übernachten, und zwar bereits morgen.«

Anna erschrak etwas. »Willst du dich um das Grab deines Vaters kümmern?«, fragte sie besorgt. »Ich glaube, der kaputte Grabstein wurde schon entsorgt.«

»Das Grab ist mir egal«, gab Joe zurück. »Ich brauche eine billige Unterkunft für zwei, drei Nächte, kriegst du das hin?«

»Brauchst du Geld?«, fragte Anna eifrig. »Ich kann dir …« Sie unterbrach sich, ihre Gedanken jagten durcheinander. »Wieso wohnst du nicht bei uns in Lütjenburg«, fragte sie, glücklich über ihren Einfall, »Mama und Paps werden sich freuen.«

»Ein Zimmer in *Kiel*«, wiederholte Joe. Fast klang es, als bereue sie schon, sie um Hilfe gebeten zu haben.

Anna begriff, dass jeder Einwand zwecklos war. »Ab morgen?«, versicherte sie sich nochmals.

»Wenn es geht.«

»Natürlich geht das, alles geht! Fliegst du? Wann kommst du an? Ich hole dich ab.«

Joe zögerte. »Das brauchst du nicht. Gib mir deine Handynummer, ich melde mich, sobald ich in Kiel bin.«

Anna diktierte sie ihr: »0171-97 61 99.«

»Das ist dein Geburtsdatum«, stellte Joe fest, erstmals war ihre Stimme etwas weicher.

Anna lachte. »Ich habe ...« Sie korrigierte sich. »Ich hatte einen sonderbaren Freund, Kalle, der macht andauernd solche Sachen.« Es machte sie etwas verlegen, dass Joe ihren Geburtstag noch wusste, sie sah zu Boden und scharrte mit dem Fuß im Sand, dabei stieß sie auf etwas, das sie im Dunkeln nicht gleich erkannte. Sie bückte sich und hob einen Haargummi auf, ein Büschel blonder Haare war darin verknotet. Eine Sekunde lang bildete sie sich ein, Joe habe ihn damals hier verloren, eine neue Welle von Glück ergriff sie, und es schien ihr ganz selbstverständlich, dass sie nun ausgiebig über Kalle und andere aktuelle und verflossene Liebschaften herziehen würden. Sie hatte ganz vergessen, dass Joe keinen Grund hatte, sich für ihr Leben zu interessieren.

»Also«, sagte Joe, und als Anna nicht gleich begriff, dass sie sich verabschieden sollte, hängte Joe einfach auf.

Noch eine Weile saß Anna etwas verloren auf der Schaukel und spielte mit dem Haargummi. Sie hatte es nicht über sich gebracht, von damals zu sprechen. »Doch immerhin«, sagte sie sich endlich und atmete tief durch, »es geht ihr gut, und sie kommt her!« Kurz musste sie sich zwingen, das bange Gefühl in der Magengrube zu ignorieren, danach wurde sie von Sekunde zu Sekunde fröhlicher. Sie schaukelte einige Schwünge, sprang ab und fing das Schaukelbrett ein, um den Haargummi darauf zu deponieren, danach kletterte sie über den Zaun und rannte zum Auto. Sie fuhr noch eine Kurve über Land, unterwegs fiel ihr das Lied von der Longines wieder ein, trotz der kalten Abendluft kurbelte sie das Fenster hinunter und trällerte es lauthals, so gut sie es erinnerte. »Nun warte doch, Giulietta, renn nicht weg«, rief sie endlich übermütig in die Nacht hinaus und fuchtelte theatralisch mit dem Arm. Wie schön alles werden konnte, wenn sie sich erst ausgesprochen hatten!

Jens

Annas Anruf machte Jens so euphorisch wie Anna selbst. Sein Traum, mit seiner Mutter an die Ostsee zu ziehen – ein Traum, der ihn erst seit ein paar Wochen beherrschte (seit den Frühlingsferien, um genau zu sein), doch umso heftiger –, schien ihm mit einem Mal zum Greifen nah.

Dieser neue Traum passte gut zu den zwei Wünschen, die sein Leben bestimmten, seit er denken konnte: Er wollte Ordnung, und er wollte segeln. Ab und zu kamen andere Wünsche hinzu, wie sie die meisten Zehnjährigen haben, so hätte er gern einen Vater gehabt, einen eigenen Gameboy und bessere Noten. Doch solche Wünsche tauchten auf und verschwanden wieder, während seine Mutter, die chaotisch und unzuverlässig und alles andere als eine ideale Mutter war, Jens' Sehnsucht nach Ordnung täglich neu schürte. Denn so ähnlich sie sich in ihrem Äußeren waren – beide hatten sie aschblondes, schulterlanges Haar, das sie sich gegenseitig schnitten, ein breites, ausuferndes Lachen, bei dem sie etwas Zahnfleisch zeigten, und einen schmalen, feingliedrigen Körper –, so unterschiedlich waren ihre Bedürfnisse. Josefa verabscheute alles, was nach geregeltem Leben aussah, Vereinbarungen aller Art waren ihr ein Greuel, ja selbst eine eingerichtete Wohnung oder eine solide Freundschaft fand sie unausstehlich, sie bevorzugte das Provisorische. Jens hingegen liebte Rituale und sich wiederholende Spiele, er reihte seine Bücher in alphabetischer Folge ein und schätzte Tage, die ohne Überraschung waren.

So blieb das Einzige, was er und Joe uneingeschränkt teilten, ihre Liebe zum Segeln. Sobald etwas Wind blies, waren sie draußen auf dem See – es sei denn, Josefa hatte einmal mehr versäumt, das Boot zu reservieren, oder das Geld war ihr ausgegangen, oder sie hatte in dem Chaos, zu dem ihr jeder Tag geriet, ganz einfach wieder einmal vergessen, dass sie einen Sohn hatte, der am Pier auf sie wartete.

Die Tendenz dazu hatte sie schon gehabt, seit Jens denken konnte, doch es war mit den Jahren schlimmer geworden. Früher hatten sie viele kleine Spiele geteilt, in denen es strenge Regeln gab, die Jens glücklich machten: Vor dem Lichterlöschen spielten sie Länderraten (Jens suchte auf der Weltkarte ein möglichst klein gedrucktes Wort, das alles Mögliche bezeichnen konnte, und Joe musste es finden), sie spielten Schrittefangen auf dem Gehsteig (die Regeln hierzu waren kompliziert: Nie durften sie gleichzeitig denselben Fuß auf die Erde setzen, bei jedem neunten Schritt galt es zu hüpfen, dazu musste jede Ritze auf dem Weg betreten werden), gelegentlich – Jens' Lieblingsspiel – verkleideten sie sich auch als Geschwister, einmal als Jungs, dann wieder als Mädchen. In solchen Momenten waren sie einander so nah, dass es sich anfühlte, als wären sie nicht zwei, sondern eins.

Daneben gab es aber auch in früheren Zeiten schon Tage, an denen sie nicht wahrnahm, wenn er mit ihr sprach, in denen sie in ihrer ganz eigenen Welt lebte, und wagte er sie darin zu stören, fuhr sie ihn an, als sei er ein Fremder. Diese

Phasen häuften sich, ihre Spiele wurden seltener, und schließlich schien sie selbst beim Gutenachtkuss an etwas anderes zu denken.

Nur wenn sie segelten, konnte sich Jens darauf verlassen, dass alles funktionierte, wie es sollte. Josefa hatte das Segeln im Blut, ihr Vater hatte es ihr beigebracht, noch ehe sie zur Schule ging, auch Jens hatte mit sechs schon die Kommandos gekannt und das Vorsegel geführt. Im Boot waren sie ein eingespieltes Team, und auf dem Wasser hielt sogar Josefa sich an die Regeln.

Zumindest bis zu jenem verhängnisvollen Montagmittag sechs Wochen früher, Anfang April, als alles seinen Anfang genommen hatte. Ein überaus heftiger Föhn wehte, daher waren auch kaum Boote auf dem Wasser. Sie segelten hart am Wind, und Jens schien, sie hätten den Hafen eben erst verlassen, als Joe bereits wieder rief: »Wir müssen rein, Matthias bringt mich sonst um. Klar zur Wende!«

»Wir sind doch eben erst raus«, schrie er in den Wind und brach damit eine der wichtigsten Regeln beim Segeln: Widersprich nie dem Steuermann. Joe zog mit einer Grimasse das Handy aus der Tasche und streckte es ihm entgegen, damit er sah, wie spät es war, gleich darauf wies sie energisch zum Hafen. Mit einem Handgriff machte sie das Großsegel etwas auf, Jens trotzte noch immer, also belegte sie die Pinne, stand auf und machte selbst die Fockschot los. Doch im selben Augenblick schoss ein mächtiger Katamaran wie aus dem Nichts an ihnen vorbei, Joe fuhr zurück und starrte auf das riesige Segel, das sich mit einem Mal zwischen sie und die Welt schob, dann verlor sie das Gleichgewicht und fiel über Bord. Sie hatte keine Anstalten gemacht, sich irgendwo zu halten, sie schrie auch nicht, fast reglos ließ sie sich fallen, und selbst im Wasser blieb sie träge. Für einige Sekunden, die Jens allerdings unendlich lang vorkamen, ließ sie sich treiben, als wäre sie bewusstlos, dann endlich hob sie doch noch den Kopf, schüttelte sich das Haar aus dem Gesicht und holte Luft.

Jens wusste, er musste ein Mann-über-Bord-Manöver segeln und das Boot aufschießen lassen. Doch in der Aufregung misslang das Manöver, und der Aufschießer geriet zu kurz, so dass das Boot von Joe wegtrieb. Hilflos sah er zu, wie sie sich Mühe gab, ihm nachzuschwimmen, sie trug allerdings eine windfeste Segeljacke, die sich unter der Schwimmweste plusterte und sie behinderte, vielleicht lähmte sie auch bereits die Kälte. »Mami!«, schrie er und warf ihr ein Tau zu, er war nahe daran, in Panik zu geraten. Inzwischen hatte sie aufgehört zu schwimmen, und kurz glaubte er, sie sinke trotz der Schwimmweste, doch dann rief sie nur: »Lass mal, ich schwimme an Land«, änderte die Richtung und begann zu kraulen, so gut es ging. Und dann lachte sie gar. »Scheiße, ist das kalt«, rief sie ihm zu.

»Das ist nicht zum Lachen«, brüllte Jens ihr nach, während ihm Tränen in die Augen schossen, doch sie hörte ihn nicht, denn inzwischen hatte Alex, der Bootsmeister, das Rettungsboot angeworfen, steuerte mit Vollgas auf sie zu und fischte Joe aus dem See.

Jens segelte das Boot allein in den Hafen, Alex half ihm, es festzumachen. Als sie das Bootshaus betraten, stand Joe nackt beim Waschbecken und versuchte, ihr Handy mit einem Föhn zu trocknen, sie hatte es offensichtlich selbst beim Schwimmen nicht losgelassen. Jens' Schreck verwandelte sich in Wut, ihr blödes Handy schien ihr wichtiger zu sein als er, und er fragte sich, ob sie während des Unfalls auch nur einen Augenblick an ihn gedacht hatte. Als Alex ihr trockene Kleider aus seinem Spind brachte, nahm sie sie entgegen, ohne sich auch nur mit dem Handtuch zu bedecken, sie legte sie zur Seite und pulte erst eine durchnässte Tablettenschachtel aus der Tasche ihrer eigenen Jacke, nahm eine Pille und spülte sie mit Tee aus Alex' Thermosbecher hinunter. Sie hatte dicke Gänsehaut und sah wie ein kleines Mädchen aus, nicht wie eine Mutter, aber das tat sie meist. Alex hatte sich verlegen abgewendet und setzte nochmals Wasser auf.

»Der war so was von schnell«, sagte sie bewundernd, während sie in seine Trainingshosen schlüpfte. »Ich dachte, ein Engel kommt geflogen.« Sie sprach vom Katamaran. »Dein Vater hat mir damals so einen versprochen«, sagte sie zu Jens, »so fing es überhaupt zwischen uns an.«

Für einen Moment vergaß Jens seine Wut. »Einen richtigen Katamaran?«, fragte er nach.

»Als er dann allerdings erfuhr, dass ich schwanger bin ...« Sie zog die Brauen hoch und machte eine Geste, die eigentlich zwischen ihnen verboten war.

Sie schwiegen. Joe zog sich fertig an, Jens versuchte, Ordnung in seine Gedanken zu bekommen. Inzwischen rief Alex die Seepolizei an, um Entwarnung zu geben, für den Fall, dass jemand den Unfall beobachtet und Alarm geschlagen hatte.

»Ich habe geglaubt, du ertrinkst«, sagte Jens leise.

Josefa verdrehte nur die Augen. »Nun mach mal daraus kein Drama«, forderte sie, »wie du siehst, lebe ich noch.«

Sie versuchte nochmals, das Handy anzustellen – Jens

bemerkte jetzt erst, wie sehr sie zitterte –, dann drückte sie ihm einen Kuss auf den Scheitel. »Ich müsste längst bei der Arbeit sein«, sagte sie zu Alex, dann ging sie zu ihrem Rad, das sie vor dem Bootshaus abgestellt hatte, und fuhr los.

»Wir wollten für morgen wieder ein Boot reservieren«, rief Jens ihr nach.

»Ich muss erst Matthias fragen, wann ich wegkann, ich mach's telefonisch.«

»Versprochen?«

Er sah ihr nach, wie sie über den Parkplatz fuhr, einen Schlenker machte, als sie den Gang wechseln wollte, und fast von einem Auto gestreift worden wäre.

»Iss was«, rief er ihr nach, »du hast noch nichts gegessen.«

Sie winkte, ohne sich umzudrehen, und fuhr um die Ecke.

Alex machte inzwischen das Boot klar Schiff. »Das war ein schöner Schreck«, sagte er, als Jens zu ihm an den Steg kam.

Jens nickte. »Scheißferien sind das«, stellte er fest, während er sich endlich aus der Schwimmweste schälte. »Dabei hatte sie versprochen, sie nimmt sich frei und wir fahren endlich mal ans Meer.«

Alex nickte anerkennend. »Im Mittelmeer kann man gut segeln.«

»Ich will ja am liebsten an die Ostsee«, erwiderte Jens, »dort stammen wir her. Aber Mami dreht durch, wenn ich nur davon anfange. Sie will nach Cannes. Egal, sie kriegt sowieso nichts auf die Reihe.«

Alex lachte und ging zurück zum Bootshaus, während Jens das Gesicht in den Föhnwind hielt, die Augen schloss und sich vorstellte, er stehe am Meer.

Als er gegen Abend nach Hause kam – er war noch auf der Geburtstagsfeier seiner Schulkameradin Silvie gewesen, die in einer Konfettischlacht bei McDonald's geendet hatte –, hängte er als Erstes Joes nasse Kleider in die Dusche. Sie hatte sie im Bootshaus liegen lassen, als gingen sie sie nichts an, und er hatte sie den ganzen Nachmittag über mit sich geschleppt. Danach las er die Post – sonderbare Post – und hörte den Anrufbeantworter ab. Joe hatte angerufen, und obwohl es jetzt bereits kurz nach sechs war, zu dieser Zeit in der Autovermietung Hochbetrieb herrschte und private Telefonate verboten waren, rief er zurück, um sich zu vergewissern, dass sie das Boot reserviert hatte. »Hör zu, mein Schatz«, sagte sie allerdings, noch ehe er fragen konnte, »ich bin zum Essen eingeladen. Kommst du allein klar?«

»Klar komme ich allein klar«, sagte Jens. »Aber heute kommt *Bonanza*.« Joe liebte die Serie so sehr wie er, und üblicherweise aßen sie vor dem Fernseher zu Abend, um mit vollem Mund über die Cartwrights herzuziehen.

»Du kannst mir dann erzählen«, sagte Joe, die gleichzeitig etwas zu tippen schien.

»Mit wem gehst du aus?«, fragte er.

Sie tippte erst zu Ende, dann sagte sie: »Mit Kurt.«

»Welchem Kurt?«

»Welchem Kurt«, äffte sie ihn nach. »Du weißt, mit welchem Kurt, demselben wie letztes Mal, unserem Hausarzt.«

Natürlich hatte Jens gewusst, welchen Kurt sie meinte, nur war der verheiratet und eine jener halben Sachen, die er bei seiner Mutter nicht ausstehen konnte.

»Kauf dir etwas Feines zu essen«, sagte sie, »sieh dir *Bonanza* an, und danach verschwinde ins Bett, klar?«

»Gehst du in Alex' Trainingsanzug essen?«, fragte er. Damit lieferte er ihr das Stichwort, um ihm mitzuteilen, dass sie das Boot reserviert hatte.

Einen Augenblick stutzte sie, doch sie schien nicht ans Boot zu denken, sondern sich zu überlegen, ob sie es Kurt tatsächlich antun wollte, in einem ausgeleierten Trainingsanzug zu seiner Einladung zu erscheinen. »Muss ich wohl«, sagte sie schließlich, »Matthias hat mir den Schließdienst aufgebrummt.«

Kurz überlegte Jens, das Boot selbst anzusprechen, doch das war nicht dasselbe – einmal wenigstens sollte sie von selbst daran denken. Also hielt er sie hin. »Da ist ein Brief aus Lütjenburg«, verkündete er.

Wieder zögerte sie. »Schmeiß ihn weg«, sagte sie dann.

»Es ist aber etwas Offizielles«, erklärte er, ehe er sich den Brief angelte und das Fettgedruckte vorlas: »Macht eine Grabstelle infolge anhaltender Verabsäumung der Pflegepflicht einen verwahrlosten Eindruck, so erlischt das ...«

»Unwichtig«, unterbrach Joe ihn.

»Lars Friedrich Bergström, das war dein Papa, oder?«

»Ja«, sagte sie gereizt, »aber er war ein Arschloch, und wenn ich nicht aufhänge, hackt Matthias mir den Kopf ab.«

»Was heißt Pflegepflicht?«, fragte Jens, als hätte er sie nicht gehört. »Und Verabsäumung?«

Sie stöhnte. »Sie wollen wissen, ob ich ihnen Kohle in den Rachen schmeiße, damit sie das Grab nett aussehen lassen, der Brief kam schon mal.«

»Und schmeißt du?«

»Ich weiß es nicht.«

»Und was passiert mit dem Grab, wenn nicht?«

Er hörte im Hintergrund Matthias reden.

»Jens, können wir das morgen abhandeln?«, fragte Joe ungewohnt freundlich, wahrscheinlich stand Matthias in Hörweite.

»Klar«, sagte er. »Mit welchem Geld?«

Joe stieß einen kleinen Schrei aus. »Was heißt ›mit welchem Geld‹?«

»Kaufe ich mir was zu essen?«

»Sieh in meinem Necessaire nach, in der Außentasche.«

Er rannte mit dem Telefon ins Bad. »Du hast gar nicht gefragt, wie die Geburtstagsfeier war«, stellte er fest, während er nach dem Geld suchte.

Sie sagte jedoch nur: »Wenn Matthias mich rausschmeißt, bist du schuld.«

Also hängte er auf. Doch keine zwei Minuten später – er packte gerade die Geschenktüte vom Kindergeburtstag aus – fiel ihm ein, dass er das Wichtigste vergessen hatte.

Diesmal nahm Babette ab, er ließ sich verbinden.

»Frau Schweizer sagt, du musst, du *musst* sie heute noch anrufen«, erklärte er. Frau Schweizer war die Mutter von Mario, sie hatte gemeinsam mit Silvies Mutter den Kindergeburtstag organisiert.

Joe fluchte unterdrückt. »Was hast du angestellt?«, fragte sie. Er hörte, wie sie aufstand, vermutlich ging sie in die Teeküche, damit Matthias sie nicht sah.

»Nichts«, sagte er, »ich schwöre. Es gab ein Wettpinkeln, Mario hat sich nass gemacht und dann behauptet, ich sei schuld.«

»Wieso du?«

Er wurde etwas rot. »Weil ich die Idee hatte«, gestand er.

»Ach Jens, mach so was doch nicht, wenn Mario dabei ist, du weißt doch, wie seine Eltern sind!«

Doch sie versprach anzurufen. »Wer hat gewonnen?«, fragte sie sogar, während er auf der Liste fürs Klassenkettentelefon Marios Nummer suchte.

»Was gewonnen?«

»Das Wettpinkeln.«

»Niemand«, erklärte er, »weil Mario sich schon beim ersten Versuch bepinkelt hat.«

Gleich darauf hängten sie auf, und wieder hatte er nicht nach dem Boot gefragt. Auf der Küchenuhr hatte er gesehen, dass es bereits halb sieben war, und darum rannte er los, um noch vor Ladenschluss eine Dose Heringe, einen Apfel und einen Becher saure Sahne zu besorgen.

Der Abend wurde lang, obwohl Josefa vom Restaurant aus nochmals anrief und eine Weile mit ihm plauderte, doch danach konnte Jens nicht einschlafen. Sobald er die Augen schloss, sah er vor sich, wie sie über Bord gegangen war und reglos im Wasser getrieben hatte. Die CD mit Meeresrauschen, die er oft zum Einschlafen hörte, hatte er bereits zum dritten Mal angestellt, als er auf der Straße endlich ihre Stimme hörte. Kaum war Joe da, waren seine Ängste wie weggeblasen, er ärgerte sich nur noch, dass sie nicht allein nach Hause kam. Er hörte sie in einer Art lachen, wie sie nie lachte, wenn sie mit ihm zusammen war, dann sagte sie etwas wie: »Rein mit dir«, gleich darauf fiel die Tür ins Schloss. Ihre Schritte im Treppenhaus hörte er nicht mehr durch das Fenster, sondern dumpf durch die Wohnungstür und den Spalt zwischen Zimmertür und Flur, den er offen gelassen hatte, damit er nicht verpasste, wenn sie kam. Kurt redete aufgeregt und laut, doch gleich schnitt Joe ihm das Wort ab, die letzten Stufen nahmen sie schweigend, dann drehte sich auch schon der Schlüssel im Schloss. »Zieh die Schuhe aus«, flüsterte sie, »und Vors…« Es schepperte, ehe sie ausgesprochen hatte, Jens grinste. Seit Urzeiten lag eine Ikea-Lampe im Flur, die Joe in einem Anflug von Häuslichkeit gekauft hatte, doch sie war daran gescheitert, sie zusammenzubauen, nun verstaubten die Bestandteile hinter der Tür, und alle stolperten darüber. Inzwischen rumorte Joe in der Küche, doch nur kurz, dann verschwanden Kurt und sie im Schlafzimmer, zogen die Tür zu und sprachen wieder lauter, doch durch die Wand hörte er ihre Stimmen nur noch als dumpfes Geräusch. Er schloss die Augen und schlief gleich darauf ein.

Als er am anderen Morgen Frühstück machen wollte, standen Kurts Schuhe noch immer im Flur, braune Halbschuhe mit hineingestopften Socken. Neben seinen und Joes Turnschuhen (sie hatten gerade dieselbe Schuhgröße) sahen sie riesig aus. Verstimmt ging Jens in die Küche und setzte Teewasser auf, dann platzte er in Joes Zimmer. Üblicherweise klopfte er vorher an, heute nicht.

»Guten Morgen«, schrie er beinahe, »möchtest du ein Ei?«

»Hallo, Jens«, sagte Kurt.

Joe war hochgeschossen und starrte ihn an, dann ließ sie sich stöhnend ins Kissen zurückfallen. »Ja, meinetwegen«, murmelte sie. »Du auch?«

»Gern«, sagte Kurt.

Doch Jens hatte nicht auf seine Antwort gewartet und

war bereits wieder in der Küche. »Es sind nur noch zwei da«, rief er, dabei stand im Kühlschrank ein voller Eierkarton. Er nahm zwei Eier heraus und stellte die anderen zurück.

»Dann verzichte ich«, sagte Kurt, der schon aufgestanden war und ins Bad huschte.

Im Kühlschrank fand Jens auch ein aufwendig verschnürtes Päckchen, das er aber nicht anfasste. Lautstark deckte er zwei Gedecke, dann kam Joe zu ihm in die Küche. Seit er denken konnte, trug sie denselben Bademantel, er war ganz verblichen und inzwischen auch eingelaufen. Stumm räumte sie die Büchsen und das schmutzige Geschirr von seinem Abendessen weg, dann fragte sie möglichst unbefangen: »Haben wir dich geweckt?«

»Quatsch«, sagte er, während er zusah, wie sie zu den beiden Gedecken ein drittes hinzulegte, »wenn du Männer mitbringst, bist du viel leiser als sonst.«

»Wenn ich Männer mitbringe?« Sie lachte ungläubig auf und stellte fest: »Kurt ist gerade mal der zweite in all den Jahren.«

»Der dritte«, entgegnete Jens verdruckst. »Nein, stimmt, der zweite, aber er ist zum zweiten Mal da.«

Tatsächlich ging Joe zwar hin und wieder aus, doch sie vermied es, jemanden nach Hause zu bringen, und wäre wohl auch diese Nacht zu Kurt gegangen, hätte sie sich nicht gescheut, einen weiteren Tag in Alex' Trainingsanzug und Adiletten zu verbringen.

Sie nahm den Orangensaft aus dem Kühlschrank und entdeckte den Eierkarton, Jens kassierte einen strafenden Blick. Dann warf sie die restlichen Eier in den Müll, packte ihn und zog ihn an sich. »Meinem Jungen soll man nicht nachsagen können, dass er lügt«, erklärte sie und versteckte das Gesicht in seinem Haar.

Jens wehrte sich. »Ich bin nicht dein Junge«, protestierte er.

Joe lachte. »Meiner *lütten Deern* soll man nicht nachsagen können, dass sie lügt«, murmelte sie noch zärtlicher, und diesmal ließ er sich streicheln. *Lütte Deern*, so hatte sie ihn manchmal genannt, wenn sie sich beide als Mädchen verkleideten, so sagte man in Norddeutschland für »kleines Mädchen«. Es war lange her, dass sie dieses Spiel gespielt hatten, und für einen Augenblick vergaß er allen Ärger.

»Was ist in dem Paket?«, fragte er, nachdem er sich eine Weile stumm hatte umarmen lassen.

»Tiramisu«, antwortete sie, als kündige sie eine großartige Überraschung an, doch Jens schüttelte sich vor Ekel. »He«, rief sie empört, »extra für dich – angeblich das beste Tiramisu der Welt.«

Statt zu antworten, entblößte er ihren Bauchnabel und blies trötend hinein, dann ließ er sie stehen und stellte das Teewasser ab.

»Du könntest mir trotzdem verraten, wo das Problem liegt«, sagte sie und setzte sich auf die Tischkante, angelte sich die Orangensafttüte und trank ein paar Schlucke.

Jens wusste nicht, was er antworten sollte. Es waren so viele Probleme, oder besser: Ihre ganze Art war das Problem. Seine Mutter war das Gegenteil von Ordnung.

»Er hat die Socken in die Schuhe gesteckt«, erklärte er, während er den Tee aufgoss.

»Aha«, sagte Joe. »Und was bedeutet das?«

»Der andere hat das auch gemacht, der hatte Löcher in den Socken.«

Sie sah ihn verblüfft an, und kurz befürchtete er, sie würde ihn auslachen. Doch sie schien wirklich entgeistert zu sein. »Igitt«, sagte sie. »Und, hat Kurt auch welche?«

»Ich habe noch nicht nachgesehen«, antwortete er. »Soll ich?«

Doch Joe schüttelte müde den Kopf, es sah ganz danach aus, als hätte sie sich bereits geschlagen gegeben.

Sicherheitshalber doppelte er nach. »Und dann ist er verheiratet.«

Doch damit hatte er Joes Widerstandsgeist geweckt. »Verheiratet sind alle interessanten Männer«, verkündete sie. »Verheiratet oder Arschlöcher oder beides.«

»Kurt ist nicht interessant«, stellte Jens trotzig fest, und um es zu bekräftigen, setzte er sich und begann zu frühstücken.

Joe sah ohne Widerspruch zu, wie er sein Brot schmierte, sie schien in Gedanken. »Ist er nicht?«, fragte sie nach einer Weile, sie klang wieder ziemlich verunsichert. »Ganz und gar nicht?«

»Er wäre okay zum Heiraten«, erklärte Jens großzügig, »aber das geht ja nicht.«

»Nein«, bestätigte Joe eher erleichtert, »das geht tatsächlich nicht.« Und als hätte sie Kurt damit endgültig abgeschrieben, setzte sie sich und wartete auch nicht länger mit dem Frühstück.

Als Kurt aus dem Bad kam, wurde er recht zügig aus der Wohnung spediert, denn inzwischen hatte Joe Jens verkündet, dass sie sich sogar freigenommen hatte, damit sie länger segeln konnten, doch ein Boot zu reservieren hatte sie vergessen, und als sie jetzt bei Alex anrief, war alles schon belegt. Ihnen blieb nichts weiter übrig, als im Hafen auf eine kurzfristige Abmeldung zu hoffen, und natürlich wollte Jens so schnell wie möglich los. Kurt zeigte sich verständnisvoll und ging ohne Frühstück.

Doch sie hatten eben erst den Hafen erreicht, da fielen erste Schauer, die ersten Boote liefen den Hafen an, und die Sturmlichter schalteten sich ein. Als Wiedergutmachung lud Joe Jens zu Kuchen und heißer Schokolade ins Café Schober ein. Kaum hatten sie bestellt, brach draußen ein Platzregen los, danach regnete es sich ein, sie waren gefangen.

»Wieso können wir nicht ein einziges Mal richtig schöne Ferien haben?«, murrte Jens, nachdem sie eine halbe Stunde lang hinausgestarrt hatten.

»Was sind richtig schöne Ferien?«, fragte Joe zurück.

»Etwas, das funktioniert«, erklärte Jens. »Etwas, das wir uns vornehmen und dann auch wirklich machen.«

»Hatten wir das noch nie?«, fragte sie verwundert. Das war scheinheilig, und Jens platzte.

»Wie sollten wir«, rief er, »wenn du es nicht mal schaffst, ein Boot zu reservieren.«

Joe schwieg, Jens auch. Erst als sie wieder zur Tasse griff, stellte er fest: »Ans Meer sind wir auch noch nie gefahren.«

»Wir hatten nie das nötige Geld«, antwortete Joe, als sei das eine Entschuldigung.

»Du hast es aber hundertmal versprochen.«

Joe zögerte. »Stimmt«, gab sie zu und stellte die Tasse wieder hin, ohne daraus getrunken zu haben. Sie sah erneut aus dem Fenster, und Jens rechnete schon damit, dass sie jetzt wieder über Stunden in ihrer Welt versank, doch da winkte sie kurzentschlossen der Bedienung. »Komm«, sagte sie zu Jens, nachdem sie bezahlt hatte, fasste ihn am Handgelenk und zog ihn mit sich hinaus.

Sie trieften, als sie die Autovermietung im Seefeld erreichten, und Matthias, Josefas Chef, wunderte sich nicht schlecht, dass sie an ihrem freien Tag vorbeikam. Er wunderte sich nicht mehr, als sie ihm erklärte, dass er ihr für den Rest der Woche freigeben müsse. »Der Junge hatte noch nie richtige Ferien«, sagte sie, und wenn auch die Schulferien eine beliebte Umzugszeit waren und die Vermietung einem Bienenstock glich, hatte Matthias ihrem flehenden Blick nichts entgegenzusetzen. (Matthias war Single, und Jens war längst überzeugt, dass er in Joe verknallt war, er hatte ihr das auch gesagt. Joe hatte Matthias daraufhin als Milchbubi bezeichnet und einmal mehr betont, dass alle interessanten Männer stets vergeben seien.)

»Jens zuliebe«, sagte Matthias und erhielt von Joe einen Kuss auf die Backe gedrückt.

»Ein Auto bräuchten wir auch noch«, sagte sie gleich darauf, als wüsste sie nicht, dass alle Autos vermietet waren.

Matthias zögerte. »Du kannst den alten Klepper haben«, sagte er, »auf eigene Verantwortung.«

In der Garage stand ein ausgedienter Kombi, der Schwierigkeiten mit der Schaltung machte, an den schien Joe ohnehin gedacht zu haben, jedenfalls angelte sie zufrieden den Schlüssel vom Brett, während Matthias sich erkundigte, wohin sie fahren wollten. Joe zuckte gleichgültig mit den Schultern und sah Jens an.

»Ans Meer«, erklärte Jens ernst, »nach Cannes.«

»Für die paar Tage?«, rief sie und lachte schallend. »Meinetwegen«, sagte sie dann aber und begann fröhlich, Musik für die Fahrt zusammenzukramen.

»Ich weiß nicht, ob der Kombi das mitmacht«, sagte Matthias etwas besorgt, doch Joe winkte nur ab und verschwand auf der Suche nach einer bestimmten CD in der Teeküche. Währenddessen zeigte Matthias Jens auf der großen Europakarte, die die halbe Bürowand überzog, welche Strecke sie in den paar Tagen zu bewältigen hatten, als hoffte er, dass Jens es sich nochmals überlegen würde: nach Arth-Goldau und durch den Gotthard, dann das Tessin hinab nach …

»Wir fahren durch die Romandie«, rief Joe dazwischen, ohne ihre Suche zu unterbrechen.

»Das ist aber noch weiter«, stellte Matthias fest.

Joe hatte inzwischen ihre CDs beisammen, sie trat zu ihnen und fuhr die Strecke mit dem Finger ab. »Olten, Biel, Neuchâtel, Genfersee. Danach müssen wir nur noch schnurgerade hinunter. Ich wette, die Strecke ist tausendmal schöner.«

Während sie sich abwandte, um einen Reiseatlas von Babettes Schreibtisch zu nehmen und ihn einzupacken, raunte Jens Matthias zu: »Mein Papa lebt im Tessin, deshalb will sie dort nicht hin.«

»Ach so«, sagte Matthias und lief rot an. »Vertragen sie sich nicht?«

»Keine Ahnung, ob sie sich vertragen *würden*«, sagte Jens altklug, »er hat uns sitzenlassen, ehe ich geboren war.«

»Denkt ihr, ich höre euch nicht flüstern?«, fragte Josefa,

die gerade ihre Schubladen durchwühlte. »Ich hätte schwören können, ich hätte hier noch Geld gebunkert«, bemerkte sie endlich entnervt und richtete sich auf. »Borgst du mir was?«, fragte sie und schenkte Matthias ein für ihre Verhältnisse schon ziemlich breites Lächeln. »Meine Kreditkarte ist zurzeit gesperrt.«

Jens schämte sich für sie – er schämte sich noch mehr, als Matthias ohne zu zögern in seine Brieftasche fasste und ihr gab, was er bei sich hatte.

Sie nahm die Scheine und drückte ihm einen weiteren Kuss auf die Backe. »Du bist ein richtiger Freund«, sagte sie, dann hatte sie sich schon abgewandt und schob Jens aus der Tür.

»Los geht's«, rief sie.

»Wir bringen dir was mit«, versprach Jens und wollte sich noch umdrehen, um ihm zu winken, doch Joe ließ nicht mehr zu, dass er stehen blieb.

Mit stotterndem Motor fuhren sie durch den Regen und verließen die Stadt. Bestimmt hundertmal hörten sie France Galls *Mes premières vraies vacances* und sangen lauthals mit. Doch allzu weit kamen sie nicht, auf der Landstraße bei Biel begann das Kühlwasser zu kochen. Joe lenkte den Kombi an den Straßenrand, stieg aus und begutachtete den Schaden. Der Regen hatte aufgehört, Jens sah ihr eine Weile zu, dann lehnte er sich gegen den Kotflügel und betrachtete die Gegend. In den Wiesen stand ein eigenartig gefiedertes Gras, fein wie Spinnweb, in dem die Feuchtigkeit glitzerte. Ohne den Lärm des Motors und ohne die Musik schien ihm die Welt mit einem Mal sehr still.

»In welcher Richtung liegt das Meer?«, fragte er.

Joe wischte die Hände an einem Taschentuch ab, ehe sie grob nach Süden zeigte, dann kletterte sie auf das Wagendach und zündete sich eine Zigarette an. Die Wolkendecke war aufgerissen, sie legte sich auf den Rücken und drehte das Gesicht in die Sonne.

»Was ist jetzt?«, fragte Jens nach einer Weile. Besorgt betrachtete er die Berge, die zwischen ihnen und dem Meer standen.

»Der Motor muss erst abkühlen«, sagte sie träge, dann wandte sie unmerklich den Kopf, öffnete die Lider eine Spur und betrachtete ihn. »Hältst du Wache?«, fragte sie spöttisch. »Nun komm schon hoch.«

Jens schüttelte den Kopf. »Mama, fahren wir weiter«, bat er.

»Jens Jesse Jackson, das kälteste Auge Chicagos«, sagte Joe grinsend. »Meinetwegen, fahren wir ans Meer.«

Sie sprang vom Dach und schloss die Motorhaube. »Wir müssen noch Zahnbürsten kaufen«, fiel ihr ein, als sie einstiegen, »und etwas zum Umziehen für den Strand.«

Das nächste Dorf trug bereits einen französischen Namen, und damit hatte die Reise so richtig begonnen. Bei einer Apotheke parkte Josefa, sie kauften das Nötigste an Toilettenartikeln, danach durchstöberten sie den Secondhandladen nebenan, der sich als eine verwinkelte, von Kleiderständern, unausgepackten Koffern und Schachteln verstellte Flucht von Räumen entpuppte, in der sie einander kaum wiederfanden.

»Wäre das nicht etwas für meine *Deern*?«, fragte Joe scherzhaft, während sie ihm ein Strandkleid anhielt. Grinsend und etwas überrumpelt schob er ihren Arm beiseite, in der Öffentlichkeit hatte er sich noch nie als Mädchen verkleidet, doch noch mehrmals witzelten sie, wie gut dieses Röckchen und jene Bluse ihm stehen würde, und als Joe sich endlich für ein weißes plissiertes Kleid und flache Tanzschuhe aus den Siebzigern entschied, schlüpfte er kurz entschlossen in ein ganz ähnliches in Minzgrün, in dem er, wie Joe fand, aussah wie France Gall.

Sie beschlossen, die Kleider gleich anzubehalten, dazu kauften sie Haarreife und einen Damenslip für Jens, weil seine Boxershorts unter dem Kleid so sehr auftrugen, dann stolzierten sie mit schwingenden Hüften zum Kombi, um ihre Sachen in den Laderaum zu werfen, und Joe zog im Rückspiegel flüchtig Lippenstift nach. Als Jens ihr die gespitzten Lippen hinhielt, schminkte sie ihn ebenfalls, danach betraten sie ein Café etwas weiter unten an der Straße, um ihren Kauf mit *Croque-Monsieur* und Milchkaffee zu feiern.

An ihrem Nebentisch unterhielten sich zwei Mädchen und zwei Jungen von sechzehn oder siebzehn Jahren im französischen Dialekt der Gegend. Jens und Josefa kauten stumm, ab und zu sahen sie einander mit vollen Backen verschmitzt an, sie verstanden nicht allzu viel.

»Ihr seid nicht von hier, oder?«, fragte sie plötzlich eines der Mädchen. Sie war braunhaarig, mit rastlosen Augen und hübschen eingefalteten Mundwinkeln.

»Wir? Nein«, sagte Joe etwas überhastet und lächelte verlegen, dann griff sie wieder zu ihrer Tasse.

»Ihr seid sehr schön«, stellte der Junge dreist fest. Die

anderen Jugendlichen lachten, und das zweite Mädchen erklärte entschuldigend: »Hier in der Gegend gibt es eben nicht sehr viele Mädchen.« Sie trug das Haar unter einem gefalteten Tuch zurückgebunden, die Lider hatte sie mit einem groben türkisfarbenen Strich geschminkt.

»Und mit uns beiden hatte er schon was«, fügte das erste Mädchen fröhlich hinzu.

Der Junge beachtete sie nicht. »Seid ihr hier in den Ferien?«, forschte er weiter.

Joe nickte. »Wir sind auf der Durchreise.«

»Ah nein, bleibt doch etwas!«, rief er enttäuscht. Jens sah erstaunt, dass Joe errötete, er konnte sich allerdings keinen Reim darauf machen, bis das erste Mädchen flachste: »Um die Wahrheit zu sagen, er bräuchte wirklich einmal eine etwas erfahrenere Frau.«

Joe lachte mit ihnen, mit etwas Verzögerung lachte auch Jens, obwohl er nicht sicher war, dass er richtig verstanden hatte. Er fragte sich, für wie alt sie seine Mutter hielten.

Inzwischen erkundigte sich der andere Junge, ein langer, hagerer mit Brille, dessen dünne Haare in spitzen Strähnen in die Stirn gekämmt waren: »Versteht ihr überhaupt Französisch?« Es war das erste Mal, dass er sprach.

»Ein bisschen«, sagte Jens, um nicht der Einzige zu sein, der schwieg.

»Was sprecht ihr denn, Deutsch?«, fragte der Hagere nach, und als Jens nickte, wechselte der erste Junge ins Deutsche.

»Sie sagte, ich brauche eine erfahrene Frau«, erklärte er Joe, »und das stimmt. Ich will gern etwas dazulernen.«

»Aber die hier ist auch süß«, bemerkte das Mädchen mit

den rastlosen Augen überdreht auf Französisch und fuhr neckend mit den Fingern durch Jens' Haar.

Unwillkürlich wich Jens zurück und lehnte sich an Josefa, dabei freute er sich diebisch, dass sie ihn offensichtlich für ein Mädchen hielt.

»Seid ihr mit euren Eltern hier?«, fragte der Hagere wieder auf Deutsch. Er war nervös geworden – so als fürchte er plötzlich, sich lächerlich zu machen.

Jens begriff erst jetzt, dass man sie für Schwestern hielt. »Ja«, rief er in seinem Übermut.

»Nein«, rief Josefa gleichzeitig, »das fehlte ja noch!«

Die anderen lachten verwirrt, Jens kicherte.

»Und was stimmt nun?«, fragte das Mädchen mit den hübschen Mundwinkeln.

»Mit dem da«, erklärte Jens und zeigte nach draußen, »mit dem Kombi.«

»Nicht möglich«, rief der erste Junge bewundernd und setzte sich sofort neben Joe, »du hast schon den Führerschein?«

Joe legte erst das *Croque-Monsieur* zur Seite, dann zückte sie den Fahrausweis, schob ihn aber in die Hülle zurück, ehe der Junge ihr Geburtsjahr lesen konnte.

»Nun lass sie doch essen«, fuhr das zweite Mädchen ihn an, etwas zu heftig, wie Jens fand.

»Nein, ich liebe sie«, antwortete der Junge bestimmt und hing so hemmungslos an Joes Lippen, dass sie vor Lachen tatsächlich nicht weiteressen konnte.

»Ihr seid kindisch«, sagte der Hagere.

»Stimmt«, fand auch das zweite Mädchen und stand auf. »Ich gehe mich schminken, wer kommt mit?«

Jens sprang sofort auf.

»Wir essen eigentlich«, sagte Josefa, doch er setzte seinen Dackelblick auf, und weil er sein *Croque-Monsieur* längst verschlungen hatte, ließ sie ihn mit den beiden Mädchen gehen.

Vom Mädchen mit den hübschen Mundwinkeln hatte er sich gerade zwei Haarspangen geliehen, um sich einen Mittelscheitel zu machen, als Joe hereinplatzte, ihn am Arm griff und mit sich zog. Jens wehrte sich vergeblich, er war zu Tode erschrocken. Joe zerrte ihn ohne Kommentar die Treppe hoch, nach einigen Stufen sah er ein, dass er gegen sie nicht ankam, und ging freiwillig mit. Sie war sehr offensichtlich nicht in der Laune für Verhandlungen.

»Was ist denn los?«, maulte er und ärgerte sich darüber, dass er den Tränen nahe war.

»Das erkläre ich dir später«, sagte sie nur.

Der erste Junge saß allein an seinem Platz und rauchte nervös. »Tut mir leid«, murmelte er, doch Joe reagierte darauf nicht.

Es hatte wieder zu regnen begonnen. Sie stiegen in den Wagen, Joe versuchte, den Motor zu starten, er stotterte erst nur.

»Scheißkarre«, rief sie, »jetzt sag nicht, wir sitzen in diesem Scheißkaff fest!«

Gleich darauf sprang der Motor jedoch an, sie verließen das Städtchen, und Jens wagte wieder, den Mund zu öffnen. »Mit dir machen Ferien keinen Spaß«, stellte er fest.

»Wisch die Schminke ab«, antwortete sie nur, »und zieh dich um, in diesem Fetzen holst du dir den Tod.«

Jens trotzte noch etwas, dann allerdings weckte der Regen, der in kleinen, welligen Strähnen die Seitenfenster hinabfloss, wieder seine Vorfreude auf das Meer, und als er schließlich wegdöste, war er fast sicher, wenn er die Augen wieder aufschlüge, wären sie bereits in Cannes.

Was ihn weckte, war jedoch kein Meeresrauschen, sondern Joes Fluchen. Noch immer fuhren sie in Nebel und Nieselregen, der Motor ratterte inzwischen wie ein Rasenmäher.

»Sind wir schon da?«, fragte er, als Joe von der Landstraße abbog – es war allerdings mehr eine Beschwörung als eine Frage, denn er hatte an einem Fahnenmast eine durchnässte Schweizerflagge kleben sehen.

»Wir nehmen hier ein Zimmer«, erklärte Joe. »Ich habe nicht die geringste Lust, mit der Karre bei diesem Sauwetter nachts irgendwo auf offener Straße stehen zu bleiben.«

»Und das Meer?«, rief Jens, obwohl er wusste, dass sie recht hatte. »Nie hältst du deine Versprechen!«

Doch sie hatte bereits gegenüber der Dorfkirche eine Pension entdeckt. Eben fuhr sie auf den Parkplatz, da knallte es unter der Motorhaube, das Getriebe versagte, und sie rollten aus. Joe stieg lachend aus.

»Du brauchst gar nicht so doof zu lachen«, rief Jens nach draußen.

»Ich lache doch nicht über dich«, sagte sie gutmütig, »und nun komm schon.«

Erst zog er fröstelnd die Knie unters Kinn und beobachtete vom Wagen aus, wie sie zur Pension ging. Bis er ihr nachgerannt war, sprach sie bereits mit einem korpulenten Mann in Hemdsärmeln, der breit in der Türfüllung stand.

»Um diese Jahreszeit nehmen wir keine Gäste auf«, erklärte er in einem eigenartig kollernden Französisch.

Sie standen vor ihm im Regen und froren. »Das Auto ist kaputt«, sagte Joe. »Gibt es denn ein Hotel, das geöffnet hat?«

»Nein«, sagte der Wirt. Doch er zögerte, und als er sich abwandte und hinter den Tresen ging, ließ er die Tür offen stehen. »Ich gebe Ihnen ein großes Bett«, sagte er, »das macht mir weniger Arbeit.« Erleichtert gingen sie ihm nach. »Die Sechs«, sagte er und schob ihr den Meldeblock zu. »Doppelbett, Gemeinschaftsbad gegenüber. Ich brauche Ausweis und Unterschrift.« Joe setzte ihren Namen auf den Block, der Wirt nahm einen Schlüssel vom Haken und stieg vor ihnen eine finstere Treppe empor.

Ihr Zimmer war leer bis auf ein breites, noch nicht bezogenes Bett mit Nachttisch und einen Sessel. Der Wirt winkte sie hinein und ging gleich wieder. Kurz standen sie etwas ratlos im Raum, dann trat Jens ans Fenster.

»Dort unten steht unser Kombi«, stellte er fest. Soeben parkte ein anderer Wagen, ein älteres Paar stieg aus, die Frau rannte gleich durch den Regen auf die Pension zu. Der Mann hob erst eine Tasche aus dem Kofferraum, dann ging er ihr so gemessen nach, als bemerke er den Regen nicht.

Während Jens hinaussah, trat Joe hinter ihn, in einem Anfall von Zärtlichkeit legte sie die Arme um seinen Körper, stützte das Kinn auf seinen Scheitel und sah über ihn hinweg hinaus. »Höchste Zeit, die Kiste auszumustern«, stellte sie fest. »Aber erst spring bitte nochmals an.« Zur Beschwörung klopfte sie aufs Fensterbrett, dann küsste sie sein Haar, doch Jens war schon dabei, sich zu befreien.

»Was ist nun mit dem Meer?«, fragte er ungeduldig.

Einige Minuten später hörte es auf zu regnen, und Joe überredete ihn, an die frische Luft zu gehen. Sie waren kaum einige Schritte gegangen, da öffneten sich die engen Gassen, und vor ihnen dehnte sich grau und unabsehbar weit der Genfersee. Überrascht blieben sie stehen, dann rannte Jens ans Ufer, das aus groben Kieseln und zerschlagenen Ziegeln bestand, hob einen schwarzen, abgeschliffenen Stein auf und drehte ihn in der Hand. Das Wasser war an dieser Stelle fast vollkommen glatt, einzelne welke Blätter trieben darauf, und weil der Nebel das gegenüberliegende Ufer verschluckt hatte, konnte man sich leicht einbilden, man sei am Meer.

Josefa schien dasselbe zu denken. »Zugegeben, es ist nicht Cannes«, sagte sie, als sie ihm nachgekommen war. »Immerhin war hier früher tatsächlich das Meer. Bevor die Alpen kamen.«

Jens runzelte die Stirn. »Mama, das ist hundert Millionen Jahre her.« Gleichzeitig streckte er den Arm aus und ließ den Stein über die offene Handfläche ins Wasser rollen. Die Wellen, die er schlug, glitten wie schwerelos in den See hinaus und verloren sich ganz allmählich in der von mattem Licht erfüllten Leere über der Seemitte, die nicht mehr verriet, was Wasser und was Nebel war. Es sah sehr hübsch aus.

Doch er fror. »Wird es in Cannes etwa auch so kalt?«, fragte er.

Joe lachte nur. »Gehen wir zurück?«, fragte sie und streckte den Arm aus. Hand in Hand rannten sie die Böschung hinauf, zurück ins Dorf.

Als sie wieder in der Pension waren, beschlossen sie, ein Bad zu nehmen. Durch das schmale, mit Spakflecken übersäte Milchglasfenster drang kaum noch Licht. Der Raum war sehr hoch, die schwache Glühbirne, die an einem kurzen Kabel von der Decke hing, gab nicht genug Licht, um den Boden zu beleuchten. Von Wänden und Decke blätterte die Farbe – alles wirkte etwas schmuddelig.

Josefa verspottete Jens, der sich beim Ausziehen Mühe gab, den Boden nicht zu berühren. »An etwas Dreck ist noch niemand gestorben«, sagte sie und spritzte ihn nass. Als er sich gleich darauf beschwerte, das Wasser sei zu warm, zog sie ihn kurzerhand in die Wanne und tauchte ihn unter.

Japsend tauchte er wieder auf und spuckte, dann setzte er sich auf sie und betrachtete ihre Brüste. »Und darum machen alle so ein Trara?«, fragte er.

Josefa schubste ihn von ihren Knien und bezeichnete ihn als Dilettanten, dann räkelte sie sich, fläzte sich in die Wanne und sagte: »Bei uns zu Hause war es völlig normal, dass man sich nackt sah. In unserem Haus an der Küste hatten wir nur ein Bad, und wenn wir vom Schwimmen kamen und uns vor dem Abendessen noch schnell das Salz abwaschen wollten, stieg oft einer zum anderen in die Dusche.«

Es war seit Ewigkeiten nicht mehr vorgekommen, dass sie von ihrer Kindheit erzählt hatte. »Mehr«, bettelte Jens. Doch sie vertröstete ihn auf später. Die Hitze und das trübe Licht machten auch ihn träge, beide legten sie die Köpfe auf den Wannenrand und schlossen die Augen. Es war sehr still. Nur gelegentlich rauschte eine Leitung in der Wand, und in regelmäßigen Abständen tropfte Kondenswasser auf die matten Kacheln. Dann allerdings versuchte jemand, die Tür zu öffnen.

Joe setzte sich ächzend auf. »Besetzt«, rief sie.

Kurz war es wieder still, dann klopfte es, und nochmals wurde die Klinke gedrückt. Es hatte etwas Gespenstisches, sie hielten den Atem an und lauschten. Und wieder klopfte es.

»Also wirklich«, sagte Joe.

Jens kicherte und legte sich wieder zurück, doch Joe zog bereits den Stöpsel, stieg aus der Wanne und trocknete sich ab. »Raus mit dir«, rief sie und streckte ihm ein Tuch entgegen, »länger als zehn Minuten ist ungesund.«

Murrend trocknete Jens sich ab, vergeblich versuchte er, seine Strümpfe zu angeln, ohne die Wanne zu verlassen.

»Was soll das werden?«, fragte sie interessiert.

»Es ist so furchtbar dreckig«, murrte Jens, »jetzt hilf mir mal.«

Doch Joe dachte nicht daran. Sie wickelte sich in ihr Tuch, löschte das Licht und verließ das Bad.

»Mami!«, rief er entgeistert und sprang aus der Wanne. Ohne sich noch um den schmutzigen Boden zu scheren, schnappte er seine Kleider und rannte ihr nach.

Im Flur fiel ihm wieder ein, dass sie eigentlich ans Meer wollten, und als er ins Zimmer trat, drängelte er, sie solle den Kombi reparieren. »Es ist fast Nacht, Jens«, erinnerte sie ihn, »wie soll ich das anstellen?« Gleich darauf ließ sie sich in den Sessel fallen, zog ihn auf ihren Schoß und hielt ihn fest. Mit ungewohnt weicher Stimme sagte sie: »Dafür erzähle ich dir von unserem Haus am Meer.« Jens verstummte schlagartig, er kuschelte sich an sie und begann, mit ihrem Haar zu spielen. Sie hatten kein Licht gemacht und waren noch immer nur in die Badetücher gehüllt, sahen in die wachsende Dunkelheit hinaus, während Josefa überlegte, und endlich begann sie leise zu erzählen.

»Das Haus hatte meinen Großeltern gehört, den Eltern deines Großvaters.«

»Wie waren sie?«

»Ich weiß nicht mehr viel. Oma starb, als ich ganz klein war, und als Opa starb, war ich auch erst zehn oder so.«

»Wie ich jetzt«, stellte Jens fest. »War es sehr schlimm für dich, als er starb?«

Joe schüttelte den Kopf. »Das Haus blieb immer genau gleich, ihre Möbel, ihre Bilder – es war, als wären sie noch da.«

»Und dort hast du dann mit deinen Eltern gewohnt?«

»Nur an den Wochenenden und in den Ferien, wir hatten ja noch eine Wohnung im Städtchen.«

»In Lütjenburg.«

»Genau. Und meist kamen auch Anna und ihre Eltern mit.«

»Genau, und Anna und du, ihr seid immer mit dem Fahrrad zum Haus am Meer gefahren, und dann bist du mit deinem Papa segeln gegangen.«

»Oder ich segelte allein, oder mit Mama ...«

»Aber die Regatta bist du immer mit ihm gesegelt«, hakte Jens nach, »das hast du mir mal so erzählt.«

»Na, dann wird es wohl stimmen«, sagte Josefa vage, sie schien keine große Lust zu haben, daran zurückzudenken. Das war Jens aber egal.

»Ihr habt sogar gewonnen«, erinnerte er sie.

Joe lachte bereits wieder etwas. »Das war keine so große Kunst«, sagte sie, »das war nicht die ›Kieler Woche‹, das waren kleine Regatten, die der lokale Segelklub organisiert hatte.«

»Was ist die ›Kieler Woche‹?«

»Die größte Regatta auf der Ostsee«, sagte Joe.

Jens hätte gern mehr darüber gewusst, doch danach konnte er sie immer noch fragen. Er musste es ausnützen, dass sie von ihrer Familie sprach, das tat sie fast nie.

»Und Anna?«, fragte er. »Ist die nie mit dir gesegelt?«

»Anna hat uns vom Ufer angefeuert, sie ist wasserscheu.«

Jens kicherte. »Wie kann man wasserscheu sein, wenn man am Meer lebt!«

»Flugangst hat sie auch, soweit ich mich erinnere.«

»Dann fährt sie sicher auch nicht Auto.«

»Keine Ahnung«, sagte Joe. »Als ich fortging, waren wir noch nicht achtzehn.«

»Dafür hattet ihr beide dicke Zöpfe«, erinnerte Jens, das hatte sie ihm vor einigen Jahren verraten, als sie ein Märchenbuch angeschaut hatten.

Joe lachte. »Mit sieben oder so.«

Sie schwieg eine Weile, auch Jens dachte nach, dann fragte er: »Gibt es das Boot noch?«

»Nein«, sagte Joe sofort. »Nein, das kann ich mir nicht denken. So ein Boot hält nicht ewig.«

»Aber das Haus?«

Joe beugte sich vor, kramte in ihrer Tasche und zündete sich eine Zigarette an. »Vermutlich«, sagte sie mit wackeliger Stimme – aber vielleicht war das nur, weil sie den Rauch noch in der Lunge behielt. »Ich weiß es nicht. Ich will es gar nicht wissen.«

Jens setzte sich so, dass er ihr ins Gesicht sehen konnte.

Im Dunkeln sah er ihre Augen kaum. »Würdest du nicht gern zurückgehen?«, fragte er.

»Um Himmels willen«, rief sie, »alles lieber als das!«

Jens erschrak über die Entschiedenheit, mit der sie seinen Kopf zurück an ihre Brust zog. »Aber dann hätten wir das Meer vor der Haustür«, erinnerte er sie. Plötzlich war er ganz aufgeregt. »Wir könnten segeln, wann immer wir wollen, ich könnte sogar mit dir Regatten segeln.«

Eine Sekunde lang bildete er sich ein, es sei die Vorfreude, die sie den Atem anhalten ließ, doch Josefa hatte nur einen Zug von ihrer Zigarette genommen. Gleich darauf schob sie ihn von sich, beugte sich vor und tastete nach der Zigarettenschachtel, um den Deckel als Aschenbecher zu benutzen. Sie drehte die Asche von der Glut, dann lehnte sie sich zurück und stieß endlich den Rauch aus. »Du hast immer nur Segeln im Kopf«, stellte sie fest.

»Na und?«, sagte Jens enttäuscht. »Wieso können wir nicht *einmal* etwas durchziehen? Bei allen passiert so viel – die Eltern von Mario lassen sich scheiden, Adrian zieht nach Mexiko, der Vater von Christoph ist irgendwo Direktor geworden, jetzt kaufen sie sich ein Haus –, bei allen ist was los, nur bei uns nicht.«

Joe antwortete erst nach einer Weile. »Mit dem, was ich verdiene, können wir nun mal keine großen Sprünge machen«, sagte sie.

»Such dir eine bessere Stelle«, forderte Jens.

»Ich finde keine bessere Stelle«, antwortete sie so geduldig, als spreche sie zu einem Kleinkind – obwohl sie genau wusste, dass er das nicht ausstehen konnte. »Ich habe mit siebzehn die Schule geschmissen, ich habe keinen Abschluss.«

Jens war wütend, sie hatte das Gespräch in eine Richtung gelenkt, in der er keine Chance hatte. »Stimmt, die Schule hast du ja auch geschmissen«, sagte er so verletzend wie möglich, »das ist auch wieder typisch für dich.« Er rechnete damit, dass sie ihn vom Schoß stieß, doch sie schien seine Gemeinheit gar nicht bemerkt zu haben. »Hätte ich es nicht getan«, sagte sie, während sie vorsichtig die Zigarette im Pappdeckel ausdrückte, »wärst du heute nicht auf der Welt.«

Ihre Ruhe steckte ihn an. »Gibt es denn keine Schule für Erwachsene?«, fragte er.

Joe ließ ein äußerst knappes Lachen hören. »Du willst mich noch mal in die Schule schicken?«, fragte sie zurück. »Vergiss es.«

»Vielleicht brauchst du auch gar keinen Abschluss«, sagte er hoffnungsfroh, »Anna kann dir bestimmt helfen, eine gute Stelle zu finden.«

Josefa schob ihn kurz von sich und sah ihn befremdet an, dann ließ sie ihn wieder an ihren Busen. »Ich will nicht, dass Anna mir hilft«, sagte sie so leise, dass er nachfragen musste. »Ich will nicht zurück, Jens«, fügte sie fast noch leiser hinzu.

Jens konnte es noch immer nicht fassen. »Aber warum nicht?«, rief er. »Es ist doch genial.«

Anstatt zu antworten, zündete Joe sich eine weitere Zigarette an, dann bat sie: »Können wir über etwas anderes reden?«

Jens schwieg. Er sah wieder hinaus, inzwischen war es Nacht geworden. Bei jedem Zug, den Josefa nahm, leuchtete ihr Spiegelbild im Fenster auf – sobald die Glut nachließ, verschwand es wieder in der Dunkelheit. Er war traurig, aber es war schön auf ihrem Schoß, und allmählich begannen seine Gedanken wieder um ihre Reise zu kreisen, um den heutigen Tag und um ihre sonderbaren Erlebnisse bisher.

»Mama«, fragte er nach einer Weile, »glaubst du, die im Café haben mich wirklich für ein Mädchen gehalten?«

Eine Weile wusste er nicht, ob sie ihn gehört hatte, dann fragte sie: »Würde dir das gefallen?«

Er dachte nach. »Ich weiß nicht«, sagte er schließlich. »Eigentlich ist es sowieso doof, dass man nur eines von beidem sein kann.«

Joe verschluckte sich vor Lachen fast am Rauch, er boxte sie etwas, dann kuschelten sie sich nochmals aneinander und sahen schweigend hinaus.

Als sie sich endlich aufrafften, um essen zu gehen, glaubten sie, es sei bereits später Abend, tatsächlich war es erst kurz nach neun Uhr. Auf der anderen Seite des Dorfplatzes fanden sie ein Restaurant, ein Bierlokal mit Schiefertischen, heller Täfelung und einem Schaukasten voller Pokale. Es war allerdings voll, ein Verein feierte, und es dauerte lange, bis sie bedient wurden. An einem der Nebentische saß das Paar, das Jens vom Fenster aus beobachtet hatte. Während Joe und er warteten, überfiel ihn mit aller Wucht die Müdigkeit des langen Tages, und als endlich das Essen kam, stocherte er nur noch in seinem Teller. Er fror vor Müdigkeit, und während sie auf die Rechnung warteten, schlief er ein.

Er wachte erst wieder auf, als ihn der Mann vom Nebentisch in der Pension die Treppe zu den Zimmern emportrug. Er strampelte sich frei, ungeduldig wartete er darauf, dass Josefa aufschloss, dann drängte er ins Zimmer, ließ sich aufs Bett fallen und schlief gleich wieder ein. Als er nachts aufwachte, stellte er fest, dass Joe nicht neben ihm lag. Er erschrak etwas, dann entdeckte er sie aber im Sessel, wie sie ihr Haar flocht und ins Leere sah.

»Was machst du dort?«, fragte er.

»Schlaf weiter«, antwortete sie nur.

»Wie spät ist es?«

Joe warf einen Blick auf den Kirchturm.

»Noch nicht einmal sechs. Schlaf.«

»Wieso sitzt du da?«

Sie zögerte. »Ich komme gleich«, sagte sie, dann stand sie auch schon auf und deckte ihn zu. Im selben Augenblick schlief er wieder ein.

Als er das nächste Mal erwachte, war er tatsächlich allein im Zimmer. Es war heller Tag. Blinzelnd stand er auf und trat ans Fenster. Der Himmel war bleich, es herrschte Hochnebel, unten auf dem Platz stand Josefa über den Motor des Kombi gebeugt. Während er sich anzog, sah er zu, wie sie Teilchen abschraubte. Bis er auf den Platz trat, hatte sie die Motorhaube allerdings schon wieder geschlossen, sie lehnte am Wagen und erwartete ihn.

»Ausgeschlafen?«, fragte sie.

Er kämpfte noch mit einem verdrehten Ärmel. »Ich habe Hunger«, sagte er, während er stillhielt, damit sie ihm den Ärmel entwirren konnte.

»Ich habe schon alles ausgekundschaftet«, sagte sie, »dort hinten ist ein Café.« Sie machte eine vage Kopfbewegung über den Platz hin, dann hakte sie sich bei ihm ein und zog ihn mit sich. Währenddessen verließ der Mann, der ihn die

Treppe hochgetragen hatte, die Pension und ging an ihnen vorbei. Er schien sie nicht zu bemerken, zumindest grüßte er nicht.

»Der hat wohl schlechte Laune«, sagte Joe.

»Was machen die denn hier«, fragte Jens, »haben die auch eine Panne?«

Joe lachte. »Kann man so sagen«, antwortete sie. »Er und seine Frau haben sich vor Urzeiten in genau dieser Pension kennengelernt. Jetzt haben sie offenbar einen Neuanfang nötig, deshalb sind sie zurückgekehrt.«

»Scheint nicht zu funktionieren«, stellte Jens fest.

»Richtig«, sagte Joe. »Und was lernen wir daraus? Meide die Schauplätze deiner Vergangenheit.«

Jens wusste, woran sie dachte. »Vielleicht haben sie auch nur zu lange gewartet«, wandte er ein.

Joe schwieg, bis sie das Café erreichten, einen Bau aus Sichtbeton und Aluminium, der direkt am See auf einer künstlichen Uferterrasse stand. »Du hast noch gar nicht nach dem Auto gefragt«, stellte sie fest, nachdem sie bedient worden waren.

Jens schob sich eben ein dick mit Salzbutter bestrichenes Baguette in den Mund, ihr Tonfall machte ihn misstrauisch. »Sag bloß, du kannst es nicht reparieren.«

»Das fährt keinen Meter mehr«, sagte sie mit aufreizender Gelassenheit.

Für einen Augenblick kämpfte Jens mit den Tränen, doch dann hatte er die Lösung. »Nehmen wir eben den Zug«, sagte er und kaute weiter.

»Bis Cannes?« Sie sagte es, als habe er einen schlechten Scherz gemacht, breitete ihr Geld auf dem Tisch aus und zählte. »Zweihundertvierzig Franken«, verkündete sie, »und davon müssen wir noch das Zimmer bezahlen. Vergiss es.«

Jens sah sie fassungslos an. »Aber was wird dann mit dem Meer?«, fragte er.

Joe hob bloß die Schultern um einen Zentimeter, während sie in ihrem Milchkaffee rührte. Jens war bodenlos enttäuscht. Er wandte sich ab und sah aus dem Panoramafenster, das seifig schillerte. Die Gittergardinen waren gelb von Nikotin, dahinter lag der See, doch er sah ganz anders aus als gestern, der Nebel hatte sich gehoben, das gegenüberliegende Ufer lag entblößt. Eine talgfarbene Hochnebeldecke spiegelte sich im Wasser, begrenzt durch steile, konturlose Hügel. Nichts erinnerte ihn noch ans Meer.

»Dort drüben muss schon Frankreich sein«, stellte Joe fest, doch jenes Ufer sah nicht besser aus als ihres.

»Kann man in dem Kaff wenigstens segeln?«, fragte er mürrisch.

Joe sah ihn an, als sei er leicht behindert. »Ohne Wind?«

Jens biss sich auf die Lippe und schob eine Weile Brotkrümel auf der Tischdecke umher. »Dann können wir genauso gut nach Hause«, stellte er schließlich fest.

»Erst muss ich aber noch aufs Klo«, sagte Joe, als sie wieder im Zimmer waren, und nahm eine Zeitung mit.

»Und was tue ich inzwischen?«, rief er ihr nach.

»Mir egal«, rief sie zurück.

Eine Weile lag er auf dem Bett und musterte die Decke, dann robbte er zum Sessel und angelte sich die Plastiktüte mit der Schokolade und den Äpfeln, die sie auf dem Weg zur Pension gekauft hatten. Als Joe aus dem Bad zurückkam und sah, dass er aß, warf sie sich neben ihn auf die Matratze und picknickte mit ihm, danach betrachteten sie gemeinsam die Tapete und spielten Figurenerkennen, ganz so, wie sie es getan hatten, als er noch fünf oder sechs war.

»Wollten wir nicht abreisen?«, fragte er irgendwann, obwohl ihm ausnahmsweise überhaupt nicht nach Ordnung war und er die Langeweile sehr genoss.

Joe dachte kurz nach. »Müssen wir wohl«, sagte sie, während sie sich seufzend aufsetzte und einen Blick aus dem Fenster warf. Doch gleich darauf ließ sie sich wohlig ächzend wieder zurücksinken. »Der Nebel ist zurück«, erklärte sie, »dann können wir ebenso gut bleiben.«

Jens kicherte. »Du und dein Nebel«, sagte er, ehe er unvermittelt auf sie sprang. Er wollte mit ihr rangeln, und Joe versuchte ihn abzuwehren, doch machte sie wohl eine dumme Bewegung, denn gleich darauf verzog sie das Gesicht und schob ihn entschieden von sich.

»Hast du wieder Kopfweh?«, fragte er.

Ohne zu antworten, stand sie auf und holte sich Wasser, um einige Tabletten zu schlucken, die sie aus einem Döschen schüttelte. Dann legte sie sich wieder neben ihn und schloss die Augen.

»Heute Nacht, als mich der Mann die Treppe hochgetragen hat«, sagte Jens, »dachte ich erst, das ist mein Vater.«

Joe öffnete schlagartig die Augen und sah ihn irritiert an. »Wie um alles in der Welt kamst du darauf?«, fragte sie.

Jens zuckte mit den Schultern. »Aber der wäre bestimmt nicht so nett gewesen, mich hochzutragen«, sagte er.

»Dein Vater war sogar ziemlich nett«, stellte sie noch immer sehr verwundert klar.

»Glaube ich dir nicht«, beharrte Jens, »sonst hätte er uns nicht sitzenlassen.«

Joe hob verständnislos die Augenbrauen. »Er hat uns nicht sitzenlassen«, klärte sie ihn auf, »wir hatten ausgemacht, dass er uns in Ruhe lässt.« Der Schmerz schien zurückzukehren, sie schloss wieder die Augen und wartete einen Augenblick, dann sagte sie leiser: »Vielleicht wäre es an der Zeit, dass du ihn kennenlernst.«

Nun war es Jens, der irritiert war, noch niemals hatte sie ihm das vorgeschlagen. »Ich denke, er hat Familie«, sagte er.

»Und wenn schon«, antwortete Joe. »Das ist sein Problem.«

Doch Jens hatte bereits beschlossen, dass er gut ohne ihn klarkam. »Er ist bestimmt so ein Arschloch wie deiner«, sagte er.

Nun wurde Joes Verwunderung so groß, dass sie sich – mit noch immer schmerzverzerrtem Gesicht – aufsetzte. »Wie um Himmels willen kommst du darauf, dass mein Vater ein Arschloch war?«, fragte sie. »Überhaupt, Worte hast du.«

Jens hatte schlagartig das Gefühl, etwas ganz Wesentliches missverstanden zu haben – und sie war schuld daran, sie erklärte ihm ja nichts! »Ist es etwa nicht wegen deinem Vater, dass du nicht nach Lütjenburg zurückwillst?«, rief er wütend. »Und dabei ist er schon lange tot.«

Joe starrte ihn kurz wortlos an, dann lachte sie. »Was so ein Knirps sich nicht alles einbildet…«, murmelte sie, während sie etwas wackelig aufstand, um sich zur Abreise bereitzumachen. Schweigend stiegen beide in ihre Schuhe. All das Schöne war plötzlich vorbei, Jens hatte das Gefühl, es sei doch nur ein verlorener Tag gewesen.

Nachdem sie dem Kombi Lebewohl gesagt hatten, stiegen sie den kleinen Hang zum Bahnhof empor. Der Zug fuhr bereits ein, sie rannten und beschlossen, die Fahrkarten beim Schaffner zu kaufen. Außer Atem ließen sie sich in ein Abteil fallen. Jens brauchte eine Minute, um sich zu erholen, dann entdeckte er, dass schräg gegenüber eine ältere Dame in einem Buch mit einem bemerkenswerten Umschlag las. Das Buch hieß *Die Tote an der Waterkant*. Jens starrte eine Weile auf das Bild, dann flüsterte er: »Die Frau auf dem Buch sieht aus wie du.«

Joe sah hin. »Sehr schmeichelhaft«, sagte sie sarkastisch.

»Wieso, sie ist schön!«

»Sie ist tot, Jens.«

Jens zögerte. »Sie ist trotzdem schön. Was ist eine Waterkant?«

»Waterkant ist einfach das norddeutsche Wort für ›Küste‹.«

»Dann liegt Lütjenburg an der Waterkant?«

»Lütjenburg nicht ganz. Aber unser Wochenendhaus lag da.«

Jens' Augen glänzten. »Ich will auch an die Waterkant«, sagte er.

Josefa stöhnte. »Ich weiß«, antwortete sie, »aber ehe wir über irgendwelche Umzüge reden, leg du mal in der Schule einen Zacken zu.«

Das war wieder so ein typischer Joe-Satz, Jens platzte sofort. »Das sagst du nur, um dich rauszureden«, fuhr er sie an.

»Das sage ich«, entgegnete sie, »weil du es verdammt nötig hast, in der Schule einen Zacken zuzulegen.«

Es war zum Verzweifeln. »Ich begreife nicht, warum du nicht zurückwillst«, rief er. »Du kommst doch von dort, deine ganze Familie kommt von dort – und meine auch.«

»Sie sind alle tot, Jens«, sagte sie. »Wir haben dort niemanden mehr.«

»Anna ist nicht tot.«

»Anna ist nicht Familie«, erklärte sie harsch. »Und jetzt Schluss damit.«

Jens wandte ihr wütend den Rücken zu. »Ich hasse es, von dir abhängig zu sein«, murrte er.

»Dieses Problem haben alle Kinder«, stellte sie ungerührt fest.

»Aber nicht alle haben eine Mutter, die nichts auf die Reihe kriegt!«

Er erwartete, dass sie ihn auslachen würde, aber sie schien fast etwas getroffen. »Ich war bisher recht stolz auf mich«, gestand sie. »Immerhin habe ich einen tollen Sohn großgezogen, und das ohne Hilfe, in einem fremden Land ...«

Er hatte aber nicht die geringste Lust, ihr Komplimente zu machen. »In der Schweiz kann sowieso niemand verhungern«, stellte er klar.

Darauf ging sie nicht ein, und nachdem sie kurze Zeit geschwiegen hatten, schlug Jens versöhnlich vor: »Dafür hilfst du mir künftig bei den Hausaufgaben.«

»Einverstanden«, sagte sie.

»Und wenn ich besser geworden bin, ziehen wir ans Meer.«

Ganz ließ sie sich nicht um den Finger wickeln. Doch immerhin gab sie zur Antwort: »Beweise du erst mal, dass du dich steigern kannst« – und das klang in Jens' Ohren schon ziemlich wie ein »Ja«.

Vier Tage später begann die Schule wieder, und tatsächlich half Josefa ihm bei den Hausaufgaben – jedenfalls, soweit sie dazu fähig war. In der Regel beugte sie sich nur kurz über seine Schulter, warf einen Blick in seine Bücher und stellte fest, dass sie vom Stoff weniger Ahnung hatte als er, setzte sich mit einer Illustrierten neben ihn und leistete ihm stumme Gesellschaft.

Eine Woche nach ihrer Rückkehr beschwerte sie sich, dass er sie nicht lesen ließ.

»Was fummelst du die ganze Zeit an deinen Füßen?«, rief sie. »Das treibt einen ja in den Wahnsinn!«

»Wenn es mich doch juckt«, beschwerte er sich.

Joe ließ ihn die Socken ausziehen und betrachtete seine Füße, die Zehenzwischenräume waren völlig aufgerissen. »Na bestens, auch das noch«, stöhnte sie und griff zum Telefon, um einen Termin bei Kurt zu organisieren.

Am anderen Tag in seiner Praxis untersuchte er sie kurz und diagnostizierte bei ihnen beiden Fußpilz. »Wart ihr im Schwimmbad?«, fragte er.

Jens schüttelte den Kopf und berichtete vom Badezimmer in der Pension.

»Wir wissen überhaupt nicht, ob es von dort ist«, wandte Joe ein.

»Es war ein Dreckloch«, stellte Jens klar und kassierte dafür einen strafenden Blick.

Kurt verordnete ihnen eine Salbe. »In spätestens drei Wochen sollte sich das erledigt haben«, versprach er. »Solange gibt's für Jens aber kein Turnen oder Schwimmen. Braucht er ein Attest?«

Joe schüttelte den Kopf. »Wenn er eines braucht, rufe ich dich an«, sagte sie noch.

Kurt nickte. »Ich habe dir übrigens ein paarmal auf deinen Anrufbeantworter gesprochen«, sagte er.

Joe zögerte nur einen Augenblick. »Ich weiß, es war viel los«, antwortete sie dann.

Jens zog gleichgültig seine Strümpfe an, er horchte erst auf, als Kurt mit etwas wackliger Stimme sagte: »Wir lassen uns scheiden.«

Joe hingegen tat, als ginge sie das überhaupt nichts an. »Ist etwas geschehen?«, fragte sie leichthin, während sie aufstand und in den dicken Pullover schlüpfte, den sie oft statt einer Jacke trug.

Kurt sah ihr schweigend zu. »Mit mir schon«, sagte er endlich.

Doch Joe hielt ihm bereits die Wangen zum Kuss hin, legte die Hand auf die Türklinke und winkte Jens hinaus.

»Kein gemeinsames Abendessen?«, hakte Kurt nach.

Joe lächelte ihn so unverbindlich an, als sei er nur einer ihrer Kunden. »Erst mal nicht«, antwortete sie.

Jens machte ihr Verhalten rasend. »Mami!«, rief er.

»Was?«, fauchte sie ihn an. Sie schien es gar nicht zu schätzen, dass er ihr dazwischenfunkte.

Jens schwieg, doch immerhin bekam Kurt so Zeit, um nachzufragen. »Gibt es jemand anderen?«, erkundigte er sich.

Doch Joe schüttelte nur schweigend den Kopf und wartete darauf, dass Jens sich fertig anzog.

Kurt betrachtete sie beide. »Noch immer nicht genügend Eier für alle, stimmt's?«, sagte er und versuchte ein Lächeln.

»Mami!«, beschwerte Jens sich nochmals, doch diesmal ignorierte sie ihn einfach.

»Ich erkläre es dir irgendwann«, sagte sie zu Kurt und öffnete schon mal die Tür.

Doch Jens machte keine Anstalten zu gehen. »Sie hat immer noch diese Kopfschmerzen«, verriet er.

Kurt wurde hellhörig, doch Joe verdrehte die Augen und winkte ab. »Das liegt in der Familie«, sagte sie.

»Ich habe keine«, stellte Jens klar.

»Weil du kein Mädchen bist«, erklärte Josefa, wobei sie wieder jenen Ton benutzte, als sei er leicht behindert. »Deine Großmutter hatte sie, deine Urgroßmutter auch.« Und zu Kurt sagte sie beschwichtigend: »Das kommt und geht.«

Doch Kurt nahm ihr die Klinke aus der Hand und schloss nochmals die Tür. »Sind die Schmerzen heftig?«, fragte er.

»Ziemlich«, gab sie zu.

»Und wie oft kommen sie?«

»Unterschiedlich«, antwortete sie ausweichend, »nicht *so* oft.« Sie wartete offensichtlich nur darauf, dass er den Weg freimachte.

»Schmerzt es an verschiedenen Stellen?«, fragte Kurt weiter.

Sie lachte. »Eine reicht mir«, sagte sie, doch Kurt lachte nicht.

»Ich würde das gern untersuchen«, erklärte er.

Wieder verdrehte sie die Augen. »Meinetwegen, gib mir einen Termin«, sagte sie. »Lässt du uns jetzt gehen?«

Kurt öffnete die Tür, sie verließ das Behandlungszimmer

und eilte am Empfang vorbei, erst im Treppenhaus blieb sie kurz stehen, um dafür zu sorgen, dass Jens sich die Jacke zuknöpfte.

»Es ist aber nicht kalt«, beschwerte er sich.

Grob nestelte sie an der Jacke herum, dann wandte sie sich ab und ging so eilig die Winterthurerstraße hinab zur Tramstation, dass Jens ihr kaum folgen konnte.

»Geht's auch langsamer?«, rief er. Sie blieb kurz stehen, um den Pullover auszuziehen, danach hetzte sie etwas weniger. »Erklärst du mir bitte, was der Zirkus eben sollte?«, fragte sie ihn, ihre Stimme war giftig. »Du hast mich in eine beschissene Situation gebracht.«

»Ich?«, fragte Jens fassungslos. »Was kann ich dafür, wenn du zu doof bist, seine Einladung anzunehmen?«

Joe blieb so brüsk stehen, dass er in sie rannte. »Ich bin zu doof?«, fragte sie zurück. »Und wer macht jedes Mal eine Riesenszene, wenn Kurt mal bei uns übernachtet?«

»Da wollte er sich auch noch nicht scheiden lassen«, erinnerte sie Jens.

Josefa stutzte, dann weiteten sich ihre Augen. »Du willst damit nicht etwa sagen, ich soll ihn heiraten!« Sie zeigte ihm den Vogel.

Jens kämpfte plötzlich mit Tränen. »Was willst du eigentlich?«, schrie er. »Nach Deutschland ziehen willst du nicht, heiraten willst du nicht …«

Joe überhörte die Sache mit Deutschland. »Wenn ich dich daran erinnern darf, *du* fandest ihn so ätzend langweilig.«

Damit brachte sie ihn aus dem Konzept. Einen Moment lang rang er um Worte, dann brüllte er: »Aber Kurt würde mir wenigstens ein Boot kaufen!«

Das war ein sonderbares Argument, das wusste er selbst, und etwas verwirrt, außerdem erschöpft von ihrer Auseinandersetzung, schwiegen sie, bis ihr Tram kam.

»Was ist denn auf einmal nicht gut an ihm?«, fragte er fast schüchtern, nachdem sie eingestiegen waren.

Joe machte eine Handbewegung, als wollte sie die Frage abwehren. »›Was ist nicht gut‹ …«, sagte sie dann aber, »… ich weiß doch auch nicht! Kurt ist nett, aber …«

Jens benutzte den Augenblick Zögern, um einzuwerfen: »Aber du stehst mehr auf Arschlöcher.«

»Fang nicht gleich wieder so an«, sagte sie giftig.

»Was ist es dann?«, fragte er verzweifelt, er begriff es wirklich nicht.

Sie wand sich. »Ich brauche eben Zeit«, sagte sie irgendwann. »Wir wissen doch noch gar nicht, ob wir hierbleiben. Vielleicht ziehen wir ja wirklich irgendwann …«

»Ans Meer?«, schrie Jens und strahlte gleich wie ein Maikäfer. »Abgemacht?« Er streckte ihr die Hand hin, doch Josefa schlug nicht ein.

»Was auch immer«, sagte sie ausweichend, ehe sie genervt erklärte: »Meine Güte, solche Dinge entscheidet man nun mal nicht von heute auf morgen.«

Jens fühlte sich endgültig von ihr verraten. »Du wirst noch sterben, ohne zu wissen, was du mit deinem Leben anfangen willst«, rief er wütend. Inzwischen waren sie am Bellevue angelangt und stiegen aus, um das Tram zu wechseln. Doch Jens lief einfach weiter und ging den restlichen Weg zu Fuß.

Die nächste Zeit verstanden sie sich nicht besonders, beide platzten beim kleinsten Anlass, und Joe war oft überhaupt nicht ansprechbar. Doch gleichzeitig sagte Jens sich, dass es bereits ein Fortschritt sei, wenn sie zu einem Umzug nach Deutschland nicht mehr rundweg »Nein« sagte, und nach und nach redete er sich ein, die Tatsache, dass Joe sich nicht auf Kurt einlassen wollte, rühre daher, dass sie tatsächlich kurz davorstünden, die Schweiz zu verlassen. Als er dann auch noch auf der Suche nach seinen Schwimmabzeichen über einen alten Brief stolperte, mit dem Joe nach dem Tod ihres Vaters zur Testamentseröffnung eingeladen worden war, schien ihm der Umzug bereits Tatsache, denn wohl weigerte Joe sich standhaft, ihm zu verraten, was sie damals geerbt hatte, doch er war ja nicht blöd. Sie war das einzige Kind ihrer Eltern gewesen, also musste ihr jetzt das Haus am Meer gehören.

Vier Wochen nach ihrem Streit – inzwischen war es Mai – fand er, als er vom Hort heimkam, auf dem Anrufbeantworter allerdings die Nachricht, Joe habe eine Verabredung und komme erst spät nach Hause. Es war offensichtlich, dass es sich um einen Mann handeln musste. Jens war entsprechend verwirrt, und da er am anderen Tag eine Grammatikprüfung hatte (Grammatik war einer seiner Schwachpunkte) und sie abgemacht hatten, abends zusammen zu lernen, rief er sie zurück und schrie den obligaten Satz in die Muschel: »Auf dich kann man sich sowieso nicht verlassen!« Dann knallte er das Telefon auf den Tisch, ohne auf Antwort zu warten, und diesmal schien seine Szene auch Wirkung zu zeigen.

Eine Stunde später stand sie in der Küche und aß nicht

nur mit ihm zu Abend, sie setzte sich danach auch mit ihm an den Tisch und paukte mit ihm Klammerkonstruktionen, bis er ins Bett musste. Allerdings behauptete sie, nicht sein Wutausbruch sei daran schuld, sondern dem Schauspieler, der sie zum Abendessen eingeladen hatte, sei eingefallen, dass er noch einen Auftritt am Theater habe.

»Legst du dich noch etwas zu mir?«, bat er, als sie ihm gute Nacht wünschte.

Sie hatte aber beschlossen, sich doch noch mit dem Schauspieler zu treffen (dafür versprach sie, ihm ein Autogramm zu besorgen), und so küsste sie ihn nur nochmals, stopfte ihm die Decke unters Kinn und löschte das Licht.

Er schlief schon, als sie nach Hause kam, und dieses eine Mal wachte er auch nicht auf. Als morgens der Wecker klingelte, rechnete er daher damit, dass sie überhaupt nicht nach Hause gekommen war. Doch als er ins Bad gehen wollte, kreuzte er im Flur einen eher kleingewachsenen Mann mit Dreitagebart, der schon in Schuhen und Jacke steckte.

»Hallo«, sagte der Schauspieler zu ihm so unbefangen, als begegneten sie einander auf dem Bootssteg oder so, »und tschüss.«

Jens sah ihm verdutzt nach. »Bleiben Sie nicht zum Frühstück?«, fragte er, doch der Schauspieler winkte nur lässig über die Schulter und verließ die Wohnung.

Er hatte die Tür zu Joes Zimmer offen gelassen, Jens lehnte sich an den Rahmen und sah hinein. »Hast du das Autogramm?«, erkundigte er sich.

»Ach, Jens«, sagte sie ertappt, denn natürlich hatte sie es vergessen. Dafür bat sie ihn, sich zu ihr zu setzen, sie klopfte neben sich aufs Bett.

Doch Jens hatte keine Lust, sich dorthin zu setzen, wo eben noch der Schauspieler gelegen hatte. »Ich muss aufs Klo«, verkündete er und verschwand im Bad. Kurz hatte er ein schlechtes Gewissen, sie hatte nicht sehr glücklich ausgesehen, doch dann vergaß er es – auch deshalb, weil der Schauspieler danach kein Thema mehr war.

Wie sehr sie die Geschichte beschäftigte, begriff er erst einige Tage später. Die French Open begannen, und Jens hatte in der Schule eine Wette laufen, ob es Roger Federer endlich schaffen würde, sich den Titel zu holen (er war davon überzeugt). Nach dem Unterricht rannte er nach Hause, um das Erstrundenspiel nicht zu verpassen.

»Mama, komm!«, rief er ganz aufgeregt.

»Spielt er schon?«, fragte sie aus der Küche, wo sie noch Snacks für das Spiel parat machte.

»Nein, aber komm!«

»Was ist denn?«, fragte sie und erschien in der Tür.

Jens zeigte auf den Bildschirm. In einer Vorabendserie spielte ihr Schauspieler.

»Ach du Scheiße«, murmelte sie und nahm ihm die Fernbedienung aus der Hand. Der Schauspieler spielte ausgerechnet eine Liebesszene. »Dieses Schwein«, sagte sie immer wieder, »dieses Schwein!« Er trug sogar denselben Dreitagebart.

Jens fürchtete, sie würde die Fernbedienung in den Fernseher schmeißen, er umarmte sie eilig und drückte ihr einen Kuss auf die Backe. »Mama, umschalten«, bat er, »auf SF2 läuft bestimmt schon das Spiel.«

Endlich wandte sie sich vom Fernseher ab. »Was muss ich mich auch immer in solche Ekel verlieben«, klagte sie, während sie sich aus seiner Umarmung löste und in die Küche zurückging.

Als Jens am nächsten Tag allein zu Hause war, rief wie aus dem Nichts Anna an, jene frühere Freundin von Joe, von der sie nie hatte erzählen wollen, die aber offensichtlich in ihrem Leben einmal sehr wichtig gewesen war. Er redete nur ganz kurz mit ihr, denn sie wollte Josefa sprechen, er fand sie aber auf Anhieb ausgesprochen nett und stellte fest, sie habe eine Stimme wie Karamelleis (was seine Lieblingssorte war). Joe schien sich weniger über den Anruf zu freuen, doch Jens witterte eine Finte, bestimmt heckten die beiden etwas aus, und Josefa ärgerte sich in Wahrheit darüber, dass er davon Wind bekommen hatte. Als Anna am Abend nochmals anrief, schickte Joe ihn jedenfalls sofort ins Bett, und das konnte nur eines bedeuten: Die beiden planten ihren Umzug ans Meer und wollten ihn damit überraschen.

Josefa

Seit Josefa als Siebzehnjährige aus Lütjenburg regelrecht geflohen war, hatte sie nie daran gedacht, nach Deutschland zurückzukehren. Dabei hätte sie bis zum Tod ihrer Mutter ihr Leben um nichts in der Welt mit jemandem getauscht. Sie liebte ihre Eltern ebenso maßlos wie Annas Familie, sie liebte das Meer, den Wind, der sie bis ins Städtchen hinein verfolgte, sie liebte das kleine, verschrobene Haus an der Küste. Sie liebte ihre kleine, vielfach geflickte Jolle, die aus unerfindlichen Gründen ›Florian‹ hieß und trotz ihres Alters eine der schnellsten in der Hohwachter Bucht war, und sie liebte es besonders, an den Samstagvormittagen ihre Takelage zu prüfen, die Planken zu wienern und die abgewetzten Beschläge zu polieren, ganz als sei die ›Florian‹ ein ausgewachsenes Fahrtenboot, während ihr Vater in der Garage, die er nach dem Tod seines Vaters in eine Holzwerkstatt umfunktioniert hatte, eine wurmstichige Kommode aus Napoleons Zeiten schmirgelte und dazu eines jener unsäglich misstönenden Lieder pfiff, von denen er behauptete, sie seien einmal berühmt gewesen, die aber kein Mensch erkennen konnte. Ganz allmählich trudelten dann auch alle anderen ein (meist kamen sie mit dem Fahrrad, nur ihre Mutter nahm gelegentlich den Wagen, wenn sie jener Kopfschmerz überfiel, der in ihrer Familie als so unausweichlich und natürlich galt wie Schluckauf oder Schnupfen). Annas Eltern, Pauline und Rüdiger, und ihre eigenen, die Margot und Lars hießen, waren miteinander befreundet, seit Joe denken konnte, und ganz selbstverständlich teilten sie sich seit Großvaters Tod auch das Haus am Meer. Anna und Joe wuchsen auf, als hätten sie vier Elternteile anstatt zwei, und es war nichts Ungewöhnliches, dass Anna ohne Begleitung zu Joes Eltern hinausfuhr.

Das hatte sie offenbar auch an jenem Samstag vor Himmelfahrt getan, einem typischen Ends-Mai-Morgen, die Luft war noch frühsommerlich klar, doch die Sonne brannte schon morgens um neun im Nacken, Joe liebte auch das und hatte sich, ehe sie aus dem Haus ging, um ihrer Geigenlehrerin einige Noten zurückzubringen, noch schnell Zöpfe geflochten. Als sie Anna abholen wollte, um mit ihr ans Meer zu fahren, traf sie im Haus der Paulsens nur noch Rüdiger an, er stand wie meist um diese Tageszeit in seinem weißen Kittel am Labortisch und untersuchte Fangproben. Rüdiger war Lebensmittelchemiker, und ebenso wie die Sonne im Nacken gehörte zu Joes geliebten Alltagsmomenten, dass sie sich auf die gekachelte Theke schwang, die Beine baumeln ließ, Rüdiger bei der Arbeit zusah und rohen Hering naschte, der nirgends so fangfrisch war wie hier. Sie schäkerten auch immer etwas, das hatte aber wenig zu bedeuten, seit Anna und Joe Busen hatten, schäkerten sie mit allen Männern über dreißig, denn die waren gutmütig wie Shetlandponys und ideale Übungsobjekte. An jenem Morgen trug Joe noch etwas dicker auf als sonst, weil die Hohwachter Regatta anstand und sie um Publikum warb, das sie und Lars anfeuern würde. Rüdiger zierte sich, gewisse Aufträge konnten nicht warten (er hatte sich selbständig gemacht und das halbe untere Stockwerk des Einfamilienhauses zum Labor umgebaut), doch endlich hatte sie ihn überredet zu kommen. Sie schnappte sich noch ein Heringsende und sprang von der Theke, gleich darauf radelte sie schon Anna hinterher zur Bucht.

Sie konnte kaum erwarten, sie zu sehen, denn es gab eine Jungengeschichte zu besprechen. Von ihrer Geigenlehrerin hatte sie erfahren, dass Jens (der Neffe der Geigenlehrerin) ebenfalls die Regatta segelte, und einerseits freute sie sich diebisch darauf, ihn zu schlagen, andererseits wollte sie es sich nicht mit ihm verderben – denn wenn sie auch längst beschlossen hatte, dass er zu jung für sie war (er war neunzehn, ein flachsblonder, sommersprossiger Hüne, hatte eben das Abitur gemacht und beabsichtigte, nach den Sommerferien nach Kiel zu ziehen, um Sport zu studieren), genoss sie es doch sehr, von ihm umworben zu werden, und wollte seine Bewunderung nicht leichtfertig aufs Spiel setzen.

Doch als Josefa das Haus erreichte, war Annas Rad nicht da, sie rief auch vergeblich nach ihr. Die Mädchen hatten ein gemeinsames Schlafzimmer, und als Josefa hochging, um in ihren Badeanzug zu schlüpfen, sah sie verwundert, dass Annas Bettzeug zerknüllt war, als habe sie hier geschlafen. Dazu hatte sie ihre Kleider wieder einmal auf dem Boden verstreut, als hätte sie es kaum erwarten können, sich umzuziehen und in die Sonne zu legen (ins Wasser ging sie nur selten, während es Josefa immer gleich ins Wasser oder auf das Boot drängte).

Während Joe sich umzog, hörte sie unten die Stimmen ihrer Eltern. »Habt ihr Anna gesehen?«, rief sie, kaum hatte sie das Zimmer verlassen, und rannte die Treppe hinab. Lars stand in der Küche am Ausguss und putzte Miesmuscheln, während Margot in sonderbarer Haltung auf den Tisch gestützt stand – obwohl sie mit Lars sprach, wandte sie ihm den Rücken zu. Beide trugen sie Badekleidung, Joes Vater war noch schnell in ein T-Shirt geschlüpft, er trug es allerdings verkehrt, mit den Nähten nach außen. Weder er noch Margot schienen zu bemerken, dass Josefa in der Tür stand.

»Sie war praktisch nackt, Lars«, stellte Margot eben fest – sie sagte es leise und scharf, dazu presste sie die Handflächen auf den Tisch, »wo zum Teufel siehst du da noch ›Ermessensspielraum‹?«

Joes Vater nestelte erst, als gebe es nichts Wesentlicheres auf der Welt, einen Tangfaden aus einer Muschel, dann endlich ließ er sie zu den anderen ins Sieb fallen und murmelte: »Meinetwegen war sie nackt, es war trotzdem nichts.«

»Es spielt doch nicht die geringste Rolle, ob da etwas war«, fuhr Margot ihn an, kaum hatte er die letzte Silbe ausgesprochen, und wandte sich nun doch, mit einer abrupten Bewegung, um. Für einen Augenblick war Joe direkt in ihrem Blickfeld, doch noch immer wurde sie übersehen. Margot sah fassungslos zu, wie Lars weiter seine Muscheln reinigte, dann sagte sie in einem Tonfall, als spreche sie zu einem Kind: »Lars, du gefährdest alles. Du gefährdest alles wegen einem dummen kleinen …« Anstatt weiterzusprechen, langte sie sich an die Stirn. Joe fiel ein, dass sie schon beim Frühstück über Kopfschmerzen geklagt hatte. »Ich will nicht, dass eines dummen Ausrutschers wegen alles kaputtgeht, verstehst du?«, beendete sie doch noch ihren Satz. Joe ahnte plötzlich, dass ihr Vater eine Affäre haben könnte. Doch der Gedanke schien ihr so monströs, dass sie ihn gleich wieder zur Seite schob. Ihre Eltern waren ein glückliches Paar, nie hatte Joe sie ernsthaft streiten hören, ganz ohne Zweifel hatte sie sich verhört – und sowieso, entschied sie, hatte sie nicht die geringste Lust, sich mit Lars und Margot zu beschäftigen, zu beleidigt war sie, dass sie so einfach übersehen wurde.

»Habt ihr Anna gesehen?«, fragte sie nochmals, und sie fragte weiß Gott nicht leise. Doch es war nicht zu fassen, noch immer wurde sie ignoriert!

»Lars, ich rede mit dir«, sagte Margot, anstatt ihr zu antworten. Sie fixierte ihn mit einem Blick, der mehr Verzweiflung als Wut zeigte.

»Und ich rede mit euch«, rief Joe entgeistert dazwischen. »Hallo! Ich will wissen, ob ihr Anna gesehen habt!«

»Nachher, Joe«, sagte Lars in einem Tonfall, als sei sie nichts weiter als ein kleines, quengelndes Mädchen, dann reinigte er wieder seine Muscheln. »Hörst du nicht? Geh schon«, wiederholte er, als sie sich nicht gleich rührte, und warf ihr einen flüchtigen Blick zu.

Joe verlor die Fassung. »Ich wollte schließlich nur wissen, wo Anna steckt«, brüllte sie sie an, dann wandte sie sich ab und donnerte die Tür ins Schloss.

Während sie wütend ins Freie stapfte, begriff sie, dass Anna wie sie in den Streit geraten sein musste und sich daraufhin verkrümelt hatte, das war auch sicherlich das Vernünftigste. Sie beschloss, die ›Florian‹ klarzumachen, und staunte nicht schlecht, als sie die Jolle unvertäut und mit nur halb geborgenen Segeln im Kabbelwasser treiben sah.

»Wer hat die ›Florian‹ nicht festgemacht?«, brüllte sie zum Haus zurück. »Seid ihr jetzt völlig verrückt geworden?«

Gleich watete sie hinaus – das Wasser war kälter, als sie erwartet hatte, der auflandige Wind schien über Nacht die wärmeren Schichten aus der Bucht gedrängt zu haben, um die Jolle festzumachen und die Segel zu bergen. Eine Leine war abgewetzt und sollte schon länger ersetzt werden, sie nestelte sie eben aus den Ösen, als sie Margots Stimme hörte, im nächsten Moment kam sie hinab zur Bucht. Sie schien inzwischen nur noch erschöpft zu sein, einige Minuten lang stand sie direkt neben der ›Florian‹ und starrte aufs Meer hinaus, doch noch immer gab es kein Anzeichen, dass sie ihre Tochter bemerkt hätte.

»Ihr streitet doch sonst nie«, sagte Joe, als sie das Schweigen nicht mehr aushielt, und stellte jetzt erst fest, dass sie weinte. Gereizt wischte sie mit dem Handrücken über das Gesicht. Noch immer gab ihre Mutter keine Antwort. Erst als sie fragte: »Lasst ihr euch jetzt scheiden?«, kam etwas Spannung in Margots Haltung.

»Unsinn«, sagte sie, ohne den Kopf zu wenden. Die Wellen spiegelten das Sonnenlicht und blendeten, sie hatte die Augen zusammengekniffen, und kurz griff sie sich auch wieder an die Stirn, ehe sie sagte: »Ich gehe schwimmen.«

»Es ist eisig«, sagte Joe, »keine zehn Grad.« Doch Margot hatte bereits begonnen hinauszuwaten, sie schien die Kälte nicht zu spüren. »Ich komme mit dir«, rief Joe ihr nach, »lass mich nur eben noch die Leine tauschen.«

Sie lief zur Garage, um sie zu holen. Ihr Vater war inzwischen dabei, einige restaurierte Möbel in den Geländewagen zu hieven.

»Lass das Boot«, sagte er, »wir machen das, wenn ich zurück bin.«

Plötzlich schien alles zu sein wie immer – sie brauchte nur mit ihm ein paar Worte zu wechseln, irgendetwas über die Regatta, über den Wind, gleich wäre sie wieder sein Mädchen, seine *lütte Deern*, und es wäre einer dieser Samstage, die sie so liebte.

Doch es gelang nicht, sie brachte kein Wort heraus, ja sie schaffte es noch nicht einmal, ihn anzusehen. Schweigend holte sie sich die Leine und kehrte zum Boot zurück.

»Joe«, rief Lars ihr nach, »Josefa!« Doch sie achtete nicht auf ihn.

Margot war schon weit hinausgeschwommen, der Dunst und die Brechung des Sonnenlichts auf den Wellen machten ihre Silhouette unscharf, für Momente verbargen sie sie ganz. Josefa zog noch eben die neue Leine ein und wickelte die alte auf, dann sprang sie über die Bordkante ins Wasser, das an dieser Stelle kaum knietief war, und watete hinaus. Nach einigen Schritten stand sie kurz still, um sich an die Kälte zu gewöhnen, dabei schaute sie nach ihrer Mutter aus und stellte verwundert fest, dass sie sie aus den Augen verloren hatte. Noch war sie sicher, das Licht spiele ihr einen Streich, oder Margot sei kurz untergetaucht. Dann müsste sie allerdings bald wieder auftauchen, Joe fühlte, wie das eisige Wasser ihr die Waden versteifte und sie gefühllos machte. Bei solchen Temperaturen tauchte man nicht lange. Inzwischen schloss sie auch aus, dass die Brechungen des Lichts ihre Mutter verbargen, die Boote draußen vor der Bucht verschwanden auch nur für Augenblicke im Flimmern der Wellen unter der Sonne. Margot hingegen tauchte überhaupt nicht mehr auf.

»Mama?«, sagte Josefa verwundert, doch sie benötigte noch mehrere Sekunden, bis sie begriff, dass ihre Mutter in der Bucht ertrank. »Mama!«, schrie sie und rannte ins Tiefe, um ihr nachzuschwimmen, doch sie stellte fest, dass sie die Übersicht verloren hatte, sie hatte nicht die mindeste Ahnung, wo ihre Mutter hingeschwommen war. Joe wusste, dass sie Hilfe holen musste, doch nicht einmal jetzt brachte sie es über sich, nach Lars zu rufen, stattdessen brüllte sie nur weiter nach ihrer Mutter, bis sie endlich sah, wie ihr Vater in die Wellen rannte und aufs Geratewohl hinausschwamm. In einem kurzen klaren Moment fasste sie den Entschluss, wieder zurückzuwaten und die Jolle klarzumachen, ohne Boot konnte Margot nicht geborgen werden, doch irgendwie schien sie die Leine falsch eingezogen zu haben, jedenfalls klemmte das Großsegel hoffnungslos, als sie es setzen wollte, und statt ihrer Mutter zu Hilfe zu eilen, dümpelte sie ziellos zwei Meter vor der Uferlinie, riss völlig sinnlos an Leinen und Wanten und schrie und schrie.

So vergingen vielleicht Minuten, vielleicht auch Stunden. Irgendwann tauchte die Küstenwache auf, die Boote aus der Umgebung beteiligten sich an der Suche, und dann kam Annas Vater. Er zog das Boot aus dem Wasser, hob Joe heraus, wickelte sie in eine Isoliermatte und setzte sich mit ihr ans Ufer. Den ganzen Tag über, während wohl hundert Boote die Bucht absuchten, saßen sie so da, Rüdiger – der noch seinen Laborkittel trug – hielt Josefa mit festem Griff um die Schulter, dabei schlotterte er heftiger als sie und brachte kaum einen zusammenhängenden Satz heraus. Anna sei zu Hause, erzählte er, als Joe nach ihr fragte. Sie hatte sich übergeben, als sie von dem Unglück erfuhr, deshalb war

Pauline bei ihr geblieben. Als es Nacht wurde, setzte er Josefa in seinen Wagen und brachte sie zu Anna – sie wehrte sich, sie wollte bleiben, bis Margot gefunden war, doch als er sie hochhob, war sie zu erschöpft, um sich zu befreien –, dann fuhr er zurück, um sich endlich an der Suche zu beteiligen. Joe saß die Nacht über am Fußende von Annas Bett, während Anna selbst mit hochgezogenen Knien am Kopfende in der Ecke mehr kauerte als saß und immer wieder schluchzte. Ab und zu dämmerte eine von ihnen weg, schreckte aber stets bald wieder auf und brauchte einen Augenblick, um zu begreifen, was geschehen war.

Joe redete fast pausenlos, inzwischen stand für sie fest, dass Margot sich umgebracht hatte, nachdem Lars sie hintergangen hatte. Und als wäre der Tod ihrer Mutter nicht unbegreiflich genug, traf sie immer wieder wie ein Messerstich die Wut, dass ausgerechnet ihr Vater die Schuld an allem trug, ihr Vater, den sie über alles geliebt und der ihr nie den geringsten Schmerz zugefügt hatte. Sie hatte ihn vergöttert – ach, alle hatten ihn vergöttert, alle! Doch ihr allein hatte er gehört, mit ihm hatte sie die Welt erobert, seit sie klein war, sie waren das Team gewesen, das allen davonsegelte, und wenn Frauen ihm nachsahen (denn natürlich war er der schönste Mann der Welt mit seinem ewigen Dreitagebart und seiner nachlässigen Schönheit, oft übrigens wurde er mit einem Schauspieler verwechselt), stolzierte sie an seiner Seite wie eine Prinzessin.

Sein Seitensprung – sie zweifelte inzwischen nicht mehr daran, dass das Gespräch, das sie belauscht hatte, sich um einen Seitensprung drehte – war für sie vollkommen unfassbar. Mit dem gnadenlosen Gerechtigkeitssinn einer Siebzehnjährigen zerfleischte sie ihn in jener Nacht, benommen von Erschöpfung und Schmerz. Was war in ihn gefahren? Er hatte eine Tochter, die ihn über alles liebte, er hatte eine Frau, er hatte seinen Antiquitätenhandel, den er mit Leidenschaft betrieb, er hatte das Segeln… Was immer die Welt an Verlockungen bereithielt, er hatte kein Recht, mehr zu wollen – und dass er sie so schamlos hintergangen hatte, war das Schlimmste. In dem Streit, den sie belauscht hatte, hatte Margot ihm vorgeworfen, alles zu zerstören, und weiß Gott, das hatte er getan, wie ein Orkan hatte er gewütet und Joes Leben so gründlich verwüstet, dass es niemals, niemals zu verzeihen war.

Nur flüchtig fragte Josefa sich in jener Nacht, wer die Frau gewesen sein mochte, mit der er ihre Mutter und sie betrogen hatte (»mit der er *uns* betrogen hat«, sagte sie tatsächlich), unendlich viel schwerwiegender als der Seitensprung wog ohnehin die Tatsache, dass ihr Vater alles Vertrauen, das in ihn gesetzt war, zerstört hatte – und das Vertrauen ihrer Mutter in ihn musste so riesig gewesen sein wie ihr eigenes, wenn sie ohne es nicht mehr am Leben bleiben wollte.

Joe wusste so gut wie alle, die an der Küste groß geworden waren, dass ihre Mutter, wenn sie nicht ertrunken war, nach spätestens einer Stunde erfroren war. Den Gedanken, ihre Mutter könnte den Tod bewusst gesucht haben, hatte sie bereits gehabt, als sie noch mit Rüdiger am Ufer saß und darauf wartete, dass die Leiche geborgen wurde, und sie ließ ihn sich von niemandem ausreden, weder am Strand von Rüdiger noch später von Anna (es war eines der wenigen Male, dass Anna sprach – die meiste Zeit weinte sie nur still vor sich hin, und Joe konnte nicht einmal sagen, ob sie ihr zuhörte). Nein, ihre Mutter war eine zu erfahrene Schwimmerin gewesen, sie wusste sehr genau, was sie tat, wenn sie allein im kalten Wasser so weit hinausschwamm.

Als Anna wieder sprach, war es sehr unvermittelt. »Glaubst du nicht, er ist so verzweifelt wie du?«, fragte sie irgendwann völlig zusammenhanglos – selbst wenn sie sprach, konnte sie das Schluchzen nicht unterdrücken, Joes Tränen dagegen waren längst versiegt, ihre Gesichtsmuskeln waren verhärtet und schmerzten –, »glaubst du nicht, er braucht dich?« Es dauerte einen Augenblick, bis Joe begriff, von wem Anna sprach, und auch danach antwortete sie nicht. Ihr Urteil war zu diesem Zeitpunkt längst gefällt, sie überlegte nur noch, was sie tun konnte, um ihn nicht mehr sehen zu müssen, um zu verhindern, dass er ihr nochmals nahe kam.

Am Morgen gegen sieben Uhr rief Rüdiger an und teilte ihnen mit, dass Margots Leiche gefunden worden war, die Flut hatte sie beim Anlegeplatz der Hohwachter Segelschule an Land gespült. Danach ließ Lars sich das Telefon geben und bat darum, mit Joe sprechen zu dürfen, doch sie weigerte sich, den Hörer zu nehmen.

Noch ehe Rüdiger anrief, hatte Joe beschlossen, dass sie die Gegend verlassen würde, sie wusste nur noch nicht, wohin. Alles, was ihr etwas bedeutet hatte, war hier in Lütjenburg, nie hatte sie daran gedacht wegzugehen. Anna war diejenige gewesen, die sich nach Fremde sehnte, und wenn sie gemeinsam an den Regensonntagen Illustrierte durchblätterten und von Abenteuern in der Südsee oder in den Weltstädten träumten, hatte sie nur aus Langeweile und Gutmütigkeit mitgespielt. Zuletzt – wenige Wochen vor dem Unglück – hatte Anna von den Filmfestspielen in Cannes geschwärmt, von all den makellosen, klugen Menschen dort, die sich so wunderbar in Szene setzen konnten.

In jener Nacht erinnerte sie Anna daran, in Cannes wollte sie mit ihr ein neues Leben beginnen. »Wir zwei gemeinsam«, sagte sie, »kriegen alles gebacken.« Doch Anna dachte nicht daran, die Schule zu schmeißen und ihre Eltern zu verlassen. Sie wollte auch Joe davon abhalten, doch die hatte sich bereits so sehr in ihre Idee verbissen, dass sie am nächsten Morgen nach Rüdigers Anruf, während Anna duschte, eine Tasche mit deren Kleidern packte. Dann rannte sie zur Bank, um ihr Konto zu plündern (die Bankbeamten kannten sie und verlangten keinen Ausweis), und fuhr ohne Papiere per Autostopp nach Süden.

Die Reise sollte eine Befreiung sein, doch innerlich blieb sie so gefangen wie in jener Nacht. Was die nächsten Monate geschah, nahm sie kaum wahr. Ohne Probleme kam sie über die Schweizer Grenze, danach fuhr sie weiter bis Bellinzona, wo sie einen gutaussehenden Automechaniker kennenlernte, der eine kleine Jacht auf dem Lago Maggiore besaß und ihr erlaubte, sie zu segeln. Sie blieb und begann, schwarz in seiner Werkstatt zu arbeiten. Livio, ein braungebrannter Mann mit Dreitagebart und dem Flair eines Filmstars, war auch der erste Mann, mit dem sie schlief. Sie sprach nicht über ihre Vergangenheit und versuchte, nicht daran zu denken, doch es gelang ihr auch nicht, sich davon zu lösen. Einmal, zwei Monate nach Margots Tod, rief sie Anna an und versuchte, sie zu überreden, ihr nachzureisen. Völlig übertrieben schwärmte sie vom Klima im Tessin und den italophonen Männern; Anna ihrerseits tat alles, um Josefa zur Rückkehr zu bewegen. Sie bot ihr an, bei den Paulsens zu wohnen, ja, Rüdiger hatte sogar schon geregelt, dass sie wieder in ihre alte Klasse eingegliedert würde und gemeinsam mit Anna das Abitur machen könnte. Doch Joe wollte nichts davon hören. »Wenn du nicht herkommen willst, dann geh wenigstens zu meinem Vater und hol meinen Reisepass«, verlangte sie. Als Adresse gab sie »postlagernd« an, denn sie traute Anna zu, Lars oder Rüdiger auf sie zu hetzen. Das sagte sie ihr auch und drohte, sie zu erschlagen, wenn sie es versuche.

»Dein Vater ist gar nicht in der Lage, dir nachzufahren«, sagte Anna, »der ist auf bestem Weg, sich zu Tode zu saufen.«

Doch sie schickte ihr den Reisepass, und einen Monat später erreichte Joe zusätzlich der Brief eines deutschen Notars, in dem ihr Lars' Tod mitgeteilt und sie zur Testamentseröffnung geladen wurde. Sie war mittlerweile achtzehnjährig und vermutlich Alleinerbin, aber sie ignorierte die Einladung.

Den Sommer über hatte sie jede freie Minute auf dem Wasser verbracht, doch inzwischen war es Ende September, Livio hatte die Jacht in die Werft gebracht, um sie überholen und über Winter einlagern zu lassen, und vielleicht hätte sie sogar mit dem Gedanken gespielt, nach Hause zurückzukehren (sie vermisste die ›Florian‹ sehr), aber seit einigen Tagen wusste sie, dass sie schwanger war, und dieses neue Leben in ihr erschien ihr als ein Zeichen. Dass Livio bereits eine Frau und Kinder hatte, war nie ein Geheimnis gewesen, und natürlich wollte er sich nicht von Joe kompromittieren lassen. Doch ohnehin hatte sie beschlossen, ihr Kind nicht in einer fremden Sprache aufwachsen zu lassen, und weil Livio zahlreiche Beziehungen in die Deutschschweiz hatte und anbot, ihr einen Job zu verschaffen – vorausgesetzt, dass sie nicht wieder Kontakt zu ihm aufnahm –, zog sie nach Zürich und arbeitete im Autoverleih.

Wie einsam sie gewesen war, begriff sie erst, als Jens geboren war. Sie hatte wieder eine Familie, und sie klammerte sich an den Jungen, als wäre sie selbst noch ein Kind, als wären sie verwaiste Geschwister. Sie spielte mit ihm, wie sie mit Anna gespielt hatte, sie ließ sich von ihm beraten (schon als Sechsjähriger war Jens ein sehr umsichtiger Ratgeber), sie zankte und kokettierte mit ihm. Wenn sie sich doch einmal für einen Mann interessierte (pausenlos interessierten sich Männer für sie), folgte sie einer klaren Vorliebe: Entweder waren sie galante Windhunde und Herzensbrecher mit Dreitagebart, und Joe brachte sie jedes Mal dazu, sie zu verlassen, worauf sie eine Weile fürchterlich litt, oder sie waren verheiratet, trugen weiße Kittel und waren in erster Linie Zuhörer, Männer, die Josefas Sorgen ernster nahmen, als sie selbst es tat. Sie würden Joe niemals im Stich lassen, doch Joe verließ sie aus schlechtem Gewissen, sobald sie sich ernsthaft in sie verliebten.

Kurt war der einzige Weißkittel, mit dem sie auch schlief – es war ihr Versuch, mit alten Gewohnheiten zu brechen. Der Versuch missriet. Nicht, dass sie bei Kurt keine sexuelle Erfüllung gefunden hätte, doch es gelang ihr nicht, auch nur ein kleines bisschen Leidenschaft für ihn zu empfinden.

Dass sie ihn dennoch nicht gleich abservierte, hatte mehr mit ihrem Dickkopf als mit irgendwelchen Gefühlen zu tun. Jens war im Begriff, ein Mann zu werden, schnell einmal würde er nur noch ein testosterongesteuertes, schwer zu bändigendes Kraftbündel sein und bald darauf ausziehen. Das Ende ihrer gemeinsamen Zeit war also absehbar, und wenn Joe darin auch die Chance witterte, endlich jene Freiheit leben zu können, nach der sie sich immer gesehnt hatte (das Gefühl, sie lebe in ein Provisorium eingesperrt, während das wahre Leben anderswo stattfand, hatte sie nie verlassen), beschlich sie gleichzeitig doch auch die Furcht, dass sich dort, wo sie sich Freiheit erhoffte, womöglich nur jene Leere und Finsternis verbarg, vor der sie damals geflohen war.

Und tatsächlich, je mehr sie sich ein neues Leben auszumalen versuchte, umso ungehemmter drängten die Erinnerungen erst in ihre Träume, dann auch in ihren Alltag. Nur wenn sie segelte, fühlte sie sich frei davon, ihre Gedanken setzten aus, sie fühlte nur noch den Wind und die Gischt und war zumindest für Augenblicke glücklich.

Bis zu jenem Tag, an dem sie mit Jens auf dem See schipperte und über Bord ging. Noch ehe sie ins Wasser schlug, brach die Erinnerung mit aller Wucht ein, die Bordkante, über die sie stolperte, gehörte zur ›Florian‹, sie selbst war wieder das Mädchen, das hinaussegelte, um den Großen ein Schnippchen zu schlagen, die Wellen waren die der Hohwachter Bucht. Sie fühlte reines Glück, und als sie untertauchte und die Kälte ihren Körper umklammerte, war der Gedanke, dass eben hier ihre Mutter gestorben war, dass sie ihr so nah war wie nie seit Margots Tod, dass sie nichts weiter zu tun brauchte, als stillzuhalten, um endlich wieder mit ihr vereint zu sein, so klar und stark, als sei er eine unfehlbare Erkenntnis. Wäre das Handy nicht gewesen, das sie noch immer in der Hand hielt, hätte sie vielleicht tatsächlich dem Reflex widerstanden, sich zu retten. Doch dann ergriff sie eine sonderbare Sorge um das Telefon, das keinen Schaden nehmen durfte, das sie plötzlich liebte und um das sie sich sorgte, als wäre es ein lebendes, zerbrechliches Wesen. Sie beschloss zu schwimmen, hob den Kopf über Wasser und rang nach Luft, und gleich war auch aller Zauber vorbei. Jens rief nach ihr, sie schmeckte Süßwasser und erkannte, dass das Ufer nur das des Zürichsees war. Als Alex sie ins Motorboot zog, fühlte sie sich, als habe ihr früheres Leben, das *wahre* Leben – jenes Leben, in dem sie noch sie selbst gewesen war – sie brachial ein zweites Mal ausgespuckt. Die wunderbare Ahnung von Geborgenheit, die sie kurz umschlungen hatte, war wie fortgeblasen, und eine erstickende Leere war alles, was blieb.

Es war, als hätte der Tod ein erstes Mal bei ihr angeklopft. Als sie nach ihrem »Mann-über-Bord-Manöver« ins Büro zurückkehrte, empfand sie erstmals in aller Heftigkeit die Trauer um ihre Mutter, die sie zwölf Jahre lang mit solcher Kraft verdrängt hatte. Sie fühlte sich nackt und verletzlich, immer am Rand der Panik, und bat Kurt, sie zu treffen. Bisher war immer sie es gewesen, die sich bitten ließ, doch an jenem Tag fühlte sie sich ohne einen Weißkittel verloren. Dann erzählte Jens ihr auch noch, dass ausgerechnet an diesem Tag ein Brief der Lütjenburger Friedhofsverwaltung angekommen war, das verwirrte sie noch mehr.

Allerdings erkannte sie bereits, als sie die ›Blaue Ente‹ betrat, dass die Verabredung mit Kurt ein Fehler gewesen war, in seinem erdfarbenen Cordanzug und dem dunkelblauen Strickhemd hatte er nicht im Geringsten die Wirkung, die sie sich erhofft hatte. Ganz zu schweigen davon, dass in einem Lokal dieser Preisklasse eine Frau in einem Trainingsanzug mit mehrfach umgekrempelten Aufschlägen alle Blicke auf sich zog.

So kam es, dass sie sich, kaum hatten sie die Speisekarte vor sich (der Kellner empfahl das Lamm), bereits wieder erhob. »Ich habe mein Handy im Büro liegenlassen«, erklärte sie, »ich rufe mal eben Jens an, damit er weiß, wo er mich erreicht.«

Kurt bot ihr sein Mobiltelefon an, doch sie hatte sich schon abgewandt und einen Kellner nach dem Telefon gefragt; es befand sich hinter einem Spalier, das die Garderobe vom Essraum abgrenzte. Erleichtert setzte sie sich zwischen Mänteln und Jacken auf einen niedrigen Hocker und wählte. Jens war eben dabei, sein Abendessen zuzubereiten.

»Notier mal eben die Nummer, für den Notfall«, sagte sie.

»Hallo erst mal«, sagte er, dann fragte er frech: »Wessen Notfall?«, ehe er gehorsam nach einem Stift lief.

»Was kochst du dir?«, fragte sie, als er die Nummer notiert hatte.

»Matjes auf Hausfrauenart.«

Tatsächlich hörte sie ihn gleich darauf einen Apfel zerteilen. »Schneide dich nicht«, sagte sie in einer plötzlichen Anwallung von Sorge.

Jens kicherte nur, danach hörte sie eine Weile nichts als

seinen Atem. »Schon fertig«, verkündete er endlich. »Und jetzt erzähl du mir, was du gegessen hast.«

»Wir bestellen gerade erst«, sagte sie.

»Dann erzähl mir, was du bestellst.«

»Das Lamm soll gut sein«, fiel ihr ein, während sie verwundert wahrnahm, wie sehr sie sich nach ihm sehnte.

»Armes Lamm!«, rief Jens, und sie gab ihm recht. Sonderbar gefangen hörte sie zu, wie er das Besteck aus der Schublade nahm, den Fernseher einschaltete und durch die Programme zappte, in geduckter Haltung saß sie da, weil sonst ihr Kopf gegen Jacken und Mäntel stieß, sie versperrte den Gästen, die auf die Toilette wollten, den Weg, doch sie konnte sich nicht überwinden aufzuhängen. Sie sah, wie Kurt mit einem Kellner sprach, sicherlich bestellte er bereits, danach spielte er mit den Gläsern, gelegentlich sah er zu ihr hin und versuchte ein knappes Lächeln. Doch inzwischen hatte *Bonanza* begonnen, das sie sonst immer gemeinsam mit Jens ansah, das Abendessen auf den Knien, und Jens schien davon auszugehen, dass sie ihn angerufen hatte, um nichts zu verpassen, denn er schilderte ihr mit vollem Mund haarklein das Geschehen der Folge, und das war amüsant genug, denn eine entfernte Verwandte war zu Besuch auf der Ponderosa und wollte Ben Cartwright mit allerlei Listen dazu bewegen, dass er sie heiratete.

»Hast du gehört, was sie gesagt hat?«, rief Jens irgendwann und verschluckte sich vor Vergnügen. »Das Glück muss man sich erschaffen, von selbst kommt nur das Unglück.«

Joe badete in seiner Stimme. »Hat sie nicht«, sagte sie ungläubig.

»Ich schwör's!«

»Aber mit solchen Sprüchen bekommt sie ihn doch nie.« Ihr verwundertes Lachen galt nicht Ben Cartwrights Verehrerin, sondern der verwirrenden Tatsache, dass sie sich nach Jens sehnte, als wäre er ihr Liebhaber. Während er kurz den Hörer weglegte, um den Teller hinauszutragen und sich etwas zum Nachtisch zu suchen, fasste sie sich etwas. Sie stellte fest, dass sie die Zigaretten auf dem Tisch hatte liegenlassen, und tastete die Jacken ab, stibitzte sich endlich eine aus einer fremden Manteltasche und bat den Küchenjungen, der eben vorbeikam, um Feuer. Während sie rauchte, sah sie zu Kurt hin und entdeckte, dass bereits ihr Essen auf dem Tisch stand – vage erinnerte sie sich, dass ein Kellner einige Minuten zuvor etwas zu ihr gesagt hatte. Doch inzwischen hatte Jens den Hörer wieder aufgenommen, und ehe sie dazu kam, das Telefonat zu beenden, sagte er ansatzlos: »Hoss meinte genau das Gleiche.«

»Wie? Was meint er?«, fragte sie verdattert und freute sich im Geheimen, dass sie so leicht hier nicht wegkam.

»Dass sie so keinen Mann kriegt.«

Sie lachte. »Du dreckiger Lügner«, sagte sie kosend, während sie beobachtete, wie Kurt dem Kellner mit der leeren Weinkaraffe winkte, »Hoss würde nie …«

Aber schon unterbrach Jens sie mit der neuesten Wendung, die Ereignisse überschlugen sich, Josefa gab sich keine Mühe mehr zu begreifen, was vor sich ging. Sie lauschte seinem Geplauder, als horche sie in die Brandung, während sie gedankenverloren dem Rauch ihrer Zigarette nachsah, der sich über der Glut kräuselte und den fremden Mänteln entlang emporstieg, ehe ihn die Zugluft erfasste und zu den Tischen der Gäste trug.

Sie legten erst auf, als Jens ins Bett musste. »Es tut mir so leid«, sagte sie, als sie an den Tisch kam. Sie wusste selbst nicht mehr, was in sie gefahren war. Um Kurt nicht ins Gesicht sehen zu müssen, betrachtete sie seinen Teller, den er nach wenigen Bissen zur Seite geschoben hatte. (Ihr Essen hatte er sicherlich zum Warmhalten zurück in die Küche geschickt.) Sie nahm sich eine Zigarette aus dem Päckchen, das tatsächlich neben ihrem Gedeck lag, und schwindelte: »Jens wollte partout nicht aufhängen, solange *Bonanza* lief, wir sehen es immer zusammen an und lachen uns halb tot.«

Kurt nahm ihr schweigend die Streichhölzer ab und gab Feuer, dann nahm er sich ebenfalls eine Zigarette. Er war kein geübter Raucher. »Soll ich dein Essen kommen lassen?«, fragte er nach einigen Zügen, und kaum hatte sie den Kopf geschüttelt, drückte er die Zigarette wieder aus, wandte sich zum Kellner und bat um die Rechnung.

»Hat es wenigstens geschmeckt?«, fragte Josefa geknickt. »Was war es überhaupt?«

»Das Lamm«, sagte er. Erstmals kam wieder etwas Glanz in seine Augen. Er wartete, bis der Kellner außer Hörweite war, dann beugte er sich etwas vor und raunte: »Es war ... sagen wir, speziell. Die vordere Hälfte des Stücks bestand nur aus Fett, die hintere war vertrocknet ... das muss man erst mal hinkriegen.«

Er brachte sie tatsächlich zum Lachen. »Was ist denn los?«, fragte er. »Hat es mit mir zu tun?«

»Nein«, sagte Joe, »um Himmels willen! Es ist ...« Kurz versuchte sie, Worte zu finden, doch gleich stellte sie fest, dass sie an diesem Ort unmöglich mit ihm reden konnte.

»Ich habe Hunger«, gestand sie. »Bekomme ich eine Bratwurst vom ›Vorderen Sternen‹?«

Es waren die besten Bratwürste der Stadt, Kurt mochte dennoch nichts mehr essen. Dafür trug er, als sie die Uferpromenade entlangspazierten, die Getränkedosen – sie tranken Wein in Büchsen. Josefa erzählte erst von ihrem »Manöver«, dann vom Tod ihrer Mutter und ihrer Flucht aus Deutschland. (»Flucht« war das Wort, das sie benutzte.) Es war seit jener Nacht bei Anna das erste Mal, dass sie darüber sprach (selbst Jens gegenüber hatte sie nur einzelne Bemerkungen fallenlassen), doch es bereitete ihr überraschend wenig Mühe. Tatsächlich sah sie ihre Geschichte vor sich, als erinnere sie nur eben einen Film, der sie beeindruckt hatte, der sie aber nicht wirklich anging. Alles schien in diesen Minuten wieder weit weg. Sie sprach mit vollem Mund, nicht anders als Jens eben, und mehrmals warf Kurt ihr erstaunte Blicke zu, ohne sie zu unterbrechen. Erst als sie satt war und ihm vergeblich den letzten Wurstzipfel angeboten hatte, um ihn gleich darauf zusammen mit dem Senftöpfchen in den nächstbesten Kübel zu werfen, sich schwer auf eine Bank am Ufer fallen ließ und für einen Augenblick stumm die schwarzen Silhouetten der Boote betrachtete, die verhüllt und vertäut auf den Wellen schwankten, fragte er: »Und wie mag die Geschichte ausgehen?« Sie hatte zuletzt von ihrem Umzug nach Zürich gesprochen, von ihren Schwierigkeiten, sich auf die Stadt einzulassen, von ihrer Angst, Jens zu verlieren. Es war offensichtlich, dass er sich wünschte, sie käme nun auch auf ihn zu sprechen, stattdessen zeigte sie auf eine der Silhouetten, ein Boot mit zwei Rümpfen. »Die nennt man Katamarane«, sagte sie. »Etwas Schnelleres und Eleganteres gibt es nicht. Jens' Erzeuger hatte mir so einen versprochen – im Grunde bin ich für ein Boot mit ihm ins Bett gegangen.« Sie lachte, doch gleich darauf schlug sie sich mit der Hand an die Stirn. »Scheiße«, sagte sie, »ich habe vergessen, für morgen bei Alex zu reservieren, Jens wird mich killen.«

Sie trank den Wein in einem langen Zug aus, dann schüttelte sie den Kopf und verzog das Gesicht, denn die Kopfschmerzen, die sie seit ihrem Sturz in den See fast ununterbrochen quälten, reagierten empfindlich auf die Bewegung. »Jetzt habe ich Lust auf Süßes«, stellte sie fest. »Wo gehen wir hin?«

Die Sehnsucht nach einem Zuhause, nach jener unbedingten Geborgenheit, die sie, als sie im eisigen Wasser schwamm, mehr gewittert als gefühlt hatte, trieb in den nächsten Stunden die sonderbarsten Kapriolen. Ganz unvermittelt fühlte sie regelrechte Attacken von Überschwenglichkeit, die sich zu Beginn des Abends auf Jens entladen hatten, dabei hatte sie das Gefühl, sie könnte die ganze Welt umarmen. Dieses Gefühl verschwand allerdings ebenso plötzlich wieder, an seine Stelle trat eine Ängstlichkeit, als hätte sie endgültig allen Halt verloren, sie musste sich zusammennehmen, um nicht vor Angst zu schlottern, ein stählerner Vorhang schien sich zwischen sie und die Welt zu schieben. Ihre Gefühle spielten verrückt, dieser Zustand ängstigte und amüsierte sie zugleich. Doch sie fühlte sich sicherer mit Kurt an ihrer Seite, und so nahm sie ihn auch, nachdem sie in einem kleinen italienischen Zimmerlokal ein Eis gegessen hatten, mit ins Bett.

Am nächsten Morgen erwachte sie – auch das war neu für sie – mit einem ungebremsten Wir-Gefühl. Ihr Gemüt fühlte sich so weit und einladend an, dass ihr schien, sie könnte jeden, der an ihre Tür klopfte, ohne Umstände in ihr Leben integrieren. Konkret betraf das Kurt, der noch schlafend neben ihr lag. Als Jens ins Zimmer platzte, fand sie die Vorstellung, mit den beiden Männern eine Familie zu bilden, schlicht großartig. Doch auch dieses Gefühl war flüchtig, und nachdem Jens die Nummer mit den Eiern abgezogen und deutlich gemacht hatte, dass er sie für sich allein wollte, bereitete es ihr ebenso wenig Mühe, Kurt wieder auszuladen und alle Innigkeit für Jens zu reservieren. An diesem Tag schien ihr das Leben wieder so unkompliziert wie mit sechzehn – selbst als Jens bohrte und ausgerechnet nach Cannes reisen wollte, klingelte noch keine Alarmglocke. Im Gegenteil, euphorisch brach sie mit ihm zur Côte d'Azur auf und fand den Gedanken, mit ihrem Sohn zu vollenden, was sie als Teenager elf Jahre zuvor in Angriff genommen hatte, nur wunderbar.

Die Wende, das Finstere, kam erst, als sie in jenem Café in der Romandie ihren Kleiderkauf feierten und einer der Dorfjungen sich an ihr vergriff. Es blieb bei einem läppischen Kuss, dennoch, in dem Augenblick riss etwas, sie fühlte sich beschmutzt und verraten. Sie fühlte sich wie damals, als sie begriffen hatte, dass ihr Vater die Familie hinterging. Damit war auch ihre Euphorie zerstört, die das Band gewesen war, das sie und Jens für einige Stunden verbunden hatte. Plötzlich begriff sie nicht mehr, worauf sie sich da eingelassen hatte: Eine Spritztour ans Meer mit einem beschädigten Kombi war an sich ein törichtes, ja kindisches

Unterfangen, und dass der Wagen zusehends den Dienst verweigerte, schien ihr ein nur allzu passendes Abbild der Lächerlichkeit zu sein, der sie sich preisgegeben hatte. Zudem Cannes, ein Ort, mit dem Jens noch mehr Träume zu verbinden schien als sie – wie konnten sie da nicht enttäuscht werden!

Ihre Gefühle nahmen eine neue, eigenwillige Wendung: Die Ernüchterung, die sie nach der Szene im Café befallen hatte, schien auch ihre Sehnsucht vertrieben zu haben. Plötzlich war sie – so fühlte es sich wenigstens an – wieder ganz bei sich, ja mehr noch, erstmals fühlte sie die Reife der fast Dreißigjährigen, die sie war, der Mutter eines halbwüchsigen Kindes. Es konnte leicht der letzte Urlaub gewesen sein, den sie mit Jens verbrachte, und sie beschloss, die Zeit mit ihm ganz einfach zu genießen. So entdeckte sie erstmals eine Zärtlichkeit, die nichts mit der Erinnerung an versunkene Welten zu tun hatte, die nur ihm und ihr gehörte, die mütterliche Zuneigung einem Jungen gegenüber, der zwischen Kindheit und Ablösung stand, eine Zuneigung, nicht frei von Schmerz, doch es war ein anderer Schmerz. Erstmals erkannte sie einen Sinn darin, dass ihr Sohn im Begriff war, in eine neue Welt zu ziehen, in eine Welt, zu der sie keinen Zutritt hatte. Er würde sie an der Pforte verabschieden und seinen Weg gehen, sie ihrerseits wäre frei, den ihren zu vollenden.

Sofort jedoch schlug die Erinnerung zurück. Während sie Jens von ihrem früheren Zuhause erzählte, war ihr klar geworden, wie sehr sie an Anna hing. Mit niemandem, nicht einmal mit ihm, teilte sie Erinnerungen, wie sie und Anna sie teilten. Eine ganz ungekannte Trauer ergriff sie, eine Trauer, die sie Jens gegenüber stumm und fast feindselig machte; die ganze Nacht über saß sie am Fenster, möglichst fern von seinem Bett, und fragte sich, weshalb ihr nichts von dem, was sie mit ihm erlebt hatte, so sehr ans Herz gegangen war wie tausend Dinge, die sie mit Anna teilte. Sie fand allerdings keine Antwort, ihre Beklemmung blieb, und als der Morgen graute, wusste sie immer bestimmter, dass Jens' Gegenwart sie daran hinderte, sich mit ihren Erinnerungen auszusöhnen. Er buhlte ebenso um sie wie jene versunkene Welt, beide zerrten an ihr, und sie konnte das eine nicht haben, ohne das andere zu verraten.

An jenem Abend hatte sie im Restaurant ihr Zimmernachbar angesprochen, ein korpulenter Romand oder Franzose mit ausgesuchten Manieren. Sie war eigentlich viel zu erschöpft gewesen, um noch Französisch zu sprechen, doch als er ihr erzählte, seine Frau und er hätten sich seinerzeit in eben der Pension kennengelernt, in der sie und Jens abgestiegen waren, und seien nun erstmals nach dreißig Jahren zurückgekehrt, horchte sie auf. Das Paar war in einer Krise und hatte gehofft, so zu einem Neuanfang zu finden – offenbar vergeblich, die Frau jedenfalls hatte sich mit keinem Wort am Gespräch beteiligt und wirkte an ihrem Gatten so uninteressiert wie am Rest der Welt. Tatsächlich sagte der Mann: »Es ist nicht wie früher«, und es war offensichtlich, dass er nicht nur den Zustand der Pension meinte.

In jener Nacht, die sie schlaflos im Sessel vor dem Fenster verbrachte, fragte Josefa sich immer wieder, ob sie glücklicher geworden wäre, hätte sie sich irgendwann überwunden, die alten Orte wieder aufzusuchen.

Nach ihrer Rückkehr nach Zürich beschloss sie, auf Eskapaden zu verzichten, sie suchte Klarheit und Einfachheit – nur so, glaubte sie, ließ sich das Chaos in ihrem Kopf klären, nur so konnte sie Jens die Mutter sein, die er brauchte. Dass Kurt sich ausgerechnet in diesem Moment entschied, seine Frau zu verlassen und ihr den Hof zu machen, war sein Pech. Dass sie Jens deswegen eine Szene machte, tat ihr leid, denn auch ohne ihn hätte sie nicht die geringste Lust verspürt zu heiraten, allerdings konnte sie nicht vergessen, dass sie sich für ihn etwas versagte, das nach wie vor an ihr zerrte, und in jenem Moment musste er dafür büßen. Seit ihrem Sturz in den Zürichsee war sie mit einem Fuß bei den Toten, und jeder Tag, an dem sie ihre Sehnsucht verdrängte, steigerte die Leere, in der sie sich bewegte.

Und irgendwann war das Maß voll. Eines Morgens erschien in der Autovermietung ein junger Mann, der übernächtigt aussah, schlampig gekleidet und unrasiert und dennoch ausgesprochen attraktiv. Babette hatte ihn als Erste entdeckt, sie selbst fertigte gerade eine amerikanische Familie ab, als Babette ihr zuraunte: »Ich glaube, ich sterbe … Hast du gesehen, wer da ist?« Wie sich herausstellte, handelte es sich um den Darsteller einer Schweizer Soap, von der Babette keine Folge verpasste. »Nimm du ihn«, flehte sie Joe an, »ich kriege kein Wort heraus.«

Inzwischen hatte der Schauspieler Joes Blick aufgefangen und ihn mit einem breiten Lächeln beantwortet. Diese eine Sekunde zwischen ihnen reichte, damit sie sich für ihn entschied. Sie schickte die amerikanische Familie unter einem Vorwand in die Warteecke und winkte ihn zu sich.

»Ich kann auch warten«, sagte er bescheiden.

Joe schüttelte lächelnd den Kopf. »Was kann ich für Sie tun?«

Er brauchte einen Kombi, und zwar sofort.

»Ich sehe mal, was gerade frei ist«, versprach sie und ließ ihn Formulare ausfüllen.

»Wir haben noch verschiedene Größen«, stellte sie fest.

Der Schauspieler studierte gerade eine der vielen unverständlichen Passagen, die ihre schlecht übersetzten Formulare zierten (die Autovermietung gehörte zu einem internationalen Konzern), er schob dabei die Zungenspitze vor, als wäre er ein Junge, dann sah er auf. »Der Kleinste reicht«, sagte er, »ich ziehe mit nur ein paar Kisten um.«

»Rennen Sie weg?«, erkundigte sie sich und lächelte so unverbindlich wie zuvor.

Ehe der Schauspieler reagieren konnte, schimpfte Matthias, weil längst der Chrysler für die Amerikaner bereitstand und die Einfahrt versperrte. »Wessen Kunden sind es?«, fragte er und wollte Joe hinausschicken. Gleichzeitig flüsterte Babette ihr ins Ohr: »Ich hab's mir überlegt, ich übernehme ihn.«

Doch Josefa hatte Blut gerochen. Sie drückte ihr den Schlüssel für den Chrysler in die Hand und winkte die Amerikaner an Babettes Pult, dann wandte sie sich wieder dem Schauspieler zu. »Meine Kollegin hätte so gern Ihr Autogramm«, erklärte sie ihm, während sie seine Formulare überflog.

»Ach, gern!«, sagte er und unterzeichnete beflissen ein Blatt von ihrem Block.

»Für Babette«, diktierte Joe.

Gehorsam schrieb er eine Widmung, während Babette

auf dem Vorplatz darauf wartete, dass die Amerikaner ihr Gepäck verstauten, und ihr eine Grimasse schnitt.

»Und ich hätte gern Ihre Telefonnummer«, sagte Josefa. Verdutzt sah der Schauspieler zu ihr hoch. »Sie haben die Zeile leer gelassen«, erklärte sie ihm und genoss den Augenblick.

»Ich habe noch keine«, entgegnete er.

»Und wie erreiche ich Sie?«

Diesmal war er der Verwegene. »Wir müssten uns fast verabreden«, sagte er und sah ihr gerade in die Augen.

Sie erwiderte seinen Blick, bis er wegsah. »Das sollten wir tun«, antwortete sie. Inzwischen war Babette zurück, sie hatte das Gespräch mit angehört und winkte sie heftig hinüber zur Teeküche.

»Ich glaube, Sie werden verlangt«, sagte der Schauspieler, der ihre Geste bemerkt hatte, doch Joe schüttelte nur leichthin den Kopf.

»Wann ist denn Ihre Flucht perfekt?«, fragte sie. »Ich habe um sechs Uhr Feierabend.«

Ihr Telefon klingelte, es war Babette, die von ihrem Schreibtisch aus anrief. »Hör mal, lass die Finger …«, begann sie, Joe legte gleich wieder auf.

»Sie sind ganz schön direkt«, sagte gleich darauf der Schauspieler zu ihr, es war unverkennbar ein Kompliment.

Joe lachte mit einem Quentchen Verlegenheit in der Stimme – gerade so viel, dass er sich geschmeichelt fühlen konnte, ohne sich bereits in Sicherheit zu wiegen. »Mein nordisches Blut«, erklärte sie, während sie sich abwandte, um seinen Schlüssel zu holen, »ich kann nicht anders.« Sie gab ihm den Schlüssel. »Der Wagen steht auf der Drei«, sagte sie und strahlte ihn nochmals unverblümt an. »Ich habe Sie doch nicht verlegen gemacht? Das würde mir leidtun.« Sie ließ nicht erkennen, wie ernst es ihr mit der Verabredung war.

Er zögerte, ehe er den Schlüssel entgegennahm und in einem ganz neuen, fast kumpelhaften Ton sagte: »Um sechs also, und das mit der Flucht musst du mir noch erklären.«

Sie nickte und sah ihm fröhlich nach, doch ehe er in der Garage verschwunden war, hatte Babette sie am Ärmel gepackt und in die Teeküche gezogen.

»Du spinnst«, fauchte sie. »Dem geht es nur um Sex!«

Joe lachte. »Was glaubst du, worum es mir geht?«, sagte sie, während sie zu ihrem Pult ging, um Kurt anzurufen.

Eine vorlaute Bemerkung von Jens hatte ihr einen Termin bei ihm eingebrockt, er wollte ihren Kopfschmerzen auf den Grund gehen. Er hatte sich nicht damit zufriedengegeben, dass sie ihm versicherte, an einer Krankheit zu leiden, die alle weiblichen Familienmitglieder mütterlicherseits traf. Als sie ihn jetzt anrief, um den Termin zu verschieben – sie benötigte die Mittagspause, um sich die Bikinizone enthaaren zu lassen –, machte er ihr wider Erwarten keine Szene, er schwieg nur kurz, dann sagte er: »Ich denke, dass wir ein Computer-Tomogramm machen sollten.«

»Meinetwegen«, sagte sie erleichtert.

Sie rechnete nicht damit, dass er bereits einen Termin für sie vereinbart hatte. »Morgen früh um sieben«, sagte er trocken und diktierte ihr die Adresse.

»Was dich nicht umbringt, macht dich stark«, fand Babette nicht weniger unbarmherzig. Der Satz schwirrte Joe noch im Kopf herum, als abends um sechs der Schauspieler wieder im Büro stand. Sie hatte einen euphorischen Nachmittag verbracht, endlich wieder einmal sah sie sich so richtig vom Leben umarmt, sie fühlte sich leicht und spielerisch und wunderte sich nur, weshalb sie nicht viel öfter genoss, was immer sich zu genießen anbot. Doch ihre Laune erhielt einen herben Dämpfer, als sie in sein Gesicht sah. Sie konnte noch nicht sagen, was es war, doch etwas stimmte nicht.

»Willst du dich nicht setzen?«, fragte sie so unbelastet es ging, während sie seine Unterlagen suchte.

»Ich bin ziemlich verschwitzt«, antwortete er und blieb stehen.

»Der Wagen steht auf der Drei?«, vergewisserte sie sich und notierte die Rückgabe des Schlüssels im Formular.

Für einen Augenblick blieb ihm die Stimme weg. »Ja«, sagte er heiser, dann räusperte er sich.

»Aufgetankt? Unverbeult?«

»Ja.«

Was dich nicht umbringt, macht dich stark. »Wie steht es mit der Einladung?«, fragte sie betont beiläufig.

»O ja, natürlich«, sagte er so gleichgültig, dass sie ihn am liebsten geohrfeigt hätte. Aus lauter Trotz beschloss sie, ihn beim Wort zu nehmen, und griff zum Telefon. Während sie Jens anrief, ging er ein paar Schritte zur Seite und roch unauffällig an seinem Leibchen.

»Du hast noch Zeit, zu duschen«, sagte sie, bevor sie sich abwandte. »Jens, Liebling«, flötete sie auf den Anrufbeantworter, »ich nehme mir heute Abend frei.« Zu spät bemerkte sie, dass der Schauspieler ihr Zeichen gab. »Warte einen Augenblick«, sagte sie, als sei Jens tatsächlich am Apparat.

»Ich muss noch ins Theater«, flüsterte der Schauspieler.

Joe erstarrte endgültig. »Ich rufe noch mal an«, versprach sie Jens und hängte auf. »Wie bitte?«, sagte sie zum Schauspieler.

Er zeigte ein schuldbewusstes Lächeln. »Ich habe Vorstellung«, gestand er. »Ein kleiner Auftritt, aber vor neun bin ich nicht draußen.«

»Oh.« Mehr fiel ihr nicht ein.

»Wir können uns danach treffen«, schlug er vor.

»Ja, klar«, sagte Joe.

»Um neun im Odeon?«

Sie nickte, obwohl eine innere Stimme ihr sehr deutlich riet, die Finger von ihm zu lassen. Doch nachdem sie Jens ins Bett gebracht hatte, zog sie tatsächlich nochmals los. Wider Erwarten war der Schauspieler sogar pünktlich, sie schäkerten und unterhielten sich blendend, bis sie damit rechnen konnten, dass Jens schlief, danach stürzten sie in Joes Wohnung. Sie hatten eine wilde, vergnügte Nacht und fanden erst gegen Morgen etwas Schlaf.

Als sie am Morgen erwachte, hatte sie alle Vorsätze vergessen. Sie räkelte sich wie ein verliebter Backfisch und hätte gern allen möglichen Unsinn geflüstert, doch der Schauspieler war bereits dabei, sich wieder anzuziehen.

Joe sah auf die Uhr, es war halb sieben. »Kein Frühstück?«, fragte sie verwirrt, während sie zusah, wie er in die Socken schlüpfte.

»Danke«, antwortete er, während er auf einem Bein balancierte, »ich frühstücke nie.«

»Du kannst gern duschen.«

»Kein Problem«, sagte er, »ich dusche im Theater.« Dann

war er bereits angezogen und küsste sie, nicht auf die Lippen, sondern auf die Stirn. »Ich rufe dich an«, sagte er noch und streichelte sie flüchtig – mehr so, als wolle er ihr etwas aus dem Gesicht wischen.

Joe versuchte zu lächeln. »Das wäre eigentlich mein Satz«, stellte sie noch fest, während er bereits aus dem Zimmer ging, er schien sie nicht mehr gehört zu haben. Sie fühlte sich wie ein geschlagenes Kind, doch ehe sie in Tränen ausbrechen konnte, hörte sie Jens im Flur.

»Komm her«, bat sie, sie hätte sich so gern an ihn gekuschelt. Doch Jens interessierte sich nur für das Autogramm, das sie ihm versprochen hatte. Natürlich hatte sie es vergessen, Jens war beleidigt und wandte sich ebenfalls ab, und nun heulte sie doch.

Als etwas später – Jens war schon unterwegs zur Schule – das Telefon klingelte, schreckte sie auf, doch sie dachte nicht daran, abzunehmen. Es klingelte lange. Als es endlich wieder still war, stand sie auf, stellte den Anrufbeantworter an und durchsuchte vergeblich die Küche nach etwas Essbarem. Währenddessen klingelte das Telefon nochmals, doch bevor der Beantworter anspringen konnte, zog sie das Kabel aus der Buchse, sie wollte nur ihre Ruhe.

Sie murmelte eine Entschuldigung, als sie gegen zehn Uhr im Büro erschien, doch Babette fand lediglich: »Das ging ja schnell. Und wie war's?«

Josefa sah sie überrascht an. »Wie es war?«, fragte sie und lachte zynisch. »Eine tolle Nacht und ein Abschied zum Erbrechen. Du hattest wieder mal recht.«

Babette stutzte. »Ich meinte die Computertomographie«, stellte sie klar.

Joe wusste erst gar nicht, wovon sie sprach. »Scheiße«, rief sie endlich und schlug sich gegen die Stirn. Sie wählte Kurts Nummer.

»Ich habe zweimal bei dir angerufen«, sagte er, »was war los?«

»Nichts, ich habe es verschwitzt«, gestand sie.

Kurt schwieg ziemlich lange. »Es kann eine Weile dauern, bis ich wieder einen Termin für dich bekomme«, sagte er dann mit einer Geduld, die schlimmer zu ertragen war als jede Schimpftirade.

Joe fühlte eine Wut in sich aufsteigen, die sie selbst nicht ganz begriff. »Gib dir keine Mühe«, sagte sie, »ich habe zur Zeit ganz anderes im Kopf. Wenn du's genau wissen willst, ich habe die letzte Nacht durchgevögelt.«

Kurt wollte etwas entgegnen, aber sie fiel ihm gleich wieder ins Wort. »Und überhaupt hör auf, mir nachzustellen«, fuhr sie ihn an und legte auf.

Die Kopfschmerzen waren unbeständig, manchmal verschwanden sie vollständig, dann plötzlich schlugen sie ohne Vorwarnung zu, mit einer Wucht, als treibe jemand einen Meißel in ihren Scheitel. Andere Male schlichen sie sich fast unmerklich ein, lauerten eine Weile wie ein drohendes Gewitter, um sich endlich innerhalb von Stunden zu entfalten wie eine sich öffnende Blüte. Es gab keine erkennbare Regel, auch nicht zu ihrer Bekämpfung: Tabletten halfen nicht wirklich, Ruhe war noch am wirkungsvollsten – legte sie sich allerdings hin, begannen die Gedanken zu kreisen und steigerten sich zu Panikattacken, nachts verfolgten sie Alpträume. Zehn Jahre lang hatte Josefa die Ereignisse um den

Tod ihrer Mutter verdrängt, seit ihrem Segelunfall träumte sie fast täglich davon. Sie konnte nicht sagen, wovor sie sich mehr fürchtete, vor den Träumen oder davor, mit Schmerzen wach zu liegen und zu sehen, wie sie sich von Tag zu Tag weiter von Jens entfernte, ohne etwas dagegen tun zu können. Unerbittlich glitt sie in der Zeit zurück, und je mehr sie wieder zum siebzehnjährigen Mädchen wurde, das mit ansehen musste, wie seine Welt in Trümmer brach, desto weniger begriff sie die unbedeutenden Bedürfnisse ihres Sohnes.

Anfang Mai – noch ehe der Schauspieler in ihr Leben getreten war – hatte Jens ein neues Schwimmabzeichen ergattert. Am Abend wollte er die früheren Abzeichen herauskramen, damit sie sie ihm endlich an den Träger seiner Badetasche nähte, doch er durchwühlte die ganze Wohnung, ohne sie zu finden. Stattdessen stieß er in der Wohnzimmerkommode auf einen Briefumschlag mit einem Absender in Prägedruck und deutscher Marke.

»Was ist das?«, fragte er.

Josefa kämpfte sich gerade durch die Steuererklärung – zu den Kopfschmerzen kamen Phasen der Orientierungslosigkeit, die kaum noch zuließen, dass sie ein Formular korrekt ausfüllte. Von der Steuerbehörde war sie schon zweimal gemahnt worden. »Das ist nichts«, sagte sie zu Jens und nahm ihm den Umschlag weg.

Doch er klammerte sich an ihren Hals und bettelte: »Jetzt sag schon, Mama.« Er wusste, dass sie das hasste, aber als sie ihn von sich stieß, kicherte er nur und hängte sich so lange an sie, bis sie sich geschlagen gab.

»Eine Einladung zur Testamentseröffnung deines Großvaters«, antwortete sie erschöpft.

»Habe ich etwas geerbt?«, rief er begeistert und rang mit ihr um den Umschlag.

»Du warst damals noch gar nicht geboren«, erklärte Joe, während sie den Umschlag mit Mühe von ihm fernhielt. Damit erlosch Jens' Interesse, er ließ sie los und suchte wieder nach seinen Abzeichen.

»Ich will aber auch mal etwas erben«, maulte er.

»Seine Gier hast du geerbt«, gab Joe zur Antwort.

Jens bohrte noch eine Weile, um zu erfahren, was sie damals geerbt habe, doch sie wimmelte ihn erfolgreich ab und widmete sich wieder der Steuererklärung.

Etwas hatte sich dennoch in ihr festgesetzt, und als sich nach der Geschichte mit dem Schauspieler die Vorfälle im Autoverleih häuften – Josefa verwechselte Kunden und Verträge, sie vergaß vereinbarte Sonderschichten zu den Umzugsterminen und meldete sich erst oft krank, weil die Schmerzen sie lähmten, dann meldete sie sich überhaupt nicht mehr, sondern blieb der Arbeit einfach fern, und Matthias machte ihr mehr als einmal deutlich, dass sie sich bessern oder nach einer anderen Arbeit umsehen müsse –, dachte sie oft daran, einfach das Haus ihrer Eltern zu verkaufen und damit dem Spuk für immer ein Ende zu bereiten. Ende Mai schließlich – am Abend davor war sie Zeugin geworden, wie der Schauspieler im Fernsehen seine jämmerliche Verführungsposse abzog – rammte sie beim Einparken eines Mietautos den Garagenpfeiler und wurde von Matthias erneut heftig angepfiffen. Daraufhin sammelte sie all die Bilder, Glücksbringer und Andenken, die Jens im Lauf der Jahre für sie gemalt und gebastelt hatte, in eine Plastiktüte, packte ihre CDs dazu, außerdem eine Packung Zahnbürsten, die sie aus unerfindlichen Gründen in ihrem Schreibtisch aufbewahrte. Nachdem sie für den nächsten Tag einen Flug nach Hamburg gebucht und einen Wagen der deutschen Partnergesellschaft organisiert hatte, küsste sie Babette auf die Wange und erklärte aufgeräumt: »Ich gehe dann mal.«

»Was soll das?«, fragte Babette verdattert. »Was tust du da?«

»Ich erbe«, verkündete sie und ging aus der Tür.

Andere hätten es einen sonderbaren Zufall genannt, dass Jens ihr an dem Abend, an dem sie beschlossen hatte, nach Kiel zu fahren, verkündete, Anna habe angerufen – immerhin war es das erste Mal seit über elf Jahren, dass sie von ihr hörte. Doch inzwischen hatte die Vergangenheit Joe bereits so sehr eingeholt, dass sie sich nicht einmal mehr über solche Zeichen wunderte. Was sie dachte, war einzig, dass sie dringend dafür sorgen musste, alle Verbindungen zu früher endgültig zu kappen, wenn sie nicht den Verstand verlieren und wenn sie Jens eine auch nur halbwegs unbeschwerte Kindheit gönnen wollte. Anna konnte ihr zu einer Unterkunft verhelfen, insofern war es ganz gut, dass sie nochmals anrief. Das Telefonat machte es allerdings schwieriger, ihre Reise vor Jens zu verheimlichen. Niemals hätte er verstanden, dass sie ohne ihn an die Ostsee fuhr, und noch weniger hätte er verstanden, dass sie es nur tat, um endgültig alle Brücken abzubrechen. Am anderen Morgen wartete sie daher, bis er zur Schule aufgebrochen war, danach rief sie den Notar an, der sie vor elf Jahren zur Testamentseröffnung ihres Vaters eingeladen hatte, um einen Termin mit ihm zu vereinbaren. Sie konnte allerdings niemanden erreichen und hinterließ eine Nachricht auf dem Anrufbeantworter. Dann klingelte sie bei Stadelmanns, ihren Nachbarn auf der anderen Seite des Stockwerks, einem pensionierten Beamten-Ehepaar, und bat sie, die nächsten Tage über für Jens zu sorgen. Sie waren etwas mühsame Alte, und in der Regel gingen Jens und sie ihnen aus dem Weg, doch da die Stadelmanns nie Kinder gehabt hatten und darunter sehr litten, würden sie sich gewiss rührend um ihn bemühen. Schließlich plünderte sie Jens' Sparschwein – Gott sei Dank war er sparsamer als sie – und schminkte sich, wobei sie feststellte, dass die Zeit gerast war. In aller Eile malte sie ihm ein Herz auf den Spiegelschrank, band ein Schleifchen um den Lippenstift und legte ihn darunter (ein besseres Geschenk fiel ihr nicht ein), dann packte sie etwas Wäsche in eine Tasche und fuhr zum Flughafen.

Als sie die Abflughalle erreichte, dröhnte ihr der Kopf. Sie hatte die Berlosintabletten vergessen, die sie normalerweise gegen die Schmerzen nahm, in der Flughafenapotheke gab man ihr nur Aspirin, von denen sie ein halbes Dutzend nahm, dennoch glaubte sie auf dem Flug, ihr Kopf explodiere. Sie war schweißgebadet, als sie in Hamburg landete.

Anna

Anna ihrerseits hatte eine euphorische schlaflose Nacht verbracht, nachdem Josefa ihren Besuch angekündigt hatte, und war am anderen Morgen noch vor dem Frühstück ans Institut gefahren, um Golombiewski abzufangen, ehe er seine Vorlesung gab. Als er und seine Frau nach Strande gezogen waren, hatte er seine Wohnung an der Wilhelminenstraße zum Verkauf ausgeschrieben, doch noch gab es keine Interessenten, und so kostete es Anna nur einen Augenaufschlag, um sie für Josefa zu borgen. Allerdings waren die Zimmer vollkommen ausgeräumt, und so fuhr Anna gleich wieder zurück nach Lütjenburg, stopfte die Matratze des Gästebetts (auf der Josefa früher schon geschlafen hatte – damals hatten sie sie in Annas Zimmer auf den Boden gelegt und danach die halbe Nacht geplaudert) und einige Möbel in ihren Audi und richtete damit Joe ein provisorisches Zuhause ein. Sie vergaß auch nicht ein Schälchen Obst samt Serviette und Messerchen, eine Tafel Schokolade, ein Flammendes Käthchen, das in einem Keramiktopf steckte und eben daran war, aufzublühen, und ein gerahmtes Foto von sich und Joe, das sie noch in der Nacht in einem plötzlichen Anfall aus einer Kiste im Dachboden gekramt hatte. Allerdings versuchte sie vergeblich, es an den einzigen Nagel zu hängen, den sie in Golombiewskis Wohnung fand, der Nagel hielt nicht mehr in der Wand, und notgedrungen stellte sie es auf das Fensterbrett.

In ihrem Überschwang hatte sie gar nicht daran gedacht, Kalle im Institut aus dem Weg zu gehen. Erst als sie am Nachmittag zurückkehrte, um ihren Einführungskurs abzuhalten, hielt sie nach ihm Ausschau, doch er war nicht da, und gleich darauf teilte Henner ihr mit, dass Kalle krank war.

»Bestimmt nicht kränker als sonst«, sagte sie giftig und wunderte sich über sich selbst, denn sie hatte noch immer blendende Laune.

»Wollt ihr nicht nochmals miteinander sprechen?«, fragte Henner, während er zusah, wie sie Unterlagen ordnete, die sie verteilen wollte, sie lachte ihm ins Gesicht und sagte: »Wozu sollte das gut sein? Er lügt, wenn er das Maul aufmacht.«

Mittlerweile war Gott sei Dank Unterrichtszeit, sie hatte also guten Grund, sich zu beeilen. Sie war bereits im Treppenhaus, da klingelte ihr Handy, das Display zeigte Josefas Zürcher Nummer – das war verwirrend, denn sie hatte erwartet, dass sie längst unterwegs wäre. Doch es war nicht Joe, es war Jens.

»Weißt du, wo meine Mama ist?«, fragte er. Sie war fort gewesen, als er aus der Schule kam, und hatte nur eine Notiz hinterlassen, auf der stand, sie sei geschäftlich in Frankfurt.

»In Frankfurt«, wiederholte Anna verwirrt – welche Gründe konnte Josefa haben, dass sie ihn anlog? »Wie kommst du zu meiner Nummer?«, fragte sie, um nicht antworten zu müssen.

»Die steht hier auf einem Zettel«, sagte er, »ich wusste nicht, dass es deine ist. Hast du eine Ahnung, was meine Mama in Frankfurt tut?«

»Nein«, sagte sie und dankte Gott für die Formulierung seiner Frage, die ihr eine schamlose Lüge ersparte. Gleichzeitig fühlte sie die gute Laune wiederkehren, die das Gespräch mit Henner vertrieben hatte – sie hatte den Eindruck, in ein wunderbares Abenteuer geraten zu sein, es fühlte sich an wie die Räuber-und-Gendarm-Spiele, die sie als Kinder gespielt hatten.

Es rumorte, Jens schien mit dem Telefon zu wandern. Anna lehnte sich ans Treppengeländer und legte ihre Unterlagen auf einen der Arbeitstische. Als einer ihrer Studenten den Flur entlangeilte, hatte sie schon fast vergessen, dass sie zum Unterricht erwartet wurde. Sie gab ihm ein Zeichen, dass sie sich etwas verspäten würde.

»Ich muss mich vor den Nachbarn verstecken«, verriet Jens währenddessen fast flüsternd, »Mama hat sie mir auf den Hals gehetzt, damit sie mich hüten – als wäre ich noch ein Baby.« Sie hörte, wie er sich einschloss, dann fragte er: »Was könnte sie denn in Frankfurt zu tun haben? Was gibt es da?«

»Banken«, antwortete Anna. »Vielleicht bewirbt sie sich um einen Job? Was tut sie denn in der Autovermietung?«

»Desk Manager«, sagte Jens, während eine Frauenstimme nach ihm rief. Er ging nicht darauf ein, sondern fragte: »Kann man in Frankfurt segeln? Wenn man dort nicht segeln kann, ziehe ich nämlich nicht hin.«

Anna liebte ihn immer mehr. »Du segelst?«, fragte sie lachend.

»Klar«, sagte Jens, »die Bergströms segeln alle.«

Anna hatte inzwischen weitergedacht. »Vielleicht trifft sie auch einen Mann«, riet sie, um anhängen zu können: »Oder hast du schon einen tollen Papa?« Sie schämte sich etwas dafür, wie sie Jens alles aus der Nase zog, doch das gehörte zu Räuber-und-Gendarm, und es funktionierte.

»Ich brauche keinen«, erklärte Jens so großspurig wie zuvor. »Und Mami hat Kurt, der ist sogar Doktor.«

»Ein Arzt?«, fragte sie und fühlte überrascht, wie riesengroß der Stein war, der ihr im selben Augenblick von der Seele fiel.

»Er ist unser Hausarzt«, sagte Jens.

Anna strahlte. »Das ist toll«, rief sie, »das ist sogar großartig.«

»Na ja«, sagte Jens.

Während Anna ihn weiter ausquetschte, beschlossen die ersten Studenten offenbar, die Stunde als ausgefallen zu betrachten, und wollten an ihr vorbei zum Ausgang, um zu rauchen. Endlich brach sie das Gespräch ab, stellte sich ihren Schäfchen in den Weg und scheuchte sie zurück in den Seminarraum. Sie hatte eben begonnen, die Lektion im Schnelldurchlauf zu absolvieren, als Joe anrief, um mitzuteilen, dass sie bereits in Kiel sei, und im selben Atemzug zu fragen, wo ihre Unterkunft sich befinde.

»Heute ist Ausnahmezustand«, erklärte Anna ihren Studenten und wandte sich kurz ab, um sich mit Joe in der Konditorei Fiedler zu verabreden. Doch Joe wollte nicht warten. Anna nannte ihr die Nummer des Seminarraums, und keine zwanzig Minuten später platzte sie in den Unterricht.

Es war, als wäre sie nie fort gewesen. Sie hatte dieselbe spröde Beherztheit, ihre Augen leuchteten auch jetzt noch kornblumenblau, das Haar glänzte. »Gesund sieht sie aus«, dachte Anna, und wieder fühlte sie dieselbe Erleichterung wie in dem Moment, als sie erfahren hatte, dass Joes Freund Arzt war.

Josefa schien sich nicht so sehr zu freuen wie sie. Sie hatte kaum gegrüßt, vielleicht auch überhaupt nicht. Sie blieb in der Tür stehen, streckte die Hand aus und sagte: »Den Schlüssel und die Adresse bitte, ich bin ziemlich k. o. von der Reise.«

»Das ist meine älteste Freundin«, erklärte Anna den Studenten, »wir haben uns zwölf Jahre nicht gesehen.« Erst nachdem sie es ausgesprochen hatte, erkannte sie, wie absurd ihre Worte angesichts von Joes Reserviertheit klingen mussten. Sie trat auf Joe zu und wollte sie umarmen, doch Joes Körperhaltung ließ keinen Zweifel daran, dass sie nicht im Traum daran dachte, die Umarmung zu erwidern, und so küsste Anna sie nur auf die Wange. »Der Schlüssel ist in meinem Schreibtisch«, sagte sie und fasste Joe kurz um die Taille, um ihr die Richtung vorzugeben. »Wehe, ihr rührt euch von der Stelle«, ermahnte sie die Studenten, dann verließ sie den Seminarraum und durchquerte neben Joe das Treppenhaus.

»Ich muss dir auch noch erklären, wie du hinkommst«, sagte sie.

»Nicht nötig«, sagte Joe, »ich habe Karten im Auto.«

Anna hätte sie so gern umarmt, berührt, gestreichelt, dass ihr beim besten Willen nicht einfiel, was sie sprechen könnten. »Auto« hatte Joe gesagt, das war immerhin ein Stichwort. »Bist du die ganze Strecke gefahren?«, fragte sie.

»Geflogen«, sagte Joe, dann schwieg sie wieder.

»Dann ist es ja kein Wunder, dass du k.o. bist«, sagte Anna. »Die Anspannung. Ich hasse es auch zu fliegen.«

Doch so sehr sie sich bemühte, das Eis zu brechen, Joe ging nicht auf sie ein. Stumm betraten sie den Raum, Anna nahm den Schlüssel aus der Schublade. »Ich komme später vorbei«, sagte sie und genoss es, wenigstens Josefas Finger zu streifen, als sie ihr den Schlüssel in die Hand legte.

»Nicht nötig«, sagte Joe, »ich werde unterwegs sein.«

Erstmals fühlte Anna einen gewissen Trotz. »Ich komme trotzdem«, sagte sie, und jetzt schien auch Joe ihre Hartnäckigkeit bemerkt zu haben. Endlich sah sie ihr in die Augen, überrascht, vielleicht sogar etwas dankbar – dann wandte sie sich dennoch grußlos ab und ging mit schnellen Schritten (ach ja, sie hatte schon als Mädchen so mit den Armen geschlenkert, wenn sie in Eile war) durch die Tür.

Anna sandte ein Stoßgebet zum Himmel – es war bereits das zweite heute, dabei hatte sie seit ihrer Kindheit nicht mehr zu höheren Mächten gesprochen. »Lieber Gott«, flehte sie, »lass uns wieder Freundinnen sein! Lass mich Joe glücklich machen! Mach, dass wir wieder eine Familie werden!« Für einen Augenblick fühlte sie eine fast körperliche Angst, es könnte ihr ein weiteres Mal misslingen, sie müsste Joe wieder ziehen lassen, erschöpft setzte sie sich auf die Schreibtischkante und rang nach Luft. Dann jedoch sah sie vor sich, wie Joe Golombiewskis Wohnung betreten würde, es war ja nicht zu übersehen, welche Mühe sie sich gegeben hatte, ihr ein Zuhause einzurichten. Natürlich, Josefa hatte alles Recht der Welt, ihr böse zu sein, mehr Recht sogar, als sie ahnen konnte. Doch sie wäre nicht Joe, wenn ihr der

Anblick des Flammenden Käthchens nicht das Herz erweichte! O ja, und wenn sie erst das Foto sah, auf dem sie beide mit windverwehtem Haar am Hafengatter lehnten… Zweifellos war in zwei Stunden, wenn sie gemeinsam zum Tee ausgingen, alles schon wieder so gut wie im Lot!

Als Anna in den Seminarraum zurückging, war sie schon fast wieder guter Dinge. Sie half ihrer Zuversicht noch etwas auf die Sprünge, indem sie ein paar Schritte hüpfte, dabei fielen ihr auch Jens und das Räuber-und-Gendarm-Spiel wieder ein, und jetzt spätestens kehrte die gute Laune zurück.

Gleich nach der Lektion raste sie nochmals nach Lütjenburg, stürzte in das Haus ihrer Eltern, um ihre Koffer zu durchwühlen und sich schönzumachen. Aufgebrezelt für einen munteren Mädchenabend, rannte sie kurz nach sieben die Treppen zu Golombiewskis Wohnung empor und klingelte. Sie freute sich riesig auf den Abend und war fest entschlossen, Joe endlich um den Hals zu fallen. Doch anstatt ihr die Tür zu öffnen, drehte Josefa nur den Schlüssel im Schloss und drückte die Klinke, so dass die Tür einen Spalt aufging. Als Anna eintrat, hatte sie sich bereits wieder abgewandt und war auf dem Weg ins Schlafzimmer, und jetzt sah Anna auch, dass sie telefonierte.

Offenbar war es Jens, denn Josefa erklärte gerade mit unterdrückter Ungeduld: »Es sollte doch eine Überraschung sein.« Sie hörte ihm zu, dann stöhnte sie. Anna schloss die Wohnungstür hinter sich und blieb im Flur stehen. Die Wohnung war verändert, Joe hatte die Fenster verdunkelt, und ihr Foto lag umgedreht in einer Ecke am Boden. Dort lagen auch das Obst und die Schokolade, der Topf mit dem Flammenden Käthchen stand im Ausguss. Offenbar hatte Joe auf dem Bett Zeitung gelesen oder darin etwas gesucht, einzelne Bögen bedeckten die halbe Matratze und rings den Boden. Auf dem Klapptisch in der Küche (inzwischen war Anna neugierig geworden und entfernte sich ein paar Schritte von der Tür, um einen Blick um die Ecke zu werfen), auf dem sie das Obst drapiert hatte, lagen nun ein Sandwichpapier und eine Pillendose.

Joe sah sie kurz an, während sie sich mit einer Hand den Nacken massierte, Anna fühlte sich ertappt und kehrte zur Eingangstür zurück. »Meinetwegen, du Quälgeist«, sagte Joe in den Hörer, »dann verrate ich es eben: Es geht um Geld, um einen ganzen Haufen ...« Sie war unterbrochen worden, lachte kurz und versicherte: »Nichts Verbotenes, ich schwöre.« Wieder unterbrach sie sich. »Natürlich kriegst du das wieder«, versicherte sie nun doch etwas gereizt, »jeden Rappen! Und jetzt muss ich aufhängen, es ist jemand an der Tür ...« Nochmals ließ sie sich unterbrechen, während Anna sich abwandte, um ihr nicht zu zeigen, dass sie rot angelaufen war – »jemand« war sie also für Josefa?

Trotzdem ging sie in die Offensive, sobald Joe sich von Jens verabschiedet hatte und den Kopf senkte, um das Handy auszuschalten. Mit zwei langen Schritten war sie bei ihr und umarmte sie endlich. Joe war offensichtlich überrumpelt, sie erwiderte die Umarmung halbherzig, dann wartete sie reglos, bis Anna sie losließ, und widmete sich wieder ihrem Handy, um es ganz abzuschalten.

»War das Jens?«, fragte Anna. Kurz lockte es sie, von seinem Anruf zu erzählen, doch dann sagte sie sich, dass Jens ihr entweder schon davon erzählt hatte oder wenn nicht, sollte es ihr Geheimnis bleiben – der Gedanke gefiel ihr außerordentlich, auch mit Jens ein Geheimnis zu teilen.

Joe stand noch immer unbewegt in der Tür zum Schlafzimmer. Sie schien darauf zu warten, dass Anna etwas tat, und als Anna das begriff, wurde sie verlegen wie bei einem Date (ihr letztes Date war einige Jahre her). »Schön hast du es hier«, sagte sie, noch ehe ihr einfiel, dass sie ja alles eingerichtet hatte. Ohnehin war die Lüge offensichtlich, die Wohnung sah furchtbar aus, und so korrigierte sie sich stotternd: »Ich meine, gut siehst du aus.«

Joe nickte müde. »Danke für das da«, sagte sie und zeigte fahrig in Richtung Obst, Schokolade und Blume.

Anna strahlte gleich wieder. »Gern geschehen«, sagte sie innig – hatte sie nicht gewusst, dass Joe die kleine Geste erweichen würde? »Ich dachte, wir gehen etwas essen«, schlug sie vor.

Joe schien zuerst gar nicht zu begreifen, was gemeint war. »Hast du Hunger?«, fragte sie dann, holte die Schokolade und drückte sie ihr in die Hand. »Da.«

Anna starrte erst die Schokolade an, dann Josefa. Das war grob. Was war mit Joe bloß los? Völlig überraschend schossen ihr Tränen in die Augen, sie hob die Hand ans Gesicht und presste die Nasenwurzel, als wollte sie einen Niesreiz unterdrücken, so gelang es ihr, sie einigermaßen zurückzuhalten. Mechanisch öffnete sie danach die Schokolade, ehe ihr einfiel, dass sie gar keine Schokolade mochte, sie schob sie in die Handtasche und sah zu Joe auf mit einem Lächeln, das nur noch verzweifelt war.

»Ich war vielleicht gestern am Telefon nicht deutlich genug«, sagte Josefa gleich darauf. »Ich will nicht zurück in unser altes Leben, Anna.«

Anna nickte gehorsam, etwas Besseres fiel ihr nicht ein. »Es ist auch kindisch«, stammelte sie, »wieso kaufe ich dir deutsche Schokolade, die Schokolade in der Schweiz ist viel besser …«

Nun war es Joe, die ihr einen verwunderten und leicht besorgten Blick zuwarf. »Gegen den Hunger wird sie schon helfen«, sagte sie weicher, es klang beinahe schon nett.

»Ich mag doch keine Schokolade«, sagte Anna und war ihrerseits verwundert, dass Joe das vergessen hatte. »Nichts Süßes, nie gemocht.«

Doch Joe lachte nur schallend (das Lachen war neu, es war das Lachen einer reifen Frau, nichts Kindliches war mehr darin). »Du und nichts Süßes?«, rief sie. »Du konntest an keinem Keks vorbeigehen, ohne hineinzubeißen.«

Anna war immer verwirrter. »Du irrst dich«, beteuerte sie, »du musst mich verwechseln.« Das zu sagen tat weh – doch nicht so weh, wie das, was noch folgte.

»Warum musstest du kommen?«, fragte Joe sie unvermittelt.

Anna begriff nun gar nichts mehr. »Aber *du* bist gekommen«, antwortete sie.

»Ich bin nur geschäftehalber hier«, sagte Joe.

»Du hast mich um Hilfe gebeten«, erinnerte Anna sie.

»Ja«, gab Josefa zu, »das war vielleicht ein Fehler. Ich bin gerade etwas knapp bei Kasse und kann mir kein Hotel leisten.« Unvermittelt verzog sie das Gesicht, so als durchfahre sie ein heftiger Schmerz, Anna erschrak darüber so sehr, dass ihr der Schweiß ausbrach.

»Immer noch die Kopfschmerzen?«, fragte sie besorgt. »Hast du das öfter? Was sagt denn dein Arzt?«

Joe warf ihr einen giftigen Blick zu. »Jetzt fang du auch noch an«, sagte sie schroff, »es geht mir blendend.« Sie ließ sie stehen und ging zum Ausguss, um ein Glas Wasser zu trinken. Als sie sich wieder zu Anna umwandte, hatte ihr Gesicht sich verwandelt. Vielleicht war es auch nur, weil sie das Neonlicht beim Dampfabzug angemacht hatte, um das Glas zu finden, sie sah plötzlich sehr hart und unnahbar aus, beinahe hatte sie etwas Geisterhaftes. »Ist das alles, was du wolltest?«, fragte sie und blieb an den Ausguss gelehnt stehen. »Sehen, ob es mir gutgeht?«

Anna brachte es nicht über sich, zu lügen – obwohl sie wusste, was jetzt kam, nickte sie.

Und tatsächlich ging Joe sofort an ihr vorbei zur Wohnungstür und hielt sie auf. »Dann haben wir das ja hinter uns«, stellte sie fest und wartete darauf, dass Anna ging.

»Nein«, sagte Anna und schüttelte heftig den Kopf. »Ich muss erst …«

»Was?«, fiel Josefa ihr ins Wort.

»Was kann ich tun, damit du mir verzeihst?«

Zum ersten Mal entdeckte Anna etwas wie Interesse in Josefas Augen. »*Was* soll ich dir verzeihen?«, fragte sie neugierig.

»Dass …« Anna stockte, mit dieser Frage hatte sie zuallerletzt gerechnet. »Dass ich dich damals … dass ich nicht mit dir gefahren bin«, stammelte sie. »Dass ich nicht für dich da war, als du … als Margot …«

»Das hatte ich längst vergessen«, unterbrach Joe sie – es klang nicht ungeduldig, nur entschieden.

»Das ist nicht wahr«, sagte Anna verwirrt, »das kann nicht wahr sein.« Vergeblich suchte sie Joes Augen nach etwas ab, das ihre Behauptung Lügen strafte. In ihrem Blick war nur Müdigkeit zu lesen.

»Für mich ist diese Geschichte längst vorbei, Anna«, versicherte ihr Joe vollkommen ruhig, sie schenkte ihr sogar ein flüchtiges Lächeln, doch nach wie vor hielt sie ihr die Tür auf.

Anna fiel nichts mehr zu sagen ein. »Dein Junge ist süß«, sagte sie noch.

»Ich weiß«, antwortete Josefa und wartete, bis Anna draußen auf dem Fußabtreter stand, dann schloss sie die Tür.

Noch kurz stand Anna im Dunkeln. Erst als sie zur Treppe ging, schaltete sich die Treppenhausbeleuchtung ein, sie sah auf dem Fußabtreter eine ramponierte Gratiszeitung liegen und nahm sie mit, um sie in den Mülleimer beim Hauseingang zu werfen. Ihr Handy klingelte, für einen Augenblick hatte sie die verwegene Hoffnung, Joe rufe sie zurück, doch es war nur Kerstin, die sie zu einem Glas Wein treffen wollte.

»Oder hast du etwas Besseres vor?«, fragte sie.

»Nein«, antwortete Anna und hätte sich so sehr gewünscht, sie hätte eine andere Antwort. »Wo treffen wir uns?«

Kerstin schlug das ›exlex‹ am Ziegelteich vor, Anna ging die zehn Minuten zu Fuß und entspannte sich allmählich wieder etwas. Natürlich war Kerstin ein schaler Ersatz für einen Abend mit Josefa, doch sich mit Kerstin zu verabreden war auch ein kleines Abenteuer, denn bis zu jener furchtbaren Offenbarung in Golombiewskis Büro zwei Tage zuvor (war es wirklich erst zwei Tage her?) war Anna sicher gewesen, sie habe ihr seinerzeit den Freund ausgespannt. Daran änderte auch nichts, dass Kalle stets versichert hatte, sie hätten sich ganz einfach auseinandergelebt, sie fürchtete Kerstins Rache und vermied es all die Jahre, mit ihr allein zu sein. Das gestand sie ihr an diesem Abend nach einigen Gläsern Wein, und Kerstin lachte schallend.

»Siehst du«, sagte sie, »und ich war mir sicher, du bist eines dieser karrieregeilen Weiber, für die ein eigenes Kind ein Fluch wäre. Ich habe nicht schlecht gestaunt, als du erzählt hast, du wolltest eine Familie gründen.« Sie machte eine kurze Pause, um sich eine Zigarette anzuzünden (sie hatte nicht einmal während der Schwangerschaft zu rauchen aufgehört). »Aber toll, dass du ihm den Laufpass gegeben hast – man darf das alles nicht zu emotional sehen. Für mich war immer klar, ich will Familie, und wenn ich mit dem einen keine Kinder kriege, dann halt mit einem anderen.«

Anna fand ihren Pragmatismus faszinierend, wie man eine Tiefseequalle faszinierend findet, in einer Mischung aus Ekel und Begeisterung.

»Hast du Kalle denn kein bisschen geliebt?«, fragte sie.

Kerstin zog etwas wie einen Flunsch, dann winkte sie erst dem Kellner, damit er ihnen nachschenkte, bevor sie sagte: »Mal ehrlich, Kalle ist nicht gerade der Mann, für den eine Frau in Ohnmacht fällt. Henner natürlich auch nicht, aber die biologische Uhr tickt. Jetzt habe ich, was ich wollte, meine kleine Eloïse, und Henner ist ein prima Babysitter.

Vermutlich machen wir noch ein zweites, dann schlägt die Zeit für die wilden Kerle.«

Etwas fassungslos fragte Anna sich, ob die menschlichen Beziehungen tatsächlich in Wirklichkeit so erschütternd einfach waren und sie ihr Leben vielleicht ganz unnötig verkomplizierte. Um Zeit zu gewinnen (und weil sie wirklich eine gebrauchen konnte), borgte sie sich eine von Kerstins Zigaretten, doch Kerstin wollte es genau wissen.

»Hand aufs Herz«, sagte sie, während sie sich vorbeugte, um ihr die Hand nicht auf das Herz, doch auf das Knie zu legen, wo sie schwer und feucht liegen blieb und Anna nicht minder verwirrte als ihre Frage: »Was ist dir wichtiger, Kalle oder das Kind?«

Anna lächelte unsicher, sie blies den Rauch gegen die Lampe und dachte nach. »Ich weiß nicht«, gestand sie schließlich. »Mit Kindern ist alles so viel einfacher.«

Kerstin brach wieder in Gelächter aus. »Die Bankrotterklärung einer Psychologin«, stellte sie genüsslich fest, gleich darauf rief sie den Kellner, um die Bestellung zu ändern – nach einer solchen Aussage war Schnaps angesagt.

Anna sah währenddessen verstohlen auf ihr Handy, vielleicht überlegte Joe es sich noch anders und rief sie an.

Kerstin hatte sie beobachtet. »Und dieser Jens?«, fragte sie. »Ist er sexy? Henner hat da was mitgehört.«

Anna konnte ein kleines Lachen nicht unterdrücken, sie hatte keine Lust, den Irrtum aufzuklären – mochten Kerstin und Henner denken, was sie wollten. Sie hob das Glas und stieß mit Kerstin an. »Auf das Leben«, sagte Kerstin. Anna lächelte stumm, dann wandte sie sich ab und sah hinaus. »Auf das Leben«, dachte sie und schickte sich an, Jens den

Gedanken zu senden, er schlief jetzt sicher – doch ehe es ihr gelang, blieb ihr Blick an einem Mauervorsprung hängen. Ein Plakat des Films hing dort, den sie zuletzt mit Kalle gesehen hatte, *Perdono, Giulietta!* Erschreckt wandte sie sich ab, dann kippte sie den Schnaps in einem Zug. In diesen Tagen war alles etwas viel!

Josefa meldete sich den ganzen nächsten Tag nicht, sie nahm auch nicht ab, wenn Anna ihre Nummer wählte, und weil sie nicht riskieren wollte, dass Joe abreiste, ohne dass sie sich nochmals gesehen hatten, fuhr sie am Freitagmorgen unangemeldet bei ihr vorbei. In Schilksee hatte sie ein Modellsegelboot für Jens gekauft, ein sehr schickes mit hölzernem Rumpf und Segeln aus echtem Tuch, doch sie klingelte vergeblich. Für ein Weilchen setzte sie sich auf eine Treppenstufe und wartete, dann schrieb sie auf ein Blatt ihrer Agenda »Für Jens« und steckte ihn an den Mast der Jolle. Auf einen zweiten Zettel schrieb sie: »Bevor du abreist, lass uns nochmals reden, bitte!« Zur Sicherheit schrieb sie ein weiteres Mal alle Nummern auf, unter denen sie zu erreichen sein mochte. Nachdem sie den Zettel in den Briefschlitz geschoben hatte, lehnte sie das Segelboot an den Türrahmen und ging.

In der Haustür traf sie auf die Hausverwalterin, eine alte Dame, die Kant hieß, was Golombiewski besonders gefiel, weil seine Eltern wie Kant aus Königsberg stammten, deshalb hatte er sie Anna bei erstbester Gelegenheit vorgestellt. Frau Kant kam gerade mit schweren Taschen vom Einkauf, Anna hielt ihr die Tür auf und fragte: »Wissen Sie vielleicht, ob die junge Frau, die bei Professor Golombiewski zu Gast war, schon abgereist ist?«

»So eine Blonde?«, fragte Frau Kant nicht eben freundlich.

Anna nickte. »Ich kann sie nämlich nicht erreichen«, sagte sie, »und sie macht auch die Tür nicht auf.«

»Die ist heute früh ganz munter aus dem Haus«, antwortete Frau Kant, »so gegen halb acht.«

»Ach«, sagte Anna und konnte wieder lächeln.

Sie hielt Frau Kant die schwere Tasche, damit sie den Briefkasten leeren konnte, währenddessen klingelte ihr Handy. Sie angelte es etwas mühsam aus ihrer Jacke. »Ja?«, sagte sie, nachdem sie die Taste gedrückt hatte. Stumm hörte sie zu, was ihr die fremde Stimme mitteilte, und wurde weiß wie die Wand. Frau Kant hatte inzwischen ihre Post und bat um die Tasche, doch Anna hörte sie nicht. Erst als Frau Kant sie ihr aus der Hand nahm, begriff sie, was die alte Frau von ihr wollte, sie ließ die Henkel los, doch zu früh, die schwere Tasche fiel zu Boden, Glas zerbrach, und Frau Kant ließ einen kleinen Schrei hören. Anna nahm auch das nicht wahr. Sie starrte auf das Handy, als könne sie nicht begreifen, was sie da in der Hand hielt, dann rannte sie zum Auto.

Josefa

Als Josefa zwei Tage davor am Hamburger Flughafen das Mietauto in Empfang genommen hatte und nach Kiel gefahren war, hatte sie sich etwas gewundert, wie umstandslos sie sich zurechtfand. Obwohl Lütjenburg keine fünfzig Kilometer entfernt lag, war sie als Kind mit ihren Eltern kaum je in die Stadt gefahren, trotzdem fand sie auf Anhieb zur Harmsstraße, in der das Notariat lag. Dort allerdings erfuhr sie, dass der zuständige Notar, Fitz mit Namen, erst in zwei Tagen für sie Zeit haben würde. Es nützte auch nichts, dass sie drängte und darauf hinwies, dass sie nur kurz in der Stadt sei, denn der Notar war selbst auf Reisen.

Sie hätte sich gern hingelegt, das war das Einzige, was gegen die Kopfschmerzen half, und rief Anna an, um sich nach der Adresse ihres Quartiers zu erkundigen. Dummerweise bewahrheiteten sich ihre Befürchtungen, und Anna bestand darauf, ihr den Schlüssel persönlich zu geben. Notgedrungen fuhr sie zur Universität, die gleich hinter dem Westring lag und gut ausgeschildert war, und nahm den Schlüssel entgegen. Sie hatte dann allerdings einige Mühe, Anna abzuwimmeln, die sich offenbar in den Kopf gesetzt hatte, ihre Freundschaft wieder aufleben zu lassen.

Das Quartier war so spartanisch, wie sie es sich gewünscht hatte, und nachdem sie Annas Spuren beseitigt und die Wohnung verdunkelt hatte, legte sie sich auf die Matratze, betrachtete die letzten diffusen Flecken Licht an der Decke und die dünnen Stukkaturleisten, roch all die neuen Gerüche und wunderte sich, dass sie sich in all dem Fremden mehr zu Hause fühlte, als wenn sie in ihrer Zürcher Wohnung auf dem Bett lag. In diesem Augenblick zog sie nichts zurück in die Schweiz, überhaupt zog es sie nirgends mehr hin – hier in diesem nackten Zimmer fühlte sie sich, als sei sie endlich angekommen, es war vielleicht das erste Mal seit dem Tod ihrer Mutter, dass sie nicht das Gefühl hatte, irgendwohin fliehen zu müssen oder von jemandem bedrängt zu werden.

So schlief sie ein, später weckte sie ein unbekanntes Geräusch von der Straße, vielleicht auch ein Traum. Draußen war es noch hell, die Kopfschmerzen, die kurz nachgelassen hatten, waren wieder stärker, es bereitete ihr Mühe, wirklich wach zu werden. Kurz dachte sie daran, dass Jens inzwischen vermutlich von der Schule gekommen war und sie ihn gelegentlich anrufen sollte, sie hatte eben das Handy eingeschaltet, um nach der Zeit zu sehen, als er schon anrief. Offenbar hatte er seit längerem versucht, sie zu erreichen, entsprechend nörgelig war er, und es kostete sie einige Mühe, ihn nicht anzufahren. Kaum hatte sie ihn so weit, aufzulegen und auf ihren Rückruf zu warten, da klingelte es an der Tür, und Anna platzte herein. Sie war wie stets die personifizierte Fröhlichkeit, und Josefa wunderte sich darüber, wie ein Jahrzehnt an jemandem vorbeiziehen konnte, ohne die geringsten Spuren zu hinterlassen. Die Tatsache, dass Anna schlicht nicht zu begreifen schien, welche Qual die Rückkehr für sie bedeutete, verletzte sie. Fast schien ihr,

Anna wollte leugnen, dass überhaupt jemals ein Unglück geschehen war, und wäre es ihr nicht gelungen, sie mit Worten abzuwimmeln, Josefa hätte womöglich irgendwann zugeschlagen.

Als der Hunger sie hinauszwang, kaufte sie sich an einer Straßenecke einen Döner, danach streunte sie durch die Straßen und versuchte, sich an den Gedanken zu gewöhnen, dass auch in Deutschland das Leben nach Margots Tod weitergegangen war.

Sie schlief in jener Nacht kaum. Ihr Kopf schmerzte zwar nicht mehr – abgesehen von einzelnen Attacken –, dafür war er erfüllt von einem Tosen und Brausen, als tobe in ihr ein Sturm. Gegen Morgen setzte sie sich ins Auto und fuhr aus der Stadt hinaus und ans Meer. Neben der Fischräucherei am Schönberger Strand parkte sie, kurbelte das Fenster herunter und roch die See, die hinter dem Deich lag. Sie brauchte das Meer nicht zu sehen, der Geruch genügte ihr. Mit geschlossenen Augen saß sie lange Zeit da und fühlte die weiche, salzige Luft auf der Haut, die sich mit einigen schwer erklärbaren Tränen mischte, schließlich schlief sie ein.

Sie musste ewig geschlafen haben, denn als sie aufwachte, war das Licht schon wieder diesig. Der Uhr am Armaturenbrett nach war es fünf Uhr nachmittags. Sie rauchte noch zwei Zigaretten, dann überwand sie sich, den Motor zu starten, und folgte dem Sträßchen nach Hohwacht, bis links der unscheinbare Weg zum Haus der Bergströms abzweigte.

Die Einfahrt war von Brombeeren und kniehohem Ginster überwachsen, im Schritttempo brach sie sich mit dem Wagen einen Weg. Das Haus – ein weiß gestrichenes Holzhaus mit Reetdach, das der Legende nach einer ihrer Urgroßväter eigenhändig gebaut hatte – stand offensichtlich seit langem verlassen, vielleicht seit Lars' Tod. Die Farbe blätterte überall ab, das Garagentor war halb eingedrückt. Die Heckenrosen wucherten wild. Sie kletterte über die Brüstung, mit einem Stoß von unten ließ sich das Sprossenfenster öffnen, dabei bröselte Rost aus den Scharnieren. Als sie eintrat, überraschte sie, wie sehr noch alles war wie immer, und wie entrückt doch alles wirkte. Nichts war fort, jedes Möbelstück, ja jedes Kissen war noch am selben Platz – vielleicht hatte selbst Lars nach Margots Tod das Haus gemieden –, nur lag fingerdicker Staub auf allem, und an einer Stelle war die Wand dunkel verfärbt, dort drückte offenbar bei Westwind Wasser durch eine Ritze. Sie nahm die Treppe nach oben und sah, dass sogar ihre Kleider noch so am Boden lagen, wie sie sie am Tag des Unglücks hatte fallen lassen, bevor sie in den Badeanzug geschlüpft war, um sich auf die Suche nach Anna zu machen. Sonderbar befremdet stand sie inmitten ihres früheren Lebens, erstmals fühlte sie, welche Kluft sie von damals trennte, wie sehr sie selbst sich verändert hatte, wie sehr das Leben auch für sie weitergegangen war. Sie getraute sich nicht, etwas anzufassen, aus Furcht, sie könnte damit die Vergangenheit zu neuem Leben erwecken. Erst als sie wieder unten im Wohnzimmer war, schlug sie eines der Fotoalben ihrer Großeltern auf und suchte nach einem bestimmten Foto, das sie als vielleicht Vierzehnjährige auf der ›Florian‹ zeigte. Sie steckte es ein, dann verließ sie das Haus und ging hinunter ans Meer. Das Dickicht wucherte so hoch, dass ihr schien, die Stelle, an der sie die ›Florian‹ immer an Land gezogen hatten, sei leer. Erst als sie fast schon am Wasser stand, entdeckte sie die Jolle, die kieloben im Gras lag, schwer und klobig wie ein altes, müdes Walross. Sie war größer, als Josefa sie in Erinnerung gehabt hatte, ihre Farbe war bis auf einige spröde Reste abgeblättert. Gerührt setzte Josefa sich zu Boden und lehnte den Rücken gegen den festen, noch sonnenwarmen Bootsleib, der rauh geworden war und sich anfühlte wie der rissige Stamm einer Eiche.

Und mit einem Mal war alle Wut, alle Verzweiflung der letzten zwölf Jahre einfach fort. Sie fühlte eine wunderbare Gleichgültigkeit dem Leben gegenüber, die nichts Verbittertes hatte – angesichts des Meeres, das so berückend weit und leer vor ihr lag, eingebettet in die diesige, von der Nachmittagssonne golden überschienene Frühsommerluft, das warme, duftende Holz im Rücken, schien ihr das Schicksal eines einzelnen Menschen nur bedeutungslos. Wie auch immer es verlief, es war aufs Schönste eingebettet in einen Lauf, der um so vieles weiter gespannt war, als es ein Mensch erfassen konnte. Es ging kaum Wind, es war still bis auf das Plätschern einzelner kleiner Wellen, die sich brachen, und auf das hartnäckige Tosen in ihrem Schädel. Diese Stille legte sich über ihre Gedanken, und plötzlich schien es ihr nur mehr natürlich, dass sie für einen Augenblick die Herrin über alles war, über das Haus, das Grundstück und die Bucht, wie zuvor ihre Eltern und noch zuvor Lars' Eltern, dass sie heute lebte und morgen tot sein würde. Was spielte es in Anbetracht der Ruhe dieses Ortes schon für eine Rolle, wie lange ein Mensch ihn belebte, wann er starb und unter welchen Umständen? Das war kein fröhlicher Gedanke, doch die Trauer, die sie fühlte, war erstmals keine, die sie lähmte. Der Gedanke, dass ihr Leben, wie immer es verlief, flüchtig und bedeutungslos war, befreite sie – erstmals sah sie unbelastet vorwärts, sie fühlte sich leicht und unternehmungslustig, das war für sie ein völlig neues Gefühl. Sie war nach Deutschland gefahren, um gegen ihren Untergang zu kämpfen, nun hatte sie viel mehr erreicht, sie hatte einen Frieden gefunden, der ihr der schönste, fruchtbarste Boden zu sein schien für all die Veränderungen, die folgen sollten, die folgen *mussten*, wollte sie auch Jens ein Erbe weiterreichen, das ihn glücklich machte.

So sinnvoll, so folgerichtig und schön erschien ihr alles, dass sie sich nicht im Geringsten wunderte, als Jens sie eben da anrief.

»Wo warst du gestern?«, fragte er vorwurfsvoll, noch ehe sie ein Wort sagen konnte. Dem Klicken nach rief er von einer Kabine aus an.

»Entschuldige, Liebling«, sagte sie, »ich hatte solches Kopfweh, da habe ich das Handy ausgeschaltet gelassen.«

»Das dachte ich mir«, sagte er bereits wieder halb versöhnt. »Und hast du es immer noch?«

»Nur noch ein bisschen«, sagte Joe. »Mir geht es gut, sehr gut sogar.«

»Kommst du heute zurück?«, fragte er, während sie einigen Möwen nachsah, die in Richtung Hohwacht flogen. Die Luft schien immer diesiger und leuchtete fast kupferfarben.

»Nein, Jens«, antwortete sie ihm ruhig, »ich komme heute nicht mehr.«

»Morgen?«, bohrte er.

Sie zögerte. »Ich werde noch ein paar Tage brauchen«, sagte sie schließlich. »Ich schicke dir aber etwas.«

»Was?«, fragte er.

Sie lachte. »Das ist eine Überraschung«, sagte sie, und zärtlich fügte sie hinzu: »Ich weiß, dass diese Tage schwierig sind für dich, aber du bist mein Held.«

Jens sagte dazu nichts.

»Hängen wir auf?«, schlug sie vor. »Dann komme ich noch rechtzeitig auf die Post.«

»Mein Geld ist auch gleich alle«, stellte Jens fest. »Ich vermisse dich«, sagte er dann doch noch.

»Ich dich auch«, erwiderte sie und küsste die Luft in Richtung Zürich.

Nachdem er aufgehängt hatte, schaltete sie das Handy aus. Danach stand sie aber noch nicht auf, sondern legte den Kopf auf die Bootsplanke, und während die Sonne tiefer sank, sah sie hinaus auf die Stelle, an der ihre Mutter ertrunken war, um endlich Abschied zu nehmen von den Geistern, die sie all die Jahre gefangen gehalten hatten.

Auch diese Nacht schlief sie kaum, sie war in Aufbruchstimmung und schmiedete tausend Pläne. Das Tosen in ihrem Schädel legte sich noch immer nicht, doch die Schmerzattacken waren einem konstanten Druck gewichen, den sie gut aushalten konnte. Am Morgen stand sie früh auf und wanderte durch die Stadt, bis es Zeit war für ihren Termin bei Notar Fitz, dessen Büro sie in blendender Laune betrat.

Als sie keine zwanzig Minuten später wieder auf der Straße stand, waren all ihre Träume zerstört, Notar Fitz hatte ihr auch nicht die geringsten Hoffnungen gemacht, sie könnte das Erbe, das sie nach Lars' Tod ausgeschlagen hatte, noch einfordern. Ihr blieb nicht einmal mehr genügend Geld für den Rückflug, den letzten größeren Schein hatte sie am Vorabend ausgegeben, als sie notgedrungen den Brief an Jens per Kurier geschickt hatte, denn das Wochenende stand bevor, und sie wollte, dass er das Foto bereits in den Händen hielt, wenn sie ihn anrief, um die großen Neuigkeiten zu verkünden.

Sie war wütend, am allermeisten auf sich selbst, es war jedoch keine überbordende Wut, kein Toben, sondern eine unbarmherzige, alles niederdrückende Beklemmung – sie hatte das Gefühl, ihren Körper aufreißen und das Herz befreien zu müssen, wollte sie den unerträglichen Druck lindern. Gleichzeitig hatte das Tosen im Schädel sich zu einem Orkan gesteigert, der alles übertönte, und entsetzt über die Nüchternheit und Leere, die sich mit einem Mal breitmachte, rannte sie die Straße hinab. Ihre Beklemmung hatte sich in erstaunlicher Geschwindigkeit zu einer eigentlichen Panik gesteigert, ihr war, als finde sie sich plötzlich in einer unendlichen Ödnis wieder, ohne jede Möglichkeit, sich zu verbergen und Schutz zu finden, sie rannte und versuchte, sich in Sicherheit zu bringen, ohne zu begreifen, wovor sie floh.

Ganz plötzlich aber – bei der Straßenecke Lerchenstraße und Sophienblatt, zwischen einer Brasserie und einer Bäckerei – fiel alles Gewicht von ihr. Erst nahm sie nur wahr, dass der Lärm in ihrem Inneren schlagartig verstummte, einen Wimpernschlag später spürte sie eine Leichtigkeit, die sie bisher noch nicht gekannt hatte, ihr Kopf war klar wie Winterluft, ihr Herz fühlte sich mit einem Mal ganz unbeschwert und schwebend an. Verwundert stand Josefa still, jetzt bemerkte sie auch den Duft der Brötchen, der aus dem Lüftungsgitter der Bäckerei strömte, dankbar hob sie den Blick dem Himmel zu, der gleißend hell war, wie sie ihn noch nicht kannte. »Wenn Jens das sehen könnte!«, war das Letzte, was sie dachte, und dass sie glücklich sei.

Jens

Jens hatte erst von den Stadelmanns erfahren, dass Josefa verreist war. Als er an jenem Mittwochnachmittag aus dem Hort gekommen war, standen beide Wohnungstüren offen, die Wohnung der Stadelmanns war leer, denn Frau Stadelmann werkelte in seiner und Joes Küche, während Herr Stadelmann sich in ihrem Wohnzimmer breitgemacht hatte und Truckrennen im Fernsehen ansah.

»Na, Kamerad, Schule überstanden?«, fragte er jovial, als er bemerkte, dass Jens im Türrahmen stand.

»Um fünf spielt Roger Federer«, stellte Jens klar, doch Herr Stadelmann war bereits wieder von den Trucks gefangen. »Sieh dir den bescheuerten Dummkopf an«, rief er, »so gibt man doch nicht Gas, so kommt er doch am anderen nicht vorbei!« Er schüttelte verständnislos den Kopf, dann wandte er sich wieder Jens zu. »Setz dich«, sagte er und klopfte auf das Sofa, als gehöre es ihm: »Willst du einen Schluck Bier?«

»Gib dem Jungen kein Bier, Ernst«, rief Frau Stadelmann.

Jens ging zu ihr in die Küche. »Wo ist meine Mama?«, fragte er.

Frau Stadelmann schlug etwas theatralisch beide Hände vor den Mund. »Mein Gott, hat sie dir gar nichts gesagt?«, fragte sie. »Das sieht ihr ähnlich! Sie ist in Frankfurt, Liebling, sie hat dort etwas Geschäftliches. Aber wir werden uns schon um dich kümmern. – Nicht wahr, Ernst?«, rief sie ins Wohnzimmer.

»Dieser Hirnerweichte«, rief Herr Stadelmann, anstatt zu antworten, »habe ich es nicht gesagt? Jetzt ist er schon wieder eingeholt.«

»In Frankfurt?«, fragte Jens, der sich noch immer bemühte, die Situation zu begreifen. »Für wie lange?«

»Sie konnte es uns nicht sagen«, erwiderte Frau Stadelmann, »für zwei, drei Tage wohl. Aber wir werden es schön miteinander haben.« Sie versuchte, sein Haar zu verstrubbeln, doch Jens machte rechtzeitig einen Schritt zurück. »Ich hoffe, du magst gedünstete Tomaten«, sagte sie, während sie sich wieder den Töpfen zuwandte.

Jens antwortete nicht, er ging in den Flur und nahm das Telefon von der Kommode, um sich damit ins Bad zu verziehen. Er wählte Josefas Handynummer und wartete auf die Verbindung, als er den Lippenstift mit der Schleife entdeckte und auf dem Spiegelschrank das Herz, das sie für ihn gemalt hatte. »Für meine *lütte Deern*«, hatte sie daruntergeschrieben. Inzwischen kam die Mitteilung, dass Joe nicht erreichbar war, Jens ließ den Lippenstift liegen und ging in sein Zimmer.

»Willst du deine Mama nicht anrufen und fragen, ob sie heil angekommen ist?«, rief Frau Stadelmann ihm nach.

Als er sein Schulzeug auspackte, sah er, dass sein Sparschwein zerschlagen war. »Wer hat mein Geld gestohlen?«, rief er wütend, dann entdeckte er einen Zettel, auf den Josefa »Sorry« geschrieben hatte. Er versuchte, sie wieder anzurufen, dabei entdeckte er, dass sich auf dem Zettel etwas durchgedrückt hatte. Er nahm einen Farbstift und malte darüber, eine Telefonnummer wurde sichtbar. Er unterbrach die Verbindung und wählte die Nummer. Es war Anna, die abnahm.

»Hast du eine Ahnung, was meine Mama in Frankfurt tut?«, fragte er, während er wieder ins Bad ging (es war der einzige Raum, der abschließbar war).

Anna hatte keine Ahnung, was Joe in Frankfurt zu suchen hatte, aber Jens fand es doch nett, mit ihr zu reden, immerhin waren sie fast miteinander verwandt. Er ignorierte Frau Stadelmann, die bereits zweimal zum Essen gerufen hatte, und kam erst aus dem Bad, als sie und ihr Mann murrend und mit einigen Ermahnungen in ihre Wohnung zurückgekehrt waren. Nachdem sie aufgelegt hatten, weil Anna zum Unterricht musste, schüttete er Frau Stadelmanns Tomaten in die Toilette und machte sich einen Teller Cornflakes mit Kondensmilch, dann stellte er den Fernseher an und zappte durch die Kanäle (Roger Federer hatte er verpasst, immerhin hatte er gewonnen und war in der dritten Runde). Währenddessen wählte er immer wieder Joes Nummer. Er saß gerade auf dem Klo, als sie endlich abnahm.

»Ich hatte geschlafen«, murmelte sie und war auch jetzt nicht wirklich gesprächig, doch wenigstens hatte er sie am Telefon, und dass sie ihm noch immer nicht verriet, was sie in Frankfurt tat, hatte, wie sie sagte, nur damit zu tun, dass sie eine Überraschung für ihn plante. Während er sie auszuquetschen versuchte, spielte er mit dem Lippenstift und malte schließlich ein Segelschiff auf die Badewannenwand, natürlich mit ihm und Joe als Crew. Ehe sie auflegten, versprach sie, ihn nochmals anzurufen, und er war ganz fröhlich. Erst als er durch die leere Wohnung ging – draußen dämmerte es erst, doch drinnen war es schon fast dunkel –, fühlte er sich wirklich allein. Kurz überlegte er, ob er nicht die Stadelmanns bitten sollte, die beiden Wohnungstüren über Nacht offen stehen zu lassen, dann fürchtete er, sie so auf die Idee zu bringen, sie könnten gleich in Joes Bett übernachten, und da war er doch lieber allein. Er sah fern, bis es neun war, dann sollte er eigentlich ins Bett, doch Joe hatte noch nicht angerufen, und er konnte sich unmöglich vorstellen, ohne ihre Gutenachtwünsche schlafen zu gehen. Um sich abzulenken, putzte er schon mal die Zähne, machte sich bettfertig und hüllte sich in Joes Bademantel. Den Fernseher anzustellen wagte er nicht mehr, um diese Zeit kamen nur noch Dinge, von denen er schlecht träumte. Er blätterte in einem Comic, doch dann wurde er ungeduldig, also setzte er sich auf den Tisch und wartete mit baumelnden Beinen bis halb zehn, dann rief er sie an. Wieder nahm sie nicht ab, doch diesmal hatte sie wenigstens die Nachrichtenbox eingeschaltet. »Wieso rufst du nicht an?«, rief er erbost. »Überhaupt darfst du gar nicht ohne mich weg sein, du blöde Mutter!« Einen Augenblick wartete er, ob sie ihn doch irgendwie gehört hatte. Doch nichts regte sich, und so jammerte er nur noch: »Mama, ich kann so nicht schlafen«, dann legte er auf.

Vergeblich wartete er noch bis zehn auf ihren Rückruf, dann ging er in sein Zimmer, legte sich hin, stellte die CD mit dem Meeresrauschen an und löschte das Licht. Gleich darauf knipste er es wieder an, kramte im Nachttisch nach seiner Taschenlampe, ging damit in Joes Zimmer und legte sich in ihr Bett, stand nochmals auf, machte in der Küche Licht (die Lampe im Flur brannte sowieso) und probierte, ob das Telefon funktionierte. Dann legte er sich wieder hin und schlief gegen Mitternacht tatsächlich ein.

Am anderen Morgen weckte ihn der Lärm, den die Stadelmanns in der Küche veranstalteten, während sie ihm das Frühstück bereiteten. Er hatte verschlafen, denn von Joes Zimmer aus hatte er seinen Wecker nicht gehört. Hastig schlüpfte er im Wohnzimmer in die Kleider vom Vortag, rannte in sein Zimmer und packte die Schultasche.

»Guten Morgen, kleiner Mann«, rief Herr Stadelmann fröhlich, als er an der Küche vorbeikam. Er trug Jens' Kochschürze und war gerade dabei, Frischbackbrötchen in den Ofen zu schieben.

»Wie trinkst du deinen Kakao, Jens?«, rief Frau Stadelmann ihm nach. Doch Jens hatte für Frühstück keine Zeit, wortlos nahm er die Milchtüte vom Tisch und trank einen Schluck im Stehen, dann rannte er los – nur um den Lippenstift einzustecken, machte er im Treppenhaus nach den ersten Stufen nochmals kehrt.

In der Schule wurde er darum beneidet, dass er allein wohnte und seine Mutter auf unbekannte Dauer verreist war (von den Stadelmanns erzählte er natürlich nichts). Während des Unterrichts fasste er manchmal in die Hosentasche und drückte heimlich Josefas Lippenstift, in diesen Momenten fühlte er eine süße Sehnsucht und kam sich vor wie ein Held.

Alle Abenteuerlust verging ihm allerdings, als er von der Schule nach Hause kam. Frau Stadelmann hatte inzwischen seine und Joes Kleider gewaschen und wollte sie gerade auf den Ständer hängen. »Ihr habt aber viele rosa Sachen«, sagte sie, kaum stand er in der Tür, und hob sein Strandkleid aus den Ferien am Genfersee und seine Fußballhosen hoch. »Ist das jetzt Mode?«

Jens starrte entgeistert auf den Berg verfärbter Kleidungsstücke. »Das war vorher nicht rosa«, sagte er mühsam beherrscht, raffte an sich, was er fassen konnte, trug die Kleider in sein Zimmer und stopfte sie so feucht, wie sie waren, in den Schrank, dann machte er kehrt und rannte zur Tür hinaus.

Er floh an den Hafen, wo Alex dabei war, eines der Boote zu vertäuen.

»Wollt ihr etwa noch segeln?«, fragte er, als er Jens auf die Mole kommen sah, und warf ihm eine Leine zu.

Jens schüttelte den Kopf, er zog das Boot längsseits und machte die Leine am Dalben fest. »Ich weiß nicht, ob wir überhaupt noch mal kommen«, sagte er, »wir ziehen nämlich nach Deutschland.«

»Zu deinem Vater?«, fragte Alex sonderbarerweise, während er von Deck ging. Vermutlich war das ein naheliegender Gedanke, allerdings nicht für Jens.

»Mein Vater lebt in einem Kaff im Tessin«, klärte er ihn auf, »mit dem haben wir nichts zu tun. Außerdem ist er verheiratet.«

»Aha«, sagte Alex tiefsinnig, dann konzentrierte er sich erst einmal darauf, die Bugspring anzuziehen und sauber zu belegen. »Wohin zieht ihr dann?«, fragte er endlich.

»An die Ostsee«, erklärte Jens stolz, »nach Lütjenburg. Wir haben dort ein Haus direkt am Meer und eine eigene

Jolle. Wir machen eine Segelschule auf, und ich muss dann auch gar nicht mehr zur Schule.«

»Toll«, sagte Alex erwartungsgemäß. »Und wann?«

»Mama ist schon dort«, behauptete Jens. »Ich warte nur noch darauf, dass sie mich abholt.«

Ein weiteres Boot lief den Hafen an.

»Das ist das letzte«, sagte Alex. »Hilfst du mir noch mal?«

»Gleich«, sagte Jens. »Gibst du mir fünf Franken? Ich muss Mama fragen, wann sie mich holen kommt.«

Alex gab ihm das Geld, Jens rannte zur Telefonkabine, und diesmal erreichte er Josefa tatsächlich. Sie meinte, sie benötige noch ein paar Tage, dafür wollte sie ihm etwas schicken. Je tiefer die Sonne sank, umso mehr schrumpfte seine Abenteuerlust, lieber hätte er seine Mama zurückgehabt als noch eine Überraschung, doch er blieb tapfer, auch in der Nacht. Als er nach Hause kam, schimpfte Herr Stadelmann zwar, weil er so lange weggeblieben war, und verlangte, dass er bei ihnen zu Abend aß, doch als Jens behauptete, er habe bei einem Freund gegessen, das sei schon lange abgemacht gewesen, ließen die Stadelmanns ihn in Ruhe. Danach plünderte er den Vorrat, eine Dose Hering war noch da, ein Joghurt und die Aufbackbrötchen, die inzwischen steinhart waren, aber im Heringsöl weichten sie bald auf. Diesmal schlief er sogar in seinem eigenen Bett.

Als er am anderen Tag von der Schule kam (freitags hatte er schon mittags aus und keinen Hort), fand er im Briefkasten bereits den großen, bunt bedruckten Umschlag eines Kurierunternehmens mit seinem Namen in Joes Handschrift. Er hatte keinen Briefkastenschlüssel, also klaubte er den Brief aus dem Schlitz. »Kiel«, las er auf dem Stempel und freute sich, dass sie ihn tatsächlich belogen hatte. Kiel lag an der Ostsee, nicht weit von Lütjenburg, das wusste er. Ungeduldig riss er den Umschlag auf, während er mit der Schulter die Haustür aufstieß und die Treppe hochstieg, zu seiner Überraschung fand er darin nichts weiter als ein Foto, das Joe als Mädchen auf ihrem Segelschiff zeigte. Das Boot hieß, wie er entzifferte, ›Florian‹, das Bild war offenbar vom Wasser aus geschossen worden, denn dahinter sah man eine Ecke Strand und dahinter ein Holzhaus. Er drehte es um: »Das ist ein Versprechen«, hatte Josefa auf die Rückseite geschrieben, und Jens dachte erleichtert, dass er jetzt kein schlechtes Gewissen mehr zu haben brauchte, weil er bereits erraten hatte, dass sie wieder an die Ostsee ziehen würden. Er musste sie unbedingt gleich anrufen und begann, zwei Stufen auf einmal zu nehmen.

Er hatte schon fast den Absatz ihrer Etage erreicht, da hörte er jemanden sagen: »Ich glaube, er ist da.« Tatsächlich stand die Tür zur Wohnung der Stadelmanns offen, und Herr Stadelmann saß am Küchentisch, allerdings hatte er den Stuhl so weit zurückgeschoben, dass er das Treppenhaus im Auge behalten konnte. Das war ein eigenartiges Verhalten, doch noch sonderbarer fand Jens seinen Tonfall, der etwas Ersticktes hatte, deshalb hatte er seine Stimme auch nicht gleich erkannt. Das alles machte es noch schwerer zu entscheiden, ob er einfach in seine Wohnung gehen durfte oder ob er zuerst Stadelmanns guten Tag sagen musste, und er war noch weit davon entfernt, sich für das eine zu entscheiden, da hörte er in der Küche der Stadelmanns einen zweiten Stuhl rücken, gleich darauf kam durch den schattigen

Flur der Stadelmanns ein Mann auf ihn zu. Erst als er die Höhe des Wohnzimmers erreichte, fiel etwas Licht auf ihn, Jens sah, dass er etwa in Kurts Alter war, er trug ein großkariertes Jackett wie die meisten Gauner in Kinderfilmen, hatte gegerbte Haut, Dackelaugen und einen Schnurrbart. So wie Jens ihn musterte, musterte der Mann ihn, nur einmal ließ er ihn aus den Augen, er hatte geschwankt und stützte sich kurz an der Wand ab. Dann breitete er in einer abrupten Bewegung die Arme aus und kam auf ihn zu.

»*Mi figlio!*«, rief er. »Mein Sohn!« Er umschlang ihn ruppig, Jens fühlte, wie der rauhe Stoff an seinem Gesicht scheuerte, er roch den schweren Duft von Staub und Tabak und machte sich – mehr verwundert als erschrocken – mit dem Gedanken vertraut, dass dies nun also sein Vater war. Dann erst begriff er, dass etwas Furchtbares passiert sein musste.

Hinter seinem Vater trat auch Herr Stadelmann ins Treppenhaus, Frau Stadelmann kam aus ihrer Küche, beobachtete sie vom Flur aus und hielt ein Taschentuch an die Lippen gepresst.

Jens hatte sich inzwischen aus der Umarmung befreit. »Was ist passiert?«, fragte er.

»*Mi figlio*«, sagte sein Vater erneut und wollte ihn wieder an sich ziehen, doch Jens wich ihm aus und rannte die paar Schritte zu seiner Wohnungstür. Er versuchte, sie aufzuschließen, es dauerte etwas, bis er begriff, dass sie gar nicht verschlossen war. Er schlüpfte in die Wohnung und verriegelte die Tür hinter sich. Atemlos griff er das Telefon und wählte Joes Nummer, es kam die übliche Meldung: Der Teilnehmer ist nicht erreichbar. Fieberhaft suchte er den Zettel mit Annas Nummer, während sein Vater – vielleicht war es auch Herr Stadelmann – ein paarmal gegen die Tür schlug. Der Zettel steckte in einer Tasche von Joes Bademantel, er wählte, und Anna nahm tatsächlich ab.

»Ich kann meine Mami nicht erreichen«, sagte er mit zittriger Stimme.

Anna sagte erst gar nichts. »Sie ist tot, Jens«, antwortete sie dann, »sie ist heute früh ganz plötzlich gestorben.« Sie sagte noch mehr, aber er nahm es nicht mehr wahr, denn ihm wurde übel. Er ging ins Bad und beugte sich über das Waschbecken, allerdings musste er dann doch nicht erbrechen. Lange stand er nur da, den Kopf gegen den Spiegelschrank gelehnt, vergeblich versuchte er zu begreifen. Irgendwann bemerkte er, dass er noch immer Joes Foto umklammert hielt, und legte es auf die Schminkablage.

»Jetzt komm aber heraus«, rief sein Vater von draußen in einem eigenwilligen Gemisch aus Schweizerdeutsch und Hochdeutsch mit italienischem Akzent und schlug energisch nochmals gegen die Tür. »Mach keinen Unsinn, hörst du?«

Jens verließ das Bad, entriegelte die Tür und trat ins Treppenhaus. »Ich weiß es schon«, sagte er.

»Komm«, sagte sein Vater. Er legte den Arm um ihn und führte ihn in die Wohnung der Stadelmanns, die beide stumm am Küchentisch saßen, Herr Stadelmann und sein Vater tranken Weißwein, Frau Stadelmann hatte eine Tasse Tee vor sich. Als Jens sich zu ihnen setzte, stand sie auf und machte ihm einen Sirup, dann setzte sie sich wieder und schluchzte. Ihr Gesicht war bereits sehr verquollen, und jedes Mal, wenn sie die Tasse an die Lippen führte, verschüttete sie ein wenig. Eine Weile schwiegen alle, die Männer tranken die Weinflasche leer, und irgendwann zog Frau Stadelmann einen Anzug aus einer Einkaufstüte. »Für die Beerdigung«, erklärte sie Jens, »den habe ich gekauft, als du noch in der Schule warst.«

Jens brauchte auch diesmal lange, bis er begriff. »Ich weiß nicht, ob er mir passt«, sagte er dann.

Frau Stadelmann nickte erst nur heftig, dann stieß sie hervor: »Ich habe in deinem Schrank nachgesehen, welche Größe du hast.« Gleich darauf brach sie in lautes Weinen aus.

»Na, na, na«, sagte Herr Stadelmann. Er stand auf und stellte sich hinter sie, unbeholfen hielt er sie an den Schultern fest. Während Jens sich fragte, weshalb man ihm nicht schon in der Schule Bescheid gesagt hatte, klingelte das Handy seines Vaters. Der stand auf und schlug dabei den Stuhl gegen die Wand, nahm den Anruf entgegen und ging, während er telefonierte, nervös im Flur auf und ab. Er sprach italienisch, doch Jens hörte, dass oft der Name »Rosa« fiel, während sein Vater immer lauter wurde, auch den Ausdruck *»Porca miseria«* kannte er von einem italienischen Schulkollegen, er gehörte zu den verbotenen Wörtern. Es klang nach Streit, doch vielleicht hatte Jens sich getäuscht, denn als sein Vater aufgelegt hatte und wieder in die Küche kam, schien er ganz unberührt.

»Was ist, gehen wir?«, fragte er Jens.

Im nächsten Augenblick fasste Herr Stadelmann ihn bei der Hand und zog ihn hoch. »Komm, Kamerad, wir gehen packen«, sagte er.

Zu dritt gingen sie in Jens' Wohnung und packten Unterhosen und Socken für ein paar Tage in seine Turntasche, dazu ein T-Shirt und seinen Kinderpass, dann klingelte auch schon der Taxifahrer, der sie zum Flughafen bringen sollte. Auf dem Gehsteig vor dem Haus wartete ein Junge aus Jens' Klasse, der Mehmet hieß, er war es, mit dem Jens gewettet hatte, dass Roger Federer dieses Jahr die French Open gewinnen würde. Sie hatten zusammen das Spiel sehen wollen (Jens hatte gehofft, zu zweit könnten sie sich gegen Herrn Stadelmann durchsetzen). Als er Jens mit den beiden Männern aus dem Haus treten sah, drückte er die Fahrradklingel und rief nach ihm. »Was ist jetzt?«, fragte er.

»Ich muss nach Deutschland«, sagte Jens.

»Was, jetzt gleich? Und das Spiel?« Mehmet fuhr mit seinem Rad eine Runde auf dem Gehsteig, um zu zeigen, wie eng er wenden konnte.

Jens zögerte. »Meiner Mutter geht es nicht gut«, erklärte er.

»Junge«, rief sein Vater und winkte ihn zum Taxi, während er mit der anderen Hand am Handy herumfingerte.

»Wer ist der Typ?«, wollte Mehmet wissen.

»Mein Vater«, antwortete Jens, diesmal zögerte er nicht.

Mehmet sah ihn verwundert an. »Ich dachte immer, der ist tot oder so.«

Jens schüttelte den Kopf, dann rannte er zum Taxi und stieg ein.

»Was ist, wenn Federer verliert?«, rief Mehmet ihm nach.

»Ich wette nicht mehr«, rief Jens durch die Rückscheibe, doch wahrscheinlich hatte Mehmet ihn nicht gehört, denn inzwischen war das Taxi angefahren.

»Ein verdammtes Durcheinander hast du angestellt«, sagte sein Vater und wählte eine Nummer. Als Jens antworten wollte, winkte er ab, gleich darauf sprach er wieder mit

Rosa oder von Rosa, und sofort wurde es auch wieder laut. Während er stritt, klopfte er dem Fahrer auf die Schulter und machte ihm Zeichen, schneller zu fahren.

Er führte ein Gespräch nach dem anderen, tatsächlich schien bei ihm zu Hause einiges schiefzugehen. Selbst im Flugzeug telefonierte er noch. Erst als die Stewardess ihm das Handy wegnehmen wollte, entschuldigte er sich bei ihr mit einem breiten Lächeln und schaltete es ab.

»Wie spricht man eigentlich deinen Namen aus?«, fragte er, als das Flugzeug abgehoben und sie ihre Getränke bekommen hatten.

Jens hatte sich den Zeichentrickfilm angesehen, der auf den Monitoren lief. Es gelang ihm noch immer nicht, irgendeinen Gedanken zu fassen. Jetzt schreckte er zusammen. »Was?«, fragte er.

»Sag mal deinen Namen«, forderte sein Vater ihn auf. Jens sagte ihn. »Jens«, wiederholte sein Vater, »Jens.« Lachend schüttelte er den Kopf. »Na ja, warum nicht. Ich heiße Livio, Livio Bernasconi.«

Jens nickte und sah wieder auf den Monitor. Livio übte noch ein paarmal Jens' Namen, dann trank er seinen Rotwein aus.

»Warum haben sie dich angerufen?«, fragte Jens nach einer Weile, ohne den Blick vom Monitor zu wenden.

Livio sah ihn erst verständnislos an, dann sagte er: »Ach so. Der Konsul sagte, sie hatte alles auf ein Papier geschrieben: dass sie einen Sohn hat, dass ich der Vater bin, sogar meine Telefonnummer. Das Papier lag in ihrem Pass. Sie war eben ein vernünftiges Mädchen.«

Jens starrte ihn kurz an und versuchte zu begreifen, warum

er seine Mutter ein Mädchen genannt hatte, dann sah er wieder auf den Monitor. Inzwischen wurde dort eine Karte von Deutschland gezeigt, das Flugzeug überflog gerade den Schwarzwald.

»Die Trauer, die Stunde der Väter«, sagte Livio seufzend, um das Schweigen zu brechen, und verstrubbelte Jens das Haar. »Es ist nie zu spät, stimmt's?« Als Jens nicht reagierte, klingelte er der Stewardess und bestellte ein zweites Fläschlein Wein.

»Warum hast du ihr damals das Boot nicht geschenkt?«, fragte Jens endlich.

»Was?« Diesmal war es Livio, der nicht begriff.

»Den Katamaran«, erinnerte ihn Jens, »du hattest ihr einen Katamaran versprochen.«

Livio schüttelte verständnislos den Kopf. »Einen Katamaran?«, rief er. »Was für einen Katamaran? Was ist mit einem Katamaran? Ich habe keine Ahnung, wovon du redest. Ich habe ihr eine Stelle organisiert und die Arbeitsbewilligung, das war damals nicht leicht!« Er gestikulierte aufgeregt und hätte der Stewardess um ein Haar den Wein aus der Hand geschlagen. »Zum Glück hatte ich Parteibeziehungen.«

Jens sah angestrengt aus dem Fenster, denn der Pilot hatte ihnen mitgeteilt, sie überflögen gerade Frankfurt. Während er vergeblich versuchte, in der diesigen Luft unter ihnen eine Stadt auszumachen, erinnerte er sich an die Reise mit Josefa an den Genfersee. Am letzten Tag, als sie sich noch ewig auf dem Bett gelümmelt hatten, statt den Zug zu nehmen, hatte sie ihn gefragt, ob er nicht endlich seinen Vater kennenlernen wolle. Ob sie damals auch seine Telefonnummer bei sich getragen hatte? Er nahm sich vor, sie zu fragen, denn obwohl er wusste, dass sie tot war, obwohl er es sich immer wieder sagte, begriff er es nicht. Er und Livio waren unterwegs zu ihr, das begriff er. Es ging ihr nicht gut, auch das hatte er begriffen, doch wichtig war allein, dass er sie wiedersah, denn damit – das sagte ihm sein Gefühl ganz klar – würde auch das Abenteuer vorbei sein, in das ihre überraschende Abreise ihn gestürzt hatte, und alles wäre wieder gut.

Als sie in Hamburg das Flugzeug verließen, erwartete Anna sie hinter der Schranke. Jens erkannte sie sofort – nicht weil sie ganz in Schwarz gekleidet war, sondern weil sie ihn so herzlich ansah, als würden sie sich seit Ewigkeiten kennen. Sie breitete die Arme aus, und Jens zögerte keinen Augenblick, sich von ihr umarmen zu lassen.

»Du siehst aus wie deine Mami früher«, sagte sie leise, während sie ihr Gesicht in seinem Haar verbarg. So standen sie, bis Livio sein Gespräch beendet hatte und zu ihnen trat. Er reichte Anna die Hand, dann nahmen sie Jens in die Mitte und gingen zum Parkdeck. Anna konnte nicht aufhören, Jens zu betrachten.

Als sie ins Auto einstiegen, wollte Jens vorn neben ihr Platz nehmen, doch Livio zog ihn auf den Rücksitz. »Ich will auch etwas von meinem Sohn haben«, erklärte er. Er lachte, als er es sagte, dennoch klang es wie ein Befehl, und Jens wagte nicht, sich zu widersetzen, er stellte die Sporttasche auf die Knie und umklammerte sie, als wäre sie ein Teddybär.

Während Anna auf die Autobahn fuhr, erklärte sie ihnen,

wie die Polizei dazu gekommen war, sie anzurufen (neben dem Hinweis auf Livio war die Notiz mit ihrer Nummer das Einzige, was sie bei Joe gefunden hatten), und erzählte, was sie über Joes Tod wusste. Es war nicht viel. »Sie war in der Stadt unterwegs und brach auf dem Bürgersteig zusammen«, sagte sie, »es war vermutlich eine Hirnblutung, das wird noch untersucht. Sie sah sehr friedlich aus, als ich sie sah, fast fröhlich.«

Sie suchte im Rückspiegel Jens' Augen, es war nicht zu erkennen, ob er zugehört hatte. Dann begann Livios Handy zu piepsen. »Jetzt ist auch noch der Akku leer«, stöhnte er und versuchte vergeblich, das Piepsen abzustellen. Schließlich nahm er die Batterie heraus.

»Was ist eine Hirnblutung?«, fragte Jens.

»Ein Blutgefäß im Hirn platzt«, sagte Anna, »das kann vorkommen. Joes Mutter ist auch daran gestorben.«

Jens sah verwundert auf. »Das ist nicht wahr«, sagte er, »sie ist ertrunken.«

Anna presste die Lippen zusammen. »Das ist, was Joe glaubte«, sagte sie nach einer Weile, »aber es stimmte nicht.«

»Hat Mami gelogen?«

Anna schüttelte den Kopf, kurz blieb ihr die Stimme weg. »Sie wusste es nicht besser«, erklärte sie.

Jens sah zu, wie sie einen Lastwagen überholte und sich wieder in die Spur einreihte, dann fragte er: »Fahren wir jetzt zu ihr?«

Wieder schüttelte sie den Kopf. »Es ist schon Abend. Ich bringe euch jetzt in die Wohnung, und morgen früh gehen wir zu ihr.«

Jens dachte nach. »Sie war nie in Frankfurt, oder?«

»Nein«, sagte Anna. »Da hat sie geschwindelt.« Sie wartete darauf, dass er sie fragte, ob auch sie ihn beschwindelt habe, doch Jens presste nur stumm das Kinn in den dunkelroten Lack seiner Sporttasche und kaute auf der Unterlippe.

Als sie Golombiewskis Wohnung erreichten, kochte Anna ihnen als Erstes Spaghetti, Jens saß am Klapptisch und sah ihr zu.

»Sieh mal hinter dich«, sagte sie. Jens drehte sich um und sah auf dem Fenstersims das Modellboot stehen.

»Gehört das dir?«, fragte er.

»Nein, dir«, sagte sie und lächelte.

Jens stand auf und hob es hoch. Es war eine hübsch geschnitzte Jolle mit Segeln aus echtem Tuch, die sogar gehisst und geborgen werden konnten.

»Von Mami?«, fragte er.

Anna musterte ihn irritiert, dann nickte sie aber. »Ich nehme es doch stark an«, sagte sie munter.

Jens setzte sich und stellte das Boot auf den Tisch. »Sie hatte mir ein Boot versprochen«, sagte er, während er es betrachtete, »aber ich dachte, sie meint ein richtiges.«

Anna schoss das Blut in den Kopf, sie suchte noch nach einer Antwort, als Livio von der Toilette zurückkam.

»Kann ich hier irgendwo telefonieren?«, fragte er. »Zu Hause ist alles durcheinander: Meine Frau dreht durch, die Kunden drehen durch. Diese Sache ist eine Katastrophe.«

Anna reichte ihm ihr Handy, Livio ging damit ins angrenzende Zimmer, doch er sprach so laut, dass sie sich kaum noch unterhalten konnten.

»Signor Gruber?«, rief er – diesmal sprach er deutsch –,

»ich bin es, Livio Bernasconi, wegen Ihrem Wagen... Ich weiß, ich weiß, aber ein Todesfall in der Familie... Nein, nein, in der weiteren Familie, aber trotzdem...«

Anna schloss die Tür, Jens sah sich währenddessen in der leeren Küche um. »Du hast noch weniger Sachen als wir«, bemerkte er.

Anna sah ihn überrascht an. »Das ist nicht meine Wohnung«, stellte sie klar, »das ist die alte Wohnung meines Professors. Joe hat hier die letzten Tage gewohnt.«

Jens dachte nach. »Dann schlafen wir gar nicht hier?«, fragte er.

»Doch«, erklärte Anna, »ihr schlaft hier, ich fahre zu meinen Eltern. Zum Frühstück bin ich wieder hier.«

Gleich darauf platzte Livio wieder herein. »Was kann ich tun?«, fragte er gut gelaunt.

»Sie können die Luftmatratze aufblasen«, antwortete Anna und zeigte auf die Plastiktüte, in der sie sie mitgebracht hatte. Livio faltete die Matratze auseinander und begann sie bereits aufzublasen, während er sie ins hintere Zimmer trug. »Ich werde darauf schlafen«, rief er dazwischen, »ich bin das gewohnt, und Jens braucht jetzt ein richtiges Bett.«

Also legte Jens sich nach dem Essen auf die Matratze, auf der zuvor Josefa geschlafen hatte. Die Deckenlampen in der Wohnung waren abmontiert, nur aus der Küche und vom Flur her fiel etwas Licht herein. Die Klemmlampe, die Anna für Joe installiert hatte, hatte Livio mitgenommen, denn das hintere Zimmer war noch finsterer.

Anna kniete neben Jens hin und deckte ihn zu. »Versuche, gleich zu schlafen«, flüsterte sie. »Du musst todmüde sein.«

»Gehst du schon?«, fragte er.

Sie schüttelte den Kopf. »Ich wasche noch ab«, sagte sie, doch sie brachte es nicht über sich, aufzustehen, solange Jens sie mit seinen großen Augen ansah. Schließlich legte sie die Hand auf sein Gesicht und schloss ihm die Lider. »Schlafen, habe ich gesagt«, befahl sie. Gehorsam hielt er die Augen geschlossen, und nach einer Weile stand sie leise auf und ging zurück in die Küche.

Livio saß am Klapptisch und machte sich Notizen. »Es gibt so vieles, woran ich denken muss«, sagte er kopfschüttelnd, als sie sich an die Spüle stellte und Wasser einlaufen ließ, »so viele Probleme.«

»Es muss schwierig für Sie sein – für Sie und Ihre Familie. Aber wenigstens um Jens brauchen Sie sich keine Sorgen zu machen«, sagte sie, »er bleibt hier bei mir, das ist überhaupt kein Problem.«

Livio sah abrupt auf. »Bei Ihnen?«, fragte er, als glaubte er, sich verhört zu haben. »Kennen Sie ihn denn gut?«

Anna hörte aus seiner Stimme einen Widerstand, mit dem sie nicht gerechnet hatte. »Josefa war meine liebste Freundin«, klärte sie ihn auf, »wir waren wie Schwestern.«

Livio nickte. »Aber wie gut kennen Sie Jens?«

Sie zögerte. »Wir haben ein paarmal telefoniert«, gestand sie schließlich.

»Also kennen Sie ihn gar nicht«, stellte Livio fest, nicht unfreundlich, nur sachlich. »Und er hat hier auch keine Familie.«

Anna starrte ihn an. »Aber ich kümmere mich schrecklich gern um ihn«, rief sie, »und auch meine Eltern. Sie werden ihn lieben!«

Livio schüttelte entschieden den Kopf. »Nein, nein, nein«, sagte er, »Jens kommt mit mir. Er ist *mein* Sohn.« Um diese Feststellung zu bekräftigen, schlug er sich auf die Brust, dabei sah er sie so siegesgewiss an, dass sie sich abwenden musste.

Sie widmete sich wieder dem Abwasch. »Was sagt denn Ihre Frau?«, fragte sie nach einer Weile.

»Ach, meine Frau«, sagte er hitzig und winkte ab. »Wir haben sowieso nur Probleme, das war nie anders. Wir sind so: –« Er stieß die Fäuste gegeneinander, als kämpften zwei Stiere. »Und unsere Kinder sind nicht besser.« Er beugte sich vor. »Wir haben drei Kinder«, erklärte er, dann hob er wieder die Stimme. »Aber Jens gehört nur mir«, rief er, »Jens ist allein mein Sohn. *Perfetto!*« Er strahlte.

»Denken Sie denn gar nicht an ihn?«, fragte Anna fassungslos. »Daran, was der Junge braucht?«

»Natürlich denke ich an ihn«, antwortete Livio überraschend scharf. »Jens braucht einen Vater, er ist ein Muttersöhnchen, mit seinen langen Haaren und ganz ohne Muskeln.«

Anna fühlte, wie es ihr die Kehle zuschnürte. »Er braucht Liebe, nicht Muskeln«, sagte sie.

»Natürlich braucht er Liebe«, rief Livio nun wieder überschwenglich, »aber die Liebe eines Vaters, eine Liebe mit …« Vergeblich rang er nach dem richtigen Wort, schließlich deutete er mit verlegenem Lächeln auf die geballte Faust – plötzlich hatte er wieder den Charme eines kleinen Jungen.

»Mit Strenge«, schlug Anna vor.

»Nein, mit Kraft«, sagte Livio strahlend, »›Kraft‹ ist das

richtige Wort.« Dann fragte er übergangslos: »Gibt es Kaffee?«

Anna fürchtete, demnächst die Kontrolle über sich zu verlieren. »Ich muss los«, erklärte sie knapp und nahm ihre Jacke. »Handtücher und Zahnbürsten sind im Bad.«

Livio erhob sich höflich. »Das habe ich gesehen, danke«, sagte er und schüttelte ihr die Hand, dann ging er ins Bad, als hätte sie ihn dazu aufgefordert. Anna schlich sich nochmals zu Jens hinein, er schlief tatsächlich schon. Doch als sie ihn sanft streichelte, schoss er hoch. Erschrocken sah er sie an, dann begriff er, wo er war, und ließ sich wieder zurückfallen.

»Worüber habt ihr geredet?«, fragte er. »Ich habe euch reden hören.«

»Unwichtig«, entgegnete sie. »Du sollst schlafen.« Sie umarmte ihn zum Abschied. »Du bist ganz kalt«, stellte sie fest, im selben Moment erschien Livio in der Tür.

»Anna, was mache ich mit meinem Handy?«, fragte er, während er Zahnpasta auf die Bürste drückte.

»Welche Marke haben Sie«, fragte sie, »ein Nokia?«

»Nokia, ja.«

»Ich auch. Geben Sie es mir mit«, schlug sie vor, »ich lade es auf.«

»Perfetto«, sagte er strahlend und gab ihr das Handy, während er bereits begann, sich die Zähne zu putzen.

»Halt«, sagte Jens, »die grüne Bürste ist meine. Die grüne ist immer meine.«

Livio starrte auf die Bürste in seiner Hand. »Dann nimmst du eben die andere«, sagte er verständnislos und kehrte ins Bad zurück.

Jens warf Anna einen verzweifelten Blick zu. »Hast du die grüne nicht für mich gekauft?«, fragte er.

»Habe ich«, bestätigte sie, »aber schlaf jetzt.«

Doch Jens, der völlig erschöpft war, schien sich plötzlich in furchtbarer Aufregung zu befinden. »Ich will meine Zahnbürste«, rief er Livio nach, »ich will meine Zahnbürste!« Eine Weile sah er ihm noch nach und wartete auf eine Reaktion, dann ließ er wimmernd den Kopf ins Kissen sinken.

Anna strich ihm die Haare aus der Stirn. »Du bekommst morgen deine eigene grüne Zahnbürste«, versprach sie, »und seine malen wir schwarz an.« Sie küsste ihn auf die Schläfe.

Jens musterte sie angestrengt, als falle es ihm schwer, ihre Worte zu begreifen. Dann seufzte er tief, die Augen fielen ihm zu, und schon schlief er wieder.

Am anderen Morgen frühstückten sie kurz, danach fuhren sie zum Krankenhaus. Anna hatte einen Termin für neun Uhr ausgemacht, doch als sie dort waren, ließ man sie warten. »Sie machen sie noch zurecht«, sagte Anna, nachdem sie sich erkundigt hatte. »Ihr könnt so lange in die Cafeteria gehen, jemand wird euch dort abholen. Habt ihr Euro?« Da Livio damit beschäftigt war, seinen Terminkalender zu durchforsten, drückte sie Jens einfach vierzig Euro in die Hand.

»Gehst du schon wieder?«, fragte er.

Sie nickte. »Ich muss mich um die Kremierung kümmern«, sagte sie, »es ist Wochenende, das wird schwierig. Kremierung ist doch in Ordnung, oder?«

»Ist das das mit der Asche?«, fragte Jens.

»Ja«, sagte Anna, »die kommt in eine Urne, und die Urne wird dann begraben.«

Jens nickte. »Das ist in Ordnung«, sagte er ernst und ließ sich von Anna auf die Stirn küssen.

»Dann sehen wir uns nachher in der Wohnung«, sagte sie. »Findet ihr den Weg?«

»Klar«, sagten Jens und Livio gleichzeitig.

Anna hatte sich bereits dem Ausgang zugewandt, als ihr einfiel, dass sie noch Livios aufgeladenes Handy mit sich trug.

»Mille grazie«, sagte Livio und verbeugte sich.

Jens und Livio sahen ihr nach, als sie die Halle verließ.

»Wohin geht sie?«, fragte Livio.

»Organisieren«, antwortete Jens.

Livio nickte verständnisvoll. Während er Jens zur Cafeteria folgte, stellte er bereits das Handy wieder an und checkte seine Nachrichten, und Jens hatte kaum an seinem Orangensaft genippt, da hatte Livio schon seinen Kaffee heruntergestürzt und gesellte sich zu den Rauchern auf die Veranda, um zu Hause die Aufregung zu schlichten, die seine Abreise und die plötzliche Existenz eines weiteren Sohnes verursacht hatten. Er telefonierte auch noch, als einige Zeit später eine Krankenschwester an Jens' Tisch kam und sich erkundigte, ob er der Schweizer Junge sei, der seine Mama sehen wolle.

Jens nickte.

»Ich bin Swantje«, sagte sie und gab ihm die Hand. »Sie ist jetzt bereit.«

Jens stand auf und sah sich nach Livio um, der ihm den Rücken zukehrte und heftig gestikulierend telefonierte – er redete so laut, dass man ihn durch die Glasscheibe hören konnte. Er zögerte nur kurz, dann ging er allein mit Swantje mit. Wieder nahm sie seine Hand (ihre war etwas verschwitzt) und führte ihn aus dem neuen Trakt hinaus, durch einen freundlichen, altmodischen Flur mit Sprossenfenstern. »Wie heißt du eigentlich?«, erkundigte sie sich.

»Jens Bergström«, antwortete er etwas steif.

»Ach«, sagte Swantje, »mein Bruder heißt auch Jens. Und wie alt bist du?«

»Zehn. Fast elf.«

Swantje nickte, als sei das ein ganz tüchtiges Alter. »Und wo ist dein Vater?«, fragte sie. »Wollte er nicht auch kommen?«

»Ich glaube, er arbeitet«, sagte er.

Dann erreichten sie eine Pendeltür aus Milchglas. »Hier ist es«, sagte Swantje, ließ ihn los und stieß die Tür auf.

Jens betrat einen hohen Raum mit alten Kacheln und geschwungenen, weißlackierten Holzfenstern, der leer war bis auf die Bahre, auf der Josefa lag. Das Licht war hell und doch weich, denn draußen vor den Fenstern standen einige Büsche mit noch frühlingshaft hellen Blättern. Leichter Wind wehte durch ein angelehntes Fenster und bewegte das Laken, mit dem sie zugedeckt war. Er blieb nahe bei der Tür stehen und sah sich schweigend um, dann sagte er leise, doch so unbefangen, als schlafe Josefa nur: »Schön ist es hier.«

Swantje war dicht bei ihm geblieben, um ihn notfalls zu stützen. »Wie bitte?«, fragte sie verwirrt.

»Genauso habe ich es mir vorgestellt«, antwortete Jens, »so schön hell und weit. Solches Licht gibt es nur an der

Ostsee.« Er ging quer durch den Raum und setzte sich auf das Fenstersims. »Darf ich ein bisschen bleiben?«, fragte er.

Swantje zögerte. »Allein darf ich dich nicht hierlassen.«

»Ich mache nichts kaputt«, versicherte er ihr.

Swantjes Lippen zitterten etwas, sie schien mit sich zu kämpfen, dann sagte sie: »Ich bin gleich vor der Tür. Und ich werde ab und zu hereinsehen.«

Jens nickte und sah ihr nach, während sie hinausging, dann blickte er sich weiter um. Es war sehr still im Raum. Die Flügel der Pendeltür bebten leicht im Durchzug. Im Garten zwitscherten Vögel, die Amseln erkannte er, die hatten sie in der Schule gehabt. Etwas Staub tanzte im Sonnenlicht, er stand auf, um mit der Hand hindurchzufahren und ihn durcheinanderzuwirbeln, dann trat er zur Bahre. Joe sah tatsächlich zufrieden aus, wie Anna gesagt hatte. Sie lag bis zur Brust mit dem Laken bedeckt, darunter trug sie ein fliederfarbenes Nachthemd, das unmöglich ihr gehören konnte. Jens betrachtete sie eine Weile, so wie er manchmal an den Wochenenden an ihrem Bett gesessen und darauf gewartet hatte, dass sie aufwachte. Er hörte, wie hinter der Pendeltür Swantje mit einer anderen Krankenschwester sprach, die er vorhin nicht bemerkt hatte. Mehrmals hörte er sie *lütte Deern* sagen und glaubte erst, sie sprächen über ihn, dann begriff er, dass sie Joe meinten. Als ihm einfiel, dass niemand ihn mehr *lütte Deern* nennen würde, wurde ihm etwas schwindlig.

Joe rührte sich noch immer nicht. Er presste einen Finger auf ihre Lippe und betrachtete den Abdruck, dann kramte er den Lippenstift hervor und begann, sie zu schminken. Es geriet erst nicht ganz, wie es sollte, ungeduldig korrigierte er sein Werk, dann richtete er sich auf und musterte sie von neuem.

»Dieses Nachthemd ist unmöglich«, stellte er fest. »Für die Beerdigung besorge ich dir etwas Schöneres.« Nun war es wieder ganz still im Raum. Er wartete noch einen Augenblick, ob sie sich nicht vielleicht doch rege, dann ging er hinaus.

Er fand Livio im Garten, wo er neben einem betagten, bis auf die Knochen abgemagerten Patienten mit Infusion und Gehgestell auf einer Bank saß, ein Bier in der Hand und eine leere Flasche neben sich, und seine Arbeit anpries: »Ich spritze auch Karosserien«, erklärte er leidenschaftlich, »jede Farbe, was immer du willst, Lila, Pink … Oder Stereoanlagen, mit Quadro-Sound und Booster! Ich mache alles, sogar Spoiler, früher für die Italiener, heute für die Jugos, ich mache alles, was erlaubt ist, und manchmal ein bisschen mehr …«

Er lachte schelmisch, dann entdeckte er Jens, der auf dem Weg wartete, und erhob sich. »Wer weiß«, sagte er zum Abschied und drückte dem Kranken seine Visitenkarte in die Hand, »vielleicht fährst du irgendwann durch die Schweiz und brauchst meine Hilfe.« Dann nahm er eine Plastiktüte auf, die zu seinen Füßen gelegen hatte, und kam damit zu Jens.

»Eine Schwester hat mir das gegeben«, sagte er, »darin sind die Sachen, die deine Mutter bei sich hatte.«

Jens nahm die Tüte, ohne hineinzusehen, und ging neben ihm her durch den Park der Straße zu.

»Wie war's?«, fragte Livio, während er bei einem Mülleimer stehen blieb, das Bier austrank und die Flasche wegwarf.

Jens zuckte mit den Schultern.

»Du hättest ruhig auf mich warten können«, stellte Livio fest. »Obwohl, eigentlich behalte ich deine Mutter lieber lebend in Erinnerung. Sie war ja ein so schönes Mädchen!« Er legte den Arm um Jens. »Ja, ja, *la tristezza, l'ora dei padri*«, murmelte er wieder. »Ich habe übrigens das Handy abgeschaltet, genug für heute. Meine Familie, ich sage dir, die spinnen alle, die würden mich am liebsten umbringen, nicht nur meine Frau und ihre Eltern, sogar mein eigener Bruder und meine Schwägerin, sie alle fluchen, fluchen, fluchen, und das wegen einer Dummheit, die ich vor zwölf Jahren gemacht habe, Madonna, vor zwölf Jahren! Und die Kunden schreien, weil ich ihre Autos noch nicht fertig habe ... Glaub mir, mein Leben ist auch nicht spaßig. Und wer bedauert mich?«

»Armer Papa«, sagte Jens, während er sich einige Kleidergeschäfte zu merken versuchte. Sie näherten sich wieder dem Zentrum.

Livio schlug die Hände zusammen, ohne den Arm von seiner Schulter zu nehmen. »Armer Papa«, rief er, »genau das bin ich, ein armer Papa! Warum sagen das meine anderen Kinder nie?«

Als sie wieder in der Wohnung waren, beschloss Livio, ein Nickerchen zu machen, Jens sah währenddessen Joes Sachen durch. Sie hatte nur etwas Unterwäsche mitgenommen, das hatte er sich gedacht. Außerdem hatte sie seinen Walkman geklaut, er fand ihn in der Plastiktüte des Krankenhauses, zusammen mit einer Schminkdose, ihrem Pass, dem Portemonnaie und ihrem Handy, das einen groben Sprung hatte. Er nahm das Geld aus dem Portemonnaie und setzte den Walkman auf – sie hatte France Gall gehört, dieselbe CD, die sie auch auf ihrer ersten Fahrt ans Meer dabei hatten –, dann ging er zurück zu einer Boutique in der Dänischen Straße, in deren Schaufenster er ein schlichtes Kleid gesehen hatte, das er ihr kaufen wollte: Es war nicht ganz schwarz, doch von einem sehr dunklen Blau, und hatte halblange Ärmel (»Auf eine Beerdigung geht man nicht mit nackten Schultern«, hatte er sich gesagt). Die Verkäuferin wunderte sich etwas über seinen Wunsch, und noch mehr wunderte sie sich, als er auf ihre Frage, ob die Dame das Kleid denn nicht erst anprobieren wolle, nur fand, notfalls würden sie es im Rücken etwas raffen. Sie nahm wohl an, es sei ein Geschenk, denn sie machte ihm ein wunderschönes Päckchen und schärfte ihm ein, die Quittung gut aufzubewahren, für den Fall, dass das Kleid doch nicht passe. Danach besorgte er noch in einer Einkaufsgalerie schwarze Strümpfe und etwas goldenen Modeschmuck, nur Ohrclips und ein Armkettchen. Als er in die Wohnung zurückkehrte, kauerte Anna auf dem Schlafzimmerboden und sah die Papiere durch, die Joe überall verstreut hatte.

»Sieh her, was ich gekauft habe«, rief er und schwenkte die Tasche.

»Leise«, sagte sie, »dein Vater schläft.«

Erschrocken hielt er die Hand vor den Mund. »Immer noch?«, flüsterte er. Er legte das Wechselgeld in Joes Portemonnaie zurück, dann schüttete er die Tasche auf dem Bett aus, setzte sich und packte das Kleid aus.

»Für Mami, für die Beerdigung«, sagte er und hielt es hoch, damit Anna es bewundern konnte. »Und dazu das hier.« Er wedelte mit dem Päckchen Strümpfe. »Im Leben hat Mami Strümpfe gehasst, dabei stehen sie ihr so gut. Außerdem passen sie zum Anlass, findest du nicht?« Er rümpfte die Nase, als spreche er nur von einem Besuch bei unbeliebten Verwandten, nicht vom Begräbnis seiner Mutter, und Anna lachte entsetzt auf.

»Dazu …« Geheimniskrämerisch hielt er inne, streifte zuerst die Schuhe ab und setzte sich im Schneidersitz Anna gegenüber, dann präsentierte er den Modeschmuck. »Wir haben zu Hause fast die gleichen Clips, wir haben sie letztes Jahr im ›Globus‹ gekauft. Der ›Globus‹ ist ein Kaufhaus in Zürich.«

»Sie sind schön«, sagte Anna, irritiert sah sie ihm zu, wie er die Clips von allen Seiten betrachtete.

»Tragen Tote eigentlich Schuhe?«, fragte er plötzlich. »In Turnschuhen können wir sie unmöglich begraben.«

»Ich weiß nicht«, gestand sie, dann fiel ihr ein: »Ich habe im Auto ein paar schwarze Slipper zum Fahren, die könnten ihr passen.«

»Wenn du dann keinen Unfall baust«, sagte Jens, gleich darauf lehnte er sich zurück und versuchte, durch die offene Tür ins hintere Zimmer zu sehen. »Papa schläft und schläft«, stellte er verwundert fest.

Anna nickte. »Ist es für dich eigentlich kein Problem, ihn Papa zu nennen?«, fragte sie.

Jens zuckte mit den Schultern. »Mir ist es eigentlich egal, wie ich ihn nenne«, sagte er unkonzentriert, während er die abgewetzten Haargummis in Joes Schminktäschlein untersuchte. »Wir können ihr Haar auch offen lassen, oder?«, fragte er. »Die sehen alle ziemlich schäbig aus.«

»Bestimmt«, sagte Anna und lächelte, um eine Träne zu verscheuchen. Sie sah zu, wie er aufstand, um die Sporttasche zu holen, dann faltete sie das Kleid, wickelte es wieder ins Geschenkpapier und half ihm, alles einzupacken. Kurz kamen sich dabei ihre Hände in die Quere, daraus entwickelte sich das Hände-Stapel-Spiel, das sie beide auch mit Joe gespielt hatten, dabei kicherten sie und wurden laut, doch dann fiel ihnen ein, dass Livio noch schlief, und sie benahmen sich.

»Was machen wir jetzt mit den Sachen?«, fragte Jens, während er den Reißverschluss der Tasche zuzog.

»Wir geben sie beim Bestattungsunternehmen ab«, erklärte Anna, »die ziehen sie ihr an.« Noch während sie sprach, hörten sie, wie Livio gähnte und sich auf der Luftmatratze räkelte.

»Papa?«, rief Jens.

»Was ist?«, knurrte Livio und setzte sich ächzend auf.

»Wir gehen die Kleider bringen.«

Er gähnte nochmals. »*Wohin* geht ihr?«, fragte er etwas begriffsstutzig.

»Wir bringen die Kleider ins Bestattungsunternehmen«, wiederholte Jens geduldig.

»Ah, natürlich.« Livio erhob sich. »Ich komme mit, gebt mir eine Minute.« Verschlafen schlurfte er an ihnen vorbei ins Bad.

Jens warf Anna einen belustigten Blick zu.

»Ist alles klar mit der Beerdigung?«, rief Livio gleich darauf durch die offene Tür. Sie hörten, wie er sich wusch.

»Mit der Beerdigung noch nicht«, rief Anna zurück, »aber die Kremierung ist Montagmorgen.«

»*Perfetto*«, sagte Livio, »um zwei Uhr geht ein Flug zurück.«

Anna stutzte. »Aber die Beerdigung«, sagte sie.

»Einen Augenblick.« Er schloss die Tür und pinkelte plätschernd.

Jens konnte sich ein Lachen nicht verkneifen, Anna ließ sich anstecken. »Du bist so verdammt tapfer«, sagte sie.

Jens hob die Achseln. »Ich weiß«, sagte er, während er sich umblickte, als sehe er die Wohnung zum ersten Mal. »Ist bei deinen Eltern eigentlich genug Platz für uns?«, fragte er. »Sonst können wir auch hierbleiben.«

Anna sah ihn verdutzt an. »Dein Papa hat eine Familie, die auf ihn wartet«, stellte sie klar.

»Stimmt«, sagte Jens. »Aber er könnte ein Zimmer bei uns haben, oder?«

Anna lächelte überfordert. Sie suchte noch nach einer Antwort, als Livio aus dem Bad kam und sich das Hemd zuknöpfte.

»Was tun wir morgen?«, fragte er unternehmungslustig. »Was tut man in Kiel an einem Sonntag?«

Sie hatten für den Sonntag Verschiedenes geplant. Als Erstes hatte sie der Schweizer Generalkonsul Herr Häni, der in Hamburg wohnte, zum Essen in den Ratskeller eingeladen, er war zur Kremierung verhindert und wollte doch Anteil nehmen. Die Polizei hatte ihn eingeschaltet, da Joe in Zürich wohnhaft gewesen war, und er war es gewesen, der Livio und die Stadelmanns benachrichtigt hatte, wie Joe es in ihrer Notiz erbeten hatte. Er war mit seiner Gattin gekommen. »Es ist alles sehr traurig«, stellte Frau Häni fest, als sie zu fünft um einen kleinen Tisch saßen. Herr Häni nickte und bat Livio, ihm zu sagen, was er für ihn tun könne.

»Den Papierkram erledige ich«, erklärte Anna, »das ist schon abgesprochen.«

»Dann müssen Sie Frau Paulsen aber eine Vollmacht geben«, wandte Herr Häni sich wieder an Livio, der beflissen nickte, ehe er sich vorbeugte und ihm seine Visitenkarte gab.

»Das werde ich tun, Herr Konsul«, sagte er. »Und wenn Sie wieder einmal in die Schweiz fahren und Ihr Auto umspritzen lassen möchten oder einen Spoiler brauchen für Ihren Sohn oder Ihre Enkel, dies ist meine Firma, in Elgg.«

Doch Herr Häni hatte nicht einmal den Führerschein, und so schwiegen sie bald wieder, nur Frau Häni seufzte ab und zu, wie traurig das alles sei.

Sie atmeten auf, als sie wieder auf der Straße waren. Livio zog die Krawatte aus und steckte sie in die Tasche. »Ein Schweizer Konsul, der nicht einmal einen Führerschein hat, das ist doch unmöglich«, stellte er empört fest. Doch Jens beschäftigte etwas ganz anderes.

»Liegt Elgg im Tessin?«, fragte er.

»Habt ihr in der Schule keine Geographie?«, fragte Livio zurück. »Elgg liegt im Eulachtal im Kanton Zürich.«

»Aber du wohnst doch im Tessin.«

»Aber nein, seit acht Jahren leben wir in Elgg«, sagte Livio, »die Kunden zahlen dort viel besser – außerdem muss man doch etwas sehen von der Welt!« Er lachte etwas bitter, dann fragte er. »Also, was tun wir als Nächstes?«

»Gehen wir zum Hafen«, schlug Anna vor. Doch Jens wollte erst die Stelle sehen, an der Josefa gestorben war, sie gingen in Richtung Bahnhof. An der Ecke Lerchenstraße/Sophienblatt blieb Anna stehen.

»Hier?«, fragte Jens.

Sie nickte.

»Wo genau?«

»Ich weiß es nicht genau, im Rapport steht, zwischen der ›Brasserie Madeira‹ und ›Bäcker Johannsen‹, das wäre hier.«

Jens sah sich um, mit zunehmender Ungeduld betrachtete er den Gehsteig, die Straße und die umstehenden Häuser. »Es ist gar nichts zu sehen«, stellte er verwirrt fest.

»Nein«, gab Anna zu und lächelte betreten. »Unter der Woche ist es hier voller Leute«, sagte sie noch, als sie seinen ratlosen Blick nicht weiter ertrug.

Er sah sie an, als habe er sie nicht gehört. Kurz kauerte er nieder und befühlte den Asphalt, dann blickte er verzweifelt zu Anna hoch und wiederholte: »Es ist überhaupt nichts zu sehen.«

Livio hatte begonnen, die Speisekarte der ›Brasserie Madeira‹ zu studieren. »Warum kostet das Essen bei uns dreimal so viel wie hier?«, fragte er verwundert. »Verdienen wir etwa dreimal so viel? Den Teufel tun wir!«

»Papa«, sagte Jens vorwurfsvoll.

Entschuldigend hob Livio beide Hände. »Verzeihung«, rief er, »ich verstehe ja, die Trauer! In meiner Familie stirbt halt nie jemand … leider.«

Danach gingen sie zum Hafen, und Jens sah zum ersten Mal das Meer. Nachdem sie etwas den Schwedenkai entlanggeschlendert waren, machten sie eine Hafenrundfahrt. Anna und Jens beugten sich über die Reling und sahen ins Wasser. Nach einer Weile versuchte Jens, sich aufzurichten, gleich darauf sackten seine Beine weg, und er fiel aufs Deck. Anna sah, dass er käsebleich war.

»Du liebe Güte«, rief sie und wusste im ersten Schreck nicht, ob sie ihm aufhelfen oder ihn besser in ihren Schoß betten sollte.

»Ich glaube, mir ist schlecht«, sagte Jens und setzte sich halb auf.

Livio hatte im Bug in einem Stuhl gesessen und sich gesonnt. »Was gibt's?«, rief er.

»Jens ist schlecht«, antwortete Anna, worauf Livio aufstand und zu ihnen kam. Ohne Umstände packte er Jens von hinten unter den Achseln und zog ihn hoch. »Sieh auf den Horizont«, wies er ihn an, während er ihn festhielt, »nur immer auf den Horizont, dann wird es besser.«

Jens schlotterte und klapperte mit den Zähnen, doch er gab sich Mühe, auf den Horizont zu sehen.

»Sie glauben, das hilft?«, fragte Anna skeptisch.

»Natürlich«, sagte Livio.

Jens schlotterte noch immer. »Und was ist, wenn man nachts seekrank wird?«, fragte Anna weiter, als sie es nicht mehr ertrug, schweigend zu warten, bis es ihm besserging.

Livio zögerte. »Nachts hat man ein Problem«, gab er zu.

Inzwischen ging es Jens aber tatsächlich besser, er atmete tief durch und bekam wieder etwas Farbe, und bis sie an Land und zurück beim Parkplatz waren, traute er sich sogar wieder ins Auto.

Anna hatte vorgeschlagen, ihre Eltern zu besuchen, die sich so sehr darauf freuten, Jens kennenzulernen. Während sie die Stadt verließen und nach Lütjenburg fuhren, erhielt sie einen Anruf vom Friedhofsverwalter. Sie verdrehte einmal die Augen, ansonsten hörte sie stumm zu. Schließlich sagte sie: »Aber vielen Dank, dass Sie sich an einem Sonntag darum gekümmert haben«, und legte auf. Dann suchte sie Jens' Blick im Rückspiegel und erklärte: »Es gibt Probleme mit dem Grab.«

»Was für Probleme?«, fragte er.

»Vielleicht sind es auch keine Probleme«, verbesserte sie sich, »es geht einfach nicht so schnell, wie ich gehofft hatte. Vermutlich können wir sie morgen noch nicht beerdigen.«

»Ich kann nicht länger bleiben, unmöglich«, stellte Livio entschieden klar, »ich habe Kunden.«

Anna schaltete schweigend einen Gang höher und konzentrierte sich wieder auf die Straße, auch Jens schwieg. Erst als sie in die Einfahrt zum Haus der Paulsens einbogen, fragte er: »Kann man eine Urne nicht auch später begraben?«

Anna parkte das Auto. Ehe sie ausstiegen, versprach sie: »Ich kläre das. Aber jetzt lernt erst einmal meine Eltern kennen.«

Der Empfang war unkompliziert, Pauline und Rüdiger gaben Jens und Livio die Hand, dann konnte Pauline es doch nicht lassen und drückte Jens kurzentschlossen an sich. »Ich bin Pauline«, sagte sie zu ihm, »willst du Fotos deiner Großeltern sehen?« Jens folgte ihr ins Wohnzimmer, während Livio auf der Veranda einen Zigarillo rauchen wollte. Anna stellte sich in die Küche und machte das vorgekochte

Essen warm, doch immer wieder rief Jens sie begeistert zu sich und zeigte ihr Fotos von seinen Großeltern und von Anna und Joe, als sie noch Kinder waren.

Rüdiger schenkte Pauline und Anna Martini ein, dann nahm er die Flasche und zwei Gläser und trat damit zu Livio, der eben seine SMS prüfte.

»Einen Aperitif?«, fragte er.

»Gern, gern«, antwortete Livio und steckte das Handy weg.

»Ich habe nur Martini«, sagte Rüdiger entschuldigend und hob die Flasche.

»Perfetto«, sagte Livio, er nahm Rüdiger ein Glas ab und ließ sich einschenken. Durchs Fenster sahen sie, wie Jens zu Anna in die Küche gerannt kam, um ein Glas Sirup zu trinken, er stürzte es in einem Zug hinunter und rannte wieder zu Pauline.

»Er fühlt sich wohl hier«, stellte Rüdiger fest.

Livio nickte, während er vergeblich versuchte, den Wandtisch aufzuklappen, damit sie darauf ihr Glas abstellen konnten.

Rüdiger sah ihm etwas befremdet zu. »Er hat Anna erzählt, es sei sein Traum, an der Ostsee zu leben«, fuhr er fort. »Hier kann er segeln – er liebt es zu segeln.«

»Kleine Jungen haben viele Träume«, stellte Livio fest, ohne hochzusehen. Er hatte das Glas auf den Boden gestellt und sich niedergekniet, um zu untersuchen, weshalb die Tischhalterung nicht einrastete. »Segeln kann er auch in der Schweiz.«

»Es ist mehr als nur ein Traum«, widersprach Rüdiger so höflich wie möglich, »seine Wurzeln sind hier.« Livio war noch immer mit dem Tisch beschäftigt. »Vergessen Sie den Tisch«, sagte Rüdiger leicht gereizt, »er hält nicht.«

Doch Livio ließ sich von seinem Vorhaben nicht abbringen. »Der hält schon«, sagte er seelenruhig, »er ist nur falsch montiert. Das ist ein italienisches System, wir haben solche Tische im Tessin überall, es sind gute Tische.« Nachdem er in einem großen Schluck sein Glas leer getrunken hatte, begann er, die Flügelschrauben zu lösen. »Was meinten Sie mit ›seine Wurzeln sind hier‹?«, fragte er, während er arbeitete.

»Josefa war wie eine Tochter für uns«, erklärte Rüdiger, er nahm Livios Glas vom Boden hoch und behielt es in der Hand, um nicht ganz untätig herumzustehen.

»Aber Jens ist mein Sohn, nicht Ihrer«, stellte Livio richtig. »Und er ist genauso Schweizer wie Deutscher.«

»Ich weiß«, sagte Rüdiger nur noch mühsam beherrscht, »und wir sind froh, dass der Junge Sie hat.«

Livio nickte zufrieden, bevor er Rüdiger sanft zur Seite schob, um genügend Platz zu haben, den Tisch neu zu montieren. »Darf ich noch einen Martini haben?«, bat er. Rüdiger zögerte, welches Glas seines war. »Lassen Sie einfach die Flasche da«, sagte Livio, ehe er wieder hinkniete. Rüdiger war sprachlos. Schweigend stellte er die Flasche neben Livio auf den Boden und ging ins Haus. Auf der Schwelle blieb er nochmals stehen und sagte: »Er sollte trotzdem den Kontakt zu uns nicht verlieren.«

»Sicher«, entgegnete Livio zerstreut.

Wütend ging Rüdiger zu Anna in die Küche. »Am liebsten würde ich ihm den sturen Schädel einschlagen«, sagte er, während er durchs Fenster zusah, wie Livio aus der Flasche trank, ehe er weiter am Tisch herumschraubte.

»Es braucht Geduld, Papa«, ermahnte ihn Anna. »Kleine Schritte, irgendwann begreift er es von selbst. Nur bleib um Himmels willen freundlich.«

»Zum Henker mit ›kleine Schritte‹«, murmelte Rüdiger und nahm ihr die Kelle ab, um energisch im Topf zu rühren. Anna küsste ihn in den Nacken, nahm ihr Glas und ging zu Jens, der noch immer gemeinsam mit Pauline die Alben durchforstete. Sie setzte sich auf die Sofalehne und legte den Arm um ihn. »Na?«, sagte sie.

»Kann ich jetzt doch nicht bei dir bleiben?«, fragte Jens, ohne aufzusehen, er sagte es ohne besondere Regung.

Erstaunt sah sie ihn an. »Ach was, wir regeln das schon irgendwie, was, Kumpel?«, sagte sie so zuversichtlich wie möglich, als Livio ans Küchenfenster klopfte und etwas rief. Sie hörten, wie Rüdiger einen unterdrückten Fluch ausstieß, und rannten zu ihm in die Küche. Livio tanzte draußen auf dem Klapptisch, dann sprang er hinunter und kam strahlend ins Haus. »Der Tisch hält«, stellte er fest, »das ist ein guter Tisch, habe ich es nicht gesagt? Man muss ihn nur richtig zusammenbauen.« Er drückte Rüdiger die leere Flasche in die Hand und schnupperte. »Wie das duftet«, rief er. »Aber Licht, wir brauchen Licht!«

Inzwischen dämmerte es. Noch immer halb tanzend wirbelte er durch den ganzen unteren Stock und schaltete überall Licht an. Jens sah ihm kichernd zu.

Livio lachte auch. »Wie schön, noch einen Sohn zu haben«, schwärmte er und verstrubbelte Jens das Haar. »Aber was für eine Mähne du hast, wie ein Wischmopp siehst du aus. Du bist doch kein Mädchen.«

Das war der Moment, in dem Anna platzte. »Fass ihn nicht

an, du Säufer!«, schrie sie ihn an. Alle erstarrten, auch sie selbst. »Tut mir leid«, flüsterte sie.

Livio betrachtete sie so todtraurig wie ein Clown, dessen Nummer durchgefallen ist. »Ich bin kein Säufer«, stellte er mit dünner Stimme klar, dann setzte er sich an den Tisch und schob sich die Serviette in den Ausschnitt. Er bemerkte, dass alle ihn ansahen, und sagte schüchtern: »Das ist nicht elegant, ich weiß, aber ich habe nur dieses eine Hemd dabei, und ich brauche es noch für die Kremierung.«

Die Situation war so absurd, dass sie eilig und schweigsam aßen und bereits wieder auf dem Rückweg nach Kiel waren, ehe es noch ganz dunkel war. Livio saß mit geschlossenen Augen, er schien zu schlafen. Jens hielt während der gesamten Fahrt eine Keksdose an die Brust gepresst, auf der ein Dreimaster mit geblähten Segeln abgebildet war. Pauline hatte sie ihm als Behälter für einige Fotos von Josefa und seinen Großeltern geschenkt, die er sich hatte aussuchen dürfen.

Am anderen Morgen frühstückten sie im Stehen, denn als Anna gekommen war, hatten sie noch nichts gepackt, und Jens wollte vor der Kremierung nochmals zu der Stelle, an der Joe gestorben war. Es war ein stiller Morgen, Livio schien noch eingeschnappt zu sein, Jens war tief in Gedanken. Erst als Anna ihm in den Anzug half, fragte er: »Mami war nie in Frankfurt, nicht wahr, Anna?«

»Nein«, antwortete sie.

»Warum hat sie mich angelogen?«

»Ich weiß es nicht, Jens«, sagte sie, während sie niederkniete, um die Hosenknöpfe durch die furchtbar engen

Knopflöcher zu zwängen. »Ich weiß nicht einmal, weshalb sie in Kiel war. Wenn du willst, finde ich es heraus.«

Jens nickte. »Hast du mich auch angelogen?«, fragte er.

»Die lügt doch, wenn sie den Mund aufmacht«, rief Livio aus dem Bad. Es war das Erste, was er an diesem Morgen sprach. Während er einen Blick durch die offene Tür warf, um festzustellen, ob seine Bemerkung gesessen hatte, fuhr er fort, sein widerspenstiges Haar mit Spucke zu einem Scheitel zu streichen.

Anna ignorierte ihn. »Ja, ich habe gelogen«, sagte sie zu Jens. »Ich wollte nicht, dass du dir noch mehr den Kopf zerbrichst.«

»Wann hast du gelogen?«, fragte Jens.

»Als du mich das erste Mal angerufen hast, wusste ich bereits, dass Joe nicht in Frankfurt ist. Sie war gerade auf dem Weg zu mir.«

»Und so was will Psychologin sein«, stellte Livio höhnisch fest, er war inzwischen dabei, seine Krawatte zu binden.

»Hast du auch gelogen?«, fragte Jens ihn.

Livio zog schweigend den Knoten fest, dann sagte er: »Dich habe ich nicht belogen. Zu Hause habe ich ein bisschen gelogen, aber das ist normal.«

Jens sagte darauf nichts. Er ließ es zu, dass Livio und Anna ihn in die Mitte nahmen, als sie zum Wagen gingen, und ihn an den Händen fassten. Die Straßen waren diesmal voller Menschen, es herrschte dichter Verkehr. Anna parkte beim Schifffahrtsmuseum, danach gingen sie schweigend erst den Hafen hinab und dann dem Sophienblatt entlang zum Bahnhof. Als sie sich der Stelle näherten, an der Joe drei

Tage zuvor gestorben war, riss Jens sich plötzlich los und rannte quer über die dicht befahrene Straße zu jener Stelle zwischen der Bäckerei Johannsen und der ›Brasserie Madeira‹. Er breitete die Arme aus, schloss die Augen und ließ sich einfach fallen. Anna hatte schon aufgeschrien, als er durch den Verkehr gerannt war, sie und Livio zwängten sich zwischen den hupenden Autos hindurch und rannten zu ihm. Jens lag rücklings auf dem Asphalt, er hatte die Augen wieder geöffnet, versunken betrachtete er den Himmel. Livio fluchte auf Italienisch, und nachdem sie ihn hochgezogen und wieder auf die Füße gestellt hatten, schüttelte er ihn. Anna versuchte, Jens den Staub aus den Kleidern zu klopfen, doch der Schreck saß ihr so tief in den Gliedern, dass sie kaum stehen konnte und sich an der Tafel der Bäckerei festhalten musste.

»Was treibst du für Unsinn«, murmelte sie, als sie sich wieder gefasst hatte, und zog Jens an sich. Er sah, dass ihr Tränen übers Gesicht liefen, doch er schien mit seinen Gedanken weit weg zu sein und reagierte nicht.

Umso gesprächiger wurde er, als die Zeremonie begann. Sie waren die Letzten, Annas Eltern standen bereits mit einigen Fremden in der Krematoriumskapelle am Tor des Friedhofs Eichhof versammelt, es waren Nachbarn von früher, wie Anna erklärte. Pauline weinte still vor sich hin, Rüdiger hielt sie liebevoll, doch er weinte ebenfalls. Eine Weile standen sie vor dem geschlossenen Sarg und warteten darauf, dass das Prozedere begann.

»Und danach stellen sie Joe einfach hier in ein Regal mit anderen Urnen?«, erkundigte sich Jens halblaut, nachdem sie Annas Eltern begrüßt und sich neben sie gestellt hatten.

»Bis die Beerdigung organisiert ist, ja«, flüsterte Anna.

»Können wir sie nicht selber in ein Regal stellen?«, fragte er. Es schien ihm egal zu sein, dass alle anderen schwiegen.

Anstatt zu antworten, bemühte sie sich nochmals, ihm zumindest etwas den Staub aus dem Anzug zu klopfen, dann ertönte über ihnen die Orgel. Livio legte schwer eine Hand auf Jens' Schulter und blickte stolz in die Runde, Anna umklammerte Jens' Hand, bis er sich befreite, danach fasste sie die eigene Hand und grub die Nägel in die Haut.

Noch während der Organist spielte, zupfte Jens sie am Ärmel. »Wir wissen gar nicht, ob sie sie schön angezogen haben«, flüsterte er ihr zu.

Anna sah ihn nur verdattert an.

»Vielleicht haben sie sie gar nicht angezogen«, sagte er besorgt. »Vielleicht haben sie die Sachen auch gestohlen.«

Anna wusste darauf nichts zu antworten. Kurz schüttelte sie den Kopf, als wolle sie etwas verscheuchen, und biss sich auf die Lippen, um nicht laut herauszuweinen.

Noch schlimmer wurde es, als sie den Flughafen erreichten. Sie hatten eine Weile im Stau gesteckt. Während Livio telefonierte, stritt Jens sich mit Anna darüber, ob in dem Moment, in dem der Sarg abgesenkt worden war, Flammen aus der Gruft emporgeschlagen waren (Anna war überzeugt, welche gesehen zu haben). Entsprechend angespannt erreichten sie die Abflughalle, doch plötzlich war Jens eigenartig guter Laune. Während sie in der Schlange vor dem Check-in-Schalter standen, gab er Anna das Segelschiff zu halten und spielte ein Abzählspiel, das er von Joe gelernt hatte. *»Elemele mink-mank…«*

»Nicht *elemele*«, korrigierte Anna, »*enemene*.«

Jens hielt ihr kurzerhand den Mund zu. »Ich bin dran«, erinnerte er sie und zählte zwischen sich, Anna und Livio ab. *Elemele mink-mank, ink-ank, pink-pank, ose-pose aka-deja, eja-weja weg!* Livio flog aus der Runde, Jens lachte und wollte weiter auszählen, doch inzwischen war die Reihe an ihnen. Als sie ihr Gepäck aufs Rollband legten, nahm Jens das Segelschiff wieder an sich und fragte verwundert: »Anna, wo ist überhaupt dein Gepäck?« Noch ehe sie antworten konnte, lachte er wieder los. »Du hast dein Gepäck vergessen«, rief er schadenfroh.

»Wozu brauche ich Gepäck?«, fragte sie.

Jens schüttelte fassungslos den Kopf. »Du kannst doch nicht immer in denselben Sachen herumlaufen. Und sowieso stehen dir Hosen viel besser.«

In diesem Augenblick erst begriff sie, wie furchtbar durcheinander er war. »Ich komme nicht mit euch, Jens«, sagte sie so sanft wie möglich.

Erst starrte er sie nur an. »Aber du hast doch versprochen …«, stotterte er. »Wir sind doch jetzt eine Familie!«

Livio hatte mittlerweile eingecheckt. Er nahm Jens bei der Hand. »*Andiamo*«, sagte er, »das Flugzeug wartet nicht.«

Doch Jens sträubte sich. »Anna muss mitkommen«, rief er, »sie hat es versprochen!« Verzweifelt suchte er ihren Blick. »Du hast gesagt, wir bleiben Kumpel«, erinnerte er sie, »du hast gesagt, du regelst das.«

Anna kam nicht zu einer Antwort.

»Beweg dich«, befahl Livio, »ihr werdet euch schon wiedersehen.« Er wollte ihn mit sich ziehen, doch Jens hielt sich mit einer Hand an einem Band der Abschrankung fest – die andere umklammerte das Segelschiff – und riss einige Pfeiler um. Genervt bog Livio ihm jeden Finger einzeln auf, doch kaum hatte er Jens das Band entwunden, ließ der sich zu Boden sacken, und Livio fiel nichts Besseres ein, als ihn hinter sich herzuziehen wie einen nassen Sack. »Danke trotzdem«, sagte er zu Anna, während sie zur Zollschranke gingen. Inzwischen war Jens' Widerstand erlahmt, stumm ließ er sich über den Boden schleifen, das Segelschiff hielt er an seine Brust gepresst.

»Darf er mich besuchen?«, fragte Anna, die nebenhereilte und vor Schreck über die Szene am ganzen Körper zitterte.

»Natürlich«, sagte Livio, doch es klang sehr nach Floskel, und auch Jens schrie sie nur an: »Ich will dich gar nicht besuchen, ich will dich überhaupt nie mehr sehen, du hältst sowieso nicht, was du versprichst! Du bist kein bisschen besser als meine Mami.«

Anna versuchte, die Fassung zu bewahren. »Die Vollmacht«, sagte sie zu Livio. Ihre Stimme war mehr ein Krächzen.

Er fluchte und fasste sich an die Stirn. Sie wurden bereits namentlich aufgerufen, hektisch kramte er einen Zettel aus seinem Jackett und schrieb.

»Vergessen Sie nicht Ihre Telefonnummer, damit die Ämter das kontrollieren können«, mahnte ihn Anna, dann kauerte sie zu Jens nieder, der noch immer mitten im Flur auf dem Boden lag und die anderen Reisenden behinderte.

»Jens, sieh mich an«, bat sie.

Er sah an ihr vorbei.

»Ich habe nicht gelogen«, versicherte sie ihm. »Ich arbeite

daran. Er ist dein Vater, deshalb kann ich im Augenblick nichts tun. Du wirst zu mir kommen, aber es braucht Zeit.«

Er weigerte sich weiterhin, sie anzusehen. Sie hätte ihm so gern etwas mitgegeben, doch alles, was sie fand, war die Tafel Schokolade, die Joe nicht hatte haben wollen. Sie versuchte, sie ihm in die Hand zu drücken, doch auch er nahm sie nicht. Wieder wurden sie aufgerufen. Anna richtete sich auf.

Livio gab ihr den Zettel. »Wir müssen rennen«, sagte er.

Jens stand sogar freiwillig auf, gemeinsam gingen sie zur Passkontrolle. Erst als sie die Handgepäckkontrolle passiert hatten, sperrte er sich plötzlich wieder.

»Ich will nicht«, schrie er, »ich will hier nicht weg. Anna!«

Doch Livio packte ihn kurzerhand unter den Achseln, hob ihn hoch und rannte mit ihm Richtung Gate. Unterwegs entglitt Jens das Segelschiff, mit gebrochenem Mast blieb es am Boden liegen.

Anna

Anna hatte bis zuletzt auf eine Gelegenheit gewartet, Jens nachzuwinken, doch er sah nicht mehr zu ihr zurück. Sie zögerte, ob sie versuchen sollte, das havarierte Schiff zu retten, doch gleich darauf sah sie, wie ein Putzmann mit Elektromobil es in seinen fahrbaren Mülleimer warf und damit davonfuhr, und so wandte sie sich um und ging zu ihrem Wagen. Ehe sie einstieg, faltete sie die Vollmacht, die Livio ihr in die Hand gedrückt hatte, und entdeckte, dass er auf die Rückseite eines Bordell-Flyers geschrieben hatte. Sie betrachtete das Papier eine Weile, dann brach sie in Tränen aus. Über die offene Wagentür gebeugt, weinte sie hemmungslos, bis ihr der Schlüssel aus der Hand glitt, dann setzte sie sich hinters Steuer und weinte weiter. Einmal hatte sie sich halbwegs beruhigt, suchte in der Handtasche nach einem Taschentuch und stieß auf die ungeliebte Schokoladentafel, gleich weinte sie wieder heftiger. Es dauerte lange, bis sie sich so weit gefasst hatte, dass sie aussteigen und nach dem Schlüssel suchen konnte.

Sie fuhr zurück an die Wilhelminenstraße, um Golombiewskis Wohnung zu räumen, aber dann saß sie nur wie gelähmt in der Küche in einer Ecke am Boden. Es war bereits später Nachmittag, als sie die Nummer wählte, die Livio auf den Flyer geschrieben hatte. Jemand nahm ab, doch niemand beantwortete ihr mehrfaches »Hallo?«, ein Kratzen und Rauschen war alles, was sie hörte, so, als schleife jemand das Telefon über den Boden, dann kam das Besetztzeichen. Immerhin konnte sie sich jetzt aufraffen, die Wohnung nach einem Zeichen zu durchsuchen, das ihr verriet, was Joe in Kiel besorgt hatte. Sie hatte kaum damit begonnen, als sich ein Schlüssel im Schloss drehte und Golombiewski die Wohnung betrat. Er ging in die Küche, um Licht zu machen. Als er sich umwandte, stand sie im Türrahmen, er erschrak furchtbar.

»Entschuldige«, sagte sie, »ich packe gleich.«

»Es eilt nicht«, entgegnete er, »ich habe gehört, was passiert ist.«

»Danke«, sagte sie, danach schwiegen beide. Anna setzte sich auf einen der Klappstühle und stützte das Gesicht in die Hände, jetzt erst fühlte sie, wie verkrampft ihre Gesichtsmuskeln vom vielen Weinen waren.

»Kalle hat am Freitag deinen Kurs gegeben«, sagte Golombiewski und legte die Hand auf die Stuhllehne. Vielleicht hätte er gern ihre Schulter berührt, doch es blieb bei der Hand auf der Lehne.

Anna nickte schon, ehe sie überhaupt begriff, was er gesagt hatte. »Ach, der Kurs«, sagte sie gleich darauf. »Ist Kalle denn wieder gesund?« Sie wartete keine Antwort ab. »Möchtest du etwas trinken?«, fragte sie, als sei er ihr Gast.

Golombiewski schüttelte den Kopf. »Möchtest *du* etwas trinken?«, fragte er. »Du siehst nicht gut aus.«

Anna erhob sich. »Ich mache hier lieber noch etwas weiter.«

»Nimm dir ein paar Tage frei«, sagte Golombiewski, »wir kommen auch ohne dich klar.«

Anna sah ihn eine Weile verständnislos an, bis seine Worte zu ihr durchgedrungen waren. Endlich schüttelte sie den Kopf. »Ich komme nicht zurück«, erklärte sie ihm.

Nun war es Golombiewski, der sich setzte – aus Interesse, nicht vor Schreck, dazu war er zu sehr Psychologe. »Was soll das heißen?«, fragte er.

»Ich tauge nicht zur Psychologin«, sagte Anna, »ich…« Sie war mit einem Mal sehr erregt. »Man darf mich nicht auf die Leute loslassen, Horst. Ich habe zwei Menschen auf dem Gewissen. Ich lüge, ich betrüge meine besten Freunde. Und ich bin gnadenlos egoistisch.« Ihr Blick ließ keinen Zweifel daran, dass sie sich für ein Monster hielt.

Golombiewski zeigte sich davon wenig beeindruckt. »Die klassische Psychologin«, war sein lakonisches Fazit.

Damit hatte Anna nicht gerechnet, gegen ihren Willen lachte sie, doch nur eine Sekunde lang. »Ich muss herausfinden, was Joe vorhatte«, erklärte sie in aller Dringlichkeit. »Ich habe es Jens versprochen, und wenigstens dieses Versprechen muss ich halten, sonst glaubt er mir nie wieder etwas.«

Gleich darauf wandte sie sich ab, um den Müllsack aus seiner Halterung zu nehmen und ihn auf dem Fußboden auszuleeren.

Golombiewski sah zu, wie sie den Abfall untersuchte. »Was suchst du eigentlich?«, fragte er.

»Ich habe keine Ahnung«, gestand sie und sah kurz auf, währenddessen versuchte sie vergeblich, einige Haare, die sie störten, aus dem bereits wieder tränennassen Gesicht zu wischen. »Irgendeinen Hinweis darauf, was sie hier gemacht hat.«

Golombiewski nickte, ohne allzu viel Verständnis zu zeigen. »Kann ich Kalle etwas ausrichten?«, fragte er, als Anna aufstand und die Küche verließ.

»Die Kursunterlagen sind in meinem Computer«, rief sie aus dem Bad. Golombiewski ging ihr nach. Leicht befremdet sah er zu, wie sie den Spülkasten der Toilette untersuchte. »Sonst nichts?«, fragte er nach.

Anna kroch bereits unter die Spüle und schraubte den Siphon ab. »Horst, ich habe Wichtigeres im Kopf«, entgegnete sie. »Gleich ist es dunkel, dann finde ich hier sowieso nichts mehr.«

Die nächsten zwei Tage hielt sie sich verschanzt. In der ersten Nacht zog sie zum Schlafen ein T-Shirt von Joe an, das sie davor übersehen hatten, weil es im Bad an der Heizung hing, und da sie die Wohnung nicht verließ, zog sie es auch nicht mehr aus. Sie ernährte sich von den Familienbechern Joghurt und der Packung Müsli, die sie Jens zum Frühstück gekauft hatte, weil sie nicht wusste, dass er nur Cornflakes mit Kondensmilch aß. Tag für Tag telefonierte sie mit den Stadelmanns, um sie anzustacheln, das Testament zu finden, das Jens' Vormundschaft regelte.

»Haben Sie auch den Dachboden untersucht?«, fragte sie. »Den Keller?« Herr Stadelmann ging bereitwillig allen Hinweisen nach, doch er fand nichts. »Den Computer«, rief sie, »haben Sie …« Josefa besaß keinen Computer. »Typisch«, rief sie verzweifelt. »Aber die Bilder, haben Sie hinter den Bildern nachgesehen?« Doch Joe hatte keine Bilder an den

Wänden gehabt, nur bei Jens hingen zwei Poster. »Unter den Möbeln? Hinter den Schubladen? In der Fahrradtasche? Sie *muss* einfach ein Testament gemacht haben – wer ein Kind hat, regelt das Sorgerecht, verdammt!«

Außerdem telefonierte sie mit der Sozialbehörde, mit Jens' Schule, dem Segelclub und Josefas Arbeitsstelle, doch niemand konnte ihr weiterhelfen. Kurt hätte sie gern angerufen, aber Jens hatte ihn nur beim Vornamen genannt, und Ärzte mit Vornamen Kurt gab es in Zürich zweiunddreißig, zudem wusste sie nicht einmal, ob er überhaupt in der Stadt wohnte. Immer wieder versuchte sie auch, Jens zu erreichen, doch wenn überhaupt jemand abnahm, dann nur Livios Frau oder eines seiner Kinder, und stets wurde sie vertröstet. Wenn sie ihnen glauben durfte, war er andauernd unterwegs, in der Schule, beim Kleiderkauf, auf irgendwelchen Ämtern. Ab und zu rief Pauline sie an, sie machte sich Sorgen und wollte hören, ob Anna auch aß, ob sie genug anzuziehen hatte, ob sie Jens erreicht hatte. Anna versuchte vergeblich, sie abzuwimmeln, um die Leitung frei zu haben für den erlösenden Anruf der Stadelmanns, und überhaupt hasste sie alle Fürsorglichkeit, die ihr entgegengebracht wurde. Am liebsten hätte sie mit überhaupt niemandem mehr gesprochen, ehe sie nicht alles in Ordnung gebracht und Jens zumindest wieder etwas fröhlich gemacht hatte. Es schlug dem Fass den Boden aus, dass Pauline sie zum Abschied »Schatz« nannte.

»Scheiße, ich bin nicht dein Schatz!«, brüllte sie und knallte das Handy auf den Tisch.

Am Donnerstag zog sie endlich wieder Kleider an und ging zur Kreuzung Lerchenstraße/Sophienblatt. Es war Stoßzeit, viele Leute waren unterwegs. Lange stand sie mitten auf dem Gehweg und starrte auf die Stelle, an der Josefa gestorben war. Am liebsten hätte sie sich wie Jens auf das Pflaster geworfen, schließlich setzte sie sich auf einen der Tische vor der Brasserie, verrenkte den Oberkörper und betrachtete die Häuserkanten und den Himmel, als liege sie. Sie lächelte sogar etwas, als sie an Jens' eigenwilligen Ausbruch dachte.

»Wenn ich Jens schon nicht erreiche, dann vielleicht Livio«, sagte sie sich endlich, nachdem ein Kellner sie gebeten hatte weiterzugehen. Sie wählte seine Handynummer und wunderte sich, dass sie nicht eher auf die Idee gekommen war. »Wann kann ich Jens sprechen?«, fragte sie, als Livio den Anruf entgegennahm.

»Er ist in der Schule«, antwortete er, gleich darauf hämmerte ohrenbetäubend Stahl gegen Blech, er war wohl gerade dabei, eine Karosserie auszubeulen.

»In welcher Schule?«, fragte Anna, als der Krach vorüber war, »Sie hatten doch noch gar keine Zeit …«

Livio unterbrach sie. »Er ist in derselben Schule wie alle meine Kinder«, erklärte er ungeduldig, »es ist eine gute Schule. Aber Ihre Anrufe machen ihn nervös, der Junge ist überfordert.« Wieder hämmerte er los.

»Wie können ihn die Anrufe nervös machen, wenn er in der Schule ist?«, fragte Anna, als es endlich wieder still war.

»Sie machen auch Rosa nervös«, sagte Livio.

»Morgen ist sein Geburtstag«, stellte Anna fest. Sie hatte am Tag vor der Kremierung Joes Pass und Jens' Kinderausweis kopiert, denn noch immer war einiges Amtliches zu regeln. »Ich will ihm wenigstens gratulieren.«

Anstatt zu antworten, hämmerte Livio wieder auf das Blech ein.

Anna legte auf, dann ging sie ins ›exlex‹, bestellte einen Milchkaffee und kaufte sich Zigaretten. Es schien ihr ewig her, dass sie mit Kerstin hier gesessen hatte, dabei waren erst einige Tage vergangen. Das Plakat von *Perdono, Giulietta!* hing noch vor dem Fenster am Mauervorsprung, eine Ecke war abgerissen, vielleicht hatte sich jemand eine Nummer notiert. Kurz überlegte sie, ob sie in die Schweiz fliegen und Jens überraschen sollte, doch sie schämte sich, dass sie noch so gar nicht weitergekommen war, mit leeren Händen konnte sie an seinem Geburtstag nicht aufkreuzen.

Den Rest des Tages lag sie auf Joes Matratze in Golombiewskis Wohnung und malte sich aus, was sie alles gemeinsam unternehmen könnten, lebte Jens erst bei ihr. Auch wenn sie nichts erreicht hatte, so hatte das Telefonat mit Livio sie doch in eine eigenartig optimistische Stimmung versetzt, sie fühlte wieder Trotz in sich, und in ihrem Trotz fühlte sie sich auch wieder stärker.

Als sie am anderen Tag kurz nach Mittag nochmals die Nummer von Livios Wohnung wählte, nahm ein Mädchen ab, das sie bereits einmal am Telefon gehabt hatte, diesmal rief es tatsächlich: »Jens, für dich«, und legte den Hörer zur Seite.

Anna fühlte, wie ihr plötzlich das Herz raste. Während sie wartete, zündete sie sich eine Zigarette an, dann endlich hörte sie, wie Jens den Hörer nahm und sich steif mit »Jens Bergström« meldete.

»*Happy birthday*, mein Liebling«, sagte sie. »Wie schön, dass ich dich endlich erreiche.«

Jens schwieg nur.

»Hast du einen schönen Geburtstag?«, fragte sie.

Jens schwieg noch immer. Anna verfluchte sich dafür, die dümmste und taktloseste aller Fragen gestellt zu haben, doch schließlich murmelte er: »Ganz okay.«

Es war nicht viel, doch es war das erste Mal seit ihrem Streit am Flughafen, dass er wieder mit ihr sprach, für einen Augenblick war Anna glücklich.

»Wie geht es dir?«, fragte sie zärtlich.

»Ganz okay«, sagte er wieder.

»Ist es nicht ein Wahnsinn, es ist erst eine Woche her«, stellte sie fest, »und doch fühlt es sich an, als wäre es in einem anderen Leben geschehen.«

Jens schwieg jedoch nur wieder, dazu knackte es mehrmals. Kurz fürchtete sie, er lege auf.

»Weinst du auch so viel?«, fragte sie, ehe er es tatsächlich tun konnte. »Ich heule andauernd, sogar beim Autofahren. Irgendwann baue ich noch einen Unfall.« Sie lachte etwas, doch Jens antwortete auch jetzt nicht. Sie kam sich plötzlich furchtbar aufdringlich vor und wollte sich bereits verabschieden, da fragte er:

»Hast du herausgefunden, warum Mami in Kiel war?«

»Nein«, gestand sie nach kurzem Zögern, »aber ich arbeite daran.«

Ängstlich wartete sie, wie er reagierte – alles, was sie hörte, war allerdings ein Gerangel im Hintergrund, dann redete ein Junge mit ihm, und Jens sagte: »Ich muss jetzt gehen.«

»Warte«, bat sie, »sag mir noch, wie Kurt mit Nachnamen heißt.«

»Nussbaumer, wieso?«

»Er weiß doch noch gar nichts von Joes Unglück, oder?«

»Wohl nicht«, sagte Jens, dann fragte er: »Kann ich jetzt gehen?«

»Natürlich«, sagte sie. *»See you later, alligator.«* So hatten sie als Teenager ihre Telefonate beendet. *»After a while, crocodile«*, hätte Josefa gesagt, doch Jens hörte sie nicht mehr, oder er kannte das Spiel nicht, jedenfalls hängte er wortlos auf. Anna starrte eine Weile wie betäubt auf die Zigarette in ihrer Hand, die bis auf den Filter niedergebrannt war, dann fiel ihr Blick auf das Foto, das sie und Josefa in vergnügten Tagen zeigte. »Hilf mir, du dumme Kuh, ich verliere ihn«, fuhr sie Joe an, »jetzt verliere ich auch noch ihn.«

Nach dem Telefonat fühlte sie sich wieder so gelähmt wie all die letzten Tage. Als sie zurück in der Wohnung war, konnte sie sich eben noch überwinden, Kurt anzurufen (er schwieg lange, ehe er fragte, in welchem Krankenhaus Joes Leiche untersucht worden sei), dann verkroch sie sich unter die Bettdecke und blieb dort, bis am anderen Tag nachmittags Golombiewski anrief.

»Ich weiß, du hast andere Sorgen«, sagte er, »aber es sieht so aus, als könnte ich die Wohnung verkaufen.«

»Schon in Ordnung«, sagte Anna, »in zwei Stunden bin ich raus.«

Noch eine kleine Weile starrte sie die Decke an, dann rappelte sie sich auf und ging hinaus, um das Auto vor der Haustür zu parken, Matratze und Möbel hinunterzuschleppen und sie in den Kofferraum und auf die Rücksitze zu zwängen. Als sie zu putzen begann, dämmerte bereits der

Abend, viel sah sie nicht mehr. Schließlich gab sie auf, schloss die Wohnung ab und klopfte bei der Hausverwalterin. Da niemand öffnete, warf sie den Schlüssel in Golombiewskis Briefkasten.

Erst als sie sich ins Auto setzte, entdeckte sie den Zettel, der unter den Scheibenwischer geklemmt war. Ihr fiel auf, dass sie den Audi ins Parkverbot gestellt hatte, fluchend kurbelte sie das Fenster herunter und fischte nach dem Zettel, es war allerdings kein Strafzettel. »Giulietta, renn nicht weg!«, stand auf Notizpapier geschrieben, es war Kalles Schrift. Ungerührt knüllte sie den Zettel zusammen und warf ihn in den Straßengraben, sie hatte jetzt wirklich andere Sorgen. Sie startete den Motor, doch als sie bereits Gas gab, um schwungvoll, wie es ihre Art war, auf die Straße einzubiegen, stand plötzlich Kalle vor der Kühlerhaube. Sie konnte eben noch die Bremse durchtreten, der Motor soff ab, Kalle hatte sich nicht vom Fleck gerührt. Anna starrte ihn an wie einen Geist, dann legte sie die Stirn aufs Lenkrad und versuchte, sich zu beruhigen. Sie hörte, wie das Blut in ihrem Schädel tobte.

Währenddessen öffnete Kalle die Beifahrertür. »Darf ich?«, fragte er.

Ohne aufzusehen, schob Anna ihre Handtasche und einige Papiere vom Beifahrersitz, dann lehnte sie sich mit geschlossenen Augen zurück, das Herz schlug ihr noch immer bis zum Hals. Sie hörte, wie er sich setzte und die Tür zuzog, er atmete hastig, bestimmt war er ebenso erschrocken wie sie.

»Gib mir mal eine Zigarette«, sagte sie und hob endlich die Lider. »In der Handtasche.«

Kalle gab ihr die Schachtel, sie zündete sich eine Zigarette an und rauchte schweigend. Sie erwartete eine Bemerkung darüber, dass sie zu rauchen begonnen hatte, doch er sagte nur: »Ich war bei deinen Eltern. Schrecklich, was da passiert ist.«

Anna blies den Rauch aus dem noch immer offenen Fenster.

»Kann ich etwas tun?«, fragte er.

Sie schüttelte den Kopf und starrte hinaus – sie hatte Kalle nicht angesehen, seit er im Wagen saß. »Nein, wirklich nicht«, sagte sie, als sie seine Skepsis fühlte.

Kalle zögerte. »Trotzdem kannst du nicht einfach so aus meinem Leben verschwinden.«

»Doch, Kalle«, sagte sie und sah ihn endlich an. »Menschen verschwinden einfach so aus dem Leben.« Sie hielt seinem Blick noch einen Augenblick stand, dann senkte sie den Blick und betrachtete die Glut ihrer Zigarette.

»Du stehst übrigens im Parkverbot«, sagte Kalle.

Noch in den unmöglichsten Momenten brachte er sie zum Lachen. Sie warf die Kippe aus dem Fenster, startete den Wagen und fuhr die Straße hinab zu einem Parkplatz gegenüber einem Imbiss. Kalle konnte sie nicht überreden, mit ihm etwas trinken zu gehen, doch sie wehrte sich nicht, als er den Wagenschlüssel abzog und über die Straße ging, um zwei Becher Kaffee zu holen. Es tat ihr gut, nicht allein zu sein, und Kalle, der von ihr nichts mehr erwartete und dem sie nichts beweisen musste, war genau der Mensch, den sie jetzt brauchte. Niemandem sonst hätte sie gestehen können, was sie verbrochen hatte.

Es hatte schon eine Weile getröpfelt. Kaum setzte Kalle

sich wieder in den Wagen, begann es zu gießen. Eine Weile saßen sie schweigend da und sahen zu, wie der Regen in Strähnen über die Frontscheibe floss und sie von der wirklichen Welt abzuschneiden schien, Anna wärmte ihre Hände am Pappbecher. »Joes Eltern hatten ein Haus an der Küste«, sagte sie irgendwann.

»Ich weiß«, sagte Kalle.

»Unterbrich mich nicht«, bat sie, »es ist schon schwer genug.« Sie trank, sie war sich nicht mehr sicher, ob sie nicht besser weiterhin geschwiegen hätte. »Als ich siebzehn war, hatte ich mit Josefas Vater so was wie Sex«, sagte sie endlich, sie sagte es eilig, und gleich danach schloss sie die Augen, als könnte sie damit das Unheil, das sie angesprochen hatte, wieder tilgen. Kalle schwieg, der Regen ließ das Autodach summen, sie wunderte sich, wie umstandslos der ausgesprochene Satz sich darin verlor. »Es war nichts als eine Sommerlaune«, fuhr sie leise fort, »ich war so neugierig, und er war …« Sie zögerte. »Egal, ich weiß nicht, was er war. Jedenfalls hat Joes Mutter uns dabei erwischt und geriet dermaßen aus der Fassung, dass sie daran gestorben ist.« Sie trank und wunderte sich wieder, wie absurd und belanglos alles klang, wenn sie es aussprach. »Ich weiß, das klingt absurd«, sagte sie denn auch, »und doch war es so. Sie platzte ins Zimmer, ich bin gleich abgehauen, aber die beiden haben sich gestritten, bis Margot ins Wasser ging und ertrank.«

»Glaubst du, sie hat sich umgebracht?«, fragte Kalle.

Anna schüttelte den Kopf. »Es gab eine Obduktion. Der Arzt meinte, sie habe sich wohl abkühlen wollen, um sich zu beruhigen, aber durch den Kälteschock verengten sich die

Blutgefäße, der Blutdruck stieg, und so brach ein Aneurysma in ihrem Hirn auf.«

»Das heißt, sie ist vor Wut geplatzt«, sagte Kalle lakonisch.

Sie erstarrte vor Entsetzen, solche Sprüche waren echt daneben, dennoch konnte sie sich ein Lachen nicht verkneifen. »Das ist nicht komisch, Kalle«, schimpfte sie.

»Nein«, sagte Kalle, »verzeih.«

Sie schwiegen wieder, Anna trank, dann sagte sie: »Joe bekam den Streit mit, sie hörte, dass Lars mit jemandem rumgemacht hatte, sie wusste aber nicht, mit wem. Gleich darauf sah sie Margot ins Wasser steigen und untergehen – sie sah mit an, wie ihre Mutter starb, Kalle! An jenem Abend blieb sie bei uns, die ganze Nacht über saß sie am Fußende meines Bettes und heulte und redete wirres Zeug, und ich, ihre beste Freundin, brachte es nicht fertig, sie auch nur in den Arm zu nehmen …« Sie griff sich eine Zigarette, drehte sie zwischen den Fingern und starrte auf die Rinnsale, in denen der Regen über die Scheibe rann. »Sie nannte Lars einen Mörder«, erzählte sie stockend, »sie bettelte mich an, mit ihr abzuhauen. Ich weiß nicht, was sie noch alles redete, ich weiß nur, dass ich die ganze Nacht hindurch nicht den Mut aufbrachte, ihr zu sagen, dass ihre Mutter meinetwegen gestorben war.« Endlich zündete sie die Zigarette an, machte sie aber gleich wieder aus. »Irgendwann merkte sie wohl, dass ich ihr keine Hilfe war, und ging. Am Morgen war ziemlich viel Betrieb im Haus, Margots Leiche war gefunden worden, andauernd klingelte das Telefon, ich ging kurz duschen, und als ich aus der Dusche kam, war sie weg. Ich dachte erst, sie wäre nur schnell nach Hause gelaufen, um

Kleider zu holen, stattdessen hatte sie welche von meinen eingepackt und kam nicht wieder. Wochen später rief sie mich aus der Schweiz an. Wieder bat sie mich, zu ihr zu kommen, wieder redete ich mich heraus, und wieder brachte ich es nicht über mich, ihr die Wahrheit zu sagen.«

Während sie das Fenster herunterkurbelte und die Hand in den Regen hielt, fragte sie sich, wie sie zwölf Jahre hatte leben können, ohne jemandem davon zu erzählen.

»Habt ihr euch nie wiedergesehen?«, erkundigte sich Kalle.

Sie schüttelte den Kopf. »Auch kein Brief, kein Telefonat, nichts – bis letzte Woche.«

Sie merkte erst, wie durcheinander sie war, als sie sich nochmals eine Zigarette anzünden wollte und stattdessen das Radio andrehte. Kurz lachte sie über sich, dann vergaß sie das Lachen und auch die Zigarettte, sie kaute auf ihrer Unterlippe und versuchte, die Gedanken zu ordnen. Als Kalle sie bei der Hand fasste, entzog sie sie ihm und zündete nun doch noch eine Zigarette an. Wind war aufgekommen, es regnete in den Wagen, ihre Schulter war bereits nass, doch sie nahm es zur Kenntnis, ohne auf den Gedanken zu verfallen, sie könnte das Fenster schließen.

»Das ist erst die halbe Geschichte«, erklärte sie endlich und räusperte sich. »Nach Margots Tod wollte Lars nach Joe suchen, er wollte natürlich nicht auch noch seine Tochter verlieren. Doch er war schon zu kaputt, innerhalb von drei Monaten hat er sich zu Tode gesoffen. Er schrieb Joe noch einen Brief, er schickte ihn mir, damit ich ihn ihr irgendwie zukommen lasse. Darin erklärte er ihr, dass Margot an einem Aneurysma gestorben war, dass es sich um eine Erbkrankheit handelte, nicht um Selbstmord, wie Joe glaubte, und dass auch sie sich unbedingt regelmäßig untersuchen lassen musste. Ich habe ihr den Brief nie gegeben«, sagte sie nach kurzem Zögern, »weil Lars darin auch schrieb, dass er mit mir herumgemacht hatte, er wollte sich bei Joe dafür entschuldigen.« Und plötzlich weinte sie so heftig, dass Kalle ihr den Kaffee aus der Hand nehmen musste, damit sie ihn nicht verschüttete. »Ich wusste schon von der Krankheit, als sie vom Tessin aus anrief, und habe kein Wort gesagt«, erklärte sie, kaum hatte sie sich einigermaßen gefasst, »ich dumme Gans hatte solche Angst, dass sie mich fragt, woher ich das weiß, und dann kann ich nicht lügen und muss vom Brief erzählen, und danach will sie ihn lesen und weiß von mir und Lars und ...« Wieder weinte sie so sehr, dass sie nicht weitersprechen konnte. »Nicht einmal jetzt, letzte Woche, habe ich gewagt, ihr den Brief zu geben. Ich wollte so sehr, dass sie mich wieder liebhaben kann, und ich wusste doch, wenn sie erst erfährt ...« Mit tränenblinden Augen sah sie Kalle an, die Nase lief, sie schniefte, doch vergeblich. »Verstehst du, Kalle«, sagte sie, »allein weil ich zu feige war, die Wahrheit zu sagen, wusste Josefa nichts von der Gefahr, in der sie schwebte.« Endlich schloss sie das Fenster. »Deshalb war ich so glücklich, als Jens mir am Telefon verriet, dass Joes Freund Arzt ist. Der sorgt doch bestimmt dafür, dass sie gesund bleibt, redete ich mir ein, jetzt brauche ich ihr nie mehr von dem Brief zu erzählen.« Sie hatte aufgehört zu weinen und starrte wieder ins Leere, dann raffte sie sich auf und untersuchte ihr nasses Kleid.

»Ist Jens auch in Gefahr?«, fragte Kalle, während er ihr zusah. »Weiß er von der Krankheit?«

»Ich habe heute diesen Kurt angerufen, Joes Freund«, antwortete sie und nahm ihm den Kaffee ab, um ihn in einem Zug auszutrinken. »Er wird dafür sorgen, dass Jens untersucht wird.« Mit einem verschmutzten Fenstertuch wischte sie den nassen Arm und die Longines trocken, dann gab sie Kalle den Becher und startete den Motor.

»Du trägst die Uhr noch«, stellte er bewegt fest.

Sie ging darauf nicht ein. »Nimmst du mich mit zu dir?«, fragte sie stattdessen. Sie hatte es gesagt, ohne nachzudenken. Sie empfand in diesem Moment gar nichts mehr, keine Trauer, keine Verzweiflung, sie fühlte sich nur müde und leer und kalt.

An diesem Abend schliefen sie miteinander, stumm und heftig. Anna hätte gern gehabt, dass Kalle ihr etwas weh tat, doch er war dazu nicht in der Lage. Während er in sie eindrang, betrachtete sie ein Plakat, das neu an der Wand hing, es zeigte den Schiefen Turm von Pisa. Sie hatten beide keinen Orgasmus, irgendwann gaben sie auf. Kalle ging ins Bad, um einen Kratzer auf seinem Rücken zu untersuchen, den sie ihm zugefügt hatte.

»Hast du Hunger? Es gibt Spaghetti oder Dim Sum«, rief er ihr vom Bad her zu. Aber Anna war bereits wieder in ihr Kleid geschlüpft, sie legte die Longines auf Kalles Nachttisch und verließ wortlos die Wohnung. Nachdem sie den Wagen um zwei Straßenecken gefahren hatte, parkte sie an der Ringstraße, stellte die Lehne des Fahrersitzes so weit nach hinten, wie das Gepäck auf dem Rücksitz es zuließ, und versuchte zu schlafen. Die Möbel klapperten, wenn alle Stunde der Nachtbus vorbeifuhr, und sobald sie die Augen schloss, sah sie vor sich, wie Jens am Flughafen das Segelboot verloren hatte. Sie hätte es unbedingt bergen und in Sicherheit bringen müssen, sagte sie sich immer wieder, und im Halbschlaf war sie überzeugt, dass ebenjene kleine Schuld, die sie zusätzlich auf sich geladen hatte, es ihr unmöglich machte, je den Berg von Verfehlungen, den sie auf sich geladen hatte, zu tilgen.

Sie schlief in jener Nacht nicht wirklich, durchgefroren machte sie sich um sieben Uhr morgens zu Kerstin auf und bat sie, ihre Dusche benützen zu dürfen. Sie hatte angenommen, Mütter mit Babys stünden mit dem Morgengrauen auf, doch das stellte sich als ein Irrtum heraus: Eloïse hatte ihre Eltern die ganze Nacht hindurch auf Trab gehalten, und Annas Klingeln riss Kerstin aus dem Tiefschlaf. Als sie sah, in welchem Zustand Anna sich befand, sagte sie dennoch nur: »Damit wären es schon zwei, die scheiße aussehen«, und zeigte ihr das Bad.

Als Anna frisch geduscht in die Küche kam, stand bereits das Frühstück auf dem Tisch. Kerstin trank mehrere Tassen Kaffee, während sie Eloïse, die andauernd quengelte und sabberte, die Brust gab. Anna aß für zwei, sie hatte seit Joes Tod kaum etwas zu sich genommen und merkte jetzt erst, wie ausgehungert sie war. Henner schlief noch.

»Hast du überhaupt Chancen, das Sorgerecht zu bekommen?«, fragte Kerstin, nachdem Anna ihr von ihren verzweifelten Versuchen erzählt hatte, Joes Testament ausfindig zu machen. »Ich meine, du bist arbeitslos, Single, du wohnst noch bei den Eltern …«

»Reibe es mir noch unter die Nase«, sagte Anna. Sie sah zu, wie Kerstin mit der einen Hand Eloïse das Kinn abwischte, mit der anderen Kaffee nachschenkte, dann fügte sie müde hinzu: »Vielleicht ist Livio für Jens ja gar nicht schlechter als ich.« Völlig unangekündigt flossen wieder Tränen, verärgert wischte sie sie weg. »Wenn ich nur nicht immerzu heulen müsste!«

Kerstin stand auf, um Eloïse in ihr Bettchen zu legen, doch ehe sie ging, nahm sie eine Flasche Korn vom Regal und stellte sie Anna hin. »Trinken hilft«, sagte sie. »Ich lege mich noch mal hin. Zieh die Tür gut zu, wenn du gehst.«

Anna trank noch eine Tasse Kaffee, dann verließ sie die Wohnung, um die Möbel zu ihren Eltern zu bringen. Auf halbem Weg überlegte sie es sich allerdings anders, sie fuhr zurück nach Kiel, setzte sich ins Internetcafé am Alten Markt, durchstöberte das Netz nach Informationen über das Schweizer Fürsorgerecht und schrieb verschiedenen Assistenten der Zürcher juristischen Fakultät E-Mails, ohne zu wissen, wonach sie eigentlich fragen sollte. Natürlich gab es auch in der Schweiz kein Gesetz, das es alleinstehenden, sozial unzumutbaren Ex-Psychologinnen erlaubte, einem Vater seinen Sohn wegzunehmen, um ihn im Ausland unter fremden Menschen aufzuziehen, nur weil die Ex-Psychologin auch die Ex-Busenfreundin der verstorbenen Mutter des Jungen war.

Als sie am Abend nach Lütjenburg zurückkehrte, blieb sie noch lange im Audi sitzen, der ihre Zuflucht geworden war, und wartete darauf, dass im Haus ihrer Eltern die Lichter ausgingen. Erst gegen Mitternacht schlich sie sich hinein, ein paar Tüten nahm sie mit und stellte sie in die Garderobe, die Möbel mussten bis zum Morgen warten. Auf Zehenspitzen schlich sie die Treppe hinauf, doch dann piepste etwas, sie erstarrte und lauschte. Schließlich war sie überzeugt, sich geirrt zu haben, sie ging ins Bad und drückte Zahnpasta auf die Bürste (die grün war, so dass ihr gleich wieder die Tränen kamen), da piepste es wieder, kurz, aber durchdringend. Sie zog ihr Handy hervor, das Display zeigte allerdings nichts Besonderes an, sicherheitshalber schaltete sie es ab. Doch während sie die Zähne putzte, piepste es nochmals, das Geräusch schien aus dem unteren Stockwerk zu kommen. Sie eilte die Treppe hinab, setzte sich auf die unterste Stufe und wartete. Tatsächlich, das Piepsen kam aus einer der Plastiktüten, in denen sie Joes Habseligkeiten verstaut hatte, aufgeregt leerte sie alles aus, nur das Handy kam infrage, allerdings war das Display schwarz, die Scheibe zerbrochen, und als sie es anzustellen versuchte, reagierte es nicht. Noch während Anna das Handy untersuchte, piepste es aber wieder, Anna fuhr zusammen, sie wartete darauf, dass sich das Geräusch wiederholte, das Handy schwieg, vergeblich schüttelte sie es und versuchte es anzustellen. Dann plötzlich piepste es wieder, es schien sich um ein Signal zu handeln, das ankündigte, dass die Batterie leer war. Anna stieß ein Lachen aus. »Das ist verrückt«, sagte sie und erhob sich, um endlich schlafen zu gehen. Das Handy hielt sie umklammert, als sei es ein Lebenszeichen Joes, sie nahm es sogar mit ins Bett. Die ganze Nacht über lag sie auf dem Rücken, das Handy an die Brust gepresst, wartete auf das nächste Piepsen und erglühte jedes Mal, wenn es erklang.

Am nächsten Morgen nahm sie sich nicht die Zeit, die Möbel auszuladen, gleich nach dem Aufwachen sprang sie in den Wagen und fuhr zum nächsten Telefontechniker. Sie war überzeugt, auf dem Handy Telefonnummern oder Nachrichten zu finden, die ihr verrieten, was Josefa nach Kiel geführt hatte, der Techniker winkte allerdings ab. »Ich kann das nicht«, sagte er. »Und wenn ich es könnte, dürfte ich nicht. Sie können nicht einfach ein Handy knacken lassen, das ist illegal.«

Anna verfluchte ihn im Stillen als Provinzhandwerker und fuhr stadtwärts, doch auch in Kiel bekam sie keinen anderen Bescheid. Sie hatte bereits ein halbes Dutzend Mobilshops abgeklappert, als Kerstin sie anrief. Eloïse war krank, sie musste mit ihr zum Arzt, und da Kalle nicht zur Arbeit erschienen war, blieben nur Anna und Henner, um die Einführungskurse zu halten.

Als Anna ins Büro kam, war Henner gerade dabei, Kalles Schreibtisch nach seinen Unterlagen zu durchwühlen.

»Ich bin eigentlich beurlaubt«, stellte sie als Erstes klar. »Was heißt, Kalle ist weg? Weg wohin?«

»Weg eben«, sagte Henner, ohne aufzusehen. »Er wollte mir nicht sagen, wohin. Es ist nicht dein Privileg, wegzulaufen.«

»Ich habe wenigstens gute Gründe«, sagte sie.

Nun richtete Henner sich doch auf und sah sie an. »Weißt du eigentlich, dass Kalle nur deinetwegen am Institut geblieben ist?«, fragte er. »Er will praktizieren, nicht unterrichten.«

Nein, das hatte sie tatsächlich nicht gewusst. Doch ehe sie darauf reagieren konnte, entdeckte sie einen Karton auf ihrem Schreibtisch. Kalle hatte aufgeräumt, im Karton lagen ihr Frisierspiegel, zwei Pullover und etwas Geschirr, außerdem eine selbstgebrannte DVD, angeschrieben mit *Perdono*,

Giulietta!, und ein Stoffsäckchen. Sie öffnete es und fand darin die Longines. Sie schob den Karton fort und fragte: »Wie geht es Eloïse?«

»Sie hat die ganze Nacht erbrochen«, berichtete Henner, »aber jetzt schläft sie.« Er zeigte auf einen Schlitten, der an der Wand lehnte. »Den hat er dir auch dagelassen.«

Anna verdrehte die Augen, den Schlitten hatten sie ein Jahr zuvor im Überschwang gekauft, wegen ihrer tausend Aktivitäten an der Uni hatten sie es jedoch bei Schnee nie auf die Hügel um Kiel geschafft.

Dann klingelte es zum Unterricht. »Was unterrichte ich eigentlich?«, erkundigte sie sich.

»Erstis«, sagte Henner, »API – hier sind Kalles Unterlagen.«

Anna nahm den Ordner, stellte den Schlitten in den Flur und ging zu Golombiewskis Büro, um ihm hallo zu sagen, doch es war leer.

»Der schreibt an seinem Vortrag«, erklärte Henner.

»Der Vortrag!« Verzweifelt dachte Anna an den Stapel Bücher, auf deren Beurteilungen Golombiewski wartete, und machte sich auf den Weg zum Seminarraum.

»Übrigens, bei dir piepst es«, rief Henner ihr nach.

Sie lächelte nur säuerlich. »Ich bin Anna«, verkündete sie, als sie in den Seminarraum trat, »ich vertrete Kalle, der von euch die Schnauze fürs Erste voll hat.«

Einige Studenten lachten. »Bei Ihnen piepst was«, sagte einer.

Anna verzog das Gesicht. »*Bei Ihnen*? Sehe ich so alt aus? Zugegeben, ich habe die letzten Nächte nicht viel geschlafen.«

»Bei dir piepst was«, wiederholte der Student.

»Damit müsst ihr heute leben«, erklärte sie und schlug den Ordner auf, um sich einen Überblick zu verschaffen, was sie den Erstis beizubringen hatte, doch dann kam ihr eine Idee. »Sagt mal«, fragte sie, »kann jemand von euch ein totes Handy wiederbeleben?«

»Das ist nicht tot«, sagte derselbe Student, ein bleicher Wuschelkopf in großkariertem Farmerhemd, »der Chip ist okay, sonst würde es nicht piepsen. Steck ihn einfach in ein anderes Handy und gib den Code ein.«

Anna zögerte. »Was ist, wenn ich den Code nicht habe?«

Der Student zog die Augenbrauen hoch. »Na, na«, sagte er, und Anna wartete schon darauf, dass er sie über das Telekommunikationsgesetz belehrte, doch er grinste nur.

Sie warf ihm einen flehenden Blick zu. »Es ist für einen guten Zweck, ich schwöre!«

Der Student stand auf und holte sich das Handy. »Wo erreiche ich dich?«, fragte er.

»Meine Nummer findest du auf dem Chip«, sagte sie. »Sonst habe ich meinen Arbeitsplatz in Zimmer 282.«

»Geht klar«, sagte der Student und warf Joes Handy ein paarmal in die Luft, während er pfeifend den Kurs verließ.

»He«, sagte Anna, »das ist wertvoll.«

Als er die Tür hinter sich zugezogen hatte, wandte sie sich endlich den anderen zu. »Heute ist Päpsi dran«, verkündete sie, »pädagogisch-psychologische Intervention. In der Regel haben wir es hier mit Kindern zu tun, Kindern mit Problemen.« Gleich schossen ihr wieder Tränen in die Augen. »Ich fürchte, das wird heute ein sonderbares Seminar«, sagte sie und wandte sich ab, um die Tränen zu stoppen.

Das blieb aber der letzte Zwischenfall, auch den zweiten Kurs am späteren Nachmittag brachte sie gut über die Runden und begann sogar, dankbar dafür zu sein, dass sie so eingespannt war. Erst als das Institut sich leerte und sie sich an ihren Arbeitsplatz setzte, die Beine hochlegte und eines der Bücher lesen wollte, die Golombiewski rezensiert haben wollte, tauchte wieder das Bild vor ihr auf, wie der verzweifelte Jens am Flughafen von Livio zum Gate geschleppt worden war. Dennoch tat das Institut ihr gut, die Ruhe hier war belebter als die in Golombiewskis Wohnung, die Putzkolonne war inzwischen bei der Arbeit, ab und zu liefen Studenten oder Dozenten durch die Flure und unterhielten sich. Und kurz vor sieben stand plötzlich der Wuschelkopf aus der API in der Tür.

»He«, sagte sie verwundert, »schon wieder da? Ich hatte deinen Anruf erwartet. Hat wohl nicht geklappt?«

Doch beim Eintreten winkte er kokett mit einem Handy. Er gab es ihr und sah stolz zu, wie sie es anstellte.

»Das ist ein Trickhandy, es gehört meinem Bruder«, sagte er, »ich muss es ihm auch gleich wieder zurückbringen. Aber du kannst dir rausschreiben, was dich interessiert.«

Anna blätterte durch das Menü. Es war tatsächlich Joes Handy, wenn auch in neuer Verpackung, es war ihre Adressliste (sie hatte kaum Nummern gespeichert), es waren ihre SMS (neben Werbung hatte sie nur einige Nachrichten von Kurt erhalten, die nicht einmal alle geöffnet waren). Als sie die zuletzt gewählten Nummern durchsah, fand sie neben ihrem und Jens' Namen auch eine lokale Nummer, die mehrmals auftauchte. Sie nahm ihr Telefon, tippte die Nummer ein und hörte: »Sie sind verbunden mit dem Notariat

Fitz & Möller. Das Sekretariat ist besetzt morgens von halb acht bis …«

Mit glühendem Gesicht sah sie auf. »In einem Notariat macht man doch sein Testament, nicht wahr?«

»Ich denke mal«, sagte der Wuschelkopf. »Darf ich jetzt das Handy wiederhaben?«

Fröhlich notierte Anna die Nummer und gab es ihm zurück. Während der Student den Chip herausnahm, stand sie auf und hievte den Karton, den Kalle ihr gebracht hatte, auf die Schulter.

»Ich rechne dir das als aktive Mitarbeit für den Kurs an«, sagte sie. »Wie heißt du?« Doch noch ehe sie beim Auto war, hatte sie seinen Namen wieder vergessen. Sie war so aufgeregt, dass sie nicht geradewegs nach Hause mochte, stattdessen fuhr sie mit offenem Fenster und lauter Musik über Land, bis es vollkommen dunkel war, und erst dann nach Lütjenburg. Dort kletterte sie über den Zaun zum Spielplatz, setzte sich auf die Schaukel und malte sich aus, wie sie Jens das wunderbarste Zuhause schaffen würde.

Es war Mitternacht vorbei, als sie das Haus ihrer Eltern betrat. Sie glaubte, beide schliefen, doch dann sah sie, dass in der Küche noch das Lämpchen über dem Herd brannte, und fand ihren Vater im Morgenrock am Küchentisch, mit dem Finger naschte er aus dem Nutella-Glas, während er ein Papier studierte.

»Du bist viel unterwegs«, stellte er fest.

»Kalle ist abgehauen, ich musste einspringen«, sagte sie. »Die Uni hat mich wieder.«

»Ach ja?«, sagte er nur. »Und Jens? Kommst du weiter?«

Es drängte sie, ihm vom Notar zu erzählen, doch sie war

abergläubisch und wollte nichts verschreien. »Kleine Schritte, Paps«, sagte sie daher nur, während sie die Milch aus dem Kühlschrank nahm und aus der Packung trank. Dann stützte sie sich auf seine Schulter, um zu sehen, was er las. Es war die Anmeldung für die Hohwachter Segelregatta, die Joe und Lars ein paarmal gesegelt waren.

»Ist es schon wieder so weit?«, wunderte sie sich.

»Bald«, sagte er, »in fünf Wochen. Er würde sicher gern mitmachen.«

»Jens?« Sie lachte. »Wir wissen gar nicht, wie gut er segelt.« Sie setzte sich auf die Stuhllehne. »Wenn wir doch nur sicher sein könnten, dass es ihm in der Schweiz gutgeht.«

Rüdiger fiel dazu nichts ein, er nahm sich noch einen Finger voll Nutella und hielt Anna das Glas hin.

»Ich mag doch keine Schokolade«, sagte sie.

»Dann nicht.« Er stand auf und stellte das Glas ins Regal zurück. »Rede übrigens mal mit deiner Mutter«, schlug er vor, nachdem er ihr einen Gutenachtkuss auf die Stirn gedrückt hatte.

Anna stöhnte. »Was hat sie diesmal wieder zu meckern?«

Rüdiger schüttelte den Kopf. »Sie hat nichts zu meckern«, antwortete er müde.

Anna sah ihm nach, als er hinauf ins Schlafzimmer ging. Während sie die Milch austrank, fragte sie sich, weshalb sie ihren Vater so viel lieber mochte als ihre Mutter, doch ehe sie eine Antwort fand, schoben sich wieder zwei Namen vor, Fitz & Möller. Sie konnte es kaum erwarten, mit ihnen zu sprechen.

Am anderen Morgen lungerte sie ab sieben Uhr auf dem Gehsteig der Harmsstraße und sprach jede Person an, die das Haus betrat, in dem das Notariat untergebracht war. Endlich erwischte sie die Sekretärin, eine dünne Person um die vierzig. »Vorletzte Woche war eine Josefa Bergström bei Ihnen«, begann sie.

»Ich kann Ihnen über unsere Klienten keine Auskunft geben«, entgegnete die Sekretärin aber nur und ging an ihr vorbei ins Haus.

Anna stieg ihr nach ins obere Stockwerk. »Ich möchte doch nur wissen, weshalb sie bei Ihnen angerufen hat«, erklärte sie, »ob sie ihr Testament gemacht hat.«

Die Sekretärin schloss stumm die Tür zum Notariat auf.

»Geben Sie mir die Telefonnummer des Notars, bei dem sie einen Termin hatte«, flehte Anna.

»Ich kann Ihnen wirklich nicht helfen«, wiederholte die Sekretärin, »unsere Termine sind vertraulich.« Doch immerhin ließ sie die Tür offen stehen, als sie ins Empfangszimmer ging, um das Licht einzuschalten und die Läden hochzuziehen. »Warum fragen Sie Frau Bergström denn nicht selbst?«, fragte sie, während sie noch im Stehen den Computer hochfuhr.

»Weil sie tot ist«, sagte Anna. »Sie starb Freitag vor einer Woche an einem Hirnschlag.«

Die Sekretärin setzte sich auf ihren Platz, Anna nahm an, sie würde das Modem einschalten oder den Anrufbeantworter abhören, doch die Nachricht schien sie tatsächlich getroffen zu haben. Einige Sekunden saß die hagere Frau blinzelnd da, als müsste sie ihre Gedanken neu sortieren, dann sah sie in den Kalender.

»Wenn Sie noch etwas warten, Herr Fitz kommt um acht«, sagte sie.

»Verzeihung«, bat Anna.

Die Sekretärin bemühte sich um ein Lächeln, dann ging sie in ein Nebenzimmer. »Nehmen Sie Platz«, sagte sie im Hinausgehen. »Ich mache uns Kaffee.«

Anstatt sich zu setzen, trat Anna ans Fenster und sah auf die Straße hinab. Das Notariat war keine zwei Minuten von der Stelle entfernt, an der Joe gestorben war.

Notar Fitz kam schon vor acht, die Sekretärin informierte ihn kurz, dann bat er Anna in sein Büro. Er war ebenfalls um die vierzig, sportlich und mit Bärtchen. »Josefa Bergström hinterlässt einen elfjährigen Jungen, dem ich geschworen habe herauszufinden, was seine Mama nach Kiel gebracht hat«, erklärte sie, während sie ihm folgte. »Außerdem steht im Testament doch bestimmt etwas zum Sorgerecht. Sie kann unmöglich gewollt haben, dass Jens bei seinem Vater aufwächst.« Notar Fitz öffnete bereits den Mund, doch Anna winkte ab. »Sie kennen seinen Vater nicht«, sagte sie.

»Josefa Bergström kam nicht her, um ihr Testament zu machen«, erklärte Fitz.

Anna starrte ihn an. »Nein?«

»Nein.« Es war offensichtlich, dass er ihr gern mehr gesagt hätte, wäre da nicht die Schweigepflicht.

Anna kramte den Nachtclub-Flyer aus der Tasche. »Jens' Vater hat mir eine Vollmacht gegeben«, sagte sie und reichte ihm das Papier. »Sie können mir alles sagen.«

Fitz studierte das Papier und konnte sich ein Lächeln nicht verkneifen. »Das ist wertlos«, sagte er und gab es ihr zurück. »Wenn wenigstens die Unterschrift beglaubigt wäre.«

»Oh.« Anna sah ihn ratlos an. Fitz erwiderte ihren Blick – nein, er schien sie eher zu mustern, und endlich sagte er: »Sie sind das Mädchen mit den Zöpfen, das bei der Hohwachter Regatta die ›Florian‹ angefeuert hat. Sie hatten ein Megaphon.«

»Stimmt«, sagte Anna, »waren Sie etwa auch da?«

»Sie haben uns den letzten Nerv geraubt«, antwortete er. »Ich segle ebenfalls.«

Für einen Augenblick befürchtete sie, er könnte sich nun dafür rächen, stattdessen stand er auf und holte eine Mappe aus dem Aktenschrank, öffnete sie und schob Anna ein Dokument zu. Es war tatsächlich ein Testament, allerdings nicht Joes.

»Josefa hatte von ihrem Vater ein Haus geerbt«, erklärte er.

»Das Haus«, rief Anna und schlug sich gegen die Stirn, »wieso ist mir das nicht eingefallen? Wir haben darin die halbe Kindheit verbracht.«

»Frau Bergström wollte, dass ich es verkaufe«, fuhr er fort.

Anna hatte das Haus nur noch als Teil ihrer fürchterlichen Geschichte betrachtet – der Gedanke, dass es tatsächlich existierte, hier, in dieser Welt, dass es bewohnt und verkauft werden konnte, war mehr als verwirrend.

»Sie hatte offenbar ihre Stelle verloren«, erklärte Fitz. »Sie beabsichtigte, mit dem Geld in Zürich ihren Schulabschluss nachzuholen und eine Ausbildung zu machen, außerdem wollte sie ihrem Sohn ein Segelboot kaufen. Sie wollte einen Strich unter die Vergangenheit setzen, sagte sie, und vor allem wollte sie ihrem Jungen endlich eine gute Mutter sein. Es muss sie viel Überwindung gekostet haben, das Erbe ihres Vaters anzutreten, nach allem, was passiert war. Und doch wirkte sie nicht im Geringsten geknickt oder gebrochen, sie war ausgesprochen unternehmungslustig.«

»Wann war das?«, fragte Anna. »Wann war sie bei Ihnen?«

»Freitag vor einer Woche um diese Uhrzeit«, sagte er.

Anna erstarrte. »Eine halbe Stunde später war sie tot«, stellte sie fest. »Was um Himmels willen haben Sie ihr gesagt?«

Fitz war so betroffen wie sie. »Dass das Haus ihr nicht mehr gehört«, antwortete er. »Sie hat das Erbe zehn Jahre lang nicht angetreten, daher fiel es an die Gemeinde, und die will das Haus nun selbst verkaufen.«

Anna brauchte einen Augenblick, um alles zu verdauen. »Gibt es für das Haus schon Interessenten?«, fragte sie.

»Ein Investor hat für den Boden zwei Millionen geboten«, sagte Fitz, »das Haus soll abgerissen und an seiner Stelle eine kleine Feriensiedlung gebaut werden. Es gibt deswegen aber böses Blut in der Gegend.« Während er sprach, schob er das Testament von Joes Vater in die Mappe zurück.

Anna sah ihm zu, während ihre Gedanken kreuz und quer schossen. »Sie ist tatsächlich wegen diesem gottverdammten Haus gestorben«, murmelte sie, und im nächsten Moment weinte sie erneut.

Es war noch immer früher Morgen, als sie auf das verlassene Grundstück fuhr. Fitz hatte ihr gesagt, dass das Haus seit Lars' Tod nicht mehr bewohnt wurde. Der Garten war schon damals wild gewesen, jetzt war er nur noch ein struppiges, verfilztes Dickicht aus Heckenrosen und Brombeerranken. Der Holunder, aus dem Pauline ihnen so oft süße Suppe mit Grießklößen gekocht hatte, begann bereits zu blühen, auch einige schattiger gelegene Schlehenstauden trugen noch letzte Blüten. Die Fassade, besonders die dem Meer zugewandte, war verwittert und oft nur noch rohes, graues Holz. Anna stieg die zwei Stufen zur Haustür empor, sie war verschlossen, doch sie hatten schon damals keinen Schlüssel gebraucht. Mit geübten Bewegungen kletterte sie auf die Veranda – die Stelle, an der sie den Fuß ansetzte, war abgewetzt von ihren Kinderfüßen über all die Jahre –, mit einem kleinen Stoß von unten öffnete sie das Sprossenfenster und stieg in das Zimmer ein, das damals das Schlafzimmer von Josefas Eltern gewesen war. Zwei Stufen auf einmal rannte sie hinauf ins Mädchenzimmer, auch das war Gewohnheit. Sie konnte es kaum fassen, alles war wie damals, über ihrem Bett hing noch das Foto von ihr und Joe, über Joes das der ›Florian‹ in voller Fahrt, selbst die Bettbezüge waren noch ihre. Da durch das schmale Fenster nur wenig Licht fiel, entdeckte Anna erst beim zweiten Hinsehen, dass selbst ihre Bettdecke noch zerdrückt war. Fassungslos betrachtete sie die Mulde, die entstanden war, als Lars sie geküsst und rückwärts auf die Matratze gedrängt hatte, gleich fühlte sie wieder seinen Atem dicht am Ohr und roch seine Haut, die so ganz anders geduftet hatte als die der Jungen, mit denen sie davor herumgemacht hatte, so unendlich männlich und abenteuerlich.

Als sie das Klicken des Türschlosses zu hören glaubte, das sie damals auseinandergerissen hatte, wandte sie sich erschreckt um, doch hier riss die Erinnerung ab. Verwirrt sah sie auf die Mädchen-Bademäntel, die noch an der Tür hingen und die sie ganz vergessen hatte, dann ging sie ans Fenster und öffnete es, um durchzuatmen, dabei stieß sie einen kleinen vertrockneten Kaktus vom Fensterbrett, den, wenn sie sich recht erinnerte, Joe einmal von ihrer Geigenlehrerin geschenkt bekommen hatte. Als sie sich bückte, um ihn aufzuheben, entdeckte sie unter dem Bett das Höschen, das sie damals in fieberhafter Hast ausgezogen hatte, weil sie befürchtete, Lars überlege es sich anders. Es war ein hellblaues Stretchhöschen mit weißen Punkten, sie hatte es geliebt. Sie hielt es etwas hilflos in der Hand – oh, alles war wieder so beschämend wirklich! Schließlich steckte sie es in die Handtasche. Sie ordnete das Bettzeug, und plötzlich hatte sie es eilig, das Zimmer zu verlassen.

Im Wohnzimmer fühlte sie sich wohler, die verstaubte Stille erinnerte sie an vertrödelte Sommernachmittage mit einem Buch in ihrem Lieblingsmöbel, einem im Grunde todhässlichen, mit Cordsamt bezogenen Armsessel, während durchs offene Fenster Joes und Lars' Stimmen drangen, die einander vor der Küste Wendemanöver zuriefen und oft genug darüber stritten, welche Taktik sie üben sollten. Sie setzte sich nochmals in den Sessel, er hatte schon damals so eigenartig salzig und verstaubt gerochen, und während sie dasaß, begriff sie nach und nach, dass hier ihr Zuhause war, dass dies der Ort war, nach dem sie sich all die Jahre verzehrt hatte, dieser Sessel, diese Stille, dieses alte, verlebte Haus.

Den ganzen Morgen saß sie so da, sie dachte über nichts Besonderes nach, doch mit jeder Minute fühlte sie, wie sie wuchs. Jetzt erst wurde ihr bewusst, wie backfischhaft sie sich bis gestern benommen hatte, wie wenig sie nach Margots Tod und Joes Flucht hatte akzeptieren können, dass die Zeit fortschritt. Sie hatte immer geglaubt, was ihr fehle, sei die Familie, die große, glückliche Familie, die sie bis zu jenem Unglückstag gewesen waren. Doch nun begriff sie, dass es nur das Haus war, das sie brauchte, um sich wieder stark zu fühlen. Sie saß in ihrem alten geliebten Sessel und überblickte ihr Leben plötzlich in aller Klarheit – sie sah, was sie Kalle angetan hatte, sie sah, was Jens von ihr erwartete, sie sah ihre Möglichkeiten als neunundzwanzigjährige, gut ausgebildete Psychologin – vor allem aber fühlte sie mit einem Mal unbeirrbar ihre Macht, das Leben so zu gestalten, dass sie und die Menschen um sie mit all ihren Unzulänglichkeiten, mit all ihren Augenblicken des Scheiterns darin glücklich würden.

Als es Mittag wurde und sie sich endlich erhob, platzte sie fast vor Zuversicht. Angesichts all der Tragödien um sie herum schämte sie sich dafür etwas, dennoch verließ sie das Haus hochvergnügt. Am Ufer entdeckte sie die ›Florian‹, gerührt fuhr sie mit beiden Händen über die rauhen, aufgerissenen Planken, die fühlen ließen, wie viel Zeit inzwischen vergangen war, dann setzte sie sich auf den sonnengewärmten Bootsrumpf und wählte die Nummer des Notariats.

»Das Haus darf nicht abgerissen werden«, erklärte sie Fitz. Gleich begann er, über das Baurecht zu referieren, offenbar glaubte er, sie wolle lediglich verhindern, dass Spekulanten hier bauten. »Sie verstehen nicht«, unterbrach sie ihn schließlich, »ich will das Haus kaufen. Jens soll hier ein Zuhause haben.«

Erst während sie sprach, begriff sie, was sie tat. Sie hatte keine Ahnung, wie man ein Haus kaufte und woher sie das

Geld nehmen sollte, doch ihr Mut begeisterte sie von Sekunde zu Sekunde mehr, und Fitz erklärte sich ohne Zögern bereit, in ihrem Namen um das Haus zu feilschen.

Mit einer wieder durch und durch kindlichen Freude ging sie, nachdem sie aufgehängt hatte, zu ihrem vollbepackten Auto, um zurück nach Kiel zu fahren.

Als sie das Institut betrat, fühlte sie sich imstande, die ganze Welt zu erobern. Kerstin arbeitete wieder, Eloïse lag in ihrem Tragekorb und brabbelte.

»Alles in Butter«, sagte Kerstin, »letzte Nacht hat sie geschlafen wie ein Engel. Aber ich habe mir gerade übel den Zeh an diesem Möbel angeschlagen.« Sie zeigte auf den Schlitten, der noch im Flur stand.

»Ich nehme ihn nachher mit«, versprach Anna.

»Tu das«, sagte Kerstin. »Horst will übrigens wissen, ob deine Kündigung ernst gemeint war. Kalles Stelle wird nämlich erst nächstes Semester neu besetzt. Wir brauchen dich.«

»Ich könnte es mir gar nicht mehr leisten wegzulaufen«, sagte Anna mit glühenden Wangen, »ich kaufe mir ein Haus.«

Sie wollte los zu ihrem Kurs, doch Kerstin versperrte ihr den Weg. »Sieh mal einer an«, sagte sie, »wie das denn so plötzlich?«

Anna hob kokett die Schultern. »Ist leider noch nicht spruchreif«, antwortete sie nur und schob sie zur Seite. Während sie den Gang hinabeilte, stellte sie fest, dass sie sich so sexy fühlte, als sei sie schwanger.

Und schon zwei Stunden später rief Fitz wieder an. Sie verabredeten sich in der ›Espresso Lounge‹ im Eingangseck der Universitätsbibliothek, Anna trug den Schlitten zum

Auto, dann ging sie hinüber. Fitz kam wenige Minuten später, sie wollte ihm etwas zu trinken holen, doch er winkte ab. Strahlend setzte er sich zu ihr und sagte: »Sie bekommen das Haus, Sie müssen aber sofort zugreifen.«

»Was heißt ›sofort‹?«, fragte Anna überrumpelt.

»Es gibt mehrere Interessenten«, erklärte Fitz, »deren Angebote Sie nicht werden überbieten können. Doch erstens wollen alle abreißen, zweitens liegt noch von niemandem eine ausgearbeitete Offerte vor. Ich habe mit dem Bürgermeister gesprochen. Die Tragödie um Joes Eltern sitzt allen in der Region noch in den Knochen. Wenn die Leute erst erfahren, wie Joe gestorben ist und dass sie einen Jungen hinterlässt … Jedenfalls, wenn Sie garantieren, dass das Haus dem Enkel der Bergströms zur Verfügung steht, gibt er es Ihnen für zweihunderttausend.«

»Ist es nicht mehr wert?«, fragte sie erstaunt.

Fitz nickte. »Das Haus nicht, das Grundstück locker das Doppelte«, sagte er. »Aber es wird keine Einwände geben, zumindest keine lauten. Das Geschäft lässt sich allerdings nur deichseln, solange es kein besseres schriftliches Angebot gibt, wir bewegen uns ohnehin am Rande der Legalität.«

»Heißt das, ich kann dafür ins Gefängnis wandern?«

Fitz lachte. »Allenfalls der Bürgermeister«, sagte er.

Anna trank schweigend ihr Wasser, füllte das Glas nochmals und trank wieder, dann sagte sie: »Also kaufen wir es.«

»Eine Nacht könnten Sie schon noch darüber schlafen.«

»Nicht nötig«, sagte Anna. »Was muss ich tun?«

Fitz warf die Stirn in Falten. »Das Schwierigste wird sein, eine Bank dazu zu bringen, dass sie Ihnen eine Hypothek gibt.«

»Ach, das ist gar nicht nötig«, sagte Anna. »Meine Eltern stellen mir den Hypothekenbrief auf ihr Haus zur Verfügung, ihre Hypothek ist längst abbezahlt, sie haben den Brief extra stehenlassen, damit ich irgendwann Geld für eine Praxis aufnehmen kann.«

»Sind Sie sicher, dass Ihre Eltern einverstanden sind?«, fragte Fitz etwas besorgt. »Ein baufälliges Haus in der Einöde ist nicht dasselbe wie eine Karriere.«

Doch Anna winkte ab. »Ich kriege das schon hin«, sagte sie leichthin. »Was brauchen wir noch?«

»Die Hypothek hat auch einige Tage Zeit«, sagte Fitz, »doch zwanzigtausend in bar sind sofort fällig.«

Anna wurde etwas blass. »Was heißt ›sofort‹?«

»Der Kaufvertrag tritt erst durch eine Zahlung in Kraft«, sagte Fitz, »und zehn Prozent sind üblich.«

Anna starrte hinaus, damit hatte sie nicht gerechnet. Doch dann fiel ihr Blick auf die Skulptur vor dem Institutsgebäude der Physiker, die sie schon immer gemocht hatte: Ein Paar überdimensionierter Uhrzeiger bewegte sich unkoordiniert im Wind. Sie sprang auf. »Wie lange brauchen Sie für den Vertrag?«, fragte sie aufgeregt.

»Ein paar Minuten«, sagte Fitz, »das sind Standardverträge.«

»Ich bin in einer Stunde in Ihrem Büro«, sagte sie. »Rufen Sie schon mal den Bürgermeister an.«

Sie rannte zum Parkplatz. Den Karton mit ihren Sachen hatte sie immer noch im Auto, sie fuhr in die Altstadt und brachte Juwelier Mahlberg, der auf alte Uhren spezialisiert war, die Longines. Er gab ihr dafür keine zwanzigtausend Euro, doch zusammen mit ihrem Ersparten reichte es. Inzwischen hatte Fitz vereinbart, später, zwischen zwei Terminen, den Bürgermeister zu treffen und den Handel perfekt zu machen. Anna setzte ihre Unterschrift unter den Vertrag und fuhr nach Lütjenburg, um ihre Eltern mit der Neuigkeit zu überraschen.

Es war jedoch niemand zu Hause, also zog sie sich um, ging in den Keller und machte sich daran, endlich all ihre schmutzige Wäsche zu waschen. Während sie Handwäsche schrubbte und alle paar Sekunden versuchte, mit spitzen Fingern eine widerspenstige Strähne hinters Ohr zu streichen, sang sie zum Takt der Waschmaschine.

Dann stand plötzlich Pauline neben ihr, eine Kiste mit Blumenzwiebeln in den Händen. »Wie schön, dich wieder einmal fröhlich zu sehen«, sagte sie.

An jedem anderen Tag hätte Anna das als Vorwurf aufgefasst und wäre in die Luft gegangen, doch heute sprudelte sie munter los. »Stell dir vor, ich habe mein Versprechen gehalten. Nicht nur habe ich herausgefunden, was Joe in Kiel …«

Doch inzwischen hatte Pauline instinktsicher einen Blick in den Mülleimer geworfen und das gepunktete Höschen entdeckt. Anna hatte es zuerst zur Schmutzwäsche gelegt, in einem spontanen Entschluss dann aber fortgeworfen.

»Was ist hiermit?«, fragte Pauline und zog es heraus. »Das ist doch noch prima in Schuss.«

Sie hatte sich bereits an den Spülstein gestellt, um es auszuwaschen, als Anna platzte. »Spionierst du mir jetzt auch noch hinterher?«, rief sie und riss ihr das Höschen aus der Hand.

»Du meine Güte, ich meinte es doch nur gut«, wehrte Pauline sich.

Anna rannte hinaus, ihre gute Laune war verflogen. Verärgert begann sie, das Auto zu entladen und die Möbel vor dem Haus zu stapeln, als Pauline in der Tür erschien und sagte: »Schatz, dein Handy klingelt.« Anna entriss es ihr, ehe Pauline auf die Idee verfallen konnte, den Anruf selbst entgegenzunehmen, und verzog sich zum Telefonieren in die Küche. Es war Fitz, der ihr nur kurz mitteilte, dass der Kauf ohne Zwischenfall über die Bühne gegangen war, und sie dazu beglückwünschte, dass sie nun offiziell Besitzerin des Hauses der Bergströms war.

Inzwischen hatte sie sich entschieden, zum Haus hinauszufahren, sobald der Handel perfekt war, und Jens von dort aus anzurufen. »Rate, wo ich gerade stehe«, wollte sie sagen. »Hörst du das Meer rauschen? Du rätst es ja doch nicht: Ich stehe vor *unserem* Haus, in *unserer* Bucht, an der Stelle, von der aus du in Zukunft mit *deinem* Boot in See stechen wirst.«

Als sie aus der Küche nach draußen kam, war ihre Mutter eben dabei, die Stühle zu schultern, die sie auf dem Rasen deponiert hatte.

»Was soll das jetzt wieder«, fluchte Anna, »lass die stehen.« Doch Pauline nahm bereits einen dritten Stuhl.

»Himmelherrgott, du sollst sie stehenlassen!«, schrie Anna.

Pauline sah sie an, als wäre sie geohrfeigt worden. »Die Stühle werde ich dir doch noch ins Haus tragen dürfen«, sagte sie.

Anna überlegte kurz, sie ihr zu entreißen, dann schlug sie die Heckklappe des Autos zu, stieg ein und fuhr an die Küste.

Als sie auf das verwilderte Grundstück fuhr, war das Gefühl, nach Hause zu kommen, so stark, dass sie das Herz bis unter den Scheitel pochen fühlte. Sie stieg aus und sog die Luft ein. Der Wind, der tagsüber weich und klamm und salzgetränkt gegen die Küste drängte, hatte sich gelegt, plötzlich roch man die Kiefern aus dem nahen Wald, hier am Meer war es die schönste Stunde des Tages.

Die beiden Holzsessel auf der Veranda, in denen sie und Joe nach dem Baden oft gelümmelt hatten, waren inzwischen kaputt, daher holte Anna den Schlitten vom Vordersitz ihres Audi und stellte ihn hinter die Brüstung, als wäre er ein Bänkchen, setzte sich und sah verträumt aufs offene Meer hinaus. Doch gleich darauf knarrte etwas, sie stand auf und sah um die Hausecke. Die Eingangstür stand einen Spalt weit offen, ein Schlüssel steckte. Vermutlich, sagte sie sich, war es jemand von der Gemeinde, denn Fitz hatte dem Bürgermeister das Versprechen abgenommen, so schnell wie möglich den Strom wieder anstellen zu lassen. Sie ging hinein, und dort entdeckte sie ihren Vater, der unbewegt mitten in der Küche stand, als habe er vergessen, wie er hergeraten sei. Nie zuvor hatte sie ihn derart klein und hilflos gesehen.

»Oh«, sagte sie enttäuscht, »wer hat es dir verraten? Ich wollte euch doch überraschen.«

Rüdiger schrak auf, er brauchte einen Augenblick, um zu begreifen, was sie gesagt hatte. »Was verraten?«, fragte er. »Niemand hat mir etwas verraten.« Er musterte sie. »Geht es dir etwas besser?«, fragte er.

»Sogar ziemlich viel besser«, sagte sie und konnte ein Feixen nicht unterdrücken. »Du, Paps, bietest dagegen einen ziemlich traurigen Anblick.«

Er zeigte immerhin ein flüchtiges Lächeln. »Ich nehme Abschied«, sagte er. »Es heißt, das Haus wird abgerissen.«

Anna hatte ihr Strahlen wieder. »Gerüchte, Paps«, winkte sie ab.

»Es wäre nicht das Schlechteste«, sagte er.

Entgeistert sah sie ihn an. »Wie kannst du so was sagen«, rief sie. »Es ist das wunderbarste Haus der Welt!«

»Hast du mit deiner Mutter geredet?«, fragte er, statt auf sie einzugehen.

Anna wand sich. »Ich hab's versucht«, schwindelte sie, »aber, Paps, mit ihr kann man einfach nicht reden, nicht wie mit dir. Warum bloß ist sie so ... so furchtbar mühsam?«

Rüdiger zögerte. »Seit du zehn Jahre alt warst«, sagte er schließlich – und so, wie er es sagte, blieb offen, ob er damit einen Grund für Paulines Art nennen wollte oder die Konsequenz, die er für sich daraus gezogen hatte –, »seit du zehn warst, Anna, hatte ich vor, euch beide zu verlassen.«

Rüdiger

Lars Bergström war schon während seiner Schulzeit bei fast allen Mädchen erfolgreich gewesen, und es hatte Rüdiger Paulsen nicht erstaunt, dass er nach seiner Ausbildung zum Restaurator, die er in Hamburg gemacht hatte, mit einer Frau an seiner Seite ins Städtchen zurückkehrte, nach der sich alle umdrehten. Sie hatten bereits ein Kind, ebenso wie Rüdiger und Pauline, beide Töchter waren zwei Jahre alt, und wie sich herausstellte, war Josefa ebenso »passiert« wie Anna. Beide Ehen waren daher auch keine Liebesheirat im eigentlichen Sinn gewesen, und doch führten beide Paare ein Leben, wie sie es sich nicht anders gewünscht hätten. Die zwei Frauen kamen sich näher, da Anna und Josefa nicht nur dieselbe Krippe und bald denselben Kindergarten besuchten, sie teilten auch den Mittagshort und wurden später in dieselbe Klasse eingeschult. Rüdiger hatte während der Schulzeit wenig Kontakt zu Lars gehabt, der zwei Jahre älter war als er, außerdem waren ihm Frauenhelden generell wenig sympathisch. Er selbst war stets der scheue Typ gewesen, und bis kurz vor dem Abitur hatte er noch kein Mädchen richtig geküsst.

Während all der Elternabende, Weihnachtsaufführungen, Basare und Putzaktionen der verschiedenen Institutionen, denen die beiden Paare ihre Töchter anvertraut hatten, begegneten sie sich jedoch zwangsläufig, und da beiden Parteien die Eltern der anderen Kinder noch fremder waren (und insbesondere sehr wenige Väter zu den Anlässen erschienen), betrachteten die beiden Männer sich bald als Schicksalsbrüder und verhielten sich entsprechend. Meist verzogen sie sich mit zwei Pappbechern Orangensaft in eine der Spielecken, und Lars erzählte von seinem Traum, die Anstellung als Berater einer Kieler Gebäudeversicherung zu reduzieren oder gar ganz an den Nagel zu hängen, um fortan antike Möbel zu restaurieren, während Rüdiger seine Arbeit als Qualitätsprüfer für eine Fischkonservenfabrik in Heiligenhafen gern gegen ein eigenes Labor getauscht hätte, allerdings sprach er kaum darüber. Pauline und Margot verstanden sich von Anbeginn, beide arbeiteten auch als Mütter noch, Margot hatte eine halbe Stelle als Grundschullehrerin, Pauline arbeitete vormittags als Apothekenhelferin. Anna und Josefa endlich waren sowieso ein Herz und eine Seele.

Und so war es nur natürlich, dass die Familien immer öfter auch die Freizeit miteinander verbrachten. Als Lars' Vater starb und ihm ein Haus am Meer vermachte, in dem er seit dem Tod seiner Frau recht einsiedlerisch gelebt hatte, wuchsen sie fast zu einer Großfamilie zusammen, denn Lars machte bald darauf seinen Traum wahr: In der Garage des Hauses richtete er sich eine Werkstatt ein, und da er immer seltener zu bewegen war, abends nach Hause zu fahren, blieb Margot nichts anderes übrig, als wenigstens an den Wochenenden mit Josefa zu ihm zu fahren. Anna wiederum vermisste Josefa und wollte mit ihr ans Meer, und weil das Haus ohnehin drei Schlafzimmer hatte, fuhren auch Annas Eltern mit. Die Verbindung war in vielerlei Hinsicht glücklich, nicht zuletzt deshalb, weil die Bergströms nicht gern kochten, weder Margot noch Lars, Pauline liebte es dagegen, in der Küche zu stehen, und Rüdiger grillte Fisch so gut wie kaum jemand. So fanden auch die Bergströms es mit den Paulsens unter einem Dach gemütlicher als ohne, und schon nach wenigen Wochenenden war es ihnen allen selbstverständlich, ihre Zeit gemeinsam zu verbringen. Es wurde viel gesegelt, die Kinder sammelten Bernstein und Strandgut, und in der kalten Zeit bastelten sie in Lars' Werkstatt.

Und weil die Bergströms nur ein Auto hatten – Lars fuhr einen Subaru mit Allradantrieb und Ladefläche, mit dem er auch die Möbel auslieferte –, Margot wiederum mit den Jahren immer öfter unter Kopfschmerzen litt und nicht imstande war, den hügeligen und kaum windgeschützten Weg vom Städtchen zu ihrem Haus zu radeln, da Pauline zudem keinen Führerschein besaß, kam es oft vor, dass Pauline gemeinsam mit den Mädchen auf dem Rad hinausfuhr, während Rüdiger Margot abholte und sie in seinem bereits recht baufälligen Toyota nachbrachte.

Pauline nannte sie oft die schöne Margot, und es befremdete Rüdiger immer wieder, dass sie es in einem Ton sagte, der nicht mit der Tatsache in Einklang zu bringen war, dass die beiden Frauen inzwischen enge Freundinnen waren. Erst jetzt, gut acht Jahre nach ihrer ersten Begegnung, nahm er wahr, wie schön sie tatsächlich war, wie zart und warmherzig. Nun, da sie nicht mehr blutjung war, verlor sich ihre Leichtigkeit nicht, sondern paarte sich mit einer sehr uneitlen Schwermut. Rüdiger schien, sie habe etwas Engelhaftes, und es wunderte ihn nicht, dass Lars mit seiner Schwäche für Kirchenkunst sie zu seiner Frau gewählt hatte.

Meist fuhren Pauline und die Kinder schon samstags frühmorgens, denn Pauline liebte es, groß zu kochen, und hatte allerhand vorzubereiten, manchmal fuhren sie auch schon freitags. Rüdiger hingegen arbeitete auch an den Samstagen bis zum Mittag, denn inzwischen hatte er sich wie Lars selbständig gemacht. Unter anderem untersuchte er für die Fischer, die nachts von Heiligenhafen aus unterwegs waren, Fangproben auf Schwermetallrückstände und Infektionen, daher arbeitete er auch samstags früh. Hatte er die letzten Ergebnisse per Fax geliefert, rief er Margot an, sie entschied meist erst in letzter Minute, ob sie hinaus ans Meer fahren wollte oder ob sie die Stille zu Hause benötigte, um die Kopfschmerzen in Schach zu halten, die ihr in den letzten Jahren zur zweiten Natur geworden waren. Sie machte um ihr Leiden kein Aufhebens, sie sagte nur: »Ich glaube, ich bleibe heute besser zu Hause.« Die Kopfschmerzen – die sie im Übrigen nie als Krankheit bezeichnete, sondern als Familienmarotte, aus dem einfachen Grund, dass auch ihre Mutter daran gelitten hatte – wurden vielleicht jede dritte oder vierte Woche so heftig, dass sie eine Fahrt ans Meer nicht wagen wollte. Doch mehr und mehr zögerte sie, auch an den anderen Wochenenden zu kommen. Rüdiger begriff nie genau, warum, er machte es sich aber zur Gewohnheit, dennoch zu ihr an die Kielerstraße zu fahren, sie aus der Wohnung zu klingeln und alle Künste aufzubieten, um sie zur Mitfahrt zu überreden. Es war ihr gemeinsames Spiel, und gelegentlich packte ihn dabei ein solcher Übermut, dass er sie kurzerhand bei der Hand nahm und zum Wagen zog. Meist ließ sie es lachend geschehen, und sonderbar: Hatte Margot erst einmal zu lachen begonnen, konnte sie kaum mehr aufhören, immer wieder brach sie in dieses leise, erstaunte Lachen aus, bis sie die Küste erreichten. Eines besonders übermütigen Tages fuhr Rüdiger daher plötzlich an den Straßenrand und hielt den Wagen an. »Was soll dieses Gelächter dauernd«, beschwerte er sich und spielte den Beleidigten, »ich wette, du lachst nur so, weil dir nicht einfällt, was du mit mir reden könntest.« Tatsächlich sprachen sie meist wenig, und auch jetzt sah sie ihn nur stumm an. Seine spöttische Bemerkung schien sie über die Maßen überrascht zu haben, für einen Augenblick glaubte er sogar, ihr kämen die Tränen. Stattdessen sagte sie mit einer dünnen, wie aus Flachs gesponnenen Stimme: »Ach Rüdiger.« Mehr nicht. Danach sah sie ihm kurz fragend in die Augen, als könne sie nicht glauben, dass er den Grund für ihr Lachen nicht kannte, gleich darauf wurde sie rot, sie senkte den Blick, sah auf ihre Knie und zupfte am Saum ihres Kleides. In derselben Sekunde traf Rüdiger wie ein Schlag die Erkenntnis, wie sehr er diese Frau liebte. Nie hatte er sich derartige Gedanken gestattet, doch dieser fragende Blick und dieses Zögern rissen alle Dämme ein. Ungestüm umfasste er ihre Hände und riss sie hoch, um beide zu küssen. Sie musterte ihn noch entgeistert, da packte er sie schon bei den Schultern, doch auch das war nicht das Rechte, umständlich rückte er näher an sie heran (der Schaltknüppel war zwischen ihnen, außerdem waren sie angegurtet), um ihre Hüfte zu umfassen, der Gurte wegen gelang es ihm nicht, sie an sich zu ziehen, also umfasste er endlich mit beiden Händen ihren Kopf, erst ganz behutsam, so wie man eine kostbare Schale umfasst, doch diese Behutsamkeit dauerte auch wieder nur eine halbe Sekunde, dann zog er sie an sich und küsste sie auf den Mund, küsste sie über das ganze Gesicht, küsste ihr Haar und schrie, während sie kleine, sonderbare Laute von sich gab, vor Fassungslosigkeit und Begierde.

Dieser »Anfall« – er fand nie ein anderes Wort dafür – dauerte vermutlich einige Sekunden, höchstens Minuten, dann lösten sie sich voneinander, ohne dass mehr geschehen wäre. »Ach, Rüdiger«, flüsterte Margot noch mehrmals, während sie wieder ihre zitternden Knie musterte; sie gab sich keine Mühe mehr, sie zu bedecken, dafür tastete sie die roten Flecken unterhalb der Kniescheiben ab, die zeigten, dass sie öfters kniete. Tausend Gedanken verfolgten Rüdiger. Der Gedanke, ob sie betete – zweifellos betete sie, doch für wen, für ihn? Für Lars? –, stand völlig unvermittelt neben ganz praktischen Überlegungen zu seinem bisherigen Lebensentwurf: Würde eine außereheliche Beziehung oder gar eine Trennung von Pauline es ihm noch erlauben, seinen Vertrag mit der Fischerei-Innung zu erfüllen? Was, wenn Pauline verlangte, dass er auszog? Ihm fehlte das Geld, sich nochmals ein Labor einzurichten, vielleicht verlangte sie gar, dass er Lütjenburg verließ.

»Fahr«, bat ihn Margot endlich – es blieb das einzige Wort, das zwischen ihnen fiel. Er startete den Motor, ohne dass seine Gedanken sich auch nur etwas geklärt hätten, im Schritttempo fuhr er zum Grundstück der Bergströms, während er hoffte, ja flehte, sie würde ihm sagen, was das alles bedeutete. Doch Margot sprach nichts, sie zeigte auch keinerlei Interesse daran, dass er das Schweigen brach. Nachdem er den Wagen in der Auffahrt geparkt hatte, sah er gelähmt zu, wie sie den Gurt löste und ausstieg – kurz beugte sie sich nochmals zu ihm hinab und lächelte ihn dankend an, nicht anders als sonst. Als er den Wagen verlassen hatte, war sie bereits unterwegs zum Wasser, Josefa und Lars hantierten an ihrem Boot. »Ich bin da«, rief sie ihnen zu, »kommt nachher jemand mit mir schwimmen?« »Wir beide«, riefen sie gleichzeitig – all das hatte Tradition. Als Nächstes, wusste Rüdiger, würde sie ins Haus gehen und Pauline anbieten, ihr zu helfen. Anna würde erleichtert seufzen, die Schürze abnehmen und sie auf den Küchentisch werfen, um zu ihm gerannt zu kommen, damit er sie um seine Achse schwang und an sich drückte, ihre Stirn küsste und ihren Kinderduft einsog, ehe auch sie schwimmen gingen. Tatsächlich geschah alles genau so, nur den Kuss, den seine Frau jeweils kassierte, wenn er an der Küche vorbei ins Schlafzimmer ging, um die Badehose anzuziehen, ließ er diesmal aus. Das schien ihm nicht weiter auffällig, meist knetete sie ohnehin gerade Marinade in ein Stück Fleisch oder schlug Eigelb und Öl zu Mayonnaise auf, Tätigkeiten, die keine Ablenkung duldeten und ihm nur einen Knutscher auf ihren Hals erlaubten. An jenem Mittag betrat er das Haus gar nicht erst, er nahm die Badehose aus dem Auto, schlang das Badetuch um die Hüften und zog sich darunter um. »Na los, was wartest du?«, rief er, während er in die Wellen rannte. »Augen zu und durch!« Denn Anna hasste Wasser und traute sich nur mit ihm hinein – und auch das nur, weil Josefa keine Rücksicht auf ihre Wasserscheu nahm, sie verbrachte fast alle Zeit auf ihrem Boot oder im Meer, und wollte Anna ihr nahe sein, blieb ihr nichts anderes übrig, als hinauszuschwimmen.

Doch es war ein Fehler gewesen, den Kuss auszulassen. »Habt ihr etwas miteinander?«, fragte seine Frau, als sie abends im Bett lagen. Sie hatten den Tag verbracht wie alle Tage, er hatte sich ebenso wenig anmerken lassen wie Margot, die allenfalls einen kleinen Übermut zeigte, der immer wieder ausbrach und, wie Pauline feststellte, hübsch Farbe in ihr Gesicht zauberte (eine Bemerkung, die Margot zusätzlich erröten ließ). Rüdiger hatte die ganze Zeit vergeblich auf eine Geste von Margot gehofft, eine geheime Berührung, einen Blick, vielleicht auch eine zweideutige Bemerkung, doch Margot schien sich ganz für sich allein zu freuen, so dass er sich schließlich ganz überflüssig und auch etwas benützt vorkam. »Habt ihr etwas miteinander?«, fragte Pauline also, als Rüdiger sich gerade ausmalte, wie Margot neben Lars lag und gleichzeitig so nah bei ihm, dass er sie mit ausgestrecktem Arm hätte berühren können, da ihre Schlafzimmer aneinandergrenzten und die Betten buchstäblich Kopf an Kopf standen, nur durch eine dünne Bretterwand getrennt. Trotz dieser dünnen Wand hatte Pauline mit kaum gesenkter Stimme gesprochen.

»Nein!«, rief Rüdiger erschrocken. »Wer?«, fragte er noch, als er begriff, wie verräterisch sein Ausruf gewesen war. Pauline setzte sich auf und knipste das Licht wieder an. Schweigend musterte sie ihn, dann schien sie aber zu seiner Überraschung gewillt, ihm zu glauben. »Versprichst du, mir zu sagen, wenn sich irgendwann etwas zwischen uns ändern sollte?«, bat sie nur.

»Natürlich«, stammelte er. »Was sollte sich denn ändern?«

»Nichts«, sagte sie, mehr befehlend als erklärend, »nichts soll sich ändern.«

Und Pauline setzte sich durch. Am folgenden Tag herrschte Rummel, denn Lars und Josefa segelten die Hohwachter

Regatta, die über mehrere Wettfahrten ging. Sie feuerten die ›Florian‹ vom Ufer aus an, zwischen den Wettfahrten trieb Rüdiger für die drei Frauen, die an Land geblieben waren, Verpflegung auf, stolperte andauernd über Bekannte und Kunden, musste Schwätzchen halten und Hände schütteln. Er war froh, dass er zu tun hatte, denn wenn er sich auch nachts noch Hoffnungen gemacht hatte, im Gedränge Gelegenheit zu finden, Margot zu küssen oder zumindest ein, zwei Worte mit ihr zu wechseln, lähmten ihn tagsüber tausend diffuse Ängste. Pauline tat das Ihre, um Margot in Schach zu halten, und wann immer er bei den Frauen war, nahm Anna ihn in Beschlag.

Die nächsten beiden Wochenenden blieb Margot zu Hause.

»Bitte nicht«, hatte sie nur gesagt, als er anrief und fragte, ob er sie abholen dürfe.

»Darf ich vorbeikommen?«, fragte er.

»Noch nicht, Rüdiger«, hatte sie geantwortet und aufgelegt. Nächtelang dachte er über dieses »noch nicht« nach. War es pure Diplomatie gewesen? War es ein Versprechen?

Dann, eines Freitagnachmittags – Pauline war mit den Kindern eben losgeradelt –, rief Margot ihn im Labor an. »Wir müssen reden«, sagte sie.

»Ja«, antwortete er heiser, »das müssen wir.« Er war an diesem Tag besonders erschöpft von all den schlaflosen Nächten und entsprechend schlechter Laune.

»Sei mir nicht böse«, bat sie so innig, dass ihm gleich wieder das Herz überging, »es ist nur alles so *unendlich schwierig*!« Sie hatte gesprochen wie ein Kind, das Worte benutzt, die es nicht ganz begreift. Ja, dachte er, genauso fühlte er sich auch.

»Ich liebe dich«, sagte er ganz ohne zu überlegen, und es war ihm so natürlich, dass er sich wunderte, wie er all die Jahre über hatte leben können, ohne es ihr zu sagen.

»Wirklich?« Auch jetzt wieder klang sie ganz kindlich, es war so viel Hoffnung und Glück in diesem Wort! Doch dann legte sie auf, einfach so. Als er sie am anderen Mittag abholen wollte, öffnete sie die Tür nicht, er fuhr ohne sie und richtete sich bereits auf ein quälend einsames Wochenende ein, da sah er, als er das Haus der Bergströms erreichte, ihr Fahrrad an der Veranda lehnen. Gleich darauf entdeckte er auch sie selbst, sie benässte sich gerade am Ufer mit Wasser, daher winkte sie ihm nur flüchtig. Sie lachte übers ganze Gesicht, als sie ihn ansah – doch vielleicht hatte sie schon davor gelacht, denn Josefa trieb im Wasser allerhand Späße –, dann rannte sie mit ihren langen, schmalen Gliedern in die Wellen.

Abends weigerten Anna und Josefa sich lange Zeit zu schlafen, es war, als spürten sie, dass etwas in der Luft lag. Während Margot sie zu Bett brachte, machten Lars und Pauline den Abwasch, Rüdiger blieb als Einziger am Tisch sitzen, trank seinen Wein und wunderte sich darüber, wie vertraut die beiden miteinander wirkten. Ob er selbst und Pauline auch so vertraut wirkten, wenn er ihr zu Hause beim Abwasch half? Er konnte es sich schlecht vorstellen. Einen Augenblick lang überlegte er, ob die beiden etwas miteinander hatten, doch dann schob er den Gedanken wieder beiseite – nicht weil er schmerzlich gewesen wäre, sondern weil es ihm gleichgültig war. Irgendwann war der Abwasch beendet, üblicherweise wünschte man sich nun allseits gute Nacht, doch diesmal setzten Lars und Pauline sich beide an den Tisch zurück, als hätten sie es verabredet.

Rüdiger lachte verwundert (er merkte an seinem Lachen, dass er schon etwas viel getrunken hatte) und fragte: »Was soll das denn nun?«

Worauf ihn die beiden nicht minder verwundert ansahen, dann sagte Lars: »Wir wollten doch miteinander reden.«

Jetzt erst begriff Rüdiger, dass Margot nicht nur ihn angerufen hatte. »Ach das, natürlich«, sagte er, während er aufstand, um eine weitere Flasche zu öffnen.

»Mach lieber Kaffee«, forderte Pauline, doch ehe er dazu kam, war sie bereits selbst aufgestanden und setzte welchen auf.

Rüdiger schenkte Wein nach, inzwischen kam auch Margot wieder. »Sie schlafen im selben Bett, aber immerhin schlafen sie«, sagte sie mit einem Lächeln, dann setzte sie sich an den Tisch und fragte: »Wollen wir?«

»Ich mache noch eben Kaffee«, sagte Pauline. Schweigend warteten sie, bis endlich der Kaffee hochschoss, Pauline schenkte ein und verteilte die Tassen, dann setzte auch sie sich, und Margot sagte ohne Umschweife: »Ihr habt ja vielleicht schon bemerkt, dass Rüdiger und ich … dass wir uns lieben.«

Rüdiger versank im Boden, er fand es ganz und gar unmöglich, dass über seine Gefühle an diesem Tisch verhandelt wurde, ehe Margot und er auch nur zwei Sätze im Privaten gewechselt hatten, doch der Wein und sicherlich auch die Verwirrung machten ihn träge. Bevor er aufspringen und der Sache ein Ende bereiten konnte, nahm die Unterhaltung ihren Lauf.

»Eher als ihr«, entgegnete Lars seiner Frau, und er schien sogar ein gewisses Vergnügen daran zu finden – vielleicht zog er auch nur eine gewisse Befriedigung daraus, dass er als Erster die Lage begriffen hatte.

Pauline hatte auf Margots Frage nur schweigend genickt. »Zucker?«, fragte sie und schob die Zuckerdose über den Tisch.

»Ich brauche euren Rat«, sagte Margot, »ich weiß nicht, wie ich damit umgehen soll.«

Hatte Rüdiger noch eben das Bedürfnis gehabt, einzuschreiten und ein Gespräch zu verhindern, überfiel ihn bei diesen Worten eine fast maßlose Rührung. Genau das war es, was er so sehr an ihr liebte! Margot wollte nicht lavieren, sie wollte nicht einfach die Lage deichseln, wie es übliche Ehepaare tun. Sie hatte die Menschen zusammengerufen, die ihr am meisten bedeuteten, um sie um Rat zu bitten. Sie hatte ein Vertrauen in das Wohlwollen ihrer Freunde, ihres Mannes, das ihn augenblicklich so sehr rührte, dass er sich tatsächlich am Tisch festhielt, um nicht aufzuspringen und sie in die Arme zu schließen.

Den anderen schien Ähnliches durch den Kopf zu gehen, jedenfalls dachte nicht einmal Pauline in diesem Moment daran, gegen ihre Beziehung zu protestieren (ach was, sagte sich Rüdiger, von Beziehung konnte ja keine Rede sein!). Die Situation war wie geschaffen dafür, dass man sich Plattitüden an den Kopf warf, doch nachdem Margot sich ihnen so ungeschützt gestellt hatte, konnten alle nur noch schweigen.

»Ich …«, sagte Rüdiger endlich.

Doch ihn wollte Pauline nicht hören. »Ich weiß auch nicht, wie ich damit umgehen soll«, unterbrach sie ihn sogleich. »Ich … ich meine … was ist überhaupt zwischen euch gelaufen?« Sie hatte sich an Margot gewandt.

»Nichts«, sagten Rüdiger und Margot gleichzeitig.

»Wir haben uns einmal geküsst«, fügte Margot hinzu.

Pauline schwieg eine Weile, vermutlich, dachte Rüdiger, versuchte sie sich vorzustellen, wie er Margot küsste. »Und seit wann wisst ihr …«, fragte sie schließlich.

»Seit Samstag vor drei Wochen, stimmt's?«, schoss Lars dazwischen und grinste seine Frau an. »Du bist seit damals ganz schön aufgeblüht.«

»Ich werde mich nicht scheiden lassen«, erklärte Pauline.

»Wer um Himmels willen spricht von Scheidung«, entfuhr es Rüdiger, obwohl er selbst sich nichts anderes mehr vorstellen konnte.

Tatsächlich warf Pauline ihm einen Blick zu, als kenne sie ihn zu gut, um ihm zu glauben, und wollte vermutlich eben dies auch sagen, doch Lars kam ihr zuvor.

»Pauline hat recht«, sagte er, »man sollte in einer solchen Lage nichts überstürzen.«

Rüdiger fühlte, wie eine heftige Wut in ihm aufstieg. Er fand es unverschämt, dass völlig Unbeteiligte (in seinem Zustand hatte er tatsächlich vergessen, wie sehr beteiligt ihre Ehepartner doch waren) ihm und Margot erklären wollten, wie sie mit ihrer Liebe umgehen sollten. Tatsächlich ärgerte ihn vor allem, dass die Vorschläge in die falsche Richtung gingen: Weshalb zeigten Lars und Pauline nicht Größe als Verlierer und willigten in eine Scheidung ein?

Er suchte Margots Blick, gewiss ging es ihr ganz wie ihm. Doch Margot sah nur ihren Mann an. »Ja, meinst du?«, fragte sie ganz nachdenklich. »Ich bin mir mit allem so unsicher. Ich weiß nur, dieses Gefühl ist da, und es ist stärker als jedes andere Gefühl. Es ist, zumindest im Moment, verzeiht mir, sogar stärker als meine Liebe zu Josefa.« Ratlos, fast etwas verzweifelt sah sie von einem zum anderen, auch Rüdiger schenkte sie nur diesen hilfesuchenden Blick – nichts verriet, dass er es war, dem ihre Liebe galt.

»Von welchem Gefühl sprichst du?«, fragte er verwirrt. Tatsächlich war er sich nicht einmal mehr sicher, ob sie von ihm oder von einem anderen sprach, doch danach zu fragen wäre ihm zu peinlich gewesen.

Und offensichtlich war seine Unsicherheit doch unbegründet. »Himmelherrgott«, tobte Lars nämlich (inzwischen grinste er auch nicht mehr), »könnt ihr zwei Turteltäubchen diesen Teil der Konversation bitte schön woanders austragen?«

Inzwischen hatte Margot ihm auch endlich einen kurzen, scheuen Blick geschenkt, der nichts Geringeres zu sagen schien als: »Verzeih mir, Liebster, ich kann dich doch nicht ansehen, ohne zu vergessen, was ich tue.«

Sofort durchströmte Rüdiger ein Glück, das ihn allem gegenüber gelassen machte. »Natürlich«, sagte er zu Lars, und es gelang ihm sogar, Pauline zu fragen, was sie am meisten ängstige.

Pauline stellte überhastet die Tasse ab und verschüttete etwas Kaffee, sie hatte diese Frage nicht erwartet. »Ich will, dass alles bleibt, wie es ist«, sagte sie dann aber entschieden. »Ich will nicht, dass irgendetwas anders wird. Wenn eure … eure Liebe wirklich da ist, wenn sie wirklich so stark ist, dann könnt ihr auch gefälligst warten, bis Anna und Josefa aus dem Haus sind. Sie sind gerade so glücklich, wir alle waren so glücklich. Das Leben, das wir sechs führen, war ein solches Geschenk für uns alle, den Kindern dürft ihr das nicht rauben.«

Sie schien Widerspruch zu erwarten, nahm die Kaffeetasse wieder auf und behielt sie vor dem Gesicht, als könne sie sich damit schützen, doch nach ihren Worten mussten alle sich erst fassen. »Ich weiß ja nicht«, fuhr sie daher fort (während Rüdiger plötzlich erkannte, wie lange und wie sorgsam seine Frau sich auf diese Rede vorbereitet haben musste), »ob wir noch in der Lage sind, einander so zu schätzen wie zuvor, doch wir könnten uns zusammenreißen, oder? Den Kindern zuliebe!«

Rüdiger packte plötzlich eine Wut und eine Kälte, die ihn erschreckte. Wieder einmal hat sie ihr Ziel erreicht, dachte er, ein solches Plädoyer kann man nicht entkräften. »Wie lange?«, fragte er mit eisiger Stimme.

»Was meinst du mit ›wie lange‹?«, erkundigte Pauline sich verschüchtert.

»Nenne eine Zahl«, verlangte Rüdiger, »wie viele Jahre müssen wir warten?«

Sie sah ihn an, als erkenne sie ihn nicht mehr. »Ich weiß nicht«, sagte sie nur.

Doch obwohl er sich fragte, ob Margot ihn überhaupt noch lieben könne, nachdem sie ihn so kalt, so unbarmherzig gesehen hatte, beschloss er, auf einer verbindlichen Antwort zu bestehen. »Sag uns, wie lange«, forderte er nochmals. Er sah, wie Pauline das Wasser in die Augen schoss. Sie versenkte den Blick in der Kaffeetasse, dann trank sie, währenddessen schloss sie die Augen, die Tränen wurden über den Lidrand gepresst, flossen über ihre von der Sonne frisch gerötete Haut und tropften auf den Tisch.

»Acht Jahre«, sagte endlich Lars für sie. »Gebt uns acht Jahre, danach seid ihr frei.«

Augenblicklich verdammte Rüdiger seine Hartnäckigkeit, acht Jahre, wie eine Mauer stand die Zahl zwischen ihm und dem Leben, acht Jahre, das schien ihm unbarmherziger, vernichtender als »nie«.

»Acht Jahre?«, wiederholte er matt.

Pauline nickte, für einen Moment wirkte sie fast glücklich. »Dann sind die Kinder volljährig«, sagte sie, »das macht Sinn.«

»Acht Jahre«, sagte auch Margot, nachdenklich, fast versonnen. Sie ließ ihren Blick auf Rüdiger ruhen, bis er ihn nicht nur erwiderte, sondern sie auch wirklich darin erkannte, dann lächelte sie zaghaft. »Das kriegen wir doch hin, oder?«, fragte sie ihn zart und nickte leicht, als könnte sie ihn verlocken, mit ihr zu nicken.

Ihm war erst unfassbar, dass sie nicht rebellierte, dass sie nicht für sie beide kämpfte, doch dann begriff er, welchen Liebesbeweis sie ihm da erbrachte. Acht Jahre schienen ihr angesichts des Glücks, ihm begegnet zu sein, angesichts des Glücks, das sie erwartete, so unbedeutend, dass es darum nichts zu kämpfen gab. Tapfer versuchte er zu nicken, mehr als eine fahrige Bewegung brachte er nicht zustande, doch sie reichte ihr.

»Dann bist du …« Fast vergnügt begann sie zu rechnen – sie schien ganz vergessen zu haben, in welcher Runde sie sich befanden.

»Fünfundvierzig«, half er.

»Und ich bin dreiundvierzig.« Wieder lächelte sie, es wurde aber ein trauriges Lächeln. Sicherlich hatte sie wie er festgestellt, dass sie dann zu alt für gemeinsame Kinder waren. Wie absurd, schrie es in ihm, nach einem einzigen Kuss an Kinder zu denken! Wie absurd das alles, dieses Gespräch, diese Frau, die so unerträglich duldsam war, so unerträglich gut, so unerträglich begehrenswert!

Und nun endlich sprang er auch auf – nicht weil er sich dazu entschlossen hätte, vielmehr explodierte in ihm eine Kraft, die er nicht länger unter Kontrolle hatte. Er hörte seinen Stuhl gegen die Kommode krachen und wie Pauline »Die Kinder!« raunte, während er bereits die Rotweinflasche erhoben hatte, um sie gegen die Wand zu schleudern. Doch Paulines Bemerkung wirkte. »Die Kinder«, dachte auch er und kam halb wieder zu sich. So wandte er sich nur stumm um, die Flasche in der Hand, und verließ das Haus. Er wollte in den Toyota steigen und davonrasen, doch die Autoschlüssel waren in seiner Hose im Schlafzimmer, daher rannte er nur weinend los. Sobald er außer Hörweite der Kinder war, brüllte er gelegentlich auf. Und endlich, nachdem er bereits einige Kilometer zurückgelegt hatte, schwang er auch die Flasche, um sie gegen einen Wegstein prallen zu lassen. Dann warf er sich in den Straßengraben, vergrub das Gesicht im taunassen Gras und schrie und klagte, bis er aus Erschöpfung einschlief.

Die nächste Zeit blieb Rüdiger dem Haus der Bergströms fern; wenn Anna sich beklagte, erklärte er ihr, der Schritt in die Selbständigkeit verlange Opfer. Doch er vermisste die Nachmittage mit Anna am Meer ebenso, wie sie ihn vermisste, und sah bald ein, dass er Pauline nicht dafür verurteilen durfte, dass sie das Wohl der Kinder über alles gestellt hatte. Nach einigen Monaten fuhr er wieder mit ans Meer, und mit den Jahren normalisierte sich ihr Leben fast gänzlich. Zwischen Lars und ihm herrschte keine Freundschaft mehr, doch innig war ihre Beziehung ohnehin nie gewesen, und in der Runde vergnügten sie sich auch weiterhin durchaus miteinander. Es gelang ihm, mit Margot wieder entspannt zu sprechen (Pauline, soweit er das beobachten konnte, gelang es auch). Manchmal glaubte er in Margots Blick eine leise Trauer über das zu entdecken, was sie verband und zugleich voneinander fernhielt und was Rüdiger in seinen nächtlichen Selbstgesprächen immer seltener eine Liebe nannte und immer öfter eine Geschichte, ganz so, als teilten er und Margot lediglich eine Erfahrung, die jedoch längst vergangen war. Es gelang ihnen sogar ab und an, zu zweit auf der ›Florian‹ hinauszusegeln und Scherze zu treiben, ohne darüber ins Stottern zu geraten. Doch ebenso konnte es vorkommen, dass Rüdiger sich plötzlich ins Wasser stürzte, sie auf dem Boot allein zurückließ und an Land schwamm, weil er sich nur noch so daran hindern konnte, über Margot herzufallen. In solchen Phasen zählte er wieder die Jahre und die Tage, er fantasierte sich Tag und Nacht in Margots Arme – und womöglich war er in jenen Zeiten, die er solcherart in Tagträumen verbrachte, glücklicher, als er es in einer wirklichen Beziehung je geworden wäre.

Und selbst zwischen Pauline und Rüdiger entspann sich ganz allmählich eine neue Verbundenheit, die nur zum Teil auf Rüdigers Dankbarkeit zurückzuführen war, dass seine Frau ihn davor bewahrt hatte, die Familie zu zerstören. Ebenso groß war Paulines Dankbarkeit ihm gegenüber, denn Anna hatte Rüdiger seit ihrer Geburt nähergestanden. Sie ließ sich kaum von Pauline stillen, lieber schrie sie so lange, bis Rüdiger ihr die Flasche gab. Was immer Pauline ihrer Tochter geben wollte, sie lehnte es ab, von Rüdiger dagegen nahm sie alles an. Dass Pauline nun von Rüdiger die Gelegenheit erhalten hatte, ihrer Tochter das Kostbarste überhaupt zu schenken, eine unbeschwerte Kindheit, machte sie, auch wenn Anna nie davon erfahren sollte, so von Herzen froh, dass sie die Spannungen der folgenden Jahre mit Leichtigkeit ertrug.

In diesen Jahren veränderte sich auch die Beziehung Rüdigers zu den Kindern. Anna vermisste ihn in der Zeit, in der er dem Haus der Bergströms fernblieb, dort so sehr, dass sie sich angewöhnte, ihn – als Ersatz für die Wochenenden sozusagen – morgens vor der Schule im Labor heimzusuchen. Es war ein Ritual, das sie auch beibehielt, als sich die Verhältnisse längst wieder normalisiert hatten, und das Josefa, die oft bei ihnen übernachtete, mitspielte. Das ging so weit, dass sie, wenn sie auf der Suche nach Anna bei Paulsens hereinplatzte, sich auch allein bei Rüdiger auf den Labortisch schwang, mit ihm plauderte und vom fangfrischen Hering naschte. Joe (so nannte sie sich, seit sie im Gymnasium war) ähnelte ihrer Mutter nicht nur, sie war ihr Kind und damit jener Teil von ihr, dem er sich noch am ehesten ohne Scheu nähern durfte. So empfand Rüdiger eine Zärtlichkeit Joe gegenüber, die durchaus beidseitig war, denn Lars war ein Vater, der seine Tochter lieber in sportliche Zweikämpfe verwickelte, als ihr zu erlauben, bei ihm Geborgenheit zu suchen. An Rüdiger dagegen konnte man sich auch mal anlehnen – Anna machte es ihr vor, und Josefa wollte sie gleich darin überflügeln –, er ließ es zu, dass man den Arm um ihn legte und Herr und Frau Paulsen spielte, und sein weißer Kittel aus steifem Baumwollleinen fühlte sich dabei offenbar wunderbar vertrauenerweckend an (einmal im Haus der

Bergströms vergnügten die Mädchen die Tischrunde fast den ganzen Abend lang mit ihren Bemühungen, Geruch und Beschaffenheit dieses Kittels in Worte zu fassen). Das ging so einige Jahre, dann begannen die Mädchen sich für Jungs in ihrem Alter zu interessieren, und die Besuche in Rüdigers Labor wurden seltener.

Anna hatte seit jeher alles nachgeahmt, was Josefa tat – sie hatte nur die Dinge ausgelassen, bei denen man zu ertrinken drohte. In dem Zeitraum, da Joe mit Rüdiger schäkerte, versuchte sie, ihrerseits Lars um den Finger zu wickeln. Was sie an Gleichaltrigen übte, wandte sie schamlos auch bei Lars an. Lange Zeit sahen alle nur ein Spiel darin, doch als Anna siebzehn war, gab Lars ihren Reizen nach und hätte mit ihr geschlafen, hätte Margot die beiden nicht überrascht, noch ehe er ganz ausgezogen war.

Was Margot in dem Augenblick durch den Kopf ging, konnte selbst Rüdiger nur erahnen. All die Jahre hatten sie und er auf ihre Liebe verzichtet, um ein Idyll zu erhalten, das nicht mehr ihres war – nun, kein Jahr vor Ablauf der Frist, die er selbst festgeschrieben hatte, zerstörte Lars alles. War er denn wirklich zu schwach, einer Halbwüchsigen zu widerstehen, die auf seinen Knien groß geworden war? War es nicht eher Rache, späte Rache dafür, dass seine Frau einen anderen liebte? Hatte er Anna benutzt, weil er nicht damit leben konnte, dass sich der Zeitpunkt näherte, an dem Margot ihn verlassen könnte, und lieber eigenhändig das Glück zerstörte, das sie trotz jenes Zwischenfalls geteilt hatten?

Rüdiger hatte noch keine Ahnung, was im Haus der Bergströms vorgefallen war, als ihn die Nachricht von Margots Unfall erreichte. Es war ein windiger, doch wunderbar sonniger Tag im Mai, er hatte Pauline geholfen, auf dem Dachboden Kisten umzustapeln und Platz zu schaffen, damit sie endlich zu ihrem längst versprochenen Nähzimmer käme – eine etwas widersinnige Aktion, da ihnen bewusst war, dass Anna bald ausziehen und ihr Zimmer freigeben würde. Sie waren sich mehr noch bewusst – obwohl sie nie darüber sprachen –, dass er selbst gar noch eher ausziehen dürfte. Andererseits blickten sie auf ein gutes Jahr in ihrer Ehe zurück, und der Gedanke, all das, was er mit Pauline teilte, für ein vor vielen Jahren abgegebenes Versprechen zu opfern, so wichtig es auch gewesen war, beschäftigte ihn sehr. Ja, hatte er damals Margot überhaupt ein Versprechen abgegeben? Hatten sie nicht lediglich eine Frist vereinbart, bis zu der etwas *nicht* zu geschehen hatte? Und hatte nicht Margot ihre »Geschichte« längst vergessen?

Solchen Fragen hing er nach, während der Wind durch die offenen Luken fuhr und den Staub aufwirbelte, so dass Pauline scherzte, sie könnten damit den Bergströms Rauchzeichen geben, weil sie später als verabredet bei ihnen eintreffen würden.

Dann kam das Telefonat eines Fischers, der vor der Bucht gekreuzt war, als Margot untergegangen war. Er half bei der Suche, und da er ein Kunde von Rüdiger war und wusste, welch enge Freundschaft die Familien verband, fiel ihm ein, ihn von seinem Boot aus anzurufen. Er wählte die Labornummer, und nur weil er so hartnäckig klingelte, rannte Rüdiger vom Dachboden hinunter. Wie immer, wenn er das Labor betrat, schlüpfte er automatisch in seinen Kittel, dann setzte er sich an den Schreibtisch und nahm den Hörer ab. Im ersten Moment, nachdem der Fischer ihm berichtet hatte, begriff er nicht, dass der Ausdruck »beim Schwimmen vermisst« nur bedeutete, dass die Leiche noch nicht gefunden war – trotz der noch frühlingshaften Temperaturen glaubte er tatsächlich, dass es noch Hoffnung gab, Margot lebend zu finden. Er stürzte ins Treppenhaus und schrie nach Pauline, während er mit sich kämpfte, ob er auf sie warten oder einfach zum Auto rennen und losfahren sollte. Obwohl er noch keine konkrete Furcht verspürte – der Gedanke, Margot könnte sterben, war ihm viel zu unfassbar –, brüllte er wie am Spieß, in der Hoffnung, damit Paulines Gang zu beschleunigen. Was er fühlte, war ein Schmerz, so unmittelbar und körperlich, dass er nicht einmal mehr sicher sein konnte, das Auto zu steuern.

Deshalb entschied er sich dann auch dafür, auf Pauline zu warten, sie konnte, falls er wankte, das Steuer halten. Die Gedanken, die durch seinen Kopf schossen, waren zugleich sehr vernünftig und völlig absurd. Vermutlich hatte es nur Sekunden gedauert, bis Pauline bei ihm war (sie kam auf sein Gebrüll hin so überstürzt zu ihm gerannt, dass sie sich an einer Kiste das Schienbein blutig schlug). »Margot«, stammelte er und zog sie mit sich, da er so schnell keine Worte fand. Doch als sie zum Auto kamen, fuhr ihnen Anna auf dem Rad entgegen, in Tränen aufgelöst, sprang vom Sattel und hängte sich Rüdiger um den Hals. Er konnte sich jetzt unmöglich um Anna kümmern, Pauline schien das zu begreifen, sie versuchte, Anna mit sich ins Haus zu ziehen. Anna jedoch wollte Rüdiger partout nicht freigeben und zerrte an ihm, er seinerseits klammerte sich am Türgriff des Autos fest (dieses absurde Bild war es, das ihn am meisten verfolgen sollte). »Was ist denn los?«, rief Pauline ein ums andere Mal, da weder er noch Anna sprachen. Dass Anna nichts von Margots Unfall mitbekommen hatte, sondern so erschüttert war, weil Margot sie kurz zuvor mit Lars im Bett ertappt hatte, wusste er nicht. So nahm er an, sie würde Pauline alles berichten, und fuhr ohne Erklärung hinaus zum Haus der Bergströms.

In dem Augenblick, da er die Boote des Seenot-Rettungsdiensts auf dem Wasser sah, begriff er endlich. Sie suchten eine klar umrissene Stelle entfernt vom Ufer ab, man hatte also beobachtet, wie Margot unterging, und somit war es unsinnig zu hoffen, dass sie nur abgetrieben worden und anderswo an Land gegangen war. Hatte sie während des Schwimmens eine Schwäche gepackt, war sie längst ertrunken, und selbst wenn sie ohnmächtig geworden wäre (Ohnmächtige verbrauchen wenig Sauerstoff), wäre sie inzwischen erfroren. Nicht dass Rüdiger sich nicht aus ganzer Seele gewünscht hätte, es gäbe Hoffnung – er war nur zu sehr Wissenschaftler, um sich nicht sofort einzugestehen, dass jedes Hoffen töricht war.

Als er daher Joe entdeckte, die schlotternd am Ufer saß, beschloss er sofort, sich nicht an der Suche zu beteiligen, sondern sich um das Mädchen zu kümmern. Er ließ sich von einem Polizisten eine Thermodecke geben, wickelte Joe darin ein und hielt sie über Stunden fest. Joes Schlottern ließ allmählich nach, ihr Körper versteifte sich dafür mehr und mehr. Sie starrten schweigend auf das Geschehen in der Bucht und warteten darauf, dass Margots Leiche gefunden wurde, während Rüdiger die Anzahl Tage und Stunden ausrechnete, die es noch gedauert hätte, bis Anna – die einige Wochen jünger war als Joe – achtzehn geworden wäre.

In den Wochen nach dem Unglück quälte er sich immer wieder mit der sonderbaren Frage, wie sehr er selbst trauern durfte. Er war nicht Margots Mann gewesen, nicht ihr Liebhaber – er hatte nur vor sieben Jahren einen Kuss und ein Versprechen mit ihr getauscht, das nicht einmal ein wirkliches Versprechen gewesen war. Lars litt wie ein Hund, und Rüdiger kümmerte sich aufopferungsvoll um ihn, doch hatte Lars tatsächlich so viel mehr Recht zu trauern als er? Kaum fragte er sich aber, ob Lars seine Frau überhaupt geliebt hatte, sah er sich zur Überlegung gezwungen, ob er selbst sie denn geliebt hatte. Was hatte sie verbunden – tatsächlich Liebe? Oder hatten sie nur die Sehnsucht nach einem Leben jenseits des Tatsächlichen geteilt? Nun, wenn Lars Margot auch nicht geliebt haben sollte, konnte man einwenden, so hatte er doch ein Leben mit ihr verbracht. Doch durfte er deshalb mehr Raum für seine Trauer beanspruchen? Rüdiger trauerte nicht nur um Margot, er trauerte auch darum, dass er sein Leben *nie* mit ihr hatte teilen können. Und dennoch stand er vor allem den anderen bei, Anna, Pauline (die umso mehr durcheinander war, als Anna sich inzwischen von ihr nicht einmal mehr berühren ließ) und eben Lars. Als jener ihm und Pauline am Tag der Beerdigung allerdings gestand, wie es zum Unglück gekommen war – Anna hatte von ihrem Techtelmechtel mit ihm nichts verraten –, überließen sie ihn sich selbst und mieden ihn.

Alle waren sie am Rand ihrer Kräfte, und Rüdiger fiel es zu, dafür zu sorgen, dass der Alltag nicht ganz verlorenging. Das erschöpfte ihn umso mehr, als er gleich nach Margot auch noch Joe verlor, die er in den vergangenen sieben Jahren nicht hatte ansehen können, ohne daran zu denken, dass sie das Kind war, das er mit Margot nie haben würde. Sie und Anna waren schuld daran, dass er mit Margot nicht zusammenkommen durfte, ja, doch ihre Nähe hatte ihn auch immer von neuem darüber hinweggetröstet. Ihr Verschwinden traf ihn fast so sehr wie Margots Tod, und vielleicht wurde ihm Margots Verlust da auch erst wirklich bewusst. Die Stunden, die er gemeinsam mit Joe in der Bucht vor dem Haus der Bergströms verbracht hatte, während nach ihrer Mutter gesucht wurde, waren allem Schmerz zum Trotz ausgefüllte Stunden gewesen. Margot war zwar fort, doch dafür hielt er – nach all den Jahren, in denen er sich jede körperliche Nähe zu Margot verboten hatte – das Geschöpf in seinen Armen, das Margot das Wichtigste gewesen war. Er legte an jenem Nachmittag seine Lippen auf Joes durchnässtes Haar und roch ihre Haut, er spürte den Widerstand ihres Körpers und fühlte sich ihr so nahe, wie er sich kaum je zuvor einem Menschen nahe gefühlt hatte (mit Anna hatte es ähnliche Momente gegeben, als sie noch klein gewesen war und sich auf eine Weise an ihn klammern konnte, die ihn süchtig machte).

Die Leere, die sich nach Joes Flucht auftat, ließ jedes andere Gefühl ersterben. Er konnte Lars nicht verzeihen, dass er eine Grenze überschritten hatte, die ihm und Margot heilig gewesen war. Als Lars sich zu Tode trank, war er unfähig, um ihn zu trauern (kurz kam der Gedanke in ihm auf, mit seinem abweisenden Verhalten trage er vielleicht eine gewisse Mitschuld daran, dass Lars nicht mehr hatte leben wollen, doch ebenso schnell begriff er, dass ihm selbst das gleichgültig war). Nur Pauline gegenüber empfand er noch Gefühle, allerdings keine Liebe, sondern Hass. War er sich in den Jahren vor Margots Tod oft nicht einmal mehr sicher gewesen, dass er für sie sein Leben mit Pauline aufgeben würde, konnte er seit ihrem Tod nichts anderes mehr denken, als dass Pauline mit ihrer unsinnigen Forderung vor sieben Jahren sein Leben zerstört hatte. Die Jahre zwischen seinem Kuss mit Margot und ihrem Tod erschienen ihm plötzlich bedeutungslos, ein Leben mit Margot wäre der einzige Weg gewesen, glücklich zu werden, und Pauline hatte ihn ihm genommen. Lange war er unfähig, mit seiner Frau überhaupt noch zu sprechen. Nur wenn sie zu dritt waren (sie hatten ihr Leben jedoch schnell so geregelt, dass Anna nur entweder Pauline oder Rüdiger zu Hause antraf), hielten sie die Fassade einer Familie aufrecht – nicht, weil sie sich so abgesprochen hätten, sondern weil beide wussten, was der Verlust der Bergströms für Anna bedeutete, und ganz selbstverständlich taten sie alles, um ihr weiteres Unglück zu ersparen. Daher zog Rüdiger auch nicht aus, stattdessen vergrub er sich in seine kleine Welt der Lebensmittelchemie. Er wurde Präsident der holsteinischen Berufsvereinigung, wenig später auch Vorstandsmitglied der bundesdeutschen. Er entwickelte neue Analysemethoden und hielt Vorträge an Schulen, um Jugendliche dafür zu begeistern, seinen Berufsweg einzuschlagen. Er wirkte nach außen wie ein erfüllter Mann, und nicht einmal Anna kam auf die Idee, dass er nur wie besessen arbeitete, um Pauline aus dem Weg zu gehen.

Anna fing sich erstaunlich schnell. Nach dem Abitur begann sie ihr Studium und zog nach Kiel, und keine zwei Jahre nach Joes Verschwinden hatte sie sich eine neue Welt jenseits von Lütjenburg geschaffen, in der sie ganz und gar aufzugehen schien. Rüdiger verließ Pauline auch jetzt nicht. Ihr Zustand besserte sich nach dem Schock um Margots Tod nicht mehr, sie gab sich alle Schuld an Rüdigers Unglück und dem der Bergströms, zudem wachte sie täglich in der Angst auf, er werde sie verlassen. Und sie wusste: Verließ Rüdiger sie, würde sie auch Anna verlieren, die sie nach wie vor kaum als Mutter akzeptierte. Andererseits entwickelte Anna sich zu einem ausgeprägten Familienmenschen. Traditionen wie Weihnachten, Ostern und all die Geburtstagsrituale pflegte sie mit Hingabe, und immer wieder betonte sie, wie sehr sie sich Kinder wünschte. Nicht nur Pauline, auch Rüdiger befürchtete, Anna würde bei einer Trennung ihrer Mutter vorwerfen, die Familie zerstört zu haben, und darin einen guten Grund finden, sie nicht mehr zu sehen. Das wollte er ihr nicht antun.

Fast unmerklich wurde über die Jahre hinweg seine eher widerwillige Sorge um Pauline zu einem Gefühl, das stark genug war, dass sie darauf eine neue Beziehung gründen konnten. Ganz zaghaft lernten sie einander neu kennen. Hatte er einst ihre Starrköpfigkeit und ihre Blindheit gegenüber anderen Bedürfnissen verflucht, so bewunderte er nun, mit welcher Tapferkeit sie versuchte, sich treu zu bleiben. Eine bisher unbekannte Zärtlichkeit wuchs in ihm, gegen die er noch einige Zeit recht erfolgreich ankämpfte, denn natürlich verschwand seine Verzweiflung nicht von einem Tag zum anderen. Doch irgendwann gestand er sich ein, dass er seit vielen Jahren einen Menschen an seiner Seite hatte, der viel kostbarer war als er. Und hatte er auch vielleicht sein Glück verfehlt, so blieb doch die Tatsache, dass Pauline ihn liebte, dass er ihr neben Anna der wichtigste Mensch war und es von ihm abhing, ob sie wie er ihr Leben eines Tages als gescheitert betrachtete. Diese Erkenntnis erschreckte ihn zuerst, dann jedoch begann er, sie als Schatz zu begreifen. Es brauchte ja so wenig, Pauline glücklich zu machen! Das kleinste Zeichen von Zuneigung ließ sie strahlen, selbst jetzt, selbst in diesen von Schmerz und Trauer geprägten Zeiten. Verwundert begriff er, dass er sich, seit sie einander kannten, gegen ihre Liebe gewehrt hatte; sie war ihm ungeheuerlich erschienen, so bedingungslos, so unverdient, und er hatte nicht gewusst, wie er ihr begegnen sollte. Nun, da er es wusste (Himmel, er brauchte ja nichts weiter zu tun, als sie anzunehmen!), gab Pauline ihm mehr, als er sich je von einem Menschen erhofft hatte – das erste Mal in seinem Leben fühlte er sich von einem Menschen ganz angenommen, mit all seinen Fehlern und Unzulänglichkeiten. Es folgten Jahre, in denen sie auf stille Art sehr glücklich waren.

Als Anna ankündigte, dass Joe zurückkehren würde, fürchtete Rüdiger sich davor, sie zu sehen, er hatte keine Ahnung, was seine Gefühle mit ihm anstellen würden. Auf jeden Fall wollte er sich nicht in sie verlieben. Einen Abend lang versuchten er und Pauline, ihre Erinnerungen in Übereinstimmung zu bringen, aus ihren getrennten Geschichten eine gemeinsame zu machen, um Joe, wenn sie nach ihren Eltern fragte, gemeinsam Antwort geben zu können. Dabei entdeckten sie erstmals, wie reich ihr Leben doch gewesen war, wie reich nicht nur die Zeit mit den Bergströms sie gemacht hatte, sondern auch die Verzweiflung, die Trauer und die Einsamkeit danach. Dennoch sah er dem Wiedersehen mit Josefa mit Unruhe entgegen. Einerseits sehnte er sich danach, nicht mehr nur zu trauern, sondern die Bergströms wieder in sein Leben einzubeziehen – auf eine neue, reifere Art –, gleichzeitig befürchtete er, dazu nicht fähig zu sein, auf seine alten Gefühle zurückgeworfen zu werden und zu zerstören, was er und Pauline sich geschaffen hatten.

Dann überschlugen sich die Ereignisse. Die Nachricht von Joes Tod kam so plötzlich wie damals die von Margots Unglück. Alles schien wiederzukehren, es war, als sei die Zeit stehengeblieben – nein, als bewege sie sich in einer Schlaufe, in einem endlosen, furchtbaren Ringelreihen. Plötzlich konnte er nicht mehr begreifen, dass er Joe damals so einfach hatte ziehen lassen, ihm war, als habe *er* ihren Tod verschuldet. Sie war Margots Tochter, einige Jahre hatte er sie angesehen, als sei sie gar sein Kind – schon wieder hatte er eine Liebe nicht gelebt, schon wieder hatte der Tod ihm vor Augen führen müssen, wie achtlos er mit seiner Liebe zu Menschen umging!

Doch gleichzeitig tauchte Jens auf. Jens lebte, und er brauchte ihn. Allerdings sah Jens Margot fast noch ähnlicher, als Joe es getan hatte, das löste Erinnerungen und Gefühle aus, denen er in diesen Tagen nach Joes Tod nicht gewachsen war. Zudem hatte Livio natürlich recht, das Band der Paulsens zu Jens war dünn, Livio hatte mehr Rechte auf den Jungen geltend zu machen als eine vor Jahren mit den Bergströms befreundete Familie. So redete sich Rüdiger schließlich ein, es sei das Richtige, nicht um Jens zu kämpfen, sondern ihn ziehen zu lassen, aus freien Stücken loszulassen und damit das letzte Band zu lösen, das ihn mit den Bergströms verband.

Dass wenige Tage darauf das Gerücht umging, das frühere Haus der Bergströms sei verkauft und zum Abriss freigegeben, schien ihm nur eine Bestätigung zu sein. Wie wenig es ihm bisher gelungen war, die Vergangenheit hinter sich zu lassen, erkannte er auch daran, dass er seit Lars' Tod das Grundstück der Bergströms nicht mehr betreten hatte und dennoch nach wie vor den Schlüssel zu ihrem Haus in einem kleinen Fach seiner Brieftasche trug.

Einige Tage nach Josefas Beerdigung lief er hinaus, um endlich Abschied von jenem Ort zu nehmen. Der zweistündige Fußmarsch geriet zu einer letzten Reise in die Vergangenheit – mit jeder Straßenbiegung, mit jedem Baum, den er noch erkannte, flammten Erinnerungen auf. Selbst den Wegstein, an dem er sich so verzweifelt zur Erde geworfen hatte, fand er nach einigem Suchen wieder (die Straße war um einige Meter verlegt worden und die alte Trasse ganz von Hasel überwuchert). Als er das Haus erreichte, war er von der langen Wanderung und all den heftigen Gefühlen so erschöpft, dass ihm der Abschied gründlich missriet. Anstatt sich von den Dingen zu lösen, verstrickte er sich von neuem, lange stand er in der Küche und sah hinaus auf die Stelle, an der Margot gestorben war, fühlte, was sie gefühlt haben musste, nachdem sie Lars' Verrat entdeckt hatte, und wünschte sich, sie hätte ihn damals mit sich genommen, hätte ihn mit sich in die Tiefe gerissen und ihm ein Weiterleben in dieser Leere erspart. Er fand die Kraft nicht mehr, an ein neues Leben mit Pauline zu glauben, er fühlte sich zerstört von der Vergangenheit und sagte sich nur immer wieder, wie gut und wie richtig es war, dieses Haus abzureißen. Es war so sehr vom Tod gezeichnet wie er, etwas Neues gehörte hier errichtet, das Leben sollte auch in diese verfluchte Bucht wieder einkehren – ein Leben, das nichts mehr mit ihm zu tun hatte, nichts mehr mit den Bergströms und ihrer gemeinsamen trostlosen Geschichte.

In dieser Stunde, in der er sich dem Tod näher fühlte als dem Leben, stand plötzlich Anna neben ihm, ihr Auftauchen zerrte ihn mit einer Bestimmtheit ins Leben zurück, die ihn gleichzeitig schmerzte und erleichterte. Pauline musste mit ihr gesprochen haben. An dem Abend, als sie sich auf Joes Besuch vorbereiteten, hatten sie entschieden, dass beide Kinder alles wissen sollten, es gab zu viel Sonderbares in ihrem Verhalten der letzten Jahre, für das auch Anna eine Erklärung verdiente. Joes Besuch schien die richtige Gelegenheit zu sein. Dann starb Joe, und Rüdiger fühlte sich nicht mehr in der Lage, mit Anna zu sprechen. Dass er Pauline eine Gelegenheit geben wollte, einen Moment mit Anna zu teilen, der nur ihnen beiden gehören sollte, war eine Ausrede, allerdings, wie er fand, eine gute.

»Hast du mit deiner Mutter geredet?«, fragte er.

Sie hatte es versucht, doch sie waren einmal mehr in Streit geraten. »Warum ist sie bloß immer so schrecklich mühsam?«, rief Anna aus, bevor ihr Rüdiger alles erzählte. Er würde diese Stunde nie vergessen. Eben brach die Dämmerung herein, das Licht wurde flach. Während er ihr berichtete, was damals geschehen war, sah sie ihn kein einziges Mal an. Beide blickten sie durch das matte Fenster auf die Bucht hinaus, allmählich veränderte sich das Wasser, der Wind hatte sich gelegt, und das Meer glättete sich. Sie standen dicht nebeneinander, ohne sich zu berühren, jeder in seiner Welt gefangen. Erst als er erwähnte, wie Lars alles zerstört hatte, indem er sich auf das idiotische Geplänkel mit ihr einließ, fuhr sie zusammen und starrte ihn an (im Dämmerlicht waren ihre Augen nur ein vages Schimmern).

»Du weißt davon?«, fragte sie.

Er nickte nur – noch begriff er nicht, was er da angesprochen hatte. »Lars beichtete es uns, als wir Margots Urne begruben. Du warst bei der Beerdigung nicht da«, stellte er fest. »Warum eigentlich nicht?«

»Paps«, rief sie entgeistert, »wie kannst du das fragen, ich war doch schuld an ihrem Tod! Hätte ich sie damals nicht so wütend gemacht …«

»Aber das ist Unsinn«, rief er dazwischen. Mehr als ihre Worte verwunderte ihn die Tatsache, dass er nie auch nur einen Augenblick daran gedacht hatte, sie könne sich schuldig fühlen. Ihr Beitrag zu jener Tragödie war so unbedeutend! »Das ist kompletter Unsinn«, sagte er, deutlich wie zu einem Kind. »Margot war nicht auf dich wütend, Anna, nur auf Lars. Margot und ich hatten so viele Jahre darauf verzichtet, unsere Liebe zu leben, und er zerstörte alles.« Er zögerte kurz, ehe er hinzufügte: »Es war für ihn nicht Liebe, Anna, es war bloße Rache.«

»Es war doch auch für mich nicht Liebe, Paps«, erwiderte sie.

Er hätte gern gewusst, was in ihr vorging, doch er wagte nicht zu fragen. Sie stand da wie ein Kind, das eine große Erkenntnis zu verdauen hat, irgendwann zündete sie sich eine Zigarette an. Er konnte sich nicht erinnern, sie jemals zuvor rauchen gesehen zu haben. Er rauchte sonst auch nicht, dennoch nahm er die brennende Zigarette, die sie ihm anbot, und wartete, während sie eine zweite ansteckte, dann sahen sie schweigend wieder auf die Bucht hinaus. Im Haus war es nun fast dunkel.

»Arme Mama«, sagte Anna endlich, »sie muss sich furchtbar fühlen.«

»Es dauerte einige Jahre, bis sie sich verzieh«, antwortete Rüdiger. »Es dauerte Jahre, bis *ich* ihr verzieh. Dabei hatte sie nur Angst, uns beide zu verlieren, und das ist nichts, wofür man sich zu schämen braucht.«

Anna nickte. »Die Jahre nach Margots Tod müssen die Hölle für euch gewesen sein.«

»Die ersten Jahre ja«, sagte er. »Aber inzwischen ist Pauline der schönste Mensch in meinem Leben geworden.«

Anna lächelte über den eigenwilligen Ausdruck. »Der schönste Mensch«, wiederholte sie. »Warum wolltest du unbedingt, dass ich mit ihr rede?«

Er löschte die Zigarette in der Spüle. »Weil sie nachvollziehen kann, wie schwer es ist, sich selbst zu verzeihen«, sagte er. Das war zwar nicht sein Grund gewesen, doch er fühlte, dass dies tatsächlich etwas war, das Anna und Pauline teilen konnten.

Anna stutzte und wollte etwas entgegnen, doch Rüdiger ertrug das Gespräch plötzlich nicht mehr. »Hast du etwas von Jens gehört?«, unterbrach er sie.

Anna stöhnte. »Ich wollte ihn längst anrufen«, rief sie aus und zückte das Handy, um auf die Uhr zu sehen. »Schon acht, jetzt lässt mich Livio nicht mehr mit ihm sprechen.«

Er war bereits halb aus der Tür, als sie ihn zurückrief. »Paps?« Sie schien ihm etwas sagen zu wollen.

Er murrte nur, er fühlte sich inzwischen so erschöpft, dass er die Verzögerung kaum noch ertrug.

»Wie bist du hergekommen?«, fragte sie dann aber lediglich. »Ich kann dich mitnehmen.«

»Ich möchte zu Fuß gehen«, sagte er und verließ das Haus.

Anna

Als Anna allein war, ging sie ins Wohnzimmer und machte Licht, der Strom war tatsächlich bereits wieder angestellt. Sie setzte sich in ihren Lieblingssessel und versuchte, sich an ihrem neu erstandenen Haus zu freuen, doch was sie soeben erfahren hatte, verwirrte sie dermaßen, dass sie stattdessen in Tränen ausbrach. Dass ihr über alles geliebter Vater es übers Herz gebracht hatte, auch nur mit dem Gedanken zu spielen, sie zu verlassen, schmerzte ebenso sehr, wie es sie erleichterte, dass niemand sie für Margots Tod verantwortlich machte. Was Pauline ihretwegen durchgestanden hatte, hatte sie vielleicht am meisten überrascht und erfüllte sie mit Dankbarkeit, doch gleichzeitig quälte sie das Gewissen, es ihr so furchtbar schlecht vergolten zu haben. Alles war aus den Fugen, nichts war mehr, wie sie es für selbstverständlich gehalten hatte, woran konnte sie sich da noch halten?

Es wurde spät, bis sie nach Lütjenburg zurückfuhr, ihrem Vater begegnete sie weder unterwegs noch zu Hause. Die ganze Nacht hindurch quälten sie die Gedanken, erst als der Morgen graute, siegte die Erkenntnis, dass sich eines nicht geändert hatte: An Joes Tod war sie schuld, und der einzige Weg, es wiedergutzumachen, war der, für Jens zu sorgen. Sie beschloss, nicht mehr zu warten, bis sie mit ihm gesprochen hatte, sondern die Hypothekenfrage heute noch zu klären. Als sie in die Küche kam, saßen Rüdiger und Pauline beim Frühstück. Sie setzte sich zu ihnen, nahm sich eine Schale Cornflakes, strahlte sie beide an und sagte lapidar: »Überraschung! Ich habe für Jens das Haus am Meer gekauft.«

Erst war es eine Sekunde still, dann verließ Rüdiger zornig den Tisch. »Was für ein Schwachsinn«, rief er, »was für ein gottverdammter Schwachsinn!« Er ging hinaus und zog seine Schuhe an.

Anna folgte ihm. »Warum sagst du so was?«, fragte sie betroffen.

»Weil es nun mal Schwachsinn *ist*«, antwortete er. »Werde erwachsen, Anna, ein Haus ist kein Spielzeug. *Jens* ist kein Spielzeug.«

Anna fühlte, wie ihr wieder Tränen in die Augen traten. »Ich verstehe nicht, was du meinst«, sagte sie.

»Jens braucht kein Haus«, antwortete Rüdiger, »er braucht eine Familie, und die kannst du ihm nicht bieten. Was willst du überhaupt den Fürsorgebeamten sagen? In Livio hat der Junge einen Vater, dazu bekommt er Mutter und Geschwister. Was hat er bei dir? Statt ihm ein Haus zu kaufen, solltest du dich mit Kalle versöhnen, *das* wäre ein Schritt in die richtige Richtung.«

Anna starrte ihn erst nur an, sie wusste nicht, was sie entgegnen sollte. Was er sagte, schmerzte so sehr, dass sie sich weigerte, darüber nachzudenken, ob er recht hatte. »Kalle hat zu großen Mist gebaut«, sagte sie schließlich.

Er ließ ein knappes Lachen hören. »Das hast du auch«, stellte er klar.

Sie hatte ihn noch nie so hart gesehen. Fassungslos sah sie ihn an, dann brüllte sie ihm ins Gesicht. »Ich tue aber etwas, um es wiedergutzumachen.«

»Ja«, sagte Rüdiger, während er die Schuhe band, »du kaufst ein Haus.« Er sah sie müde an, dann fragte er leise: »Warum hast du es mir gestern nicht gesagt?«

»Weil ...« Anna zögerte. »Ich war mir nicht mehr sicher, ob du dich freust«, gestand sie. Sie wusste ja, dass er mit allem recht hatte.

Rüdiger ging schweigend ins Labor und holte seine Windjacke.

»Mama, sag auch mal was«, flehte Anna.

Es kam nicht oft vor, dass Pauline um ihre Meinung gebeten wurde, sie stotterte, dann sagte sie: »Ich finde es eine gute Idee, das Haus zu kaufen.«

»Und ihr Beruf?«, rief Rüdiger aufgebracht aus dem Labor. »Sie braucht das Geld für ihre Praxis.«

»Ich werde sowieso nicht Therapeutin«, erklärte Anna.

Sie erwartete, dass er von neuem wettern würde, stattdessen ging er stumm an ihr vorbei aus dem Haus und ließ die Haustür knallen. Kurz war es so still, dass Anna die Wanduhr ticken hörte, dann sagte ihre Mutter: »Gib ihm Zeit, sich an den Gedanken zu gewöhnen, Kind.«

Sie begann, die Servietten auf dem Tisch zusammenzufalten, Anna sah ihr eine Weile zu, dann fragte sie: »Ich mache noch einen Tee, nimmst du auch?«

Pauline sah sie verwundert an. »Gern«, sagte sie und lächelte. »Musst du nicht los?«

»Ein paar Minuten habe ich noch«, antwortete Anna und setzte Wasser auf. Für einen Augenblick waren sie sich nah gewesen, doch der Augenblick verstrich. Als Anna sich zurück an den Tisch setzte, waren sie sich so fremd wie früher, es kostete sie Überwindung, mit ihrer Mutter über die Dinge zu sprechen, die ihr am Herzen lagen. »Wenn Paps mir den Hypothekenbrief nicht überlässt«, erklärte sie schließlich, »kriege ich das mit dem Hauskauf nicht hin.«

Sie hatte erwartet, dass Pauline eine jener beschwichtigenden Floskeln äußern würde, die sie so sehr in Rage bringen konnten, stattdessen schüttelte sie den Kopf und sagte: »Dieses Haus hier läuft auf meinen Namen, Rüdiger hat es mir damals überschrieben. Ich kann es beleihen, wofür immer ich möchte.«

Anna starrte sie überrascht an. »Und du gibst mir das Geld?«, fragte sie vorsichtshalber nach.

Pauline nickte. »Natürlich, Kind«, sagte sie – sie glühte vor Freude.

Anna zögerte. Ihrem Vater wäre sie um den Hals gefallen, Pauline konnte sie nicht einmal einen Kuss geben. »Danke«, sagte sie nur und bemühte sich zu lächeln.

Pauline strahlte unvermindert weiter. »Weiß Jens schon davon?«, fragte sie.

Anna schüttelte den Kopf. »Ich habe es gestern verpasst, ihn anzurufen.«

»Komm, ruf schon an«, rief Pauline vergnügt und sprang auf, um ihr das Telefon zu bringen.

»Er ist doch in der Schule, Mama«, sagte Anna.

Im selben Augenblick klingelte Annas Handy. Es war Livio.

»Hat Jens sich bei Ihnen gemeldet?«, fragte er aufgeregt. »Haben Sie ihn dazu angestiftet?«

»Wozu angestiftet?«, fragte Anna verständnislos. »Wo ist er?«

»Ich weiß nicht, er ist abgehauen«, sagte Livio.

»Wann?«

»Heute früh. Er sagte meiner Tochter, er will ans Meer. Er wird sich bestimmt bei Ihnen melden.«

Anna schossen tausend Fragen durch den Kopf, doch wichtiger war, dass sie für Jens erreichbar war. »Dann legen wir jetzt auf«, entschied sie, »damit die Leitung frei bleibt.« Sie vergewisserte sich, dass das Freizeichen ertönte.

»Was war denn?«, fragte Pauline.

»Jens ist abgehauen«, sagte sie.

Zu ihrer Überraschung rief Pauline: »Das ist doch prima! Livios Familie scheint auch nicht perfekt zu sein, das erhöht deine Chancen.«

Anna starrte sie an. »Wie kannst so etwas nur denken«, sagte sie entgeistert. »Und wenn ihm etwas passiert?«

Pauline schien jetzt erst zu begreifen, was sie gesagt hatte. »Aber Schatz«, sagte sie bestürzt, »ich wollte doch nur …« Mit Tränen in den Augen sah sie zu, wie Anna ihre Sachen zusammensuchte und das Haus verließ. »Ich rufe bei der Bank an und mache einen Termin«, rief sie ihr durch das offene Küchenfenster nach, als Anna bereits ins Auto stieg.

Neun Tage, dachte Anna, während sie den Motor startete, war es her, dass sie Jens und Livio zum Flughafen gefahren hatte. Neun Tage hatte sie den Jungen bei fremden Menschen alleingelassen.

Jens

Livio und Jens hatten das Flugzeug mit Ach und Krach erreicht, Livio war durchgeschwitzt und außer Atem, weil er Jens bis zum Gate getragen hatte, danach hatte sich der Abflug allerdings verzögert, über die Lautsprecher lief Berieselungsmusik, und das Personal verteilte Schokolade. Jens nahm nichts davon wahr. Erst als Livio ihm einige Täfelchen in die Hand drückte und sagte: »Es gibt Schokolade, Jens«, nickte er und packte geistesabwesend ein Täfelchen aus.

Livio fluchte. »Wenn wir in Zürich den Zug verpassen, können wir in Elgg zu Fuß den Berg hochgehen, Onkel Berto wartet bestimmt nicht.«

»Wir fliegen gleich«, versicherte ihm ein Steward, den Livio am Arm gepackt hatte, als er an ihnen vorbeiging, und irgendwann hoben sie tatsächlich ab. Jens verschlief den halben Flug und wachte erst beim Landeanflug wieder auf. Am Bahnhof des Zürcher Flughafens warteten die Stadelmanns mit einem Koffer, der Jens' Kleider enthielt (Livio hatte das während der Fahrt von Kiel nach Hamburg organisiert). Sie hatten sich herausgeputzt wie zu einer Familienfeier, Frau Stadelmann trug sogar einen Blumenstrauß. Doch Livio hatte sich in den Kopf gesetzt, sie könnten noch die S-Bahn nach Winterthur erwischen, wenn sie rannten, so blieb ihnen nicht einmal die Zeit, den Stadelmanns die Hand zu schütteln, er schnappte sich nur den Koffer, ächzte ein Dankeschön und zog Jens die Rolltreppe hinab.

»Wie war die Beerdigung?«, rief Frau Stadelmann ihnen nach – vielleicht hoffte sie, sie so zum Umkehren zu bewegen.

»Es war keine Beerdigung, nur eine Kremierung«, rief Jens und sah zurück, Frau Stadelmann klammerte sich mit beiden Händen an den Blumenstrauß und schien den Tränen nahe. Doch schon zerrte Livio ihn in den Zug und schrieb eine stolze SMS an Onkel Berto, dass sie wie geplant eintreffen würden.

Als sie in Elgg einfuhren, erwartete sie nicht nur Onkel Berto auf dem Perron, eine ganze Horde war dort versammelt. *»Merda«*, murmelte Livio, während er sich abwandte, um den Koffer aus dem Zug zu heben, dann sagte er fröhlich zu Jens: »Das also ist deine Familie.«

Neben Onkel Berto und Tante Gallina sowie einem Cousin, der das zweite Auto fuhr, waren Livios Frau gekommen, die Rosa hieß und verheulte Augen hatte, seine zwölfjährigen Zwillingssöhne Andrea und Antonio, deren Haar im Millimeterschnitt geschoren war, und Rebecca, eine Tochter in Jens' Alter mit Pickeln im Gesicht und einem nervösen Tick. Sie war die Einzige, die »Papa!« rief, als sie entdeckt wurden, und winkte.

Livio stellte ihn auf Italienisch vor, Jens gab allen die Hand. *»Che bello ragazzo«*, stellte Onkel Berto fest, »die Mutter muss ja vielleicht eine Sexbombe gewesen sein!« Nachdem ihn Tante Gallina mit dem Ellbogen in die Seite gestoßen hatte, schwieg er.

Sie fuhren zu einem Mehrfamilienhaus am Dorfrand von Elgg, dort drängten sie sich in die Dreieinhalbzimmerwohnung, in der Livios Familie wohnte. Gleich kamen noch Nachbarn hinzu, daher ging Livio als Erstes auf den Balkon und holte eine Kiste Bier. »Geht damit in den Hof«, sagte er zu seinen Gästen, »Rosa will nicht noch mehr Dreck in der Wohnung.«

Rebecca zeigte Jens währenddessen sein neues Zuhause. »Den Flur sparen wir uns«, erklärte sie und zog ihn gleich in ein Zimmer. »Das gehört Andrea und Antonio«, erklärte sie, »aber ab heute schläfst du hier, und Antonio schläft bei mir.« Inzwischen hatte Andrea sich an ihnen vorbeigezwängt. Demonstrativ warf er sich auf sein Bett, und plötzlich stand auch Antonio hinter Jens und tippte ihm auf die Schulter. »Das gilt nicht für immer, klar?«, sagte er. »Nur für die ersten Tage.«

Die Erwachsenen waren noch immer dabei, sich zu organisieren, die einen suchten nach Gläsern, andere brachten das Gepäck, die Frauen wollten Rosa in der Küche helfen, und dann klingelte auch noch das Telefon.

»Rosa, das Telefon klingelt«, rief Tante Gallina, doch es klingelte weiter. Livio rief vom Treppenhaus her, jemand solle das verdammte Telefon abnehmen, während Rebecca sich kichernd zwischen den Menschen hindurchschlängelte und Jens hinter sich herzog. Er sah, wie ein vielleicht zweijähriges Kind, das wohl irgendwelchen Nachbarn gehörte, den Hörer abnahm und damit spielte, dann stand er in Rebeccas winziger Kammer. Die zusätzliche Pritsche ließ nur gerade so viel Platz, dass sie im Gänsemarsch zum Schreibtisch gehen konnten.

»Hier schlafe ich«, erklärte sie und klopfte auf ein Bett mit froschgrünem Bezug. »Auf der Pritsche schläft Antonio. Schade, dass nicht du bei mir schläfst. Wann hast du eigentlich Geburtstag?«

»Freitag werde ich elf«, antwortete Jens.

»Echt?« Rebecca quiekte vor Vergnügen. »Dann hat Papa unsere Mütter gleichzeitig gevögelt. Mein Geburtstag ist am Sonntag.« Bevor er etwas sagen konnte, stieß sie ihn vor sich her ins Bad. »Hier ist das Klo«, sagte sie und zog die Tür hinter sich zu. »Du darfst aber nicht abschließen, abschließen ist verboten.«

»Warum das?«, fragte Jens verwundert.

Rebecca flüsterte ihm ins Ohr: »Papa mag es nicht, er ist als Kind eingeschlossen worden. Man darf auch nachts das Licht im Flur nicht ausmachen.« Sie kicherte, dann fragte sie übergangslos: »Stimmt es, dass du deine Mama tot gesehen hast?«

Doch im nächsten Augenblick riss jemand die Tür auf. »Macht ihr schon Schweinereien?«, schrie Antonio und gab Rebecca eine Kopfnuss, die sie achtlos wegsteckte. »Geh und hilf der Mama«, befahl er ihr, danach blieb er breitbeinig in der Tür stehen und wartete, bis Rebecca und Jens sich an ihm vorbeigedrückt hatten.

Jens kam in den nächsten Tagen nicht zur Ruhe. Schon am folgenden Morgen, einem Dienstag, ging er zur Schule, Rosa hatte darauf bestanden. Livio brachte ihn unangemeldet vor Unterrichtsbeginn zum Direktor, der wie Livio Mitglied der Eulacher Feuerwehr war, und überredete ihn, Jens über den Kopf der Kreisschulpflege hinweg aufzunehmen.

»Wenigstens ein Papier der Vormundschaftsbehörde müsste ich haben«, wandte der Direktor erst ein, doch Livio beruhigte ihn. »Kommt alles«, sagte er, »du weißt doch, wie die Ämter sind, das dauert. Aber das Wichtigste ist, dass der Junge von Anfang an integriert wird.«

Dem widersprach auch der Direktor nicht, und so wurde Jens provisorisch in Rebeccas Klasse eingeteilt. Ihre Lehrerin, Frau Kleinknecht, wusste von nichts. »Erzähl uns, wen du mitgebracht hast«, forderte sie Rebecca auf, nachdem sie deren Banknachbarin umgesetzt und Jens neben ihr platziert hatte.

»Das ist Jens«, sagte Rebecca, »er wohnt bei uns und geht ab heute in unsere Klasse.«

»Dann mal willkommen, Jens«, sagte die Frau Kleinknecht. Jens wünschte guten Tag, und sie fragte: »Sind Rebecca und du verwandt?«

»Wir sind Cousin und Cousine«, sagte Rebecca, ehe er antworten konnte.

»Ihr seht euch auch ähnlich«, stellte Frau Kleinknecht fest, dann fragte sie Jens: »Weshalb bist du zu Rebeccas Familie gezogen?«

»Meine Mutter ist gestorben«, sagte Jens.

Nun begannen auch die anderen Kinder, ihn interessant zu finden.

»Das tut mir leid«, sagte Frau Kleinknecht. Sie schien nicht recht zu wissen, was man in solchen Fällen sagte, und forderte die Klasse auf, Jens Fragen zu stellen.

Erst duckten sich alle, um nicht aufgerufen zu werden. Dann meldete sich ein Junge, er schien der Stärkste zu sein. »Hast du Hobbys?«, fragte er.

»Ich segle gern«, sagte Jens.

Der Junge verzog das Gesicht, als habe er in etwas Saures gebissen, und die Klasse lachte. »Und warum ziehst du zu Rebecca?«, fragte er weiter. »Hast du denn keinen Vater? Oder bist du etwa in sie verliebt?«

Wieder lachte die Klasse, während Frau Kleinknecht beschloss, den Jungen zu ignorieren, und einem Mädchen mit Kopftuch das Wort erteilte.

»Wann?«, fragte es.

»Macht bitte ganze Sätze«, erinnerte Frau Kleinknecht.

»Wann ist deine Mutter gestorben?«

»Freitag«, sagte Jens.

Frau Kleinknecht stutzte. »Welchen Freitag?«, fragte sie nach.

»Diesen, vor vier Tagen«, antwortete Jens, worauf Frau Kleinknecht blass um die Nase wurde.

»Das hätte man mir sagen müssen«, flüsterte sie und nickte Jens aufmunternd zu, dann versteckte sie sich hinter ihren Schulunterlagen.

»Und wie hat er sich angestellt?«, wollte Livio wissen, als sie beim Mittagessen saßen.

»Er hat nicht viel gesagt«, erzählte Rebecca.

»Warum nicht? Man muss mit den Menschen reden«, rief Livio, »sonst erreicht man gar nichts im Leben.«

»Warum hast du behauptet, wir seien Cousin und Cousine?«, fragte Jens.

Rebecca rutschte etwas auf dem Stuhl umher, dann sagte sie: »Mama will es so.« Gleich darauf stand Rosa auf und ging in die Küche.

»Worum geht es?«, fragte Livio verständnislos.

»Wir dürfen in der Schule nicht sagen, dass Jens unser Bruder ist«, erklärte Rebecca.

»Halbbruder«, stellte Andrea klar.

»Wir sollen sagen, wir seien Cousins«, präzisierte Antonio.

»Ist das wahr?«, fragte Livio in die Küche.

Rosa schloss wortlos die Tür.

Livio versuchte, sich zu beherrschen. »Dieser Junge ist euer Bruder«, erklärte er, »das wollte Gott so, und daran lässt sich nichts ändern. Ist das klar?«

Die drei Geschwister nickten gehorsam. Das Gesicht, das die Zwillinge zogen, übersah Livio. *»Perfetto«*, sagte er und schenkte Jens ein breites Lächeln. »Keine Sorge«, sagte er zu ihm, »die Mama meint es nicht böse.«

»Die Signora«, korrigierte Rebecca. »Sie will, dass Jens sie Signora nennt.«

Antonio trat sie unterm Tisch und nannte sie eine Verräterin, es gab ein Gerangel.

Auch Livio teilte ein paar aus, dann erklärte er: »Ihr werdet euch schon aneinander gewöhnen«, und stand auf, um mit Rosa zu sprechen, doch die Tür war abgeschlossen. »Rosa, mach die Tür auf«, mahnte er, und als sie nicht gleich reagierte, platzte ihm der Kragen. »In meinem Haus werden die Türen nicht abgeschlossen«, schrie er und trat mit dem Fuß dagegen, aber Rosa rührte sich noch immer nicht. Ein paar Sekunden überlegte Livio, was er tun sollte, die Geschwister hielten den Atem an und duckten sich, dann wandte er sich wortlos um, nahm seine Jacke, verließ die Wohnung und knallte hinter sich die Tür ins Schloss.

Die Stimmung in der Familie blieb angespannt. Am Freitag hatte Livio zu Jens' Geburtstag eine kleine Torte aus dem Supermarkt mitgebracht. Nach dem Mittagessen steckte er zwei Kerzen in die Verzierung aus Sahnerosetten und zündete sie an: »Eins und eins macht elf«, erklärte er, »herzlichen Glückwunsch zum Geburtstag.«

Die Zwillinge starrten stumm auf die Kerzen, Rosa hatte in der Küche gegessen. Nur Rebecca lächelte Jens scheu an.

»Dann blas sie aus«, forderte Livio ihn auf, Jens blies die Kerzen aus, und Livio schnitt die Torte auf.

Die Zwillinge schlangen ihre Stücke hinunter und waren bereits fertig, ehe Jens sein Stück bekam. »Können wir aufstehen?«, fragte Andrea. Ohne eine Antwort abzuwarten, rannte er mit Antonio ins Jungenzimmer, wo sie lautstark tobten. Rebecca kostete vom Kuchen, dann verzog sie das Gesicht und legte den Löffel auf den Teller.

»Der ist nicht mehr gut, Papa«, stellte sie fest. »Wo hast du ihn gekauft?«

Im selben Moment klingelte das Telefon, sie sprang auf und nahm ab, gleich darauf winkte sie Jens mit dem Hörer. »Für dich«, flötete sie und klimperte mit den Wimpern, »eine Anna.«

Jens nahm den Hörer, doch er wusste nicht, was er mit Anna sprechen sollte. Sie hatte auch nur wenig zu erzählen, und so war er froh, als die Zwillinge den Fußball auf seinem Kopf aufspringen ließen und Andrea ihn aufforderte, mitzukommen. »Papa hat gesagt, wir müssen dich mitnehmen«, erklärte er ihm, während sie in den Hof gingen. Jens hätte lieber Basketball gespielt, doch Andrea sagte großzügig: »Wir stellen dich ins Tor, dann darfst du die Hände gebrauchen.«

Das taten sie auch, Jens hatte allerdings den Eindruck, sie zielten mehr auf ihn als auf das Tor.

Für den Nachmittag meldete Livio ihn von der Schule ab. »Ein Doktor Nussbaumer hat angerufen«, sagte er, »wir fahren nach Zürich, dein Kopf muss untersucht werden.«

Kurt erwartete sie im Foyer des Universitätsspitals und führte Jens gleich zur Tomographie. Danach ließ er sie eine Weile warten. »Gehen wir nachher noch segeln?«, fragte Jens.

»Bestimmt nicht«, sagte Livio. »Wir müssen eure Wohnung räumen.«

»Du hast es aber versprochen«, erinnerte ihn Jens.

Livio sah ihn verständnislos an. »Nichts habe ich versprochen«, sagte er.

Jens nickte. »Du hast zu Annas Vater gesagt, wir gehen in der Schweiz segeln.« Er erwiderte seinen Blick, bis Livio wegsah.

»Wir gehen zu McDonald's essen, okay?«, schlug Livio vor, danach schwiegen sie, bis Kurt sie ins Besprechungszimmer bat und ihnen die Abbildungen zeigte.

»Es ist alles in Ordnung«, sagte er – er schien erleichtert zu sein und entschieden weniger grau im Gesicht als bei der Begrüßung. »Die Anlage dazu ist zwar erblich, doch es ist keinesfalls gesagt, dass du irgendwann Probleme hast. Und auch wenn, solange wir dich regelmäßig untersuchen, hast du kaum etwas zu befürchten.«

Jens sagte dazu nichts. »Wie genau war das bei Mami?«, fragte er stattdessen. »Wie ist sie gestorben?«

Kurt blinzelte kurz, als sei ihm etwas ins Auge geraten.

»Ein Aneurysma im Gehirn ist fast wie ein Hirnschlag«, sagte er. »Deiner Mutter ist eine Ader geplatzt. Ich habe mit dem Krankenhaus in Kiel telefoniert, es war ein großes Blutgefäß, das geht ganz schnell. Man nennt das auch einen Sekundentod.«

Jens versuchte zu begreifen. »Konnte sie dabei noch denken?«, fragte er.

»Ich weiß es nicht«, gestand Kurt. »Vermutlich ist sie etwas erschrocken.«

Jens dachte noch immer heftig nach. »Und wenn ich das jetzt trotzdem habe? Ich …«

Kurt unterbrach ihn. »Du hast es nicht«, stellte er nochmals klar.

»Aber wenn«, insistierte Jens.

Kurt schüttelte den Kopf. »Wir würden das rechtzeitig feststellen.«

Jens warf ihm einen giftigen Blick zu, dann fuhr er ihn an: »Woher willst du das wissen? Du hast es doch bei Mami auch nicht gemerkt.«

Livio hatte beiden verwundert zugehört. »Beruhige dich, ja?«, forderte er Jens auf und wollte ihn beim Arm nehmen, doch der befreite sich.

»Du weißt, sie wollte nicht, dass ich sie untersuche«, sagte Kurt.

»Du hättest trotzdem müssen«, schrie ihn Jens an, »du bist schuld, dass sie tot ist.« Er starrte ihn noch eine Weile wortlos an, dann, als Kurt nichts erwiderte, beruhigte er sich etwas. »Und wenn ich das jetzt trotzdem habe?«, wiederholte er. »Ich falle dann auch einfach irgendwann tot um, nicht wahr? In der Schule oder beim Zähneputzen oder …«

»Jens, du bist nicht krank«, erklärte Kurt nochmals.

Und wieder explodierte Jens. »Und wenn ich krank sein *will*?«, brüllte er ihm ins Gesicht. »Wenn ich tot sein *will*?«

Livio wollte wieder eingreifen, doch Kurt hielt ihn davon ab. »Ich weiß, es ist schwierig zu begreifen«, sagte er zu Jens, »doch du hast ein normales Leben vor dir. Du hast einen gesunden Körper, du hast einen Vater, der sich um dich kümmert, auch ich werde nach dir ...«

»Vielleicht ist er gar nicht mein Vater«, fuhr Jens dazwischen.

Das war für Livio das Stichwort, aufzustehen. »Verzeihen Sie, Herr Doktor«, bat er, während er Jens hochzog und ihn aus der Tür spedierte.

Kurt sah erschöpft zu, wie er ihn auf den Flur hinausstieß. »Ich könnte mit ihm segeln gehen«, sagte er. »Ich würde das gern tun, Jens könnte es mir beibringen.« Doch seine Worte gingen unter im Gerangel, das Jens veranstaltete, um sich von Livio loszureißen.

»Fass mich nicht an«, rief er, dann hatte er sich befreit und suchte trotzig den Ausgang, ohne daran zu denken, sich von Kurt zu verabschieden.

Unterwegs zum Tram schlug er noch ein paar Haken, um Livio zu ärgern, doch er versuchte nicht ernsthaft, ihn abzuhängen, und bis sie die Wohnung erreichten, hatte er sich wieder beruhigt. Mit ernster Miene ging er von Zimmer zu Zimmer, um zu entscheiden, was weggeworfen werden sollte, was er mitnahm und was sie bis auf weiteres einlagerten.

Gegen Abend waren die Schränke geleert, Jens setzte sich in Joes Fernsehdecke gehüllt auf den Boden und kramte in einer Schachtel mit Fotos, bis er ein Bild fand, das Livio zehn Jahre jünger zeigte: Gebräunt und jugendlich stand er an Deck einer Jolle im Hafen von Locarno. Er legte das Foto zu einigen anderen, die er auf dem Fußboden ausgebreitet hatte: Eines zeigte Joe an der Seite eines Akademikers, elegant, mit randloser Brille, geflochtenen Schuhen und Aktentasche, sie posierten auf den Stufen einer Bibliothek, auf der Rückseite stand in noch kindlicher Schrift: »Prof. Scola aus Milano«. Ein Hippie mit Rucksack und französischer Flagge, die Ledersandalen bis unters Knie geschnürt, lange Locken, noch längere Wimpern, war gleich zweimal abgebildet: Auf einem Foto hielt er eine Kamera und fotografierte Joe, wie sie ihn fotografierte, das zweite zeigte sie und ihn im Wasser gespiegelt. Auf dem letzten Foto schließlich stand Joe zwischen einem verlegenen Zahnarzt im Kittel und seiner Gehilfin, sie zeigte ihr breitestes Lächeln und sah nicht älter aus als zwölf.

Inzwischen hatte Livio ihn entdeckt, beugte sich über ihn und betrachtete die Fotos. »Meinst du, sie hat nur einen Dummen gesucht?«, fragte er. Dann zog er ihn hoch. »Komm mit«, sagte er und schob ihn ins Bad. Gemeinsam stellten sie sich vor den Spiegel.

»Jedenfalls siehst du mir ähnlicher als diesem Nussbaumer«, stellte Livio fest. »Du hättest mir übrigens auch vorher sagen können, dass er der Liebhaber deiner Mutter war.«

Jens sagte darauf nichts, er suchte noch immer im Spiegelbild nach Unterschieden.

Livio sah die Gemeinsamkeiten. »Sieh dir unsere Nase an und die Schultern«, sagte er. »Also für mich ist die Sache klar.« Er gab Jens einen Klaps und ging wieder packen.

Jens untersuchte seine Nase. »Aber ich will gar keinen

Vater«, rief er Livio nach, der allerdings schon nicht mehr zuhörte, sondern in Joes Schlafzimmer ging und ungerührt eine Schublade voller Unterwäsche in den Papierkorb schüttete. Während Livio aufräumte, setzte Jens sich zu Boden, dabei entdeckte er die Lippenstift-Zeichnung an der Badewannenwand, die er gemalt hatte, während er mit Joe telefonierte. Müde betrachtete er das Bild, auf dem sie beide hart am Wind segelten, bis ihn Frau Stadelmann aufschreckte. Sie kam, um ihn zum Essen zu holen. »Wie dünn du geworden bist, Kindchen«, stellte sie besorgt fest, »du musst dringend mehr essen.«

Während des Essens in ihrer Wohnung versuchten die Stadelmanns, Livio dazu zu bringen, dass er Jens mindestens bis zu den Sommerferien in Zürich wohnen ließ. »Was soll er mitten im Schuljahr die Klasse wechseln!«, rief Herr Stadelmann. »Was sagt denn die Sozialbehörde dazu?«

Livio winkte ab. »Jens macht sich in der Schule prima«, sagte er, »das findet auch die Sozialbehörde. Nur heute beim Arzt hat er etwas gezickt.«

»Und was geschieht mit all den Sachen?«, fragte Herr Stadelmann weiter.

»Das ist ein Problem«, gab Livio zu, »ich habe nämlich gerade keinen Führerschein –« Augenzwinkernd tat er, als hebe er ein Glas zum Mund, »die Polizei versteht bei uns da keinen Spaß. Am liebsten ließen wir die Sachen hier.«

»Natürlich«, sagte Herr Stadelmann, »wir haben Platz für alles.«

»Auch für Jens«, versicherte Frau Stadelmann noch einmal.

Jens sagte dazu nichts, und bald darauf begannen die

Männer, sich über Eishockey zu unterhalten. Jens erhob sich. »Ich komme gleich wieder«, murmelte er und ging hinüber in seine Wohnung.

»Wir haben hier auch ein Klo«, rief Herr Stadelmann ihm nach, er reagierte nicht.

Die Wohnung sah bereits fremd aus, doch noch immer roch es nach zu Hause. Er ging in sein Zimmer und versuchte, Licht zu machen, doch es hing keine Lampe mehr. Er legte sich auf die nackte Matratze und sah zur Decke, vom Flur her fiel etwas Licht durch den Türspalt wie immer, er nickte halb ein – und dann, wie sonderbar, hörte er vom Fenster her das Lachen einer Frau, ganz wie an jenem Abend, als Joe mit Kurt die Straße entlanggekommen war! Wie damals fiel auch jetzt die Haustür ins Schloss, er hörte Schritte auf der Treppe ... Als er die Augen öffnete und zum Fenster hinsah, verschwand jedoch die Hoffnung, alles davor sei nur ein Traum gewesen. Nicht nur die Lampe fehlte, auch die Vorhänge waren bereits abgenommen, das Licht der Straßenlampe warf ein scharfes, blendendes Viereck an die Wand und ließ das Zimmer nochmals nackter erscheinen. Dann wiederum bewegte sich die Klinke, jemand schob behutsam die Zimmertür auf, und für einen Augenblick war er sicher, dass Joe gleich zu ihm treten werde.

»Euer Zug fährt gleich«, sagte Frau Stadelmann und setzte sich nach kurzem Zögern auf die Bettkante. Jens schwieg und schloss erneut die Augen. Er hörte, wie die Schritte im Treppenhaus ein Stockwerk höher gingen, dann schlug über ihnen eine Tür. Als er etwas an der Hand fühlte, fuhr er zusammen und öffnete die Augen, Frau Stadelmann hatte ihm einen Geldschein zugesteckt.

»Wenn du Heimweh hast, setz dich einfach in den Zug und komm uns besuchen«, flüsterte sie verschwörerisch und strich ihm unbeholfen das Haar aus der Stirn. »Bei uns bist du immer willkommen, das weißt du.«

Jens stand auf und trat hinaus in den Flur. »Geht schon«, sagte er. »Und danke für das Geld.«

Draußen im Treppenhaus versuchte Livio gerade, mehrere volle Müllsäcke gleichzeitig nach unten zu tragen, er stieß damit überall an und machte einen Höllenlärm.

»Livio, bitte«, raunte Herr Stadelmann – offenbar hatten sie inzwischen beschlossen, sich zu duzen –, »nicht um diese Zeit! Wir bekommen Probleme mit den Nachbarn.«

»Aber *wir* sind doch die Nachbarn«, rief Livio fröhlich, während Herr Stadelmann ihm zwei Säcke abnahm und damit nach unten ging. Offenbar war er angetrunken.

Als Jens in seine Jacke schlüpfte, sah er Joes Wäsche im Papierkorb, darunter auch das Höschen, das sie ihm gekauft hatte, als sie im Welschland Schwestern gespielt hatten. Kurzentschlossen stopfte er es in die Hosentasche.

»Komm schon«, rief Livio, »wir haben keine Zeit zum Trödeln. Hast du deine Sachen?«

Kaum fuhr der Zug ab, schlief Livio ein, doch auf halber Strecke rollten die Wagen quietschend aus, und er wachte wieder auf. Draußen war es stockdunkel, sie waren allein in ihrem Abteil. Es herrschte fast vollkommene Stille, nur die Wände oder die Lampen knackten. Jens spielte gedankenverloren mit dem Geldschein, als Livio plötzlich hochschoss und fragte: »Wo sind wir?«

Jens presste die Wange ans Fenster, weit vorn entdeckte er ein Ortsschild. »Wallisellen«, sagte er.

»Scheiße.« Livio schloss wieder die Augen. »Wenn die Minibar kommt, nimm mir einen Merlot«, sagte er.

Jens schwieg.

»Hast du gehört?«, fragte er ungeduldig nach.

Jens nickte.

»Dann mach den Mund auf«, murrte Livio.

»Mit welchem Geld?«, fragte Jens.

»Du hast doch da Geld«, sagte Livio.

»Nicht genug«, entgegnete Jens eilig und verbarg das Geld hinter dem Rücken.

»*Stronzo*«, murmelte Livio, »was glaubst du, was ein Zweier Merlot kostet? Du bist um keinen Deut besser als deine Geschwister.«

Kurz flackerte das Licht, dann setzte der Zug sich in Bewegung, sie fuhren in den Bahnhof ein und hielten erneut. Der Lautsprecher sagte etwas durch, das Jens nicht verstand, doch niemand stieg ein und niemand aus. Ein Plakat an einer Stellwand warb für Reisen ans Meer.

Selbst das Wochenende war für Jens ein einziges Gehetze. Er zeigte Mühe, in der Schule den Anschluss zu finden, und hatte die erste Rechenprüfung gleich fürchterlich verhauen, dazu hatte er durch den Arztbesuch eine Doppelstunde Mathe verpasst, und so wurde den Zwillingen und Rebecca befohlen, ihm reihum Nachhilfe zu geben, da bot auch Rebeccas Geburtstag keine Entschuldigung. (Ihr backte übrigens Rosa eine Torte.) Dazu kamen pausenlos Auseinandersetzungen in der Familie, und nicht einmal auf der Toilette hatte er seinen Frieden – verschwand er für mehr als eine Minute im Bad, stand zuverlässig einer der Zwillinge in der

Tür und vertrieb ihn. Am Dienstag, in der ersten Schulstunde, wurde er von hinten gestoßen und verschmierte sein Heft. Es gab keinen besonderen Grund dafür, der Junge, der ihn gestoßen hatte – Frigg, ein hoch aufgeschossener Knabe mit Brille, ein Jahr älter als die meisten –, tat dergleichen öfters. Noch während Jens sich nach ihm umdrehte, stieß er unauffällig nach. Jens verschob seinen Stuhl, doch wieder wurde er gestoßen, und so stellte er sich Frigg in der Pause in den Weg.

»Du hast mich geschubst«, sagte er. »Ich habe deinetwegen mein Heft verschmiert.«

Frigg lachte nicht einmal. Er nahm nur die Brille ab, legte sie ins Etui und stellte sich breitbeinig auf.

Jens hielt noch den Füllfederhalter in der Hand, er zögerte kaum und rammte ihn Frigg in den Arm. Erschrocken wich er gleich darauf einen Schritt zurück, Frigg seinerseits starrte ungläubig auf den Füllfederhalter in seinem Arm, dann wurde er blass und stürzte zwischen die Bänke. Jens rannte sofort ins Lehrerzimmer und holte Hilfe. Als er zurückkehrte, saß Frigg schon wieder, gleich darauf wurde er zum Arzt gefahren. Jens wurde wieder in den Unterricht geschickt, doch als es zur Mittagspause läutete, kam die Sekretärin ins Klassenzimmer und richtete ihm aus, sein Vater erwarte ihn in der Werkstatt.

Livio lag rücklings auf einem Wägelchen unter einem Auto, einen Zigarillo zwischen den Zähnen, er klopfte das Fahrgestell ab und sang zu einer Kassette mit italienischem Kirchenrock.

»Da bist du ja«, sagte er gutmütig und zog sich ächzend hoch, »komm mit.«

Sie gingen ins Büro, dort setzte Livio sich auf die Tischkante und ließ sich den Vorfall schildern. »Du hast recht«, sagte er danach, »man muss sich durchsetzen, notfalls mit einem Füllfederhalter.« Ohne Vorwarnung gab er Jens eine Ohrfeige. »Du musstest dich durchsetzen, ich muss dich bestrafen«, sagte er darauf so ruhig wie zuvor, »das ist meine Pflicht als dein Vater, du begreifst das doch?«

Jens starrte zu Boden, sein Gesicht glühte. Livio schien sein Schweigen als ein Ja zu deuten. »Gut«, sagte er und führte ihn hinaus; bevor er ihn laufenließ, legte er kumpelhaft den Arm um ihn und zog mit kräftigem Griff Jens' Kopf an sich. »Du hast übrigens viel zu lange Haare, du siehst aus wie ein Mädchen«, stellte er fest.

Und so rief Rosa am selben Nachmittag Jens in die Küche, hielt seinen Kopf unter den Wasserhahn, rubbelte ihn mit einem Geschirrtuch trocken und setzte ihn auf einen Stuhl mit doppelten Kissen, um ihm die Haare zu schneiden.

»Die Signorina aus Deutschland hat wieder angerufen«, sagte sie nach einer Weile, es war das erste Mal, dass sie ihm gegenüber etwas anderes als einen Befehl äußerte.

»Anna? Was wollte sie?«, fragte Jens.

»Ich weiß es nicht«, sagte sie.

Jens dachte nach. »Hat sie gesagt, dass sie etwas herausgefunden hat?«, fragte er schließlich.

»Sie hat gar nichts gesagt«, meinte Rosa nur. Danach schwiegen sie, bis Antonio durch die Wohnung brüllte: »Hat jemand Batterien? Mein Walkman geht nicht mehr.«

Er sah zur Küche herein. »Hast du Batterien?«, fragte er Jens, der den Kopf schüttelte.

Rosa gab ihm einen Klaps auf den Hinterkopf. »Sitz still«,

befahl sie, während Antonio wieder verschwand. »Hast du nicht Küchendienst?«, rief sie ihm nach.

»Und wann tut der mal was?«, maulte Antonio.

»›Der‹ muss erst einmal sehen, dass er in der Schule nicht durchfliegt«, antwortete Rosa, während sie Jens' Kopf nach unten drückte, um seine Nackenhaare zu schneiden.

In dieser Nacht träumte Jens erstmals von Josefas Tod. Er sah allerdings nur die leere Leichenhalle, es brannte kein Licht, und die Bodenkacheln waren blind und grau, als sei das Gebäude vor längerem verlassen worden. Gleich darauf fuhr er hoch, er fühlte eine fürchterliche Leere, ein Gefühl schlimmer als Angst, das langsam nachließ, doch es kehrte wieder, sobald er die Augen schloss. Keuchend saß er eine Weile im Dunkeln, dann begann er fieberhaft nach der Blechdose der Paulsens zu suchen, in der nicht mehr nur die Fotos, der Walkman und sein Geld lagen, sondern seit Freitag auch seine Taschenlampe. Nachdem er sie endlich gefunden hatte, verkroch er sich unter die Bettdecke und leuchtete sich damit ins Gesicht. Allmählich beruhigte er sich.

Doch dann warf Andrea ein Kissen nach ihm. »Mach die Scheißlampe aus«, sagte er.

Jens umschloss das Licht mit beiden Händen und hielt es dicht vor seine Augen.

Andrea ließ nicht locker. »Sag mal, bist du am Wichsen?«, fragte er, seine Stimme war jetzt ganz nah, im nächsten Augenblick riss er Jens die Decke weg und warf sie zu Boden. »Du weißt doch gar nicht, wie Wichsen geht«, sagte er provokativ. »Soll ich es dir zeigen? Sieh mich an, ich zeige es dir.«

Doch Jens stand nur auf und holte seine Decke, dann

legte er sich mit dem Gesicht zur Wand und wartete darauf, dass Andrea zu Bett ging. Wenn er die Augen schloss, sah er wieder die leere Halle vor sich, und einmal hörte er, wie irgendwo in einem Flur eine Tür zugeschlagen wurde.

Als er und Rebecca sich am anderen Morgen schulfertig machten, zog Jens nicht wie die letzten Tage nur den Pullover an, sondern auch die Segeljacke, in einem unbeachteten Moment versuchte er außerdem, die Blechdose in die Schultasche zu zwängen. Dafür war sie allerdings zu groß, so schüttete er nur den Inhalt hinein und schob sie wieder unters Bett.

Auf dem Weg zur Schule redete Rebecca wie immer auf ihn ein. »Ich habe nachgedacht«, sagte sie, »wir könnten Liebespaar spielen. Die anderen wissen ja nicht, dass wir Geschwister sind.«

Jens stellte fest, dass er vergessen hatte, die Schuhe zu binden, und blieb zurück, um sie zu binden. »Dann würden wir uns küssen«, fuhr sie fort. »Hast du schon ein Mädchen geküsst?«

Doch anstatt zu antworten, rannte Jens plötzlich die Straße hinab, dem Bahnhof zu.

»Jens«, rief sie ihm nach, »wohin willst du?«

»Ans Meer«, rief er zurück, ehe er den Kreisel hinter sich ließ und um die Ecke bog.

»Komm zurück, du Blödmann«, hörte er sie noch schreien, »Jens, bitte!«

Er rannte in die Unterführung und bestieg den erstbesten Zug. »Ich muss noch eine Fahrkarte lösen«, sagte er, als der Schaffner kam. »Nach Lütjenburg.«

»Wohin?«, fragte der Schaffner verwundert.

Jens kramte das Foto hervor, das Joe ihm geschickt hatte, und zeigte es ihm. »Nach Lütjenburg an der Ostsee«, sagte er, »dort liegt mein Boot.«

»Ich kann dir eine bis Winterthur ausstellen«, bot der Schaffner an. »Fahrkarten ins Ausland muss man am Schalter lösen.« Also fuhr Jens nach Winterthur, dort suchte er nach den Schaltern, dabei entdeckte er in einem Buchständer den Roman, über den er sich mit Joe auf ihrer Rückreise vom Genfersee unterhalten hatte: *Die Tote an der Waterkant*. Die Leiche auf dem Umschlag glich ihr nun noch mehr, daher kaufte er das Buch, obwohl die Verkäuferin meinte, das sei keine Lektüre für Kinder. Am Kartenschalter erfuhr er, dass sein Geld für eine Fahrt nach Kiel nicht reichte, also ließ er sich eine Fahrkarte nach Baden-Baden geben, das klang, als wäre er dort dem Meer schon recht nahe, für den Rest der Strecke wollte er sich unter der Sitzbank verstecken.

Der Schalterbeamte zögerte, ihm die Karte zu verkaufen, doch Jens behauptete, in Zürich würde seine Mutter zusteigen, und zeigte ihm das Buch. »Das habe ich für sie gekauft«, behauptete er, »wir sind an der Waterkant zu Hause.«

Er fuhr nach Zürich und stieg um in den ICE nach Hamburg, dort schien es ihm sicherer, sich nicht auf den Platz zu setzen, den ihm der Beamte reserviert hatte, sondern neben eine allein reisende Frau. Es sah tatsächlich aus, als gehöre er zu ihr, und so streiften ihn die Blicke der Zöllner an der Grenze nur. Danach kuschelte er sich in den Sitz, presste das Buch so an sich, dass das Bild auf seiner Brust lag, und schlief ein. In Karlsruhe war Personalwechsel. Die Schaffnerin rüttelte ihn wach und verlangte seinen Fahrschein.

»An Baden-Baden sind wir vorbei«, sagte sie, als er ihn ihr gegeben hatte.

Jens begriff noch gar nicht recht, wo er war.

»Du hast wohl verschlafen«, sagte sie.

»Ich muss an die Ostsee«, fiel ihm ein. »Dort steht mein Boot.«

Doch die Schaffnerin erklärte ihm, dass ohne Fahrschein selbst ein Kind nicht transportiert wurde, und als der Zug in Mannheim hielt, übergab sie ihn zwei Polizisten.

Als sie ihn aufs Revier brachten, gerieten sie in ein Gerangel mit einem Afrikaner, der in einen Kastenwagen verfrachtet werden sollte. Er wehrte sich, einer der Polizisten wurde gestoßen und rief: »Was soll die Scheiße«, bevor er den Mann zu fassen bekam und ihn hinausschaffte. Jens stand solange in einer Ecke und wagte nicht, sich zu setzen, doch dann gab eine Polizistin ihm eine Cola und zeigte auf die Bank.

»Die kommen schon klar«, sagte sie.

Jens setzte sich. »Komme ich auch ins Gefängnis?«, fragte er.

»Der kommt nicht ins Gefängnis, der kommt nach Hause«, antwortete die Polizistin, »und dorthin kommst du auch.«

»Ich wollte ja nach Hause«, murmelte er.

Er musste seinen Satz wiederholen, damit die Polizistin ihn verstand. »Ach ja?«, fragte sie und zog die eine Braue hoch. »Deine Schwester hat gesagt, du fährst ans Meer.«

Jens zögerte. »Sie ist nicht meine Schwester«, sagte er ausweichend.

Inzwischen hatte ein anderer Beamter nochmals in die Schweiz telefoniert. »Die Kollegen machen sich gleich auf den

Weg, um dich zu holen«, erklärte er, »das dauert aber ein paar Stunden.« Danach ging er in einen Nebenraum, die Polizistin setzte sich hinter den Schreibtisch und trank Kaffee in kleinen, vorsichtigen Schlucken, während sie begann, einen Bericht zu tippen. Um Jens kümmerte sich niemand mehr.

»Darf ich etwas lesen?«, fragte er.

»Ja, natürlich«, sagte sie überrascht und sah ihm zu, wie er aufstand und umständlich die Schultasche aufschnallte, die einer der Beamten ihm am Bahnsteig abgenommen und auf die Haken der Garderobe gelegt hatte. Er balancierte eine ganze Weile auf Zehenspitzen, ehe er das Buch zu fassen bekam.

»Ist das ein Buch für einen Jungen deines Alters?«, fragte auch sie, als sie den Umschlag sah.

Jens hob nur die Schultern. Hinter verschränkten Armen presste er das Buch an sich, lehnte sich zurück und sah aus dem Fenster. Draußen regnete es. Lange Zeit blieb es still, gelegentlich waren auf der regennassen Straße Autos zu hören, und manchmal kam ein Anruf, den die Polizistin mit ruhiger Stimme entgegennahm. Das erste Mal seit Joes Tod war er ganz für sich. Er versuchte nachzudenken, doch es war so vieles in seinem Kopf, dass er dann doch nur dem Regen zusah.

Er bekam noch eine Cola und später ein paar Waffeln, sonst geschah nichts, bis irgendwann zwei junge Schweizer Beamte in Zivil hereinplatzten. »Da ist er ja«, rief der eine schon in der Tür, er hatte eine Sonnenbrille ins Haar gesteckt. »Ich bin Mauro, das ist der Franz«, erklärte er der Polizistin, legte die Sonnenbrille auf die Theke und zeigte seinen Ausweis. »Wir holen den Jungen.«

Nachdem er ein Formular unterschrieben hatte, forderte er Jens auf, mitzukommen. Noch etwas benommen von der Stille zuvor stand Jens auf und ging hinter den Männern her zum Auto.

»Hast du deine Sonnenbrille?«, fragte Franz, und Mauro stöhnte.

»Nicht schon wieder«, klagte er und wollte umkehren, doch dann stellte er fest, dass er die Brille wieder ins Haar gesteckt hatte. Franz lachte, es schien sich um einen wiederkehrenden Scherz zu handeln, und ließ Jens auf die Rückbank klettern.

»Geht es da hinten?«, fragte Mauro, der auf der Fahrerseite eingestiegen war.

Franz wandte sich nach Jens um. »Ich glaube, er hat genickt«, sagte er und schaltete das Radio ein. »Drück ein bisschen aufs Gas, ich bin noch verabredet.«

Gelassen bog Mauro auf die Straße ein. »Du wirst sehen«, sagte er zu Jens, »um sechs, spätestens um sieben sind wir in Elgg.«

Damit begann eine merkwürdige Reise. Es war schön warm im Wagen. Jens lehnte den Kopf gegen die Scheibe und sah hinauf in den verhangenen Himmel und versuchte zu erkennen, ob es schon dämmerte oder ob nur der Regen so dicht fiel. Obwohl er nicht wirklich glaubte, dass in den Wolken die Toten wohnten, hielt er nach Josefa Ausschau, bis ihm die Augen zufielen.

Als Mauro die Autotür ins Schloss drückte, wachte er wieder auf. Fröstelnd beugte er sich vor und legte das Kinn auf die Vorderlehne. Draußen war es heller geworden.

Er sah zu, wie Mauro tankte. »Hast du Durst?«, fragte Franz.

Jens schüttelte den Kopf.

»Aber ich.« Er stieg aus, und Jens hörte, wie die Polizisten miteinander sprachen, doch er war zu müde, um zuzuhören. Gleich darauf wurde die Fahrertür geöffnet. »Na, aufgewacht?«, fragte Mauro und suchte nach seinen Zigaretten. Während er neben dem Wagen stand und rauchte, sagte er zu Jens: »Ich hätte dir ja eine Fahrt im Streifenwagen gegönnt, aber aus irgendwelchen Gründen dürfen in Streifenwagen nur Polizisten sitzen.« Er rauchte eine Weile schweigend, dann sagte er: »Um ehrlich zu sein, wir hätten gar keinen frei gehabt.« Er klopfte auf das Wagendach. »Das hier ist meine eigene Karre. Nicht mal wirklich meine, die meines Vaters. So ist das bei der Polizei.« Lachend ließ er die Zigarette fallen und stieg wieder ein, dann kam Franz mit einigen Getränkedosen zurück. »Ruf auf dem Posten an und sag denen, dass es später wird«, forderte Mauro ihn auf.

Tatsächlich standen sie bald darauf im Stau. Sie waren noch nicht einmal an Freiburg vorbei, als sie beschlossen, anzuhalten und etwas zu essen.

»Ich schlage vor, ich nehme den Zug«, sagte Franz zu Mauro, als sie in der Autobahnraststätte über einem Teller Spaghetti saßen, »und du bringst den Jungen allein nach Elgg.«

»In Ordnung«, sagte Mauro gleichmütig.

Franz lachte. »Ich hatte das nicht ernst gemeint«, stellte er klar, doch Mauro meinte kauend:

»Können wir machen, kein Problem.« Dann beugte er

sich mit vollem Mund zu Jens und raunte: »Der ist nämlich frisch verliebt.«

Franz lachte nur.

»Wir lassen dich am nächsten Bahnhof raus«, sagte Mauro, ehe er aufstand, um zur Kasse zu gehen.

Also verließen sie vor Freiburg die Autobahn und fuhren Franz zum Bahnhof.

»Komm, setz dich nach vorn«, schlug Mauro vor, als sie allein waren. Er half Jens, über die Lehne nach vorn zu klettern, dann fragte er: »Was hältst du davon, wenn wir über Land fahren? Ein bisschen Abenteuer?«

»Okay«, sagte Jens.

Mauro studierte kurz die Europakarte, dann wendete er und fuhr aus der Stadt hinaus. Er hatte vor, die kürzeste Verbindung über den Kanton Schaffhausen zu finden, doch nach zwei Stunden Irrfahrt standen sie weitab jeder größeren Straße am Ufer des Rheins. Wo Mauro eine Brücke erwartet hatte, war die Anlegestelle einer Personenfähre, die auch nur an den Wochenenden fuhr.

Mauro lachte noch immer nur. »Wollen wir uns ein Zimmer nehmen?«, fragte er. »Der Stau dürfte sich inzwischen aufgelöst haben, aber vor zwei Uhr nachts sind wir nicht in Elgg. Oder reißt du dich darum, zu Hause zu schlafen?«

Jens schüttelte den Kopf, und Mauro grinste. »Dachte ich mir«, sagte er und wendete. In einem Motel in der Nähe der Autobahn nahmen sie ein Zimmer, es roch nach Abgasen und feuchtem Teppich. Jens war so erschöpft, dass er schon schlief, ehe Mauro aus dem Bad kam.

Seit Joe gestorben war, war sie in seinen Träumen nicht vorgekommen. Erst seit er ausgerissen war, tauchte sie auf:

Als er im Zug geschlafen hatte, sah er ihre Leiche auf der Bahre liegen, ebenso später in Mauros Auto. Auch in dieser Nacht sah er sie, sie trug einen schwarzen Rollkragenpullover, hatte die Augen geöffnet und blickte kurz zur Decke empor, dann wandte sie den Kopf und sah in seine Richtung. Anders als die Male zuvor schien ihm, sie habe ihn erkannt, sofort schlug er zu und traf sie mit der flachen Hand im Gesicht.

»Was soll das«, maulte Mauro schlaftrunken, nachdem Jens aufgeschossen war und keuchend Licht gemacht hatte. Mauro hatte in voller Montur im Sessel geschlafen.

»Ich bin nicht müde«, log Jens. Er kramte *Die Tote an der Waterkant* aus der Schultasche und legte das Buch neben sich auf das Kopfkissen.

»Lies nicht zu lange«, mahnte Mauro ihn, bevor er sich ächzend in eine bequemere Position hievte und weiterschlief.

Jens wachte noch mehrmals auf, und als sie am anderen Morgen beim Frühstück saßen, fragte Mauro gereizt: »Sag mal, ist das bei Kindern eigentlich normal?«

»Was?«, fragte Jens.

»Du bist wie ein Affe durchs Zimmer geturnt.«

Jens sah in den Teller und löffelte seine Cornflakes.

Mauro trank nur einen Kaffee. »Und ich dachte, Franz macht Witze«, sagte er, »wenn er seinem Sohn droht, ihn in der Zelle schlafen zu lassen. Was glaubst du, wie oft du mich geweckt hast?«

»Entschuldigung«, murmelte Jens. Ohne ihn anzusehen, stand er auf und holte sich eine zweite Portion Cornflakes.

»Wenigstens bist du mir nicht auf den Schoß gekrochen«, fing Mauro wieder an, kaum setzte Jens sich wieder an den Tisch.

Der rührte die Cornflakes in die Milch, streute fünf Löffel Zucker darüber, dann fragte er: »Aber wenn Franz ein Kind hat, wieso ist er dann frisch verliebt?«

Mauro starrte ihn an. »Jetzt sag bloß, du wirst moralisch«, sagte er befremdet. »Solche Dinge passieren eben.«

Jens wurde rot. »Ich bin fertig«, murmelte er und legte den Löffel in die Schüssel.

»Dann komm«, sagte Mauro sofort, nahm den Zimmerschlüssel und ging.

»Ihre Sonnenbrille«, rief Jens und trug sie ihm nach.

Mauro verdrehte die Augen, er nahm sie und steckte sie ins Haar.

»Wer etwas immer wieder vergisst, will es eigentlich loswerden«, sagte Jens, während Mauro eine Zeitung vom Tresen nahm.

»Noch mehr Sprüche auf Lager?«, fragte er.

Als er das Zimmer aufgeschlossen hatte, ging er gleich weiter ins Bad, die Zeitung nahm er mit. Bevor er die Tür schloss, wandte er sich um. »Wenn du willst, leg dich noch etwas hin«, sagte er, »ich gehe jetzt erst mal in Ruhe aufs Klo.«

Jens starrte ihn an.

»Was ist?«, fragte Mauro.

»Nichts, ich … ich dachte nur plötzlich, ich hätte das schon erlebt.«

»Ein *Déjà-vu*«, erklärte Mauro und verschwand im Bad, »sowas kommt vor.«

Ein paar Minuten später checkten sie aus und fuhren los, und kurze Zeit später hatten sie schon die Grenze passiert. Während sie Basel umfuhren, sagte Jens: »Entschuldigung wegen dem, was ich über Franz gesagt habe.«

»Und was war das?«, erkundigte Mauro sich.

»Weil er verliebt ist«, sagte Jens.

Mauro sah ihn verständnislos an. »Du hast nichts gesagt.« Eine Weile fuhren sie schweigend der Grenze entgegen, dann fragte er: »Warst du denn schon mal verliebt?«

Jens schüttelte den Kopf. »Schon«, sagte er dann, »aber das zählt nicht.«

Mauro sah ihn an.

»In meine Mami.«

Mauro lachte. »Nein, das zählt wirklich nicht. Spinner!« Er zündete sich eine Zigarette an. Wenig später wurde Jens schlecht, Mauro musste auf einen Rastplatz fahren, und Jens erbrach sich.

»Ich hätte im Auto nicht rauchen sollen«, sagte Mauro, während Jens fröstelnd auf und ab ging und sich bemühte, durchzuatmen. Er hatte sich auf einen der steinernen Tische gesetzt und ließ die Beine baumeln. »Hast du Kaugummi? Kaugummi hilft.«

Jens schüttelte den Kopf.

»Dann setz die auf«, sagte Mauro, »das hilft auch«, und gab ihm seine Sonnenbrille. »Wirklich wieder okay?«, erkundigte er sich, als sie weiterfuhren.

Jens nickte. »Werden Sie einmal Familie haben?«, fragte er.

»Ich, Familie?« Mauro lachte. »Ich hatte genug Ärger in meinem Leben.«

»›Glück muss man sich erschaffen, von selbst kommt nur das Unglück‹«, sagte Jens. »Das ist nicht von mir, das ist *Bonanza*.«

Mauro schüttelte den Kopf und grinste. »Du bist mir ein Typ«, sagte er.

Danach schwiegen sie. Mauro fuhr wieder schneller, damit sie endlich nach Elgg kamen, Jens hielt sich am Türgriff fest. Ab und zu rückte er die Sonnenbrille gerade, und wenn ihm wieder übel wurde, gab er sich Mühe, auf den Horizont zu sehen.

Kurz vor elf erreichten sie Winterthur, und Mauro parkte den Wagen vor der Polizeiwache. »Ich komme gleich wieder«, sagte er, »setz dich schon mal nach hinten.«

»Warum?«

»Darum. So ist die Vorschrift. Die Ferien sind vorüber.«

Tatsächlich war Jens, als wäre er viel länger als einen Tag unterwegs gewesen. Er sah zu, wie Mauro seine Schultasche vom Rücksitz angelte und ausstieg.

»Damit du nicht wegläufst«, sagte Mauro, »das gehört sich so. Willst du Radio hören?«

Jens schüttelte den Kopf und wollte ihm die Sonnenbrille geben.

»Nachher«, sagte Mauro, »sonst lasse ich sie doch nur auf dem Posten liegen.«

Als er zurückkam, trug er Uniform. Er warf Jens die Schultasche in den Schoß, setzte sich hinters Steuer und fuhr los. »Schnall dich an«, befahl er.

Jens suchte nach dem Gurt. »Sie schnallen sich auch nie an«, stellte er etwas gekränkt fest.

Mauro stieß einen unterdrückten Fluch aus und schnallte sich an. Schweigend fuhren sie aus der Stadt hinaus.

»Grüße von Franz«, sagte Mauro nach einer Weile und sah ihn über den Rückspiegel an, »und entschuldige meine Laune. Es ist kein Vergnügen, kleine Jungen auszuliefern.«

Jens hatte den Kopf an die Scheibe gelegt, er drehte die Sonnenbrille zwischen den Fingern und betrachtete die Wolken. »Schon okay«, sagte er.

Schweigend fuhren sie in Richtung Elgg, doch schon ehe sie das Dorf erreichten, bog Mauro von der Straße ab und steuerte den Wagen eine private Einfahrt hinauf.

»Wohin fahren wir?«, fragte Jens.

Mauro hielt ihm nur stumm die Tür auf und wartete, bis er ausgestiegen war, dann führte er ihn in ein Gebäude, das so groß war wie eine Schule. Drinnen vibrierte es von fernen, unbestimmten Geräuschen, die Gänge allerdings waren menschenleer. »Wo sind wir?«, fragte Jens.

»In einem Heim«, stellte Mauro wütend fest. »Frag mich nicht, warum ich dich hierherbringen musste. Ein Junge wie du braucht kein Heim, sondern eine Familie.« Er zeigte auf eine Bank. »Setz dich.«

Jens setzte sich und wartete. Ihm gefiel das Haus mit seinen hohen Gängen und dem kalkweißen Verputz. Irgendwo in den Gängen tobten für kurze Zeit Kinder. Mauro warf seine Jacke neben Jens auf die Bank, dann klopfte er vergeblich an eine der Türen.

»Ich komme, ich komme«, rief eine Frau in den Vierzigern, die eben den Gang entlangkam, sie trug eine Werkzeugkiste. Als Erstes trat sie zu Jens. »Du musst Jens sein«, sagte sie und gab ihm die Hand. »Ich heiße Paola Camerlenghi, ich bin Sozialarbeiterin. Ich wollte euch nicht warten lassen, aber heute geht alles drunter und drüber. Ich bin hier gerade erst eingezogen.« Sie stellte die Werkzeugkiste auf die Bank. »Passt du kurz darauf auf?«, fragte sie und lächelte ihn an, dann ging sie zu Mauro, nahm ihn beim Arm und lief mit ihm ein paar Schritte den Flur hinab. Jens sah ihnen nach, während er mit Mauros Sonnenbrille spielte, schließlich steckte er sie sich ins Haar.

»Aber wir wollen doch nur mit ihm reden«, hörte er Frau Camerlenghi sagen.

»Ausgerechnet im Heim, wie praktisch.« Mauro wandte sich verärgert ab und ließ sie stehen, doch sie wartete geduldig, bis er zu ihr zurückgekehrt war.

»Es ist ein Schulheim, kein Erziehungsheim«, erklärte sie, »und außerdem hat der Ort nichts zu bedeuten. Ich bin nur hier einquartiert, solange unsere Räume am Lindenplatz renoviert werden. Jens kommt zu einer ganz normalen Anhörung.«

Mauro starrte eine Weile auf seine Schuhspitzen. »Gut«, sagte er dann. »Aber erwarten Sie nicht zu viel, er ist nicht sehr gesprächig.«

»Das ist sein gutes Recht«, entgegnete Frau Camerlenghi. Den Rest hörte Jens nicht mehr, denn inzwischen kamen drei Mädchen in seinem Alter den Flur entlang. Sie hatten sich lebhaft unterhalten, erst als sie an Jens vorübergingen, schwiegen sie kurz. »Coole Brille«, sagte dann die Mittlere, ein Mädchen, das ihn mit seinem dichten, schwarz glänzenden Haar, auch wenn es kaum bis zu den Schultern reichte, der blassen Haut und den rosigen Wangen an Schneewittchen erinnerte. Dazu lachte sie ihn an, doch gleich darauf wandte sie sich wieder den anderen zu und plauderte weiter, als hätte sie ihr Gespräch nie unterbrochen.

Mauro hatte währenddessen das Gebäude verlassen, doch eine Minute später kehrte er mit Jens' Jacke und Schultasche wieder. »Hier sind noch deine Sachen«, sagte er.

»Was ist jetzt?«, fragte Jens.

»Die Sozialarbeiterin wird gleich mit dir reden«, sagte er. »Ich muss wieder nach Winterthur.«

»Vergessen Sie Ihre Sonnenbrille nicht«, erinnerte ihn Jens.

Mauro griff sich reflexartig ins Haar, ehe er begriff, dass Jens sie ihm geben wollte. »Verdammte Gewohnheiten«, sagte er grinsend. »Ich glaube, ich probiere es mal eine Weile ohne. Hebst du sie für mich auf?«

»Okay«, sagte Jens und wurde rot.

Als Mauro gegangen war, steckte er sie sich wieder ins Haar, dann zog er die Knie ans Kinn und wartete. Er langweilte sich nicht, er war auch nicht besorgt. Er fühlte eine eigenartige Ruhe – fast so, als sei etwas Dunkles, Drückendes vorüber und die Zeit da für Neues. Einige Minuten später kam Frau Camerlenghi aus ihrem Büro, nahm den Werkzeugkasten auf und bat ihn herein. Überall stapelten sich Kisten, Ordner und Papier, die eben noch Platz ließen für einen großen runden Tisch. »Entschuldige das Durcheinander«, bat sie als Erstes, dann forderte sie ihn auf, sich zu setzen. »Deine Eltern kommen gleich«, erklärte sie. »Ich möchte, dass wir alle in Ruhe miteinander reden. Ist das für dich in Ordnung?«

Jens hob nur die Schultern.

»Oder gibt es ein Problem?«, fragte sie nach.

»Nein«, sagte er.

Frau Camerlenghi lächelte. »Fein«, sagte sie, »ich bin gleich zurück.« Dann ließ sie ihn wieder allein.

Nach einer Weile stand er auf, um aus dem Fenster zu sehen, doch die Kisten verstellten alles, so setzte er sich wieder hin. Es blieb still, bis draußen ein Auto vorfuhr. »Rosa, warte auf mich, *aspettami!*«, rief Livio. »Schließ wenigstens das Auto ab!« Er hörte Rosa nicht antworten, doch gleich darauf führte Frau Camerlenghi beide herein. Jens stand auf, Livio und Rosa gaben ihm scheu die Hand, dann setzten sie sich alle um den Tisch, und Livio zwinkerte ihm zu.

»Damit wir uns richtig verstehen«, sagte Frau Camerlenghi, »wir sprechen jetzt nur über die nächsten Tage. Eine endgültige Lösung steht heute nicht zur Debatte.« Danach sah sie alle drei der Reihe nach an, um sicher zu sein, dass sie verstanden hatten. Als alle genickt hatten, sagte sie: »Fein, und wer macht den Anfang?«

Eine Weile schwiegen sie, dann räusperte Rosa sich. »Ich glaube trotzdem, das Gespräch geht in die falsche Richtung«, sagte sie. »Kann ich kurz mit Ihnen allein sprechen?«

Frau Camerlenghi sah erst Jens an. »Hast du etwas dagegen?«, fragte sie.

Jens schüttelte den Kopf. »Ich auch nicht«, sagte Livio. »Gibt es hier etwas zu trinken?«

Frau Camerlenghi nickte. »Im Flur steht eine Wassersäule«, sagte sie. »Sonst können Sie die Sekretärin bitten, Ihnen Kaffee zu machen.«

Jens und Livio gingen hinaus und suchten eine Weile, bis

sie die Wassersäule fanden. »Wohin wolltest du eigentlich?«, erkundigte sich Livio. »Doch nicht zu Anna? Glaubst du, du hättest es bei ihr besser? Die hat ja nicht mal eine Wohnung!«

Jens trank schweigend sein Wasser und sah zu, wie Livio sich einen Becher füllte, dann kamen die beiden Frauen aus dem Büro und gingen ins Sekretariat.

»Sie müssen Anzeige erstatten«, sagte Frau Camerlenghi gerade, »ohne Anzeige keine Strafuntersuchung und damit auch keine richterliche Verfügung. Und lassen Sie sich ein ärztliches Attest geben, für die Akten. Wenn Ihr Mann Sie verletzt hat, ist das ein wichtiges Indiz, nehmen Sie das nicht zu leicht.«

Gleich darauf traten sie in den Flur. Rosa trug einen Becher Kaffee, Frau Camerlenghi zeigte in eine Sitzecke. »Dort können Sie sich setzen«, sagte sie zu ihr, und Jens bat sie: »Kommst du bitte nachher nochmals in mein Büro?«

Jens nickte und setzte sich in die Sitzecke zu Livio und Rosa, die bedrückt schwiegen. Jens nahm die Brille aus dem Haar und begann, damit zu spielen.

»Von wem hast du eigentlich diese Brille?«, fragte Livio endlich.

Doch Rosa fuhr ihn gleich an: »Jetzt lass ihn doch.«

»Aber wieso, ich …«, sagte Livio, dann schwieg er wieder.

Nach einer Weile stand Jens auf. »Ich gehe jetzt zu ihr«, sagte er.

Livio nickte stumm, Rosa hob seine Colabüchse hoch und schüttelte sie. »Willst du nicht wenigstens austrinken?«, fragte sie.

»Jetzt lass ihn schon«, fuhr Livio sie an.

Frau Camerlenghi war mittlerweile damit beschäftigt, Bücher einzuordnen.

»Kann ich etwas helfen?«, fragte Jens.

Sie schüttelte den Kopf. »Alles Unfug«, sagte sie, »in ein paar Wochen ziehen wir sowieso wieder um. Aber ich kann nun mal keine Unordnung leiden.« Sie setzten sich. »Was willst du eigentlich mal werden?«, fragte sie.

»Erwachsen«, antwortete er resolut.

Sie lachte. »Das glaube ich dir. Und von Beruf?«

»Ich möchte eine Segelschule aufmachen«, erklärte er.

Das schien ihr zu gefallen, sie nickte anerkennend, während sie zusah, wie er wieder mit der Brille spielte. »Du brütest etwas aus, stimmt's?«, fragte sie.

Jens zögerte. »Was sind das eigentlich für Kinder hier?«, erkundigte er sich.

»Kinder in Schwierigkeiten«, sagte sie. »Fast alle haben zu Hause Probleme, oft sind schlimme Sachen passiert. Manche haben ihre Eltern verloren, oder ihre Mutter, so wie du.«

Jens sah sie mit großen Augen an. »Kann ich nicht hierbleiben?«, fragte er.

Frau Camerlenghi sah ihn nachdenklich an. »Das ist nicht so einfach«, gestand sie. »Willst du nicht lieber in eine nette Gastfamilie?«

Jens schüttelte den Kopf. »Die nächsten Tage wenigstens«, bat er.

Sie stand auf. »Einen Augenblick«, sagte sie. Zwischen zwei Kisten fand sie nach einigem Suchen das Telefon und wählte eine Nummer. »Petra, habt ihr für ein paar Tage ein Bett frei?«, fragte sie. »Ein Junge«, sagte sie, »aber ein Einzelzimmer wäre besser.« Als sie sich wieder zu Jens setzte, lächelte sie. »Für ein paar Tage geht es«, verkündete sie, »vorausgesetzt, deine Eltern haben nichts dagegen. Danach sehen wir weiter, okay?«

Jens nickte. »Darf ich Sie noch etwas fragen?«

»Schieß los«, sagte sie.

Er suchte erst noch nach Worten. »Ist es sehr schlimm«, fragte er schließlich, »wenn man nicht weint, wenn einem jemand stirbt?«

»Du hast noch nicht geweint?«, fragte sie nach.

Jens schüttelte besorgt den Kopf.

Wieder dachte sie kurz nach, dann beugte sie sich zu ihm vor und sagte sanft: »Du wirst sehen, das kommt noch, solche Dinge brauchen Zeit. Manchmal tut etwas so sehr weh, dass man nicht mal mehr weinen mag. Irgendwann wird es aber weniger weh tun, und dann kommt das Weinen ganz von selbst, jede Wette.«

Jens nickte. »Das dachte ich mir schon«, sagte er, »ich war mir nur nicht sicher.«

Frau Camerlenghi lächelte wieder. »Deine Sonnenbrille ist wirklich sehr schick«, sagte sie, während sie aufstand.

»Nicht wahr?« Stolz steckte er sie wieder ins Haar.

Frau Camerlenghi sah auf die Uhr. »Schon wieder Mittag«, stellte sie fest. »Wenn du magst, geh in die Mensa und iss etwas. Ich rede inzwischen mit deinen Eltern.«

Nachdem Jens die Treppe zur Mensa hinabgestiegen war, trat er in einen weiten, schattigen Flur, und plötzlich sah er Joe vor sich, wie sie eines Abends an seinem Bett gesessen hatte. »Vergiss morgen nicht, dass wir verabredet sind«, hatte sie ihn ermahnt.

»Mit wem verabredet?«, hatte er gefragt, und sie hatte lachend die Augen verdreht.

»Du und ich sind verabredet, Quatschkopf, wir wollten dir neues Turnzeug kaufen. Schon vergessen?«

»Nein, nicht vergessen«, hatte er gesagt und sich aufgesetzt, denn inzwischen hatte er eine lose Wimper unter ihrem Auge entdeckt. »Warte, du hast da eine Wimper«, hatte er geflüstert und sie behutsam auf den Finger genommen.

Joe hatte kurz nachgedacht und sie fortgeblasen.

»Was hast du dir gewünscht?«, wollte er wissen.

Sie hatte den Kopf geschüttelt. »Sagt man nicht.«

»Komm schon!«, hatte er gebohrt, doch Josefa hatte nur gelacht.

»Sagt man nicht«, hatte sie wiederholt.

»Los, sag!« Er war fast geplatzt, doch Joe hatte auch jetzt nur gelacht. »Glück und Segen auf all deinen Wegen«, hatte sie schließlich gesagt, doch es war offensichtlich, dass sie log.

»Ist nicht wahr!«, hatte er gerufen und sie geboxt.

»Warum nicht?«, hatte sie nur zärtlich gefragt, dann hatte sie ihn sanft und beharrlich ins Kissen zurückgedrückt und ihm das Haar aus dem Gesicht gestrichen.

Die Tür zum Speisesaal stand offen, die anderen Kinder saßen schon beim Essen, ihre Bestecke klapperten, alle redeten durcheinander. Jens zögerte, durch die Tür zu treten, doch dann rief das Mädchen, das aussah wie Schneewittchen: »Seht mal, der Typ mit der Sonnenbrille!« Sie saß mit ihren Kameradinnen an einem der langen Tische und winkte ihn fröhlich zu sich. »Setz dich hierhin«, entschied sie, als er näher kam, und tippte mit der Hand auf den Platz ihr gegenüber. Jens setzte sich, gleich nahm sie ihm frech die Brille weg und setzte sie auf, doch nur für eine Sekunde, dann steckte sie sie sorgsam in sein Haar zurück. Währenddessen redete sie ohne Punkt und Komma mit ihm und mit den Kindern links und rechts, und zwischen zwei Sätzen fragte sie ihn auch, wie er hieß. »Jens?«, rief sie verwundert, als er endlich antworten konnte, »das klingt ja wie ein Fußballstar!« Und ehe er etwas erwidern konnte, hatte sie den Arm ausgestreckt und zeigte ihm, wo er sein Essen holen musste.

Als er aufstand und durch den Saal ging, rief sie ihm bereits wieder nach. »Jens! Jens!«, schrie sie und zeigte auf ihr leeres Glas. »Eistee«, formten ihre Lippen, dazu faltete sie strahlend die Hände und bettelte kokett, so dass Jens lachen musste. Als er mit seinem Essen und dem Eistee zurückkam, hatte sich einer der Leiter zu ihnen gesetzt, er wollte Jens sein Zimmer zeigen, doch Cora – so hieß das Mädchen – kämpfte darum, Jens zu seinem Zimmer führen zu dürfen.

»Du bist Deutscher?«, fragte sie verwundert, als sie wenig später zum Wohntrakt gingen (sie hatte ihn kaum aufessen lassen). »Das kann nicht sein, nur Italiener tragen die Sonnenbrille auf dem Kopf.«

»Ich bin halber Tessiner«, sagte er, und Cora strahlte.

»Wusste ich es doch«, rief sie. »Weißt du, dass ich vielleicht auch Tessinerin bin? Oder Italienerin. Wahrscheinlich eher Italienerin, aber mein erstes Heim war in Lugano.«

Inzwischen hatten sie das Zimmer erreicht, das nüchtern war wie eine Zelle. Cora riss die Schranktür auf. »Hier kannst du deine Kleider reintun«, erklärte sie.

»Ich habe gar nichts dabei«, stellte Jens fest.

»Macht nichts«, sagte sie unbekümmert und zog ihn vor

den Spiegel, »ich kann dir etwas von mir leihen. Siehst du, wir sind fast gleich groß.« Vergnügt löste sie eine Spange aus ihrem Haar und versuchte sie ihm anzustecken. Natürlich waren seine Haare viel zu kurz. »Du musst sie wachsen lassen«, entschied sie.

Jens lächelte etwas überrumpelt. Noch ehe ihm eine Antwort einfiel, fragte sie:

»Hast du Geld?«

Jens zog ein paar Münzen aus der Tasche, doch Cora winkte ab.

»Scheine«, forderte sie. Jens schüttelte den Kopf. »Schade«, sagte sie, »ich wollte dir etwas zeigen. Ich erkenne nämlich jeden Geldschein blind.«

»Wozu soll das gut sein?«, fragte er.

Sie flüsterte ihm ins Ohr: »Wenn du jemandem Geld aus der Brieftasche klaust, musst du den zweitgrößten nehmen, das fällt nicht auf. Du kannst natürlich auch einen noch kleineren nehmen, aber das wäre ja dumm.« Sie setzte sich aufs Bett und fragte neugierig: »Und was kannst du?«

»Ich kann segeln«, sagte Jens.

»Echt?«, rief sie und schlug die Hände zusammen. »Wie cool! Ich kann nicht mal schwimmen. Dafür kann ich ein bisschen Gitarre spielen.« Jens wusste nicht recht, ob er sich neben sie setzen sollte, doch da sprang sie auch schon auf und fasste seine Hand. »Komm«, sagte sie, »wir gehen wieder zu den anderen.«

Während sie zurück in den Schultrakt gingen, fragte Cora: »Hast du Eltern?«

»Einen Vater«, sagte er, »und du?«

Sie schüttelte den Kopf. »Nichts, ich bin ein Findelkind.«

»Was ist ein Findelkind?«, fragte er.

»Ich lag in einem Autoscooter«, erklärte sie. »Weißt du wenigstens, was ein Autoscooter ist?«

»Klar«, sagte er. »Wieso in einem Autoscooter?«

Cora lachte. »Blödmann, das weiß ich doch nicht. Vielleicht arbeitete meine Mama auf dem Jahrmarkt.«

Dann klingelte auch schon die Schulglocke, und sie begannen zu rennen, denn der Leiter hatte Cora beauftragt, Jens mit in ihre Klasse zu nehmen. Dort war es sehr angenehm, der Lehrer fragte ihn nichts, die anderen Kinder auch nicht, und als Cora ihn nach dem Unterricht mit zum Pingpongtisch nahm, ließen sie ihn mitspielen, als sei er einer von ihnen.

Abends blieben die Kinder in ihren Wohngruppen. Jens war der Wohngruppe ›Koala‹ zugeteilt und half gerade, Salat zu waschen, als er nochmals in den Schultrakt gerufen wurde. Livio stand mit zwei Koffern und Jens' Sporttasche im Flur.

»Ich bringe noch deine Kleider«, sagte er.

»So viele?«, wunderte sich Jens.

Livio musterte das Gepäck, als sehe er es erst jetzt (Jens hatte ihn im Verdacht, getrunken zu haben). »Dieser ist meiner«, sagte er und nahm den kleineren der Koffer wieder an sich. »Ich darf nicht mehr nach Hause«, erklärte er. »Ich darf nicht mehr in meine eigene Wohnung, stell dir das vor, Rosa hat eine einstweilige Verfügung erwirkt. Die Welt ist verrückt geworden.« Er lachte hilflos.

»Hast du das Handy dabei?«, fragte Jens.

»Natürlich«, sagte Livio beflissen und gab es ihm.

Es schien Jens sonderbar, dass Livio ihn nichts fragte, so sagte er von sich aus: »Ich will Anna anrufen.«

»Gute Idee«, rief Livio, »wirklich eine gute Idee. Die Nummer ist gespeichert.«

Er wollte ihm helfen, die Nummer zu wählen, doch Jens hatte sie bereits gefunden, er wandte sich ab und stellte sich ans Fenster. Draußen war es bereits wieder dunkel, in der Scheibe spiegelten sich die Flurlampen. Während er auf das Klingelzeichen wartete, betrachtete er Livio aus dem Augenwinkel und stellte fest, dass er sich erstmals stärker fühlte als sein Vater.

Anna

Nachdem Anna erfahren hatte, dass Jens ausgerissen war, fuhr sie ins Institut, um die Beurteilungen für Golombiewski zu schreiben, doch die meiste Zeit über saß sie nur da und starrte auf die große Eiche auf dem Parkplatz vor ihrem Fenster, und alle paar Minuten kontrollierte sie, ob ihr Handy funktionierte.

Nachmittags gegen drei kam endlich Livios Anruf, Jens war im Zug nach Hamburg aufgegriffen worden.

»Was war passiert?«, fragte sie besorgt. »Wovor ist er ausgerissen?« Doch Livio legte auf, ohne zu antworten, und als sie zurückrufen wollte, drückte er ihren Anruf weg.

Es war ein stiller, verregneter Nachmittag, überall lief der Unterricht, niemand war im Treppenhaus, als sie aufstand, um Kaffee aus dem Sozialraum zu holen. Sie nahm das Handy mit, und nach einigen Schlucken überwand sie sich, Pauline anzurufen. »Er ist wieder da«, sagte sie.

»Gott sei Dank«, rief Pauline, und Anna musste zugeben, ihrer unmöglichen Bemerkung vom Vormittag zum Trotz klang sie ehrlich erleichtert. »Wo war er hin?«

»Er saß im Zug nach Hamburg«, berichtete Anna.

»Dann wollte er zu dir«, stellte Pauline fröhlich fest.

»Vielleicht«, sagte Anna zögernd. Das war genau die Frage, über die sie sich den ganzen Tag den Kopf zerbrochen hatte.

»Übrigens sind die Papiere für deine Hypothek bereit«, verriet Pauline fast scheu.

»Ach ja, schon?«, sagte Anna nur. Dann sagte sie: »Ich lege jetzt auf, vielleicht ruft Jens noch an.«

Sie rechnete nicht wirklich damit, doch ihr fiel nichts Besseres ein, um ihre Mutter abzuwimmeln. Nachdem sie den Anruf unterbrochen hatte, lehnte sie erschöpft den Kopf an den Türrahmen. »Lieber Gott«, dachte sie, während sie dem monotonen Ticken des Thermostats in der Kaffeemaschine zuhörte, »sag mir bitte, was ich tun soll. Was ist das Richtige?« Doch sie wartete vergeblich auf ein Zeichen, und so ging sie endlich in ihr Büro, um die Bücher zu holen, packte sie in den Kofferraum, kaufte noch etwas Proviant und fuhr hinaus zur Bucht.

Das Haus erschien ihr fremd und abweisend, sie wagte nicht, es wirklich in Besitz zu nehmen, und schlief, nachdem sie bis spätabends auf der Veranda auf dem Schlitten gesessen hatte, quer über ihr früheres Bett gestreckt ein, ohne sich auszuziehen.

Erst am anderen Morgen schien sich ihr das Haus zu öffnen. Weich drang das Licht durch die verstaubten Fenster, das Meer gab kaum Geräusche von sich, und die wenigen ließen die Stille noch wachsen. Sie traute sich auch jetzt nur zögernd, das Haus zu erobern, jede Berührung zerstörte die Staubschicht, die sich in zehn Jahren Vereinsamung über Möbel und Böden gelegt hatte, und es fiel ihr eigenartig schwer, sich von dieser traurigen Patina zu trennen.

Im Lauf des Morgens ging sie von Zimmer zu Zimmer, überall setzte sie sich für eine Weile in eine Ecke, auf eine Sessellehne oder Tischkante und betrachtete den Raum, während sie sich an den Gedanken zu gewöhnen versuchte, dass all das jetzt ihres war. Während sie auf der Veranda aß, sah sie den Regenschleiern zu, die über das Meer strichen wie fremder Atem und in großflächigen Zeichnungen die Wasseroberfläche aufrauhten. Immer wieder kreisten ihre Gedanken um Jens' Fluchtversuch – war er vor etwas fortgerannt, oder hatte er etwas gesucht? Überhaupt, wie lebte er dort unten in der Schweiz? Wie ging er mit Joes Tod um? Es quälte sie, dass sie so überhaupt nicht für ihn da sein konnte.

Es wurde Nachmittag, bis sie endlich die Bücher aus dem Auto holte und sich auf das Sofa legte, dessen Stoff brüchig geworden war und nach Estrich und gedörrtem Obst roch, und es dauerte nochmals eine Stunde, bis sie sich überwand, eines der Bücher aufzuschlagen und darin zu lesen. Für Minuten vergaß sie, wer sie war, was sie quälte, wo sie sich befand – dann hob sie die Augen und erinnerte sich wieder, und eigenartigerweise wurde in ebendiesen flüchtigen Momenten das Haus zu ihrem. Sie fühlte, wie sie eins wurde mit den Gerüchen und Geräuschen dieses Ortes, das lastende Gefühl von Wichtigkeit und Schwere verlor sich – ihre Geschichte war ja so unbedeutend und vergänglich! Alles Leid, dachte sie in jenen Augenblicken zwischen Lesen und Erwachen, in denen die Zeit verschwamm, war flüchtiges Leid. Die schlichte Wahrheit war doch, dass alle Menschen einmal glücklich waren und sich dann wieder quälten, dass sie kamen und gingen, geboren wurden, gebaren und starben, während draußen, ganz wie jetzt, das Meer und der Regen rauschten, die Sonne brannte oder Sterne wanderten.

Irgendwann lachte sie schallend auf und wunderte sich

nur noch, dass sie jemals geglaubt hatte, sie könnte über Jens' Glück oder Unglück bestimmen. Sie konnte nur da sein, vielleicht suchte er sie, vielleicht nicht, vielleicht würde jemand anderes sie suchen … Das Einzige, was sie sicher wusste: Sie selbst würde sich von hier fürs Erste nicht mehr fortrühren.

So wurde es Abend. Das Buch, das sie für Golombiewski las, hieß *Was Kinder brauchen*. Sie hatte das Fenster weit geöffnet, der Himmel draußen war noch hell, doch ohne Lampe ließ sich kaum noch lesen. Sie warf das Buch auf den Sessel neben sich und produzierte eine Staubwolke. Hustend wollte sie sich eben erheben, um Licht zu machen, da klingelte ihr Handy, das Display zeigte Livios Nummer. Sie wollte schon beginnen zu wettern, doch es war Jens, der sagte:

»Ich bin's.«

»Hey.« Sie lachte überrascht. »Ich habe gerade an dich gedacht.«

»Ich wollte ans Meer«, sagte Jens, »aber das Geld hat nicht gereicht.« Er sprach leise. »Jetzt bin ich in einem Heim.«

Anna schoss hoch. »In einem Heim? Wo, in Elgg? Ich hole dich da raus.«

»Nein«, sagte Jens, »du brauchst mich nicht zu holen, ich bin gern hier. Es ist ein Schulheim, kein Erziehungsheim, und die anderen Kinder haben auch keine Mutter.«

Anna stotterte, verschwunden war alle Gelassenheit. »Was … was ist mit dem Meer?«, fragte sie unsinnigerweise, und Jens antwortete auch nicht.

»Ich muss jetzt gehen«, sagte er nur, »die anderen sind schon in ihren Zimmern.«

»Jens«, rief sie – so gern hätte sie ihn gefragt, ob er zu ihr hatte fahren wollen, doch sie hatte Angst vor seiner Antwort. So sagte sie nur: »Danke, dass du mich angerufen hast.« Gleich darauf war die Verbindung unterbrochen.

Starr saß sie da, das Handy an die Schläfe gepresst, und lauschte dem Besetztzeichen. »Lieber Gott«, murmelte sie wieder, »nun sag mir endlich, was ich tun soll!« Dann sprang sie auf, in Socken rannte sie hinaus ins Nasse und schrie vor Wut und Ohnmacht, doch nur kurz, denn ihr Handy klingelte bereits wieder, dieselbe Nummer. »Jens?«, fragte sie, doch diesmal war es Livio.

»Jens ist gegangen«, sagte er und wollte noch etwas sagen, doch sie unterbrach ihn.

»Was ist das für eine Sache mit dem Heim?«, fuhr sie ihn an. »Was haben Sie mit ihm angestellt?«

»Nichts, nichts«, versicherte ihr Livio. »Die Hand war mir ein bisschen ausgerutscht, nicht bei ihm, bei meiner Frau … Ich glaube, ich brauche Ihre Hilfe.« Dann plötzlich unterbrach er sich. »Jens?«, rief er, »Jens, warst du das? Mach sofort das Licht wieder an.« Seine Stimme klang fast panisch. »Du Bastard, mach das Licht an!«, schrie er, dann war die Leitung wieder unterbrochen.

Die nächsten Tage hörte sie nichts mehr von Jens, das Wochenende über arbeitete sie konzentriert an den Beurteilungen für Golombiewskis Vortrag und wurde eben rechtzeitig fertig, um sie ihm an den Flughafen zu bringen. Er war gebeten worden, auf einem internationalen Symposium in Sankt Petersburg einen Überblick über die Traumaforschung an Jugendlichen zu liefern, und als er zwei Tage später ins Institut zurückkehrte, erzählte er Anna etwas zerknirscht, er sei eingeladen worden, für die UNO ein globales Forschungsprojekt zur Sozialisation traumatisierter Jugendlicher zu organisieren.

»Und da machst du keinen Luftsprung?«, rief Anna aufgeregt. »Das ist ein Quantensprung für unser Institut!«

»Ja«, sagte Golombiewski. »Nur fällt mir niemand ein, der das Projekt betreuen könnte. Deine Beurteilungen waren hervorragend, sie waren wohl ausschlaggebend für die Anfrage, doch für ein Projekt dieser Größenordnung brauche ich jemanden mit Doktortitel ...«

Anna wurde rot. »Das ist Erpressung«, sagte sie.

»Ohne scheint es nicht zu gehen«, stellte Golombiewski nüchtern fest. »Woran arbeitest du eigentlich gerade?«

Sie war dabei, einen neuen Reader für Studienanfänger zusammenzustellen. »Jemand muss das machen«, erklärte sie.

»Du nicht«, entschied er.

Doch Anna schüttelte den Kopf. »Wir sind hier am Rotieren, Horst. Seit Kalle weggelaufen ist ...«

»Er ist nicht weggelaufen«, unterbrach Golombiewski, »ich habe ihn weggeschickt. Kalle ist viel zu kreativ, um Erstis zu unterrichten, er ist der geborene Therapeut. Und außerdem fiel uns nichts Besseres ein, um dich zurückzuholen.« Anna schnappte noch nach Luft, als Golombiewski fortfuhr: »Morgen setzen du und ich uns zusammen und arbeiten einen Zeitplan aus. In einem halben Jahr will ich endlich deine Doktorarbeit sehen.«

»In einem halben Jahr?« Sie hustete.

»Du kannst das.«

»Klar«, sagte Anna atemlos, »ich kann alles.« Dann lachte sie über sich selbst. »Also meinetwegen«, sagte sie. »Nur morgen ist ganz schlecht, da treffe ich meinen Prinzen.«

Es kostete sie viel Überwindung, das Flugzeug zu nehmen, doch als sie in Zürich wieder festen Boden betrat, war sie sehr stolz auf sich. Die Sonne schien, es war sommerlich warm, und sie genoss die Zugfahrt über Land. Nachdem ihr die Kioskdame am Bahnhof von Elgg ein Taxi besorgt hatte (dafür kaufte sie ihr eine Wegwerfkamera ab), fuhr sie zum Schulheim und sprach mit der Sozialarbeiterin, die Jens betreute. Er hatte gerade Unterricht, daher spazierte sie noch etwas durch die Wiesen und freute sich an den Kühen, die an den Zaun kamen und sie mit großen, treuen Augen ansahen. Jens stand am Fenster, als sie zum Heim zurückkehrte, gemeinsam mit einem dunkelhaarigen Mädchen, Anna winkte. Er wandte sich nur stumm ab, sie war sich nicht im Klaren, ob er zu ihr kommen würde, doch gleich darauf trat er durch die Eingangstür. Lächelnd breitete sie die Arme aus.

»Irgendwann fallen sie mir ab«, stellte sie fest, nachdem er eine Weile gezögert hatte, zu ihr zu kommen. Damit brachte sie ihn endlich zum Lachen, er kam die Treppe herab und umarmte sie.

Als sie gemeinsam weggingen, erschien das Mädchen wieder am Fenster und rief seinen Namen. Sobald er sich nach ihr umgedreht hatte, formten ihre Lippen: »Wie schön sie ist!«, als verrate sie ihm ein Geheimnis, dann winkte sie ihnen nach.

Sie spazierten zu einem Bauernhof, der auch ein Ausflugsziel für Familien war, Jens aß ein Eis, und Anna sah ihm eine

Weile zu, ehe sie sagte: »Ich habe übrigens mein Versprechen gehalten, ich weiß jetzt, warum deine Mutter nach Kiel kam.«

Jens sah von seinem Eis auf, in seinem Blick war plötzlich wieder etwas Scheues, ganz Ungeschütztes.

»Den Bergströms hat ein Haus gehört«, erzählte sie, »ganz nahe am Meer.«

»Ich weiß«, sagte Jens, »das Haus mit der ›Florian‹, sie hatte mir ein Foto geschickt. Wollte sie mit mir da hinziehen? Ist sie deshalb hochgefahren?«

Anna zögerte, heimlich kreuzte sie die Finger, ehe sie sagte: »Sieht ganz so aus. Weil das Haus aber nur immer leer gestanden hatte und so gar niemand mehr drin wohnte, hatte die Gemeinde es längst konfisziert und wollte es verkaufen. Damit hatte Josefa nicht gerechnet, und so blöd es klingt, sie ist wohl tatsächlich vor Schreck gestorben.«

Jens starrte sie an. »Wegen einem Haus?«, fragte er.

Anna nickte und kreuzte die Finger fester. »Weil sie sich doch so sehr gewünscht hatte, mit dir dort zu wohnen.«

Jens dachte nach, irgendwann aß er wieder etwas von seinem Eis, dann fragte er: »Wer wohnt jetzt in dem Haus?«

Anna begann zu strahlen. »Wir«, verkündete sie stolz, »du und ich. Ich habe es der Gemeinde abgekauft.«

Jens sah kurz auf, dann rührte er in seinem Eis und fragte: »In den Ferien?«

»Nein, immer«, sagte sie.

»Ich habe aber Schule«, erinnerte sie Jens.

»Du kannst auch dort zur Schule gehen«, erklärte sie.

Jens dachte lange nach. »Und wenn du stirbst?«, fragte er unvermittelt.

Sie lachte auf. »Ich habe nicht vor zu sterben«, versicherte sie ihm.

»Und wenn doch?« Er schüttelte den Kopf. »Das ist keine gute Idee«, sagte er, ehe er sich wieder dem Eis widmete.

»Meine Eltern sind doch auch noch da«, erinnerte ihn Anna. »Paps recherchiert übrigens schon, wie er die ›Florian‹ wieder flottmachen kann.«

Seine Miene hellte sich kurz auf, doch nur um eine Spur. »Deine Eltern sind schon alt«, wandte er ein. »Ich bleibe lieber hier und komme zu dir in die Ferien.«

»Aber hier sorgt doch niemand für dich«, rief Anna aus.

»Doch, natürlich«, sagte Jens verwundert, »Frau Camerlenghi.«

»Ja, die ist nett«, gab Anna zu. »Aber dann ist die auch alt.«

Jens musste lachen. »Macht nichts«, sagte er, »Herr Hämmerli ist ebenfalls nett, das ist unser Lehrer. Er ist ein bisschen streng, Cora hat er schon zweimal vor die Tür gestellt, weil sie immer redet, aber ich mag ihn. Und«, fiel ihm ein, »Frau Camerlenghi sagt, Cora hat sich positiv entwickelt, seit ich hier bin.« Diesmal war er es, der strahlte.

»Wer ist Cora?«, fragte Anna.

»Meine Freundin«, erklärte er selbstbewusst. »Ohne die gehe ich sowieso nirgends hin.«

»Und an den Wochenenden, und in den Ferien«, fragte Anna weiter, »macht das Schulheim da nicht zu?«

»Doch«, sagte Jens. »Aber Cora hat eine Wochenendfamilie, die ist ganz okay, dorthin darf ich mit, jedenfalls, bis Papa die Erlaubnis hat, sich um mich zu kümmern. Du siehst, es ist alles geregelt.« Er lächelte verschmitzt.

Anna betrachtete ihn irritiert, dann wandte sie den Blick

ab und sah zu, wie eine Gruppe Fahrradfahrer den Bauernhofladen belagerte, um Postkarten zu kaufen. Sie hatte allerhand zu verarbeiten. »Hast du auch schon jemanden gefunden, der mit dir segelt?«, erkundigte sie sich.

Sie hatte ironisch sein wollen, doch Jens nickte eifrig. »Hier gibt es keinen See«, erzählte er, »aber Kurt lernt jetzt segeln. Einmal im Monat holt er mich ab, und wir fahren zusammen auf dem Zürichsee. Das hat er jedenfalls versprochen. Und bis er es kann, kommt Alex mit.«

Anna sah ein, dass sie kapitulieren musste. »Wenn ich gewusst hätte, dass du nicht mit mir zurückfliegst«, sagte sie zerknirscht, »hätte ich dir etwas mitgebracht.«

»Hering«, rief Jens wie aus der Pistole geschossen, »bring mir bitte, bitte Hering mit.«

Sie lachte schallend. »Ich hatte eher an etwas Süßes gedacht.«

»Kondensmilch«, rief er ebenso begeistert, »unbedingt Kondensmilch, die gibt es im Heim auch nicht.«

Als sie aufstanden, um zurückzugehen, war sie bereits wieder fröhlich. »Weißt du schon, was jetzt mit deinem Papa geschieht?«, erkundigte sie sich, während sie die Wegwerfkamera zückte.

Jens nickte. »Frau Camerlenghi hat gesagt, er muss so ein Programm machen, dort bringen sie ihm bei, ein besserer Vater zu sein. Cora kennt einen Jungen im Heim, dessen Papa auch dieses Programm gemacht hat, und jetzt lädt er ihn immer zu McDonald's ein, das findet sie toll, vielleicht lädt Livio uns auch ein.«

»Auf diese Cora bin ich ja gespannt«, sagte Anna und knipste ihn.

Als sie ins Heim zurückgekehrt waren, dauerte es eine Weile, bis sie sie fanden, denn Cora saß in einem der Schulzimmer und erledigte Strafaufgaben. »Ich muss hundertmal schreiben: Ich darf niemanden verhauen«, erklärte sie.

»Wen hast du denn gehauen?«, fragte Jens und setzte sich ganz selbstverständlich neben sie.

»Alle«, gestand sie. »Sie haben gesagt, du kommst nicht wieder.«

»Soll ich dir helfen?«, fragte er.

Sie lachte etwas. »Das geht doch nicht, das sieht man«, sagte sie und stellte fest: »Du riechst nach Magenbrot.«

»Wir hatten es eigentlich für dich gekauft«, sagte Anna, »doch dann hat Jens dir alles weggegessen.«

Eine Sekunde lang sahen sie zu, wie Coras Gesicht sich verfinsterte, dann zauberte Jens eine Tüte Magenbrot hinter dem Rücken hervor. »Es war nicht gelogen «, sagte er, während Cora darüber herfiel, »aber wir sind noch mal umgekehrt. Und noch was: Im Sommer dürfen wir zu Anna in die Ferien.«

Cora sah erschrocken auf. »Ich war noch nie in den Ferien«, stellte sie fest und vergaß ganz zu kauen, und plötzlich wurden ihre Augen nass.

Der Augenblick war etwas peinlich, dann aber hob Anna die Kamera. *»Cheese«*, rief sie, Jens und Cora strahlten sogleich um die Wette, und sie drückte ab.

Jens durfte Anna sogar mit dem Taxi an den Bahnhof begleiten. Unterwegs sprachen sie darüber, dass Joes Urne noch bestattet werden musste. »Stimmt es, dass man die Asche auch ins Meer kippen kann?«, fragte er.

»Ins Meer kippen nicht«, sagte Anna, »aber die Urne versenken, das darf man.«

»Dann will ich das mit meiner Mami tun«, entschied er.

Anna nickte. »Eine gute Idee«, sagte sie. »In den Ferien?«

»Au ja.« Jens hing noch etwas der Vorstellung nach.

Inzwischen hatten sie den Bahnhof erreicht, er schwang sich auf einen der hölzernen Postwagen, die bereitstanden, Anna nahm seine Hände in ihre, sah ihn an und atmete tief durch. »Ich habe dir etwas Schlimmes noch nicht gesagt«, gestand sie.

Jens sah sie erwartungsvoll an, sie musste nochmals etwas mit sich ringen, dann sagte sie: »Es geht um die Krankheit, an der sie gestorben ist. Die Sache ist, ich wusste, dass sie sie hat, und habe nichts gesagt.«

Jens fragte nur verwundert: »Warum nicht?«

Sie rechnete damit, alles zu zerstören, doch sie konnte mit einem Mal nicht mehr mit ihrem Geheimnis leben. »Weil ich ihr dann auch etwas anderes hätte sagen müssen«, sagte sie, »etwas, das vielleicht gemacht hätte, dass sie mich nicht mehr gern hat.«

Jens dachte nach, Anna konnte nur warten. Ein paarmal setzte er zum Reden an, dann dachte er doch weiter nach. »Es ist okay«, sagte er endlich. »Ich glaube auch nicht, dass es viel verändert hätte. Kurt hat ihr auch immer gesagt, dass sie krank ist und sich untersuchen lassen muss. Sie hat auf niemanden gehört, so war sie halt. Sie ist an allem selber schuld.«

Das klang verbittert, doch Anna hatte dafür keine Ohren. »Dann bist du mir nicht böse?«, fragte sie. Sie wagte erst wieder zu atmen, als er den Kopf schüttelte, und wäre nicht soeben der Zug eingefahren, wäre sie in Tränen ausgebrochen.

Doch Jens zog sie schon an sich und umklammerte sie. »Guten Flug«, rief er ins Kreischen der Bremsen.

Ach ja, der Flug. »Ich hasse Fliegen«, rief sie zurück und zog eine Grimasse, die ihn zum Lachen brachte.

Erst als sie eingestiegen war, fiel ihr das Fotoalbum ein, das sie für ihn eingepackt hatte. Sie zog es aus der Tasche, drängte sich nochmals durch die Passagiere und rief ihn zu sich. »Das wollte ich doch zusammen mit dir ansehen, ich Huhn«, sagte sie. »Ich habe es in unserem Haus gefunden.«

Gleich darauf fuhr der Zug an, die Tür schloss sich automatisch, Anna setzte sich ins nächstbeste Abteil und lächelte ungläubig vor sich hin. Jens hatte ihr verziehen – er hatte ihr tatsächlich verziehen! Die ganze Reise über wurde sie dieses Lächeln nicht mehr los, das dazu führte, dass selbst die deutschen Zollbeamten freundlich wurden.

Jens

Jens kam eben noch rechtzeitig zum Abendbrot. Kaum saß er, schlug er das Album auf. Erst hielt er es diskret auf den Knien, mit einer Hand aß er, mit der anderen blätterte er die Seiten um, doch bald hatte er den Teller zur Seite geschoben und das Album vor sich auf den Tisch gelegt. Cora setzte sich neben ihn, und Kopf an Kopf betrachteten sie die Bilder. Einige kannte er schon aus dem Album der Paulsens, andere waren neu: Josefa als Baby und im Kindersitz auf dem Fahrrad mit ihrem Großpapa, Anna und Joe im Kindergarten, Josefa mit ihren Eltern auf einer Schwedenreise ...

»Sieh mal«, rief Cora, als Jens eine Seite mit Segelfotos aufschlug, von denen eines fehlte, nur die Fotoecken klebten noch. »Da war bestimmt dein Foto drin, das Foto, das dir deine Mami geschickt hat.«

Tatsächlich war es dieselbe Serie, Josefa als Teenager auf der ›Florian‹, dahinter das Haus mit der großen Veranda. Jens starrte auf die Lücke, seine Gedanken jagten sich. »Aber ...« Er dachte weiter nach, dann stellte er verwundert fest: »Aber dann war sie vor ihrem Tod ja doch noch in ihrem Haus.« Und während Cora bereits das Blatt hob und auf die nächste Seite linste, schossen ihm plötzlich Tränen aus den Augen.

»Mami«, schluchzte er, »arme, arme Mami!«

Ohne genau zu wissen, was ihn so überwältigt hatte, streichelte er die Bilder und immer wieder auch die leere Stelle auf dem Blatt, sie kam ihm plötzlich so verlassen und unglücklich vor, er konnte sich gar nicht wieder beruhigen. Cora saß eine Weile bei ihm, den Arm um ihn gelegt, dann stand sie auf und holte Servietten, damit er notdürftig die Tränen trocknen und die Nase putzen konnte. Nach einer Weile kam der Wohngruppenleiter Paul und schickte die anderen Kinder zum Abwasch und danach in ihre Zimmer, nur Cora durfte bei Jens bleiben und saß bei ihm, bis im Haus die Lichter gelöscht wurden. Inzwischen weinte Jens still vor sich hin. Schließlich kam Frau Camerlenghi, die Paul wohl angerufen hatte, sie zog den Mantel aus und beugte sich kurz über Jens, um ihm zu sagen, dass sie da war, dann nahm sie Cora bei der Hand und brachte sie ins Bett. Im Schein der Notlichter saß Jens weiter stumm vor dem Album, er starrte auf den leeren Fleck und schluchzte kaum noch, doch die Tränen flossen unvermindert. Es war schon spät, als Cora sich im Nachthemd nochmals zu ihm schlich, sie legte ihm ihre Jacke um und umarmte ihn, ehe sie wieder ins Bett huschte. Frau Camerlenghi hatte im Dunkeln in der Küche gestanden und darauf gewartet, dass er sich fasste. Nun setzte sie sich neben ihn und wartete geduldig weiter.

Anna

Zur selben Zeit saß Anna schon wieder in ihrem Haus am Meer in ihrem verstaubten Lieblingssessel, in eine Wolldecke gehüllt, die ihre Mutter zwanzig Jahre zuvor gehäkelt haben musste und die sie eine Kindheit lang begleitet hatte. Sie hatte die DVD eingeschoben, die Kalle zu ihren Sachen gelegt hatte, und sah sich endlich den Schluss des Films *Perdono, Giulietta!* von Massimiliano Torra an. Allerdings nicht sehr konzentriert, sie rief parallel dazu ihre Eltern an und erzählte ihnen vom Besuch bei Jens, vor allem aber hatte sie am Flughafen in Zürich noch Zeit gehabt, die Fotos von jenem Nachmittag entwickeln zu lassen. Sie konnte sich daran nicht sattsehen und blätterte sie immer wieder durch, während sie sich ausmalte, wie Jens, sie und Cora im Sommer gemeinsam die Gegend unsicher machen würden.

Seit Jens ihr vergeben hatte, fühlte sie sich so leicht und aufgehoben wie seit Jahren nicht mehr. Jens hatte ihr eine Last abgenommen, die sie zwölf Jahre lang niedergedrückt hatte. Ihr war nicht zum Jubeln zumute, es war ein sehr stilles Glück, das sie fühlte. Während sie ein weiteres Mal die Fotos durchsah, packte sie die Schokolade aus, die sie nun schon so lange bei sich trug, und wunderte sich, wie gut sie ihr schmeckte. Selten hatte sie die Tatsache, am Leben zu sein, so sehr genossen wie jetzt – zu schade nur, dass sie dieses Gefühl mit niemandem teilen konnte!

Als sie aufblickte, sah sie am Bildschirm die Nahaufnahme einer Männerhand, die eine schlanke Frauenhand am Gelenk festhielt, die Frau trug eine zierliche Uhr, natürlich eine Longines. Gleich darauf kam der Schnitt auf die Totale, die Frau war Giulietta, sie entzog sich dem schönen Studenten und rannte die geschwungene Treppe zum Palazzo empor. Es war eine Rückblende der Anfangssequenz, die sie damals mit Kalle gesehen hatte.

»Warte, Giulietta«, rief der Student erneut – wie schade, dass die DVD eine synchronisierte Fassung zeigte –, »jetzt warte doch, Giulietta, renn nicht weg.«

Während Anna auf das Lied von der Longines wartete, stand sie kurz auf und machte sich Tee. Als sie zurückkehrte, schien bereits der Mond über jenem toskanischen Garten, der Student saß einsam unter einem Olivenbaum und klimperte nur noch stumm auf seiner Ukulele, bis Giulietta den Weg herabkam und ein Gesicht machte, das ebenso viel Vorwurf wie Sorge enthielt.

»Jetzt bist *du* fortgerannt, Goffredo«, schimpfte sie. »Du darfst vor mir nicht fortrennen, hörst du? Nie mehr!« Verärgert zauste sie sein Haar, Goffredo gab noch etwas den Beleidigten, und Anna ging, um den Tee abzugießen. Als sie sich umwandte, standen Goffredo und Giulietta auf einer Hügelkuppe unter nachtschwarzem Himmel, und eben als er sie um die Taille fasste, sie an sich zog und leidenschaftlich küsste, verhüllte eine Wolke den Mond und legte ihren Schatten schützend über das Paar.

Während das Wort »Ende« erschien, stellte Anna mit

einem Seufzer den Tee auf das Tischchen, setzte sich wieder in den Sessel und schlug die Decke über sich. Sie schob noch ein Stück Schokolade in den Mund und suchte nach der Fernbedienung, um den DVD-Player abzustellen, da plötzlich brach die Schlussmusik ab, und auf dem Bildschirm erschien eine Heim-Aufnahme, nichts weiter als ein Standbild, das jenes Plakat mit dem Schiefen Turm von Pisa zeigte, welches seit kurzem über Kalles Bett hing. Anna stutzte und beugte sich vor, denn etwas schien zuoberst auf dem Turm zu kleben. Inzwischen hatte ihre Hand auch die Fernbedienung ertastet, sie zoomte das Bild heran und sah, dass auf der Turmzinne Kalle stand, unsorgfältig ins Bild montiert, und neben seinem Gesicht war eine Telefonnummer notiert. Ehe Anna sie sich merken konnte, war die Aufnahme zu Ende, sie fluchte und spulte zurück, nahm das Handy und wählte die Nummer.

Sie war aufgeregter, als sie sich eingestehen wollte, ihre Hand zitterte etwas, und während sie darauf wartete, dass er abnahm, schlüpfte sie in ihre Turnschuhe und ging vors Haus.

»Pronto«, sagte eine Frauenstimme verschlafen.

Ihr fiel erst jetzt ein, dass es Mitternacht sein musste. »Kalle Friedrichs«, sagte sie erschrocken und erntete einen Redeschwall, von dem sie kein Wort verstand und der ebenso plötzlich abbrach, wie er begonnen hatte. Eine halbe Minute später hatte sie Kalle in der Leitung. Sie beugte sich gerade über den Schlitten und tastete nach der Schlaufe, um ihn hinter sich her zum Strand zu ziehen. »Bist du wirklich in Pisa?«, fragte sie.

»Ja«, sagte er karg.

»Für wie lange?«

Er zögerte. »Der Kurs dauert ein halbes Jahr«, sagte er, »was danach wird, weiß ich noch nicht.«

»Ich vermisse dich«, stellte sie verschämt fest.

»Ich weiß«, sagte er. »Doch ich bin nicht der Mann, den du brauchst.«

»Du bist nicht perfekt«, antwortete sie, »aber ziemlich nahe dran.« Sie wartete auf eine Reaktion, doch er schwieg. »Ich habe übrigens in meinen Bemühungen um Jens ziemlich versagt«, gestand sie, während sie sich auf den Schlitten setzte und aufs Meer hinaussah, »er spricht mir jede Qualifikation als Mutter ab. Immerhin hat er versprochen, mich zu unterrichten. Im Sommer gibt er mir einen Ferienkurs.«

»Um mir das zu sagen, weckst du meine grantige Vermieterin?«, fragte er.

»Immerhin endlich ein Satz von ihm«, dachte sie dankbar. »Er hat mir verziehen, Kalle«, erklärte sie ihm. »Ich bin so glücklich. Und es war so einfach, er hat einfach nur gesagt, es ist okay, und es *war* okay. Ich hatte ja keine Ahnung, dass Verzeihen so schön sein kann.«

»Und jetzt willst du mich mit deinem Verzeihen beglücken«, riet Kalle.

»Dummkopf«, sagte sie zärtlich, »ich will, dass *du mir* verzeihst.«

Er schwieg.

»Du fehlst noch in meiner Sammlung«, witzelte sie, wieder wartete sie vergeblich. Sie stand auf und zog den Schlitten ein Stück weiter. »Es muss nicht jetzt sein«, sagte sie. »Doch *falls* du mir irgendwann verzeihen kannst, würdest du mich bitte anrufen?«

»Stimmt es«, fragte er, anstatt darauf einzugehen, »dass du dir ein Haus gekauft hast?«

Anna stutzte. Woher er das nun wieder hatte? »Es stimmt auch, dass ich dafür deine Longines versetzt habe«, gestand sie, »noch etwas, wofür ich um Verzeihung bitte. Aber Kalle, es ist hier draußen wunderbar, nur manchmal etwas einsam…«

»Und weil du nicht gern Trübsal bläst…«

»Ich blase nicht Trübsal«, rief sie entrüstet. »Zum Beispiel schreibe ich an meiner Doktorarbeit. Und für das Haus habe ich tausend Ideen. Den ganzen Flug von Zürich über habe ich…«

Nun war er wirklich erstaunt. »Du bist geflogen«, vergewisserte er sich, »trotz deiner Flugangst?«

»Ach, die Flugangst«, sagte sie leichthin (wie sehr sie das genoss!). »Wir können hier beide wohnen, Kalle, wir können hier arbeiten. Es ist klein, aber wenn wir dir die Garage zur Praxis ausbauen… Du wirst den Ort lieben!«

Am Meer

Es war Rüdiger dann doch nicht gelungen, die ›Florian‹ ohne fachkundige Hilfe wieder seetauglich zu machen. Den Rumpf abzuziehen und frisch zu lackieren bereitete ihm keine Mühe, die Beschläge waren ebenfalls leicht zu ersetzen, doch auch die Mastbefestigung, der Mast und das Steckschwert mussten erneuert werden, das ließ er lieber einen Bootsbauer in Heiligenhafen tun. Dort lag die ›Florian‹ noch aufgedockt, als Jens und Cora anreisten, und so gab es statt der Jungfernfahrt am ersten Tag nur eine trockene Besichtigung, die etwas unterging im Wirbel, den Jens verursachte. Joes Seebestattung war bereits organisiert und angekündigt, doch als er erfuhr, dass sie nicht auf der ›Florian‹ hinausfahren würden, sondern auf einem motorisierten Salonschiff, legte er sich quer. Nach einigem Hin und Her wurde Margots Grab zum Familiengrab erklärt und Joes Urne in aller Stille auf dem Lütjenburger Friedhof beigesetzt. »So kann sie immer bei ihrer Mami sein«, stellte er fest und fand das inzwischen viel schöner. Dennoch machten sie eine symbolische Fahrt aufs Meer, um sich von Joe zu verabschieden, denn ihre Seele, davon war er überzeugt, wohnte nicht auf dem Friedhof und nicht in den Wolken, sondern im Meer. Inzwischen war die ›Florian‹ auch seeklar, und so verabredeten sie sich am Nachmittag nach der

Beisetzung mit Pauline und Rüdiger zu einer ersten Ausfahrt.

Jens trug an diesem Tag nochmals den Anzug, den Frau Stadelmann ihm nach Joes Tod besorgt hatte, für Cora hatten sie am Tag davor noch am Flughafen ein dunkelblaues Sommerkleid gekauft, das sie etwas zähneknirschend anprobiert hatte (sie trug im Heim nur Hosen), doch dann gefiel es ihr so gut, dass sie es am Abend am liebsten mit ins Bett genommen hätte.

Ehe sie zum Hafen hinausfuhren, kehrten sie kurz zu Annas Haus zurück, um etwas zu essen und die Schwimmwesten zu holen, die sie für die Kinder besorgt hatte, danach fuhren sie eben die Einfahrt hinab, als Jens sich auf die Stirn schlug.

»So ein Mist«, rief er, »ich habe *Die Tote an der Waterkant* zu Hause liegenlassen. Das will ich doch Mama schenken.«

»Ach, wie blöd«, sagte Anna. »Vielleicht können wir im Heim anrufen …«

»Nicht im Heim«, stellte er klar, »bei dir zu Hause, nun halt schon an.« Anna bremste, Jens rannte zum Haus zurück, kletterte auf die Veranda (Cora hatte gleich am ersten Tag den Schleichweg entdeckt) und stieg in Annas Schlafzimmer ein. Über ihrem Bett hing ein Bild von Joe und ihr, als sie noch Kinder gewesen waren. Es war das erste Mal, dass er allein im Haus war, und ganz kurz beschlich ihn das mulmige Gefühl, er bewege sich hier unter Toten. Doch dann sah er wieder vor sich, wie Joe an seinem Bett gesessen hatte. »Glück und Segen auf all deinen Wegen« hatte sie ihm gewünscht und schelmisch gelacht, ganz so, als führe sie etwas im Schilde. Als er die Treppe zum Kinderzimmer hinaufrannte und die Tür aufstieß, wippte der weiche Stoff der Bademäntel, die Anna für Cora und ihn gekauft hatte, gegen seine Hand, dieses Gefühl mochte er bereits ebenso wie den Anblick des Fotos, das Anna beim Besuch in Elgg von ihnen geschossen und über Coras Bett gepinnt hatte.

Das Buch *Die Tote an der Waterkant* lag auf seinem Nachttisch, er schnappte es sich und rannte zurück zum Auto. Während sie nach Heiligenhafen hinausfuhren, musterte er die Schwimmwesten.

»Dürfen wir nicht ohne raus?«, bettelte er. »Mit diesen Kleidern sieht das nur doof aus.«

»Kommt nicht in Frage«, erklärte Anna, »hier ertrinkt mir niemand mehr.« Jens maulte und setzte sogar den Hundeblick ein, doch Anna blieb strikt.

Die ›Florian‹ war aufgetakelt und zu Wasser gelassen, als sie den Pier erreichten, Rüdiger legte eben noch die Schoten klar. Pauline kam hinter ihnen gelaufen, sie hatte noch zwei Blumensträuße aus dem Auto geholt, einen davon gab sie Anna. »Hier«, sagte sie, »dein Abschiedsstrauß.«

»Du hast den Garten geplündert«, stellte Anna gerührt fest. »Die Sträuße sind wunderschön.«

»Das wächst wieder«, sagte Pauline und freute sich über das Lob.

Jens und Cora hatten inzwischen die Schwimmwesten angezogen. »Ich sagte ja, das sieht doof aus«, stellte Jens fest.

»Überhaupt nicht«, sagte Anna, »ihr seid reizend.«

Jens zog ein Gesicht, doch dann beanspruchte Cora seine Aufmerksamkeit. Sie versuchte, ins Boot zu steigen, und da sie sich gleichzeitig so sehr an ihn klammerte, drohte sie zwischen Jolle und Pier ins Wasser zu fallen.

Als alle eingestiegen waren, hisste Jens die Segel, danach übergab ihm Rüdiger das Ruder. Sie segelten hinüber in die Hohwachter Bucht, besonders Cora und Anna waren aufgeregt und redeten und lachten anfangs viel, dann wurden auch sie ruhiger. Schließlich waren die Segelkommandos zwischen Jens und Rüdiger alles, was noch gesprochen wurde. »Warum sind da so viele Boote?«, fragte Jens, als eine ganze Flotte Segelboote von Hohwacht her in die Bucht hinausfuhr. »Segeln die eine Regatta?«

Rüdiger schüttelte den Kopf. »Die haben alle Joe gekannt«, erklärte er, »wir haben ihnen Bescheid gesagt, damit sie sich mit uns verabschieden können. Ich hoffe, dir ist das recht.«

Jens nickte stumm, beeindruckt sah er auf die vielen Boote, dann gab er das Kommando zum Aufschießen, legte das Ruder um und ließ Rüdiger die Segel bergen. Still trieb die ›Florian‹ auf dem Meer. »Ich glaube, hier ist es gut, oder?«, fragte er. »Darf ich jetzt die Schwimmweste ausziehen?«

Anna nickte, sie nahm sie ihm ab, dann stellte sie sich hinter ihn und hielt ihn fest.

Jens zog das Buch aus der Jackentasche und schlug es auf. Auf das Vorsatzpapier hatte er sich und Joe beim Segeln gemalt, darunter hatte er geschrieben: »Meine liebste, liebste Mama«, und eine Seite weiter: »Ich vermisse dich.« Er schloss das Buch und warf es ins Wasser. »Glück und Segen auf all deinen Wegen«, sagte er leise.

»Dürfen wir auch?«, fragte Anna, und als Jens nickte, warf sie ihren Strauß ins Wasser. »Du auch, Mama«, sagte sie.

Doch Pauline gab ihren Strauß Rüdiger. »Für Margot«, sagte sie. Rüdiger sah sie überrascht an, dann nahm er die

Blumen und warf sie einzeln in die Wellen, er ließ sich sehr viel Zeit dabei.

»So sind Beerdigungen richtig schön«, stellte Cora fest, obwohl sie vor Übelkeit kaum sprechen konnte und sich mit beiden Händen an die Bordkante klammerte. Eigentlich hatte sie zur Feier Gitarre spielen wollen, Rüdiger hatte ihr extra noch eine organisiert, doch daran war nicht zu denken.

Anna legte ihr Gesicht in Jens' Haar, sah aufs Wasser hinaus und hörte zu, wie die Wellen gegen das Holz der ›Florian‹ plätscherten. Über ihnen schrien einige Möwen. Als sie zu weinen begann, sah Jens auf.

»Du gießt mich«, stellte er fest. »Ich bin keine Blume.«

Anna lachte. »Wenn man nur immer alles richtig machen könnte«, entgegnete sie.

»Das wäre schön langweilig«, sagte Jens, ehe er aus den Schuhen schlüpfte und sich ins Wasser fallen ließ.

»Jens!«, schrie Cora entsetzt.

»Bleibt ruhig«, befahl Rüdiger, »sonst geht ihr alle über Bord.«

Anna war ihm aber bereits nachgesprungen, die Schwimmweste in der Hand. Jens erwartete sie im Wasser und lachte, während das Boot allmählich forttrieb.

»Seid ihr okay?«, rief Rüdiger.

»Dieses Kind gehört in ein Heim!«, rief Anna zurück.

Jens lachte wieder, sie funkelte ihn an, dann lachte sie auch. »Hier, nimm das«, sagte sie und gab ihm die Schwimmweste.

Er nahm sie ihr ab, dann ließ er sie allerdings forttreiben und fasste stattdessen Annas Hand. Er warf ihr einen herausfordernden Blick zu, tauchte und zog sie mit sich. Und wie sonderbar, sie hatte kein Bedürfnis, sich ihm zu widersetzen, fast sehnsüchtig ließ sie sich von ihm in die Tiefe ziehen. Gleich darauf umschlang er sie, Anna sah, dass er die Augen schloss, und tat es ihm nach, genoss die Stille unter Wasser und fühlte, wie sie immer tiefer sanken. Erst als er sie anstupste, öffnete sie die Augen. Sie hatte sich geirrt, sie trieben dicht unter der Oberfläche, Jens löste sich von ihr, und mit einem kräftigen Armzug tauchte er auf.

Als sie ihm nachschwamm, war die ›Florian‹ bereits ein gutes Stück entfernt.

»Ihr seid verrückt, wo wart ihr?«, schrie Cora.

»Wir haben Mama besucht«, rief Jens zurück, und gleich darauf rief Cora:

»Nimm mich mit!«

Jens schüttelte den Kopf. Nachdem er sich nochmals nach Anna umgesehen hatte, schwamm er zum Boot. »Erst wenn du schwimmen kannst«, rief er.

Anna sah ihm nach, sie genoss es, im Wasser zu sein, und ließ sich noch etwas treiben. »Danke«, sagte sie zu Joe, während sie den Himmel betrachtete. »Wenn du wüsstest, wie glücklich ich gerade bin.« Doch inzwischen riefen die anderen im Chor nach ihr, und gemächlich machte sie sich daran, zum Boot zurückzuschwimmen.

Herzlichen Dank an Annika Hohl, Donat Keusch, Michael Schaerer, Anne Perrenoud, Isabel Coixet, Nikolaus Hansen, Sybille Wyrsch, Angelika Winnen, Wolfgang Hörner, Micha Friemel und viele andere für ihren Rat und ihre Unterstützung. Mein innigster Dank allerdings gilt einmal mehr Brigitte und Elisa Ortega, die auch in schwierigen Zeiten mit einer Selbstverständlichkeit und Herzlichkeit für mich da sind, die mich immer wieder berührt.

Tim Krohn
Zürich, am 26. Mai 2009

Tim Krohn im Diogenes Verlag

Irinas Buch der leichtfertigen Liebe

Roman

Eigentlich will die in Paris lebende Russin Dunja ihrem Mann ein Fax nach Moskau schicken – dass es bei seiner Ex-Geliebten Ewa in Schweden landen wird, kann sie nicht wissen. Das fehlgeleitete Fax bringt Turbulenz ins Leben und die Phantasie der jetzigen und einstigen Liebenden. Als Ewa sich entschließt, nach Paris zu fliegen, löst dies einen Wirbel von Missverständnissen aus. Und je mehr die Beteiligten die Verhältnisse in den Griff zu bekommen versuchen, desto größer wird die Verwirrung.
Wieder einmal zeigt sich, dass die Welt mehr Vorstellung als Wille ist, dass Erotik vor allem im Kopf entsteht – und dass die Liebe ein zauberhaftes, kompliziertes Ding ist.

»Irina Jurijewna ist Tim Krohns bester Trick oder vielleicht tatsächlich sein Glück. Denn wie auch immer: Sie, die Exilrussin, rehabilitiert das inflationäre Wortgebinde vom Fräuleinwunder. *Irinas Buch* ist eine Charme-Bombe.« *Literaturen, Berlin*

Quatemberkinder

und wie das Vreneli die Gletscher brünnen machte

Roman

Quatemberkinder sind nicht wie andere Kinder – sie leben nicht nur unter Menschen, sondern gleichzeitig in der wundersamen Welt der Sagen und Mythen. Ein solches Quatemberkind ist der Waisenknabe Melchior, genannt der Melk. Er verbringt die Jugend auf der Alp, zwischen rauhen Sennen und wilden Berggeistern, und trifft auf das unbändige Mädchen Vreneli. Bald sind die beiden unzertrennlich. Als aber das Vreneli nach dramatischen Ereignissen verschwindet, treibt es den Melk zu einer rastlosen Reise …

»Ein hintersinniger Heimatroman, ein abenteuerlicher Teufelspakt und eine berührende Liebesgeschichte. Tim Krohn ist ein glänzender Erzähler.«
Süddeutsche Zeitung, München

Vrenelis Gärtli

Roman

Das Vreneli ist nicht wie andere Kinder. Schon über seine Eltern kursieren im Tal die seltsamsten Gerüchte, und als die Mutter früh stirbt, heißt es, der Vater habe mit bösen Mächten paktiert. Das Vreneli soll fort von ihm und auf die Schule, doch lernt es lieber das zwielichtige Handwerk des Zauberns und streicht in Gestalt eines roten Füchsleins über die zerklüfteten Berge und Gletscher. Nachdem es die Tochter eines reichen Fabrikanten aus der Gefangenschaft eines Hexers gerettet hat, verfolgt der es mit Wut und Ausdauer. Bald darauf trifft das Vreneli den Waisenknaben Melk, einen jungen Sennen, ein Quatemberkind wie sie – und spürt ein Sehnen, das sie bis dahin nicht gekannt hat.
Doch bringt der Fluch des Hexers auch den Melk in Gefahr …

»In einer faszinierenden schwiizerdüütsch-hochdeutschen Kunstsprache erzählt Tim Krohn seine wilden, anrührenden und ›meineidig schönen‹ Geschichten.«
BücherPick, Zürich

»Ein von Erzählkunst und Sprachwitz sprühender Roman.« *Roman Bucheli / Neue Zürcher Zeitung*

Martin Suter

Der Koch

Roman

Maravan, 33, tamilischer Asylbewerber, arbeitet als Hilfskraft in einem Zürcher Sternelokal, tief unter seinem Niveau. Denn Maravan ist ein begnadeter, leidenschaftlicher Koch. In Sri Lanka hatte ihn seine Großtante in die Kochkunst eingeweiht, nicht zuletzt in die Geheimnisse der aphrodisischen Küche. Als er gefeuert wird, ermutigt ihn seine Kollegin Andrea zu einem Deal der besonderen Art: einem gemeinsamen Catering für Liebesmenüs. Anfangs kochen sie für Paare, die eine Sexualtherapeutin vermittelt. Doch der Erfolg von *Love Food* spricht sich herum, und eine viel zahlungskräftigere Klientel bekundet Interesse: Männer aus Politik und Wirtschaft – und deren Grauzonen. Maravan hat Sorge, das Geschäft könne »unanständig« werden. Und das wird es. Doch er benötigt das Geld dringend, um seine Familie in Sri Lanka am Leben zu erhalten.

»Martin Suters Roman *Der Koch* ist Wirtschaftskrimi, erotisches Kochbuch und Globalisierungsreport – wenn das kein Erfolgsrezept ist! Dabei legt der maskierte Moralist seine Erzählfäden mit so beiläufiger Eleganz aus, dass sich in einer gleichermaßen überraschenden und genialen Volte die Schlinge wie von selbst zusammenzieht.«
Christopher Schmidt / Süddeutsche Zeitung, München

Auch als Diogenes Hörbuch erschienen,
gelesen von Heikko Deutschmann